JN024160

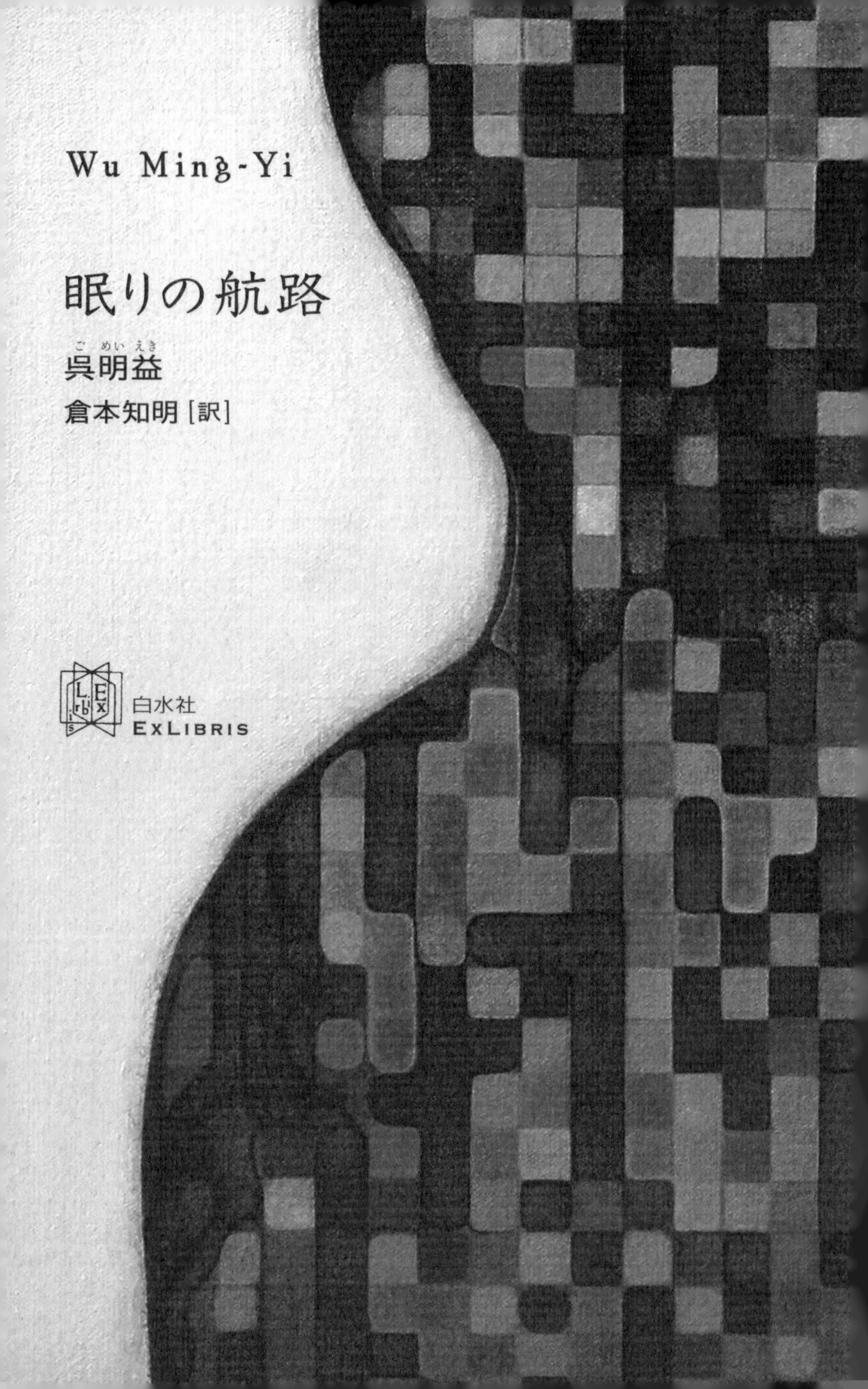
Wu Ming-Yi
眠りの航路
ごめいえき
呉明益
倉本知明［訳］
白水社
EXLIBRIS

# 眠りの航路

Sponsored by Ministry of Culture, ROC (Taiwan)

眠りの航路——目次

人も神も同じく、眠りに頭を垂れる。

ホメロス『イリアス』



夜は最もいい時間だ。眠りに落ちるのが困難なとき、
それはお前の耳にちょうど
死者たちの叫び声が届いてしまったからだ。

J・M・クッツェー『夷狄を待ちながら』



夜よ、安らかに眠れ。
この静かに眠る者たちのなかに、
明日目覚めぬ者がいるであろう。

フェルディナント・ホドラー《夜》の額縁の銘文

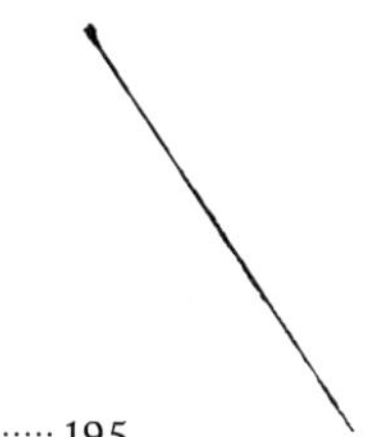



生命と愛情がまだ若かりしころ
彼は生命を奪われ
若き殉教者としてここに眠る

オスカー・ワイルド「キーツの墓」



汝は女であり、男である。
汝は少年であり、少女である。
汝老人が如く杖つきよろめき、
汝降臨したからには諸々に向き合うべし。

『シュヴェーターシュヴァタラ・ウパニシャッド』

装丁
緒方修一

装画
佐藤栄輔

本文写真
著者提供

言葉や死、痛みが書かれることにフィクションが満ちるとき、
ただあの戦争だけが永遠の真実となる。

# 第一章

人も神も同じく、眠りに頭（こうべ）を垂れる。

ホメロス『イリアス』

## 1

ホウタクヤダケが花を咲かせたその年、ぼくは自分の睡眠に異変が起きていることに気づいた。どうしてその年にホウタクヤダケが開花することを知っていたかと言うと、植物の生態に異常なまでに関心を寄せていた友人の砂つぶが、大学時代のクラスメートたちが集まる場でそのことを話し出したからだった。陽明山(ヤンミンシャン)のホウタクヤダケが花を咲かせているんだ。花は枯れかけていて、すぐに萎(しお)れてしまうはずだ。砂つぶはこの奇観を見に行こうと皆を誘ったが、ぼくやクラスメートたちは灰汁(あく)の浮いた火鍋をつつくばかりで、聞こえないふりを決めこんでいた。

砂つぶは風貌こそ気だるげな表情のウォンバットに似ていたが、実際にはひどく饒舌(じょうぜつ)で、活気に溢れた男だった。植物に魅せられた彼は、ネットではアマチュア植物博士として名の知られた存在で、毎日ネット上に寄せられた質問に答え、ついには野生の植物図鑑まで出版して、青少年優良図書賞なんてものまで受賞していた。そのせいもあって、ぼくたちは食事のときには暗黙の了解で植物の話題を避けていたのだ。それもこれも、砂つぶに植物への異常な思いを語らせないためだった。それなのに、まさか絶壁のやつがタケノコを盛りつけられた皿を取り上げた途端に、興奮した様子で竹の生態について語り出すとは思いもしなかった。

砂つぶによれば、竹は通常地下茎を通じて繁殖するらしかった。簡単に言えば、無性生殖であるにもかかわらず、花を咲かせるときに限って、有性生殖に変化するのだ。竹は無性でも有性でも繁殖できるが、開花の周期はまちまちらしく、オクランドラのように毎年開花するものもあれば、マダケのように一二〇年に一度しか開花しないものもある。陽明山のホウタクヤダケは、これまで研究者によって開花の記録がとられたことがなく、その周期すらはっきりしていなかった。わかっているのはその性的な成熟が異常なほど遅く、ちょうど今年がその全面的性交の時期にあたるということだけだった（全面的性交？　その言葉を聞いたクラスメートたちはそれぞれ怪しげな笑みを浮かべた）。

　自身のうんちくに得意になっている砂つぶは、二千年前に書かれた『山海経』にも「花を咲かせた竹はその年に枯れる」と書かれてあって、当時の人たちがすでに開花後に竹が死んでしまう現象を理解していたんだと言った。だけど、竹の開花で一番不思議なのはその遺伝的強さで、どの年に生まれたかはあまり関係なくて、ただ地下茎の年齢が近ければ開花する時期はほとんど同じなんだよ。はるか彼方の土地に植え直した竹だって、元いた場所の竹と同じ時期に花を咲かせるんだ。

　クラスメートたちは、竹の開花について微塵も興味を示さず、何とかして目の前の話題を結婚後のセックスレスや十八年も続く住宅ローンの返済、それに仕事で疲れきっているのに、目を閉じてまで子供と遊んでやらなくちゃいけないといった、哀しくて避けようのない現実へ向け直そうとしていた。ぼくはと言えば、食事の前に光華商場で出会ったアミーと、彼から渡された掬水軒（台湾のお菓子メーカー）のお菓子箱のことについて考えていた。

　その晩、ぼくは砂つぶを家まで送り届けてやった。車内ではなぜかまだ竹の話題が続いていた。竹の開花現象について、砂つぶは植物学者たちの間ではいまだにはっきりとした見解が出ていないのだと言った。考えられる可能性は二つあった。第一に、単独で群生繁殖する竹（砂つぶはジェスチャーを交えながら、群生繁殖っていうのは一つの根から多くの茎を生やしていく現象のことで、だからこそぼくたちはタケノコを食べられるんだと説明した）は十数年に一度、開花によってその遺伝子を交換することで、血統の複雑性を維持するということだった。なるほど、道理で竹の性的成熟は遅いわけだ。砂つぶはぼくの冷やかしにはかまわず、第二の可能性について語りはじめた。アメリカのハーバード大学の植物学者K・エドワードは、その論文において、竹は線虫類や真菌、あるいは寄生虫に侵されていて、生理上集合的に「異株生殖」を生み出す病変的傾向があるとする説を発表したそうだ。開花後に竹は死んでしまうが、生き残った竹が残した種が土の表層に潜り込んで、雨季を待って新たにタケノコとして誕生するのだという。なるほど、ってことは異性間の性行為は、ある種の病気ってことになるのかな。

砂つぶはぼくの言葉を無視して話を続けた。ある学者は、栄養細胞の成長が悪いせいで竹内部の炭素と窒素のバランスが崩れて生理的な混乱を引き起こし、それが開花に繋がるのだと考えたらしい。最後はいささか神秘的な説で、植物学者のC・エバンズが唱えたものだった。エバンズは竹の開花を一種の「植物の移動戦略」と考え、竹が開花を利用して、風によって自らを「ここから離れた」別の場所に連れていってもらうことで、自分たちの集団をさらに広く散布してもらおうとするのだと考えたそうだ。けどさ、竹に自分の意思なんてあるのかな？　そうじゃないんだよ。砂つぶが言った。こんなふうに考えるといいよ。竹を一本一本個別に見るんじゃなく、個別の竹は巨大な生命の器官の一つに過ぎないんだ。だから、一群の竹が死んじゃっても実はそれほど大きな問題じゃなくて、重要なのは同じ種の他の竹を助けることにあるんだ。

何言ってるかわかるかな？　砂つぶの問いかけに、ぼくはわからないと答えた。

砂つぶは引き続き、花を咲かせたホウタクヤダケが死んでしまうのは、竹竿や茎に保存されていた栄養が花へと吸収されてしまうからで、だからこそ、竹は全身全霊で花を咲かせるのだと説明してくれた。ここまで話した砂つぶは、ふとそれまでの口調を改めて言った。これは数十年に一度しか現れない竹の集合的性交と死のカーニバルなんだ。それでも、ぼくと一緒に山に登るつもりはない？

数日後、ぼくは砂つぶと山に登った。その年の四月、陽明山のホウタクヤダケは一斉に花を咲かせ、紫がかった濃赤色の雄蕊(おしべ)の葯(やく)が青い竹林に趣を添えていた。なかにはすでに枯れて黒みがかった黄色になっている竹もあって、その光景は生と死が同時に進行しているような印象を与えた。ちょうどこの時期、北に向かって羽ばたく数十万匹のウスコモンマダラ（南アジアに生息するマダラチョウの一種）が竹林の上空を移動し、四月初旬の某日には気象台が設置したレーダーが電波を上手く受信できないほどだった。しばらくして、竹が大量に枯れてしまったというニュースを目にした。六月に入ると、あたり一面には竹の死骸が転がっていた。幸いにも、ぼくと砂つぶは、今回の壮麗な死の前半戦を目の当たりにすることができたわけだ。砂つぶはその後も毎日山に通って、竹の開花（あるいはその死）を撮影し、記録していたらしい。ある日、電話で無駄話を叩いていた砂つぶは、いかにも神秘的な口調でこんなことを言った。竹は(かれら)ジッと口を閉ざしたまま、ぼくたちにはわからない何かを企てているんだって気がしない？

竹にいったいどんな企てがあるのか、ぼくにはわからなかった。けれども、今思い返してみれば、砂つぶと一緒に山に登ったあの日から、ぼくの睡眠からは規律が失われてしまったのだ。いや、それはあくまで「規律ある睡眠」であって、規律そのものがなくなったわけではなかった。ぼくの睡眠に異常な規律が現れたのは、砂つぶと竹の開花を見に行った、あのときからはじまったのだ。

## 2

三郎少年の瞳に映るすべては揺れていた。世界は傾いたり傾かなかったり、軽く身震いすることすらあった。

三郎が船に乗ったのはこれが初めてではなく、二度目のことだった。当初、船は島の南端に向かって進んでゆき、三郎はぎゅうぎゅう詰めの船倉でひらすら吐き続けた。最初の五分間こそ意識がはっきりしていたが、やがて自分がいったいどのくらい船に乗っているのかさえわからなくなった。現在船は海峡を北へ向かって進んでいた。島の北側にある港で数日間停泊した後、他の輸送船と船隊を組んで、今度は駆逐艦の護衛の下、再び北に向かって進路をとっているようだった。

三郎は島国の生まれだったが、彼の住んでいた家からは海が見えなかった。乗船前、三郎は何度も本物の大海原を想像したがどうもうまくいかなかった。はじめて海を見たときには、想像していた海と現実とのギャップに思わずパニックを起こしてしまった。はじめて見た船の大きさに彼は思わず目を見張ったが、いざ船が本物の海へ漕ぎ出すと、船倉に隠れていても逃れられないある種の卑小さを感じた。

三郎はなんとか海に慣れようとした。そこで、次第に目を陸地での見方から海上での見方へと調整していった。海は変化が激しくその上深みがあって、想像力に溢れた海流は刻一刻とまったく違う運動のなかにあった。海を見つめる三郎はなぜかふと不思議な感動を覚えた。理由こそわからなかったが、彼の視覚は徐々にゆらゆら揺れることに慣れ、ますます遠く、深みを増していく海を見ていると奇妙な感動を覚えた。これが海、海なんだ。

船での生活は規則正しく、一部の少年たちは仕事を割り当てられ、船員たちを手伝った。例えばそれは錆を落とし、機械に油を差し、掃除をして、工具の運搬を手伝うことだった。海水の浸蝕を受けた船の金属類は錆びるのが異常なほど速く、まるで簡単に年をとっていくようだった。錆を落とす際には、きめの粗い紙やすりで錆の出た部分を力いっぱい平らになるまで擦ってから塗料を塗った。当時の三郎にとって、海とは錆を擦り落とす際に生まれるあの匂いを指していた。

航海には常に緊張が伴っていた。海上にはたくさんの船が同時に航行しているらしく、ある船は彼の乗っている船よりも大きく、またある船は海の底を航行しているらしかった。黄色く濁った色の海域を通りかかると、船はまるで猫のように大人しくなって、エンジンを停めて海上で停止することがあった。そうすると、少年たちに教官、それに軍人や船員たちの間には毒々しいまでの沈黙が広がってゆき、船長は救命衣を身につけるように命令を下した。他の少年や船員、それに教官の言葉の端々を繫ぎ合わせてみると、どうやら付近に米国の潜水艦らしき物体が航行しているために、静かにしなければならないということだった。

センスイカン？　三郎はこの新しい言葉に興味を示した。他の少年たちの話によれば、それは海中を進む船らしかった。バナナのような形をしていて、魚雷なるものを発射するそうだが、その魚雷が何かまではわからなかった。そこで今度は魚雷について熱心に議論をはじめたが、議論が進むにつれて魚雷は徐々にその形を変えていった。利口な魚雷は岩礁に隠れて、きらきらと輝く海面を船が航行するのを待ち、突然蛇の舌のような火花をシュッと噴き出して、船を永遠の暗闇に引きずり込んでいくのだった。三郎は生臭く、静まり返った海を見つめながら、巨大な生物があの深い海の底で船と同じくらい大きな眼を開けて、こちらをジッと見つめている様子を想像した。

だが、本当のところは潜水艦を見てみたいと思った。何の予告も前兆もなく、まるで夢の一幕のように海面へ姿を現しては再び静かに海のなかに潜っていく潜水艦が船のあとをつけてきて、カジキのような魚雷を発射するのだ。魚雷の命中した船は哀しげな声をあげて啼き、バラバラに裂けて炎に包まれていく。皆は演習と同じように緊張しながら秩序正しく救命艇にのり込むが、しばらく進むと不幸にも台風に遭遇して救命艇は転覆、乗っていた者たちは次々と溺れ死んでいくのだ。たった一人、自分だけが果ての見えない海のなかを孤独に泳いでいくが、最期には力尽きて海に浮かんでいたバケツを摑む。しかし、深い海から浮かびあがってきた巨大な魚に全身を徐々に食い尽くされ、魚は悠然とその場を立ち去っていくのだった。

ここまで想像すると、何だか急につまらなくなってしまった。そこで、三郎はトーサンとカーサン、それに石ころについて考えることにした。港を離れた日、朝日に照らされた埠頭は銀色に輝き、山ははるか遠くに追いやられてしまったようだった。鶏の鳴き声とアカギの樹がサラサラと揺れる音が遠くに聞こえていた。

家を出る前の晩、三郎はトーサンとカーサンが眠れずにいたことを知らなかった。トーサンは扉を背にした格好で、右足の折れたベッドに横になっていた。伸ばした左腕を枕にしていたが、その腕はベッドの外まではみ出していた。手は力なく垂れ下がり、夢のなかでときおり小刻みに震えていた。腰掛に座っていたカーサンはやるせない微笑を浮かべながら、トーサンの隣で海の夢を見ている三郎をジッと見つめていた。三郎の夢に現れた海は緑色で、巨大な檳榔(びんろう)の樹がぽつりぽつりと寂しげに海面から伸びていた。石ころはと言えば、一番高い檳榔の樹にのぼって日向ぼっこをしていた。

石ころとは三郎が十歳のときに拾ってきたカメで、甲羅は深い褐色をしてふちは四角く、お腹は赤と黄色で足には爪があった。少々のろまな感じがしたが、その目は人を追ってくるくると動き回った。

緊張すると甲羅のなかに身を隠し、小さな箱のようになる様はひどくおかしかった。柴拾いに出かけた際、三郎は一匹のカメが好奇と憐れみの目で自分を見ていることに気づき、そのカメを家に連れ帰って石ころと名づけることにした。毎朝目が覚めると、今日はいったい何を口にできるのかと悩むほど貧しい村で、何も生み出さないカメを飼う余裕はどこにもなかったが、幸いにも石ころは何でも食べた。カブトムシの幼虫も軟らかい草も、コオロギもゴキブリも何でも食べた。三郎は空になった鳥籠、それから水瓶や工具箱のなかでこっそり石ころを飼うことにした。様々な檻のなかで飼われた石ころは日一日と大きくなっていったが、学校に志願申請に行ったその日の朝に限って石ころの姿がどこにも見当たらず、ひどく彼をやきもきさせた。三郎は姉の英子が石ころを見つけてくれることを祈った。英子は石ころにキクガラグサを食べさせてくれるはずなので、飢え死にするようなことはないはずだった。

キクガラグサは何とも譬えようのないへんてこな味がして、とてもおいしいとは言えなかった。台湾総督府は、昨年この種の草を代理食料として利用できるとする通知を出し、飛行機まで出動させてその種をそこらじゅうに撒いたために、山ではどこに行ってもキクガラグサが採れた。作ったお米はどのみち全部日本人に徴収されてしまうので、結局キクガラグサを食べるしかなかった。カーサンの手伝いでキクガラグサを採りに行くことがあったが、三郎は石ころに食べさせるぶんもこっそり採っておいた。最初石ころは戸惑っているようだったが、それでも一口一口とキクガラグサを呑み込んでいった。おいしいと思っているのかどうか、その目から判別することはできなかった。

もともと、この季節には英子と二人でトキワススキの箒（ほうき）を作るはずだった。一番箒に適しているのは初秋に花をつけたススキではなく、山全体が枯れて黄ばんできた時期に採るススキだった。トキワススキを集めるのは、決して楽な仕事ではなかった。トキワススキは刃のように鋭利で、集めようとすれば身体中に数百数千もの小さな切り傷ができたからだ。最初は何とも感じないが、しばらく経つと徐々に痒くなってきて、やがて少量の血が滲み出してくるのだった。

それでも、三郎はススキ林を歩くのが好きだった。無数の金色の光に身体を包み込まれるようなあの感じが好きだった。飛び跳ねるイナゴたちは道案内をしてくれているようで、また迷わせようとしているようでもあった。ススキ林の奥深くにある開けた場所に足を踏み入れると、三郎と英子は仰向けに寝転んだ。空はススキの花に切り取られた青い背景布のようで、まだらに断ち切られた日の光が頬を熱くさせ、またその背を痒くさせた。

――米国（ビーゴ）の飛行機（ホエリンギ）はいつ来るんじゃろ？　三郎が尋ねた。

――知らん（ンツァイ）。英子が答えた。

――どっから来るんじゃろか？　三郎が尋ねた。

――あっちじゃろ。英子が答えた。

――米国（ビーゴ）っちゅうんは、空の向こう側にあるんか？　三郎が聞いた。

――空の向こうは、観音さまがおる場所じゃ。米国（ビーゴ）は海のあっち側。あっち側はおばけ（モシナ）がおる場所。米国（ビーゴ）は、海の向こう側から来るんじゃろ。英子が答えた。

しかし、三郎は今自分が田んぼほどもあるこの巨大な甲板の上に立っていることをわかっていた。その果てすら想像できず、一本の木すら生えることがない、確かな位置も摑めないこの大海原のただなかに、今自分が立っているのだということをわかっていた。いったいどっちがアメリカのある「あっち側」なのかもわからなかった。船は確かな足どりで航行を続けていたが、それはただ船が確かな方向に向けて航行しているだけで、実際には誰も知らない間違った場所に向かって航行を続けているのかもしれなかった。

　ちょうどそのとき、巨大な波が船を打ちつけた。すると穏やかだった海面がぶるぶると震え、銀色の刀に似た一群の魚がパタパタと水面から飛び出し、再び海面へと潜っていった。こうした風景に三郎は海の匂いを記憶した。波が叩きつけてわずかに荒ぶり、太陽が今まさに沈もうと空の果てが消えようとするその海を記憶した。頰を撫で、鼻腔から肺葉へと染み込んでいくその匂いは、血液を通じて左心房をめぐり、やがて鉄のように重々しく、右前頭葉のすみで留まり続けたのだった。

# 3

どんなふうに説明すれば、君にもわかってもらえるのだろう。

何と言えばいいか、ぼくの睡眠時間にとんでもなく正確なリズムが生まれたんだ。最初、ぼくの睡眠時間と起床時間のリズムがまるでゼンマイを巻いて跳ねるみたいに、後ろへとズレていったんだ。理由まではわからないけど、その時間が近づけばどれだけ濃いお茶やコーヒーを飲んでみても、あるいはどれだけ煙草をふかせてみてもこの頑固な睡魔に抵抗することはできなかった。そしてどんなに努力しても、目が覚める時間になれば必ず目が覚めた。

いろいろと調べてみたが、いわゆる「居眠り病（ナルコレプシー）」という睡眠障害とは違うようだった。居眠り病の患者は睡魔がいつ襲ってくるのかわからないらしかったが、ぼくの場合は霧みたいに覆いかぶさってくるその睡魔の来訪をはっきりと感じとることができた。それは頭のある部分が異常に重たくなっていって、意識が真っ暗な穴のなかに落ちていくような感覚だった。よく眠れるのかと言われれば、ぐっすりと眠れていた。とても静かな睡眠で、コンクリートを流し込んで作ったお墓みたいに静かな眠りとでも言えばいいのだろうか。完璧で瑕疵（かし）もなく、呼吸もいたって平穏だった（恋人のアリスによれば、喧嘩をした後にあれほど安らかに眠りにつけるぼくを見て、二人の関係に絶望を覚えたそうだ）。

それは不眠でも居眠り病でもなく、ただ睡眠のスタート地点がどんどんと後ろへと下がっていき、それがまたどんどんと延長されていっている感じだった。眠気を抑えることはできなかったし、それと同じように起きなければいけないといった気持ちをコントロールすることもできなかった。まるで、巨大な眠りの大海原に漕ぎ出した感じとでも言えばわかってもらえるだろうか。

これまでも寝坊するようなタイプでもなかったし、自分の意思できちんと寝起きはできていたのだ。しかしこの時期はいくつ目覚まし時計をかけてみても、自分の力で起きられなくなってしまっていた。あるとき、ある女優の浮気内情（ネタ）を知る情報提供者と会う約束をしていたのに、思いがけず眠りに落ちてしまい、目が覚めると十時を過ぎていたことがあった。最終的にその情報提供者と顔を合わせることができたが（ぼくの知る限り、秘密を握っている人間はたいていそれを口に出さなければ気がすまない）、この件はそれまでぼくが自慢にしてきた「自律性」というものに大きなダメージを与える結果となった。

ぼくのような仕事をしている人間にとって、自律性はとても大切だった。これまで手掛けてきた仕事の数は少なくなかったが、真剣に取り組んできたのは新聞記者の仕事、それも社会部の記者だった。おそらく、普通の人にこの仕事の複雑さを理解してもらうのは難しいと思う。甲から乙の現場へと駆けつけ、ときには探偵に扮しながら現場の警官たちの言葉尻から容疑者にあたりをつけ、彼らに先駆けて事件の展開を予言し、最適なインタビュー相手を探し出す必要があった。社会部の案件はたいてい死亡事件と関係していたので、この手のニュースは男性記者が担当することが多かった。その頃は本当によく遺体を見た。燃え上がる車のなかに閉じ込められ、誰だかわからないくらい黒こげになった遺体、一酸化炭素中毒で自殺して、見た目はいたって普通なのに絶望に満ちた表情を浮かべた遺体、鋭利な刃物で切り付けられ、ほとんど血が残されていない遺体、生殖器が萎縮してほとんど見えないくらいに小さくなった九十過ぎの老人の遺体、生まれてすぐに母親に田んぼに捨てられたせいで眼球を蛆虫（うじ）に食われ、悪意に満ちた二つの穴だけが残された遺体。生きているときに人は多かれ少なかれ他人と違う部分があるものだが、死んでしまえば誰もが似たようなもので、結局回復不可能な沈黙状態に陥ってしまうだけだった。

今この文章を書いているぼくは、いわゆるフリーライターと呼ばれる職業に就いていた。社会部の記者の仕事を辞めた後、ぼくはロックミュージックのコラムや広告会社のコピー、プロ野球にグルメ記事なんかを書くようになっていた。そして、少し前に閉鎖されてしまったネット記事のライターから、このゴシップ雑誌の記者に鞍替えしたというわけだ。でも正直に言って、ぼくは他人から色眼鏡で見られるこのゴシップという言葉が好きではなかった。この仕事はどちらかと言えば情報スパイに近く、大衆メディアで販売されているプライバシー権を侵害されていると騒ぎ立てる人たちが隠している「些細なニュース」を集めることにあった。だからこそ、ネガティブなニュースを雑誌に掲載される有名人たちがぼくたちに向ける癇癪や諸々の口汚い言葉の数々は、本来彼らが金銭に変えて売り出せるはずの情報をぼくたちに先回りして奪ってしまったから生まれるものだとも言えた。例えば、トークバラエティの番組で自分から暴露しようと思っていたネタが、ぼくたちに先回りして報道されてしまったら、それをある種の強盗行為だと考える者がいてもおかしくはなかった。

この仕事の報酬は社会に出てから得た報酬のなかで一番高く、あえて欠点をあげるとすれば、他人からどんな仕事をしているのかと聞かれた際に答えに詰まってしまうことだった。とりわけ、すでにある程度の社会的名声を手に入れている古い顔馴染みなどは、ぼくが自分の身分を明かした途端、無意識に手元のコーヒーカップのスプーンを動かしたり、しきりに窓の外に目をやったかと思うと、何とか口実を探し出してその場から去っていくのが常だった。アリスもぼくがなぜ今の仕事を選んだのか理解できないようだったが、ぼくに言わせれば、この仕事をしているおかげで人間というものをより深く理解できるようになった気がしていたし、こうした経験はとても大切だと思っていた。

砂つぶと一緒に竹を見に行ったあの日以来、ぼくの睡眠時間はますます遅れ、あるいは「早まって」いった。ある日、一睡もできなかったぼくはそのまま朝ごはんを買いに出かけた。その途上で突如眠気に襲われ、慌てて家まで走って戻ると、そのままソファに倒れこんでしまった。目を覚ましてリビングの時計を見上げると、すでに午後四時になっていた。その瞬間、何かが脳裏で閃いた。頭のなかではいくつもの数字が相殺され、ついにこの不思議な睡眠状態を解明する最初の手がかりを摑めたのだ。

睡眠自体には延長も短縮もなく、ただ三時間だけ、睡眠時間が後へずれていっていたのだ。十一時から七時、二時から十時、五時から十三時……眠りはまるでガチョウ足で行進するように、前へ前へと進んでいった。これが果たして病気なのかどうなのかまではわからなかったが、ただ自分の身体の操縦がある種の不吉なリズムの下で、常軌から外れてしまっていることだけは実感できた。以前の睡眠時間も確かにむちゃくちゃだったが、今では身体のなかに何か拒むことのできない目覚まし時計を埋め込まれたような感じがしていた。特定の時間が来れば拒むこともできずにそのまま眠りへ落ちてゆき、八時間眠らないうちは決して目覚めない身体になってしまっていたのだ。起床時間に合わせて、ベッドのそばに目覚まし時計を五つもセットしてみたこともあった。それだけでなく、親類や友人たちに電話をかけてもらい、お隣さんにはドアを叩いてもらったりもしたが、結局起きたい時間に目覚めることはできなかった。まるで誰かがぼくの身体のなかにある電力供給装置を切ってしまったようで、睡眠状態にある時間帯に、ぼくの身体は現実世界の感覚器官とはプツリと糸が切れたような状態になってしまっていた。

もちろん、この規則を壊したくて、睡眠薬を飲んだこともあった。しかし、この規則はどうやら生理的な問題の外にある構造が身体に制約をかけているようで、睡眠薬はビタミン剤を飲むのと同じくらいに効果がなかった。もちろん、仕事中に眠ってしまうことを避けるために、いろいろな眠気覚ましの飲み物を飲んでみたが、少なくともぼくには効果がなかった。

この文章を書いているまさにこのとき、ぼくはこの「睡眠空白期」の末端にいた。アリスに電話をかけたかったが、あと十分もすれば睡魔が襲ってくることがわかっていた。電話の途中で眠ってしまうことだけは避けたかった。山の夜は昼間と同じくらいにぎやかだ。キリギリスが羽を擦って、カエルはゲロゲロと鳴き、風に揺られた木の葉がカサカサと音を立てていた。遠方ではときおり車の走っている音がして、その混然とした音がはっきりと耳の奥まで届いていた。まぶたがぴくぴくと震え、胃はきりきりと痛み、耳鳴りはときに優しく、ときに猛然とぼくの脳みそを打ち鳴らした。ぼくは自分の意識が遠く離れていくのを感じ、また時間が突然ゆっくりと流れていくのを感じた。直接見るまでもなく、窓の外の空気が重たくなっていくのがわかった。もうすぐ雨が降るはずだ。バタバタバタ——バタバタ——バタバタバタ。睡眠の前兆が現れるこの時間、耳鳴りはやがて鼓膜を震わせる音へと変わっていき、それはまるで今住んでいる場所が山上などではなく、飛行場のそばだと言わんばかりだった。

こうした前兆が現れる前に、ぼくはなるべく目を閉じないように努力してパソコンの電源を切ることにしたが、どうにもそれは難しかった。目を閉じれば、たくさんのものが見えてしまったからだ。

時間は止まっているように見えて実はそうではなく、目を開けるまでもなく、雨が降っているのが感じられた。脳裏には海面に雨が打ちつける情景が浮かび、身体と椅子が激しく揺れ動いているのを感じた。何とかベッドまで移動しようとしたが、睡魔は氷河期のように黙々と、そして強引に訪れるのだった。

# 4

船に乗ってからというもの、三郎少年はすっかり海の夢を見なくなってしまっていた。代わりに様々な陸地の夢を見た。だが、夢に見る陸地はいつも揺れ動いていて、左に傾いたかと思えば今度は意地悪に右に傾いたりして、まるで潜水艦の標的となるのを避けているようだった。三郎は寝言を話すこともあったが、そのときだけは故郷の言葉を口にすることが許された。

岡山(こうざん)（台湾高雄市北部にある街。かつて日本軍の航空基地があった）の訓練所にいた頃、伊藤少尉が日本語の名前を持たない者は一刻も早く日本名をつけるように、またすでに日本名を持っている者は今後もとの名前を使用することなく、お互い話しをする際にもできるだけ「国語」を使用するように通告した。少年たちは伊藤少尉の命令の下、日本語の名前がある者とない者とに分かれた。ある者は総督府の改姓名政策が打ち出されるとすぐに家族に連れられて役場で名前を変えていたが、まだ名前を変えていなかった少年たちは突然父親になることを告げられたように苦悩するはめになった。集合して『君が代』を斉唱しているときも、頭のなかではどんな名前をつけようかといった悩みでいっぱいだった。日本語の名前を持たない少年たちは、日本名を持った少年たちにその名を尋ねては、彼らの両親の先見の明に感服するのだった。ある者は当番表に書かれた日本の軍人と船員たちの名札をまじまじと観察しては、自分の知っている日本語の名前を一通り思い出すことで、なんとかインスピレーションを摑もうとしていた。訓練期間中、雑役を担当していた台湾人兵士の廣田文雄は、もともとある名字を分解し、そこに文字を加えたり削ったりすることで新しい名字が作れるのだとアドバイスしてくれた。例えば、廣田のもとの名字は黄だった。三郎にとって、それは初めて文字に秘められた複雑さを体験する出来事だった。なるほど、文字とはこういったものだったのか。どうりで父ちゃん(アッパ)はいつもちゃんと文字を覚えろと言っていたわけだ。

廣田の教えてくれた「造姓」方法はとても便利で、林なら小林か大林、陳なら耳の部分を省いて、東と変えればよかった。曾なら野を加えて曾野、游なら佐を加えて游佐といった具合だ。名前に関しては、わざわざ変える必要もなく、直接日本語の発音で読めば許される場合もあった。そこで曾健雄は曾野健雄に、林明誠は小林誠に、游阿海は游佐海へと変わっていった。

船上の少年たちはごつごつしてかすれた、またときにいまだ声変わりしていない少年独特の高い声で、お互いの名前を日本語で呼ぶようになっていった。北へと向かう輸送船は、こうして少年たちを新たな名前をもつ世界へと連れ出していったのだった。

三郎の名前はもともと三郎ではなかったが、三男であることを考えれば、それは自然で便利な名前だった。幼い頃、三郎は名前に関してこんな疑問を抱いたことがあった。長男と次男は許（コ）姓を名乗っていて、彼と同じ陳（ダン）姓ではなかった。そのために家のなかでは三男であったが、陳家では長男という扱いになっていたのだ。不思議に思った彼は、父親にそのことを尋ねてみたことがあった。しかし、父親は彼の質問を無視して、手元の内職を続けながら、「子供がいらんことに口挟むな（ギンナランウヒボツウイ）」と言った。

名前にしろ名字にしろ、どちらも大人から与えられるものであって、彼らが呼びたいように呼べばよかった。それに、お母ちゃんとおばあちゃんは、自分のことをアチウと呼んでいた。許にしろ、陳にしろ、呉にしろ、あるいはアチウにしろ、三郎にしろ、三郎少年は自分で自分の名前を決めることはできないのだと思った。少なくとも今の自分は三郎と呼ばれていて、それは長男と次男がいるためで、そのことは他の名前よりもずいぶん合理的な理由だと思った。

改名当初、三郎少年と他の少年たちは、いまだ古い名前でお互いを呼び合うことがあった。すぐに新しい名前で相手を呼ぶことに、何やら人違いをしてしまったようなためらいを感じたからだ。しかし、林明誠の名は徐々に忘れられて小林誠と記憶され、呉金郎の名は呉本金郎と記憶されていった。少年たちの日本語の発音も正確さを増してゆき、新しい名前に対する反応もひどく自然なものに変わっていった。ある者は日本兵の話し方を真似し、方言を折り混ぜながら自分や他の者たちの名前を呼んでいた。何人かの者はすでに日本語の名字をもっていたが、家のなかでそれを使う機会はほとんどなかったのだ。ところが今こうして頻繁に日本語で点呼をとられ、呼び出され、挨拶を交わし合うなかで、少年たちは今の自分が過去の自分とは違う存在になったのだと実感していた。名前を変えたことで、まったく新しい人間に生まれ変わったような気がしたのだ。三郎の頭のなかでは、ご飯を食べに帰ってこんなと台湾語で話すトーサンとカーサンの声が響くこともあったが、そうした声もやがて海風に散らかされたように、徐々に弱々しくなっていった。

航海から九日目、暴風雨の境目にぶつかったが、古い名前を忘れて新しい名前を覚えていったときと同じように、暴風雨にもまた明らかな境目はなく、あくまでそれは想像されたものでしかなかった。唯一の前兆と言えば、雲が刃のように鋭利な風に切り裂かれてバラバラにされてしまったことだけだった。想像された暴風雨の境目が巻き起こした横殴りの大波にぶつかった船は、まるで巨大な生物に高くもちあげられ、叩きつけられたように繰り返し上下に揺れ動いた。黄昏時、甲板に出て風にあたっていると、船が大きく傾斜するのがわかったが、次の瞬間にはまた別の方向に向かって傾いていった。しばらくすると、雨足が強まって甲板が滑りやすくなったために、少年たちは風通しの悪い船倉へ戻らざるを得なくなってしまった。船倉で一番堪え難かったのは真正面から突然やってくる大波で、波が船体を打ちつける瞬間、何か想像を超えた物体が船の前進を遮るような力が働いた。船は波の最も高い位置で一瞬留まると、次の瞬間には深くて狂暴な海の底へと落ちていった。

こうなってしまうと、俺は船酔いなんかしないぜとへらず口を叩いていた少年たちも、二度とその大口を叩けなくなってしまっていた。最初こそ面白く感じたが、しばらくすると次第に活力を失い、船の隅に身体を埋めて、目を閉じて一刻も早く暴風雨が過ぎ去ってくれるように神さまに祈るようになった。船倉から甲板へは曲がりくねった階段が一箇所あるだけで、少年たちがいる船倉にはほとんど風が入ってこなかった。蒸し暑く揺れる船倉に何日も洗っていない体臭も加わって、少年たちは次々と周りに置かれてあった鉄桶のなかに嘔吐していった。三郎はできるだけ我慢してから吐くようにした。吐いたところで、気分が楽になるわけではなかったからだ。身体のなかにカニが一匹うごめいているような気がして、どうしても鉄桶まで行かなくてはいけない場合は、何とかして胃のなかに残ったものを余さず吐き出そうと頑張った。しかし、吐けるものはすべて吐き出してしまっていたので、咽喉（のど）もとまであがって来るのは酸っぱくて苦い胃液と胆汁だけだった。三郎少年は自分の身体が弱っていることを感じた。空っぽになった胃にはもう何も詰め込みたくなかった。船倉にただよう吐瀉物と油の入り混じった臭いが鼻をつく。お腹に入る前はあれほど麗しく人々を魅了する食べ物が、吐き出された途端どうしてこれほどひどい悪臭を放つのかわからなかった。いったい人間の身体のなかはどれだけ汚れているのだろうか。

三郎は、内地行きの選抜に参加するつもりだった。天皇の本当の赤子になって、高等学校卒業の証明書を手に入れる以外にも、日本海軍がその軍属を餓えさせるはずはないと信じていたからだ。彼は胃の中が長い間空っぽになるあの感じがきらいだった。たくさんのサツマイモの切り身を食べ過ぎて、お腹が張るあの感覚がいやだった。日本に行けば、必ず白いお米を食べられるはずだった。お米を食べられるという満足感は、朝目覚めるときにお漏らししたように勃起するのと同じで、彼の青春において最も幸福な瞬間であるはずだったが、実際にはまったく違っていた。岡山の訓練所にいた時分から、三郎少年は自分のお腹が満腹にならないことに気づいていた。食事の量が足りないのかもしれなかったし、とてつもなく早いスピードで身体が成長しているせいなのかもしれなかった。どれだけ食べても、食べた物はあっという間に胃のなかへ消えてしまい、お米にしても必ずしもサツマイモの切り身よりおいしいというわけではなかった。訓練所と輸送船で提供されたお米はどれも死体に穂を実らせたような腐った臭いがして、たとえ牛肉やイカのようなそれまで三郎が食べたことのないようなおかずがそえられていても、その臭みを完全に消し去ることはできなかった。

しかし、結局は鉄桶の酸っぱい吐瀉物になるのだから、何を食べても同じことだった。食事の時間になると、船酔いしないごくわずかの少年たちだけが箸を動かしていて、他の者たちはただ苦々しげに彼らが普段の何倍もの食事を口に運ぶ様子を黙って見つめていた。波はますます激しさを増し、まるで少年たちに飲み込んだ食べ物を消化させまいとしているようだった。飲み込んでも結局吐き出してしまうならば、飲み込むことに何の意味があるのか。船倉の臭いに耐えられなくなった三郎は何とか甲板近くまで這い出していったが、甲板に打ちつけられて太鼓を叩くような暴風雨の音を耳にすると、突然自分がひどく年をとってしまったような気がした。

ずいぶん経ってから、本当に年老いてしまった三郎は団体ツアーの旅行で妻と一緒に日本に出かけたことがあった。そのときはボーイング747の客席に座って、海は遥か眼下に広がっていたが、フライトの間中、三郎はずっと機内にある匂いが満ちているように感じて仕方なかった。排気管が甲板から吸い込んだ海と船倉にうずくまる人間たちの体臭、鉄が錆びた匂いにディーゼルオイルが混じりあったその匂いには、ほんのわずかな憂いの感情も入り混じっていた。彼は十三歳のときに十日間かけて渡ったあの海を覗きこんで見たが（船に乗って七日目がちょうど彼の誕生日だった）、今ではそれはたった三時間の距離でしかなかった。己の人生を振り返った三郎は、それが消しゴムで擦られて破れてしまった一枚の汚れた紙きれのように感じた。ごちゃごちゃしてひらひらと軽く、また他と見分けがつかない紙切れだ。自分が確かに老いさらばえてしまったことに気づいた三郎は、他の老人たちと同じように、時間とは長く引き伸ばせたり、圧縮できるものなのだと悟ったのだった。

もしあのとき志願書を出していなければ、と考えることもあった。今よりもよくなっていたとはかぎらないし、また悪くなっていたともかぎらない。運命とは得てしてそういうものだ。あるいは、志願書を出していなければ、徴用で南洋に派遣され、湿った軍服を身につけ、黙々と深い密林(ジャングル)へとわけ入っていたかもしれない。洞穴に隠れ、最終的にアメリカ軍の火炎放射器で炭にされていたかもしれなかった。実際には、彼がこっそりと志願書に判子を押した瞬間に、すでに多くのことが決まってしまっていたのだ。

船上で虚脱状態にあった三郎少年は、通知書を受け取ったトーサンの様子を思い出していた。あの日、柴を拾って帰ってきた三郎は、扉のさきで静かに椅子に腰を下ろすトーサンを見つけた。その顔に浮かんでいるのが怒りか、はたまた憂いの類なのかはわからなかった。トーサンは言葉を発することなく、その目で三郎を傍に呼び寄せると、唐突に彼に強烈な平手打ちを食らわせ、重心の定まらないその右尻目がけて容赦のない蹴りをいれてきた。それを避けることもできたが、避けてはいけないとわかっていた。もしそれを避けてしまえば、きっともっと悲惨なことになることは間違いなかった。ちょうどそのころ、春が訪れたばかりの山々では、降っているのかいないのかわからないほどの小雨が毎日しとしとと降り続いていた。

暴風雨が去った日の朝、空は不思議なほど青く澄み渡っていた。海面は静かで美しく、また穏やかで明るかった。それはまるで、昨日までの荒れた天候が実は彼の想像でしかなかったかのようだった。

軍人と船員、それに少年たちは、雨が上がってから各々仕事に取りかかった。三郎には甲板の清掃が命じられたが、船のあらゆる場所には様々な魚の死骸が転がっていた。指先ほどの大きさをした魚から二尺近い巨大な魚まで絶望に充ちた目を見開き、えらを上下に揺らして呼吸していた。船員の指揮の下、三郎は比較的形を保って食べられる新鮮な魚を袋に集めて、食べられない魚はそのまま海に投げ捨てていった。海鳥の一群がマストの近くに集まっていた。口ばしの前方は獲物を奪い取るために微かに弧を描き、下から見上げるとその腹部は淡い黄色や暗い褐色をしていて、なかには横向きにまだら模様が入っているものもいた。カモメはその独特の飛行姿勢で、マストの近くを飛び回っていた。いかにもやることがなさそうに見えたが、突然翼を閉じると石のように硬く海面に突っ込んでは魚をさらっていった。カモメたちは、甲板に転がっていた魚の死骸をすべて咥(くわ)えていった。飛び立つときは目いっぱい羽をはためかせたが、それは海風にはためく旗の音に似ていた。日の光はこの世界に起こったすべてをはっきりと見せるために輝き、刹那に起こる一切を鮮明に照らし出していた。カモメたちにさらわれていった魚の内臓が空から零れ落ち、甲板をまぶしい赤色に染めると、どうにも耐え難い臭いが鼻をついた。

――これからあんたの傍(はた)には、だぁれも家族(チンラン)がおらんようになるんじゃきん。その日、彼を船まで見送りに来たカーサンはそう言った。これからあんたの傍には、だぁれも家族(チンラン)がおらんようになるんじゃきん。

三郎少年はふと吐き気を覚えたが、咽喉もとまでのぼってきた胃液を再び飲みこんだ。汗で湿った手を拭こうと作業着に手を伸ばし、カーサンからもらったハンカチの在りかを探した。すると、その手がハンカチに包まれた御守へ触れた。カーサンが観音さまに向けて願をかけたその御守には、線香の灰を包んだ赤い紙が入っていて、八卦(はっけ)状に小さく折り込まれていた。ハンカチは軟らかく作られ、米袋で作った下着のように荒い手触りではなかった。この御守を手に入れる際、カーサンは彼の生年月日を三度も唱え、香炉のまわりを同じく三度も回っていた。こうすれば御守に線香の匂いが染み込んで、菩薩さまがしっかりと彼の無事を見守ってくれるのだとカーサンは言っていた。

ハンカチに包まれた御守に触れた三郎は、急に心細く感じてお祈りをすることにした。

自分が菩薩さまに向かってお祈りをしているまさにそのとき、まさか故郷のカーサンも同じように菩薩さまにお祈りしているとは思いもしなかった。田んぼの雑草を抜き、畦道に腰を下ろしたカーサンは、一切衆生の苦をとり除き、広大無辺な慈悲を兼ね備えた観音菩薩の尊いその御名を唱えていた。そして、三郎は三郎という新しい名前を使って、心のなかで三度お祈りを繰り返した。瞳を閉じると、自分の言いたいことが煙のように空へ消えていくのがわかった。正直自分が何を祈っているのかよくわからなかったが、慈悲に満ちた観音さまなら、きっと言葉にできない彼自身すらはっきりわからないその願いを聞き届けてくれるはずだと思った。

## 5

実のところ、観音菩薩は三郎とその母親の祈りを耳にしていた。菩薩は、一羽のトウゾクカモメが早朝魚の群れに出会えるかどうか期待する心の声すらはっきり耳にしていた。菩薩には休息も時間の概念すらなく、目を閉じていようがいまいがこの世界のあらゆる場所、あらゆるホコリさえも見逃すことはなかった。耳を傾けていようがいまいが、自らの名を唱えた祈りだけでなく、自らの名を冠していない祈りですら聞こうとしていた。

菩薩にはあらゆる出来事の根源がはっきりとわかっていた。菩薩とは唯一その瞳で声をとらえられる神であって、あらゆる生命と生命を持たない者たちの運命と運命への反応の一切を理解していた。菩薩は運命の大河がいったいどこへ向かって流れるのかを悟っていたが、それはさながらこの世界のはじまりから終わりまで発行された古新聞を読み続けているようなものだった（あまりにも菩薩が詳しく読むもので、印刷用のインクはすっかりこすれ、他の者たちには読めないほどだった）。そこではあらゆる苦しみと祈りはすでに見慣れたものとなっていて、生も死もすべてが想定の範囲内だった。菩薩の前ではあらゆることが赤裸々で、人々の身体はガラスへと変わり、心はそのガラスのなかで熱く跳ね回っていた。菩薩の惻隠（そくいん）の情と衆生を救わんとする願力は空気のようにあらゆる場所に満ち、水のように柔らかく、また日の光のように明るく、その慈悲はどこまでも果てがなかった。あらゆる涙の源、この地球上で流れる涙はすべてその瞳を経て流れるために、菩薩には涙を流すことすら許されなかった。その涙はあまりに重くて広大であるために、わずか一滴の涙が、森や街、島そのものを沈めてしまいかねなかったのだ。今にも溺れかけている人間や動物たちが諸手諸足を挙げて祈っているので、菩薩が涙を流すことは許されなかった。

最も苦痛だったのは、菩薩には遥か遠くまで広がる宇宙の彼方と同じように深淵たる知恵が備わっていたことだった。それは欺くこともさまたげることも、また押しとどめることもできない神通力だった。あるとき、菩薩は夢のなかで「世間の声を観(み)ている」と思っていたが、我々が現実の蜜柑の皮を夢のなかでは剝くことができないのと同じように、菩薩の神通力もそこでは通じなかった。あるとき蓮の花の上に座っていると、菩薩は地上に広がる森で煙が上がっているのを目にした。獣たちは喘ぎ、身体からは血が流れ、大地は不眠に陥って怒りのあまりにその身をわなわなと震わせていた。網にかかった瀕死の魚族たちの眼は悲しい上に冷たく、鳥は撃たれて飛べなくなったために、種は有毒の土地から芽を出すのを拒んだために……彼らの祈りの声は雲霞(うんか)のごとく空へ空へと昇り続け、その勢いは天をも覆わんばかりだった。ここにいたって、菩薩の神聖で寛大な面持ちにも悩みの影が差しはじめた。だがそうした悩みも刹那のそのまた刹那よりも短く、菩薩は依然として観世音らしく五蘊(ごうん)を照見し、無私無我の心ですべての祈りを観ては、それらを心の奥深くへとしまい込んだのであった。観世音の御心は広い上に深く、その複雑さは図書館にも似ていた。衆生の祈りはそれぞれの悩みによって細かく分類され、異常なまでに大切に保管されていた。

　三郎少年とカーサンの祈りは、「K1944-S2769461123-三郎-339871」「K1944-I269462578654-ヒトミ-56427764」のファイルへと分類され、両者の祈りは一億分の一秒か、それ以下の時間差しかなかった。ちょうど同じ頃、田んぼに立っていた三郎のトーサンは、祈ることなく昨夜見た夢の内容を思い返していた。夢のなかでは紫色に近い艶やかな炎が村を焼き、村人たちは必死になって自分たちの血でその火を消そうとしていた。彼らの水田からはソテツが伸び、サンパン（中国沿岸で使われる木造の平底船）が引き上げた網には目と鱗のついた砲弾がかかって、夜になるとカエルがまるで赤ん坊のような声を上げて鳴いていた。三郎のトーサンにはその夢が何を意味しているのかわからなかったが、多くの凡人たちには夢が意味しているところを理解することはできなかった。

菩薩はこれまで一度も自身の心の底にある図書館に足を運んだことがなかったが（たとえ神であっても、己の心の底へ踏み入ることはできない）、そこは神界の規則によって運用され、生きているようでありながら、あらゆる智慧が存在する場所でもあった。かつてある詩人であり小説家でもある人物がその場所を訪れた後、人間世界へと戻っていったことがあったが、彼はその様子を次のように記録していた。図書館は球体で、精密な中心部は六角形である。その円周は手の届かないほど広大で、深さは太古の昔からあらゆる生命体の記憶を合わせたのと同じくらいに深い。六角形の回廊の間には巨大な通風口（あらゆる乾燥した、あるいは新鮮な生命力を確保するに足るもの）があって、その傍にある螺旋階段は、上は空の窮みまで、下は黄泉にまで達していた。六角形の五つの隅にはそれぞれ五つの棚があって、本棚の高さは東洋人の身長よりも少しだけ高かった。

あらゆる祈りは本の形をしたファイルのなかに収められ、棚に置かれていった。そのファイルは億兆もの線で人々の心の核心と連なっていて、すべての線の末端が一冊のファイルと結びついていた。ファイルは固体というよりも液状に近く、不思議なガラスの光がその表面で流動していた。しかし、ファイルの中身はそこに閉じられたものと同じように真っ黒で、暗闇のなかにそれぞれの祈りが同じ声を繰り返し発し続けていた。痛みとも、あるいは「祈り」とも呼ばれていることすら知らないその声がファイルに突き当たるとカランと音をたて、さらに反対側にぶつかって再び同じ音をたてた。

それは、寛大で慈悲に満ちた菩薩の心の音であった。

# 6

御守を握りしめていると、三郎は少しだけ自分の心が落ち着いてきたことに気づいた。船上での生活で、彼は郷里近くの小さな集落から来た、今では大田秀男と名乗る少年と同じ布団で眠っていた。船倉では三百人以上もいる少年たちがゆらゆらと揺れる船で眠りに落ちようとしていた。ある者は目を閉じた瞬間眠りに落ち、またある者は夜が明けるまでその目を閉じることがなく、そしてまたある者はその夜見た夢を一生忘れることができなかった。夢は深い眠りに落ちた少年の下から静かな足取りで、また別の少年の下へと移動を繰り返していた。夢はここにいて、あそこで躊躇ってから、やがて歩みを止めた。そこで夢は新たな記憶に新たな想像、新たな恐怖に新たな傷、それに新たな忘却をもたらしたのであった。

ここまで書くと、ぼくは静かに目を覚ました。

# 7

「絶えず引き延ばされた」睡眠状態に慣れてくると、眠りに落ちる時間にさえ順応すれば、日常生活はそれまで通りに続けることができた。ただし、睡眠時間は完全に日中へと移行してしまい、夜中にはまったく眠れなくなってしまっていた。そのときになってようやく、ほんの少し時間がずれるだけでもともとあった生活の秩序とはいとも簡単に壊されてしまうものだということに気づいたのだった。世界が眠りに落ちているのを知りながら、自分一人ぎらぎらと目が冴えているといった感覚は、不眠や徹夜とも違っていた。不眠とは睡眠状態を「完全に失う」ことで焦燥感が生まれ、身体の節々から痛みのメッセージが発せられるものであるが、少なくともその痛みにどのように応じるべきかわかっていた。徹夜に関しては、ある目的のためにわざと身体に強制的な命令を下すわけで、そうした状況もやはり自らの意志によるものといえた。ぼくだって不眠のやるせなさや徹夜の苦しみくらい知っているが、不眠状態や徹夜をする人たちは、きっとぼくの今の状況を理解してはくれないだろう。ある種の力が、同じようにある種の空間において、ぼくの睡眠をコントロールしているような感じがしていた。

こうした考えを話すと、アリスは優しくぼくのこめかみを押さえてくれた。指先から伝わるその力はぼくの脳みそをグチャグチャにして、さらに深い場所へと伝わっていくようだった。仕立屋が正確に切り取ったように均整のとれたアリスの太ももに頭を預けると、少しだけ気持ちが落ち着いた。

アリスが口を開いた。「ストレスのせいだって。毎日あちこち走り回って、あんな変なニュースばかり掘り起こしてるんだから。頭が変にならない方がおかしいよ」。アリスの見方はごくごくありふれたものだった。ぼく自身、今の仕事のストレスが大きいことはわかっていた。普通に暮らしていれば、ニュースになるほどの事件に出会うことなんてほとんどなかったが、ぼくの勤め先では少々様子が違っていた。ぼくたちは専ら「一般的な事件」を扱っていたが、ただその主役たちがいわゆる公的人物だったのだ。だから、記事を読んでいくうちに「一般的な事件」は「尋常ではない事件」や「おかしな事件」へと変わっていく。例えば、それは浮気だとかパブで出会った子とホテルにしけこんだりだとか、あるいは全裸で眠ったり、路チューしたりだとか……これのどこが「普通じゃない事件」なのか？　ぼくはアリスに言った。「そんなことを言ったら、君たちが報道するニュースこそ変わってるだろ？　痛々しくもなければぶっ飛んでもいないようなネタなんて、そもそもテレビには映らないんだから。それに君だってわかってるはずだよ。テレビ局が報道するニュースのほとんどは、ぼくたちゴシップ誌がネタもとだってこと」

つき合って三年ほどになるが、アリスはいつも猫が地震を予知するように、敏感にぼくが考えていることを察知することができた。それは彼女の長所の一つであって、だからこそぼくたちはほとんど衝突することがなかった。

「だったら、医者に診てもらえば」。アリスはもっともなアドバイスをしてくれた。

そこで、ぼくは精神衛生科と心身健康科の医師に助けを求めることにしたが、彼らが出す抗うつ剤や精神安定剤は、ぼくの眠りを少しも正常な軌道へと戻してはくれず、ただ無駄に医療費を騙し取られただけで、眠りは引き続き知らない道へと分け入っていった。六月の初旬、アリスは友だちに紹介されたという特殊な診療所を教えてくれた。ピンク色のアート紙に印刷されたその名刺には、名前と電話番号だけが書かれてあった。「あまり知られてない診療所なんだけど、そこのお医者さんが睡眠研究を趣味にしているらしくて。だから、他のお医者さんよりも睡眠については詳しいかも」

睡眠研究？

「うん。少なくとも、あなたの奇妙な睡眠状態を説明することはできるんじゃない？　説明さえできれば、解決する方法だってあるわけなんだから」。アリスが言った。

確かにそうだ。今必要なのはこの原因を説明してくれる人であって、さもないとこの異常な状態を「矯正」するまでにはあまりに距離がありすぎた。睡眠状態が変化してしまったその原因さえわかれば、日々の心持ちだってずいぶん違ってくるはずだった。

住所を頼りに、ぼくは台北市東区の高級住宅街のビルにある「診療所」を見つけ出した。診療所には看板らしきものも出ておらず、合法的に経営しているのか心配になってしまった。アリスの説明によれば、政府高官やお金持ちは睡眠に問題を抱えていることが多いらしく、かと言ってそれを公にはしたくないだけに、この手の診療所は大っぴらに宣伝して商売を広げる必要はなく、むしろひっそりと商売をしてきたのだそうだ。言われてみれば、たしかに合点がいった。アリスに言わせれば、今回予約できたのも友人の助けがあったからこそなのだそうだ。

ピンクの名刺には、宗（ゾン）というめずらしい名字が書かれてあった。エレベーターを降りてチャイムを押すと、扉を開けたのは意外にも男性看護師だった。がっかりしなかったと言えば嘘になる。なぜなら、道すがらぼくが思い浮かべていたのは、美脚の看護師の姿だったからだ。ぼくの視線はわずかに彼をかすめただけだったが、なぜかデジャヴにも似た感覚を覚えた。しばらくして、その男性看護師の目がどこかアンドレイ・タルコフスキー監督の映画『ノスタルジア』に出てくる詩人ゴルチャコフに似ていると気づいた。てっきり彼がロウソクを手にぼくを部屋へと案内するのかと思ったが、どうもそうではないようだった。診療室は複数の暖色ライトを間接照明にするデザインが採られていて、ほどよい固さの絨毯には品のあるシングルソファとぶ厚いチーク材の長机が置かれていた。わざとらしく落ち着いた雰囲気を醸し出そうとする一般的な診療所と違っていたのは、部屋の左側の壁にスイスの画家フェルディナント・ホドラーの名画《夜》の複製画が掛けられていたことだった。大学時代に選択科目で美術史を履修していたときから、ぼくはこの画家の作品が大のお気に入りで、複製画だと言われるまでもなく、そのわずかばかりの知識から本物の絵画がベルン美術館にあることも知っていた。男性看護師はぼくの空白のカルテ（きっと空白のはずだ）を机に置くと、大きな音を立てないようにそっと扉を開けて部屋から出ていった。

一分ほどして、宗先生が診療所の内門から姿を現した。何と言うか、先ほどの看護師と瓜二つだった。ただし年齢は一回り離れているようで、きっと兄弟かなにかだろうと思った。

柔らかく、品のあるソファに座るように伝えると、宗先生はできるだけ詳しくぼくの睡眠状態について説明してほしいと言った。彼は真剣にぼくの言葉に耳を傾け、その目はいかにも「あなたの話はすべて真剣に聞いています」と言っているようだった。しかしよくよく見ればその目は比較的冷静で、憂いに満ちた男性看護師のそれとは少し違っているようだったが、二人の行動は話のスピードから身体を前かがみにする際に生じる衣服のしわの数まで、どこか計算された「正確」さを感じさせた。

話が一段落すると、宗先生はさらに五秒間、これ以上ぼくが他に話すことがないことを確かめた上で、ようやく口を開いた。「眠りとは暴力的なものでしょう？」その声は、想像していた睡眠研究者のそれとほとんど一致していた。聞く者にある種の安心感を与えながらも、その注意をひきつけるような声質だ。

「暴力的、ですか？」

「ええ。睡眠にコントロールされない人間なんていないんですよ。眠気に襲われたら最後、どれだけ屈強な人間だろうが、どれだけ聡明な人間であろうが、その動作は鈍くなっていき、運動神経は緩慢になっていきます。どんな人間でも一定の時間睡眠を奪われれば、必ず幻聴と幻覚症状を生じ、自分で自分をコントロールできなくなります。筋金入りの愛国者ですら、祖国を裏切ってしまうものなのですよ」。暴力とはまったくもって奇妙な言い方だった。「おおよその状況はわかりました。非常にめずらしい症例ですが、私の考えを述べてもいいでしょうか？　ただの推測なので、はっきりしたことにはもう少し経過観察の必要があるのですが。失礼ですが『自由時間』、あるいはタイム・フリーと呼ばれる睡眠状態についてお聞きになったことはありますか？」

ぼくは首をふった。

「いわゆる『自由時間』の睡眠状態とは、睡眠学上における重要な発見で、研究者が睡眠について研究する際、被験者から時間の座標軸、例えば時計であるとか自然光であるとか、そういったものを完全に奪って、被験者自身の生理的感覚だけに従って眠る時間や起きる時間を決めてもらうのです。こういった身体の内的感覚によって睡眠を行うことを、自由時間的な睡眠状態と呼ぶのです。最も初期の研究としては、ユルゲン・アショフとルトガー・ヴェーファーが協力して行った実験があります。彼らはミュンヘン郊外にあるマックスプランク研究所で、ある地下実験室を作ったのです。日の光も月の光も遮られたその空間で、被験者は眠るときには電気を消し、目が覚めたら電気をつけるように言われました。眠る時間はまとめて同じ時間にとることも要求されました。それ以外にも、被験者はその脳波と肛門の体温を測られ、研究チームのメンバーたちは交替して彼の睡眠状態を観察し、人体内部における睡眠メカニズムを探し出そうと試みたのです。

「地下壕において進められたその実験において、彼らは睡眠リズムが依然として存在していることに気づいたのですが、目が覚めてから眠るまでの周期が伸びていることにも気づいたのです。ある者は二十五時間、またある者は三十時間、そして最も長い者では三十二時間まで伸びた者もいました。

日光や月光が届かない地下壕では時間は緩慢になって、そうしたフリーラン・リズムの状態では、いわゆる自分の時間感覚といったものは自主的な意思のもとで変えられていき、多くの被験者たちは時間感覚を失ってしまったのです。一か月の実験期間を終えた被験者は、たった三週間しか時間が経っていないと思っていたそうです。つまり、参照すべき時間の座標軸を失った後、被験者たちの時間感覚は徐々に地上の人たちが持っている正常な時間の軌道からずれていってしまったのです。どちらかと言えば、それは睡眠に規則性をもたない幼児のそれと同じで、二十四時間の周期とは違ったものでした。専門用語で言えば、サーカディアン・リズム、概日（がいじつ）リズムとも言います。地下壕で観察された彼らは、生得的な身体のリズムに従って生活していたわけなのです」。宗先生は一気にここまで話し終えた。

「サーカディアン・リズム？」ぼくの声はきっと疑問に満ちていたはずだ。「それはつまり、いわゆる正常な人間の睡眠というものは身体の生理的メカニズムのリズムによって決められたものではない、ということでしょうか？」

「その通りです。しかし、それにもちゃんとした原因があるんです。人は必ずしも疲れたから眠り、目が覚めてから仕事をするわけではないのです。人は自然環境の要素、あるいは自身の知識によって作り出された文明に適応するために、様々な睡眠の法則を作り出してきたのです。例えば、フクロウの睡眠法則は通常、朝日が昇る前にはじまりますが、土地によっては独特の睡眠文化をもっているのです。だから、すべての睡眠がまったく同じというわけではないのです」。宗先生は自分の譬（たと）えに満足したように笑みを浮かべた。「アショフとヴェーファーは、生き物の睡眠が身体の内在的なメカニズム以外に外在的な睡眠の糸口を参考にすることで、より深く睡眠について知ることができることを発見したわけです。ドイツ語では、生き物の内在的メカニズムがいつ眠り、またいつ目覚めるかといった環境因子を提供することを、ツァイトゲーバーと言います」

ツァイトゲーバー？

「時間を与える者、という意味です」。宗先生が言った。「人間の活動とは、環境を糸口に調整されるものです。例えば、一般的な魚は深海魚が活動時間を判断する基準とは明らかに別の基準を持っています。彼らは太陽光によって餌を食べる時間を決めていますが、太陽の光が届かない場所に住む深海魚にはそれができません。彼らの時間は、温度や潮の満ち引きといった別の基準によっているのです。夜行性の昆虫の多くは、星空をその時間の基準にしていますが、もしもそうした基準を失ってしまえば、生活リズムが乱れ、歪んでいってしまいます。もう一人、面白い地下壕の睡眠研究者をご紹介しましょうか。彼の名はミシェル・シフレ。一九七二年、アメリカのテキサス州で地底三〇メートルまで降りていった彼は、ミッドナイト・ケイヴと呼ばれる地下の洞窟でしばらく過ごしました。シフレの身体には生理的なパラメーターを記録する電極が装着され、自然光も時計もない外部要因によって時間が決められない洞窟のなかで、一〇〇日以上を過ごしたのです。記録を調べてわかったことは、彼の睡眠時間が最長で三十二時間の周期にまで伸びていたことでした。彼は数年前、フランスの別の洞穴においても、太陽や月の光がない状態における直感的な時間の正確性を計る実験を行いました。洞穴は深さ二九七〇フィートにも及んでいたために、シフレは地上の様子をまったく知ることができず、自分が判断した日時を電話で伝えることにしていました。その結果、彼は三日ほど遅れてクリスマスを祝い、六十一歳の自身の誕生日を逃してしまったのです」

宗先生が取り出したハードカバーの本には、ミッドナイト・ケイヴの写真が掲載されていた。そこは岩肌がしわのようによったジメジメした洞窟だった。ページをめくるぼくの脳裏には、まるで別の惑星に暮らすように、自らのリズムで生活する男の姿が思い浮かんでいた。彼は落日や星座を想像しながら目を覚ましては再び眠りにつくと、イタチすら入り込んだことのない深い世界のなかで夢を見るのだった。人類はこうした環境で進化してきたわけではなかった。人類には太陽と月と星の光、そして温度といった座標軸が必要だった。

ぼくの視線は再び《夜》へと移っていった。確か、ホドラーは第一次世界大戦が終結したその年に亡くなったはずだった。この絵画がとりわけ印象深かったのは、風景画を中心に描いてきたホドラーが、この絵に限ってはまったく違った風景を描いたからだった。絵画のなかでは、八人の人物が交錯するように地面に身を横たえ、その身には異なる比率で黒い雲のように不吉な布がかかっていた。絵画の焦点は一人の男に当てられていて、男は全力でその生きているように見える黒い布を拒絶し、その顔は恐怖にかられているようだった。初めてこの絵画に触れたとき、ある種異様な感じを受けたのを覚えているが、それをどう表現すればいいのかわからなかった。

ジッと絵画を見つめていると、黒い影はぼくの瞳のなかでゆっくりと深い紫色へと変わっていき、それから再び金色へ変化していった。「つまり、ぼくの場合二十七時間の周期へ睡眠時間が変わってしまったということでしょうか?」

「外在的な状況から見れば、おそらくそう言えるでしょう。睡眠周期が伸び、睡眠へいたる糸口の制約を受けることなく、一日周期のリズムを越えてしまっているようです。サーカディアン・リズムです。睡眠とは音楽のようなもので、人は皆同じように眠っているように見えて、少なからず自分自身のスタイルをもっているものなんです。つまり、あなた一人がサーカディアン・リズムのなかにあって、他の人たちは一日周期のリズムのなかにいるわけです。その原因まではさすがにわかりませんが、あなたの眠りは一時的に外部の眠りのリズムとの間にズレを生じ、極端に強烈な睡眠スタイルに陥っているわけです。個人的な考えを述べれば、問題は外部的な影響を受けているにもかかわらず、身体のリズムが乱れ続けているその原因を探し出すことにあると思います」。宗先生は軽く人差し指を噛みながら言ったが、それは彼が話の合間にしてしまう癖だった。「しかし話を戻すようでなんですが、必ずしも生理的な要素が原因というわけでもないのです。時間もまた意識のなかに存在するのであって、その点を理解していなければ、時間の座標軸もフリーランス状態と同じようにぼやけてしまうわけですから」

「治る可能性はあるんでしょうか？」

「いやいや、これは治る治らないという話ではないんですよ。そもそも病気じゃないんですから。たとえば、赤ん坊の睡眠リズムも二十四時間というわけではないでしょう？　これこそが、赤ん坊が夜泣きをする原因なんです。どうやら、もう少し睡眠について説明が必要かもしれません。これまで私たちは、睡眠とは外部的な刺激によって引き起こされる生理機能の低下を指す現象であると考えてきました。しかし実際には、睡眠とは脳幹部分が行う必要な活動の一種なのです。睡眠状態の脳幹の活動パターンは、目覚めている際のそれとはまるで違っています。脳みそ内部のメカニズムのコントロールの下で、もしも睡眠状態を以前の状態に回復させたいと思うなら、まずメカニズムに影響を与える要素を探し出し、いったい何が起こっているのかを知る必要があるわけで……この方法なら、状況の改善につながるかもしれません。ただ率直に申し上げれば、改善できなかったからといって、何か大きな問題があるわけではありません。それには、あなたの協力が必要ですが。身体に何か大きな負担をかけているわけでもないですし、しばらく経てばまたもとの睡眠状態に戻っていかないとも限りません」。宗先生はひどく寛容な笑みを浮かべて言った。

「しかし、それだとぼくの仕事に差し障りがあります」

「それはそうです」

「あと一つだけ。何と言えばいいか、睡眠と夢との関係性についてお尋ねしてもいいでしょうか。夢とは、人間だけが見るものなんでしょうか?」何だか自分が面白いネタを追っているような気がしてきた。

「これはまた別の複雑な問題で、しかも説明すると長くなってしまいます。話せば診察料が発生しますが、そこまで専門的な内容でなくてよいのであればお答えします」。彼は非常に誠実な医者だった。ぼくはうなずいた。「大まかな概念だけ教えてもらえれば。それでけっこうです」

「あらゆる哺乳類は、似たような大脳の構造をしていますが、哺乳類と同じ脳の構造をしていないと眠れないというわけではありません。多くの生物は眠りにつきますが、ある種の生物はただ休息するだけなのです。睡眠も休息も似たようなものに思われるかもしれませんが、両者はまったく違ったものなんです。眠っているときにも大脳は活動していて、ただ周囲の刺激にやや鈍感になるだけで、何かを意識しても身体はその意識したものに対してリアクションできません。例えて言えば、魂だけが別の世界にいて、身体だけがここに残っているといった感覚です。だから、多くの文化では夢とは予知などを行うことのできる一時的な幽体離脱と見なされることが多いのです。これは夢に対する隠喩的な言い方ですが、なかなか理に適っています。しかし休息について言えば、冬眠を例にあげて考えてみればいいのですが、冬眠をする際に、大脳の機能は停止していますが、外部的な刺激に対しては部分的な反応を起こします。哺乳類とは、この地球上最も複雑な大脳をもった生物であると考えられていますが、睡眠行為とはこの大脳の複雑さの発展と緊密な関係があると、我々は考えています。厳密に言えば、大脳の発達した哺乳類と鳥類のような高等生物だけが睡眠をとることができるのであって、昆虫などはただ休息するだけなのです。これまでは昆虫の生命をあまり理解してこなかったために、彼らもまた眠るものだと思っていましたが、実際には活動が難しかったり、食べ物が比較的少ない時期に冬眠状態に入って、そのエネルギーの消費を抑えるだけなのです。両生類や爬虫類については、哺乳類のような高度な大脳皮質の発達こそしていませんが、確かに身体をリラックスさせたり目を閉じたり、休息状態に入る際に相当する脳波の変化を見せます。例えば、ウミガメが眠っているときの脳波は人間のそれと似ているところがあります。しかし、この点に関して、私は理性的な懐疑主義者でもあります。現在多くの睡眠学者たちが昆虫には睡眠がないと考えていますが、私たちが他の生物に対する理解度は、火星に対するそれよりもはるかに低いのですから。なので、絶対にないというのはやや独断的な判断と言えます。なぜなら、他の動物たちは人間のように、自分の見た夢に関して話してくれないわけですから」

「では、夢を見る意味とは何でしょうか？」

「眠ることはただ休息するのとはわけが違って、大脳の構造的な発展のために行われる重要な行為なのです。大脳における本能的行為のパターンをコントロールする部分を補修し、目が覚めているときに取得した大量の情報を処理、保存しているわけです。だからよく言うじゃないですか？ 睡眠と記憶には関連性があると。記憶というやつは夢と複雑な関係をもっていて、夢は記憶を復習しているんです。一部の研究者は、夢とは覚える価値のある記憶をもって森へいたる小道へと分け入るようなもので、大脳の新皮質までたどり着いてようやく長期的記憶へと変わるのだと考えています。そのプロセスにおいて、捨てられるべき荷物が忘れるべき記憶として捨てられていくのです。記憶と忘却、私たちが見る夢とは同時にこの二つのことをしているわけです。どの記憶を残し、どの記憶を夢で忘却するべきか。これは進化の過程で形成された『記憶処理構造コード』なのです。このコードを知っているのは、今のところは神さまくらいじゃないでしょうか。ある種の人たちは一生同じ夢ばかり見て、またある種の人たちは目が覚めた途端にすべての夢を忘れてしまうものなのです」

か?」

「では、サーカディアン・リズムの状態に落ちてからのぼくは、なぜ夢を見ないんでしょうか?」

「それは睡眠のリズムが変化してから、まったく夢を見なくなってしまったという意味でしょうか?」

ぼくはうなずいた。睡眠は空っぽの砂漠のようで、時間の概念すらなかった。太陽の光を参考に眠らなければ、夢すらも見ることができないのだろうか?

「何と言えばいいか、こんな言い方が適切かどうかわかりませんが、正直にお話しいたします。あなたの睡眠を私に観察させてもらえないでしょうか? 時間をかけて証拠を集め、この二つの関連性について考えてみたいのです。さきほど私が言ったように、夢を見ることと記憶すること、学習や感情、そして生理状態は密接な関係にあるのです。そこには私たちの人生にとって、何か重要なものが隠されているはずなのです。今のあなたの状態は、果たして夢を見ないのか、それとも本当はただ『夢を忘れた』だけなのか。この二つの状態はまったく違ったものです。夢の本質は、おそらく科学的な方法で解明されるでしょうが、夢とはイメージであって、それを見た人間の言葉によって叙述されなければなりません。夢とは私たちの身体と経験の純粋性、そして無私の産物なのです。もし本当に夢を見ないというのであれば、あなたの睡眠脳波と睡眠時の姿勢の記録を取ってみる必要がありますす。こうしたデータは、言語におけるセンテンスや句読点と同じようなもので、それさえきちんとそろっていれば、あなたの現在の状況を理解する手掛かりになるかもしれません」。宗先生の声からは、研究者が新たなテーマを発見したときに湧き上がってくる興奮を抑えようとする様子が伝わってきた。

「夢とは唯一無二のものなのです。あるいは、別の機会にそれを叙述する意義を考えてみてもいいかもしれません。夢を見ないということもまた、ある種の叙述だと言えなくはないのですよ」

## 8

三郎に捕まったとき、石ころはちょうど夢を見ていた。

犬が大草原を走るように、あるいは猫がキジバトを捉まえるように、石ころもまた自分が水のなかに潜って魚やエビを追いかけ、他の亀に求愛行動をしている夢を見ていた。石ころはこれまでたくさんの夢を見てきたが、人間のように発達した海馬をもっていなかったために多くのことを記憶することはできなかった。石ころに忘れられた夢は彼のその小さく、独特の形で進化した脳の隅に小さな硬い塊となって留まっていた。水に潜る夢を見ていた石ころは、夢のなかで息を止めて目を開いた。水を弾くその虹彩(こうさい)を閉じると、視界はぼんやりとしてまるで夢を見ているようだった。

三郎に捕まったとき、石ころはちょうど甲羅から抜け出して、羽が生える夢を見ていた。三郎に半分だけ水の入った水甕のなかに放り込まれた石ころは、そのときになってようやく慌てて目を覚ました。完全に水のある場所で大きくなったわけではない石ころにとって、水甕は決して快適な場所ではなかった。しかも腐りはじめた雨水がたまった水甕の臭いは、石ころに朝香り立つ森の匂いを思い起こさせ、泣きたい気持ちにさせた。

無秩序に羽の生えた凶悪な目つきで相手を睨む動物たちと同じ籠のなかに入れられることもあれば、半分生けすに浸かったネズミを捕獲するための籠に閉じ込められることもあり、また木箱のなかに閉じ込められ、暗くジメジメとした農具の収納庫へ投げ込まれることもあった。三郎のカーサンにベッドの脚にされてしまう前の日、木箱に閉じ込められていた石ころは一晩かけて、背中の甲羅を使って蓋を押し開けて逃げ出そうとしていたところだった。

三郎が汽車に乗って故郷を離れる日の朝、カーサンは十数年前に結婚した際に、街のアセン親方にお願いして作ってもらった木製のベッドの脚が、湿気と白アリに長年蝕まれて折れていることに気づいた。カーサンはそれを不吉の前兆だと感じた。三郎がほどなく船に乗って、自分が見たこともない大海原へと漕ぎ出していくことを思ったカーサンは、慌てて息子が船に乗る前にベッドを「安定」させようと思い、とりあえず適当な大きさをした石ころをベッドの脚に据えたのだった。

月明かりのように輝く美しい瞳をもっていたカーサンは、幼いころから村人たちからヒトミと呼ばれてきた。ところがいまではその瞳のなかの月明かりには闇が差し、せいぜい自分のつま先を見るのが精いっぱいだった。石ころの背丈がちょうど折れたベッドの脚と同じ大きさだということに気づいたカーサンは、しかし石ころがカメだということには気づかず、石ころを本当の石ころとして折れたベッドの脚にしてしまった。石ころの大きさと折れたベッドの脚の長さがあまりにも一致していたので、眠りについたカーサンは、やがてベッドの脚が折れていたことすら忘れてしまったのだった。

頭と尻尾、そして両足を縮めた石ころは、自分が一個の石になる様子を想像した。硬くて静かで、卑しくて強情な石になりきろうとしたのだ。ベッドの脚にされてしまった石ころは、ただ黙々とその役割を果たした。そこから離れることも抗議の声をあげることもできなかったし、巨大な力に対抗して、己の人生を選ぶことも適わなかった。ベッドの脚にされてしまった石ころにとって、生き死にはすでに問題ではなかった。彼にとって最も重要な問題は、飢え死にすることよりもその視線が固定されてしまい、同じ方向しか見られなくなってしまったことだった。河辺の生活が懐かしかった。彼は水を弾く虹彩を通じて光輝く世界を見ることに慣れていたが、ベッドの脚になってしまってからは毎日乾いた空気にさらされ、その涙腺からは常に涙が流れ続けた。涙は地面を濡らし、やがて小さな凹みを作り出すまでになった。

三郎の家の壁はちょうど雨漏りがしていた。雨の降る日などは湿気が壁を伝って流れ落ち、石ころの作った凹みのなかに水が溜まっていった。石ころはその凹みにたまった水を飲んだ。夜になればゴキブリやヤモリがそこいらで蠢き、柔らかな土の地面からはミミズが這い出して来ることもあった。そこで、石ころは自身の食生活を改善することにした。口元にやってくる生き物を食べ、何とか生き延びることに成功したのだ。ベッドの脚として生きていくことをよしとはしなかったが、その身体ははるかに強靱で生きる意志に満ちていた。しかし、自由な意志を失った一匹のカメとして、石ころは死を選ぶこともできなかった。彼は硬いくちばしで柔らかな舌を噛み切りたいと願ったが、その舌はくちばしまで届きそうにもなかった。

ベッドの脚になってしまってからの石ころは、毎晩毎夜、青春期から衰えゆく女性と、疲れ果てて将来に何の望みもない男性の体軀を支え続けた（幸いにも、男の方は山にある従業員用宿舎に泊まることがあった）。石ころはいかんともし難い思いをしていたが、それに反抗することもかなわなかった。カーサンにオガタマノキの枝を切って、ベッドの脚にできることを教えてやりたったが、一匹のカメである彼には、人間が理解できる言葉を話すことはできなかった。

やがて、彼はあることに気づいた。ベッドにいるのはたいてい二人の人間だったが、それは重くなったり軽くなったりした。ときにはベッドで眠る人間が重く沈み込んできて、今晩こそ絶対に耐えられないと思ったりするのだが、翌朝彼ら二人がベッドを離れて田んぼへ向かうと、石ころは自分がまだしぶとく生きていることに気づくのだった。またときには、背中のベッドとそこで眠る人間の体重があまりにも軽くて、石ころは自分の背中に苔が生えて、森のなかを新鮮な植物を探して歩き回っては殻のなかに隠れた柔らかいカタツムリをバリバリと食べていたころを懐かしく思い出し、そのあまりの軽さに自分が空を飛んでいるような感覚さえ覚えるほどだった。

そのことは、石ころに深い疑念を抱かせた。そこで石ころは、自分も夢を見ることで、三郎のトーサンとカーサンの夢のなかに入り込んでみることに決めた。

三郎のカーサンは夢の多い女性だった。その夢は人生のように長く、また図書館のように複雑だった。夢はトーサンがはじめてヒトミの身体に触れた際の震えと同じくらいはっきりしていることもあったが、ぼんやりとしていることもあって、前世の記憶のようにまったく理解の外側にあるものだった。あるときは三郎と一緒に田んぼを耕し、牡蠣の殻を剥いていた。青春時代には海辺に並ぶアダンの葉をむしりながら調子はずれの歌を歌い、その頭のなかは絵空事でいっぱいだった。そのころのカーサンの足の指は、まだ田んぼの冷たい水と泥でそこまで傷ついていなかったし、背中もいまほどは曲がっておらず、瞳の底では月の光が輝いていた。夢のなかでは夫(アンサイ)があぜ道に腰を下ろし、煙草を燻らせながら静かに田んぼを眺めているか、カーサンの傍に寝転がって、眠りにつくまで話を続けることもあった。カーサンはときに未来の夢も見たが、それはひどくぼんやりとしていて詳しい内容まではわからなかった。それに比べるとトーサンが見る夢は少なく、それほど疲れていないときなどには輪郭のはっきりしないエロチックな夢を見た。だが多くの夢は炭鉱のなかで見る光景と同じように、はっきりと判別できないものだった。

石ころは、二人の夢のすべてを見たわけではなかった。なぜなら、他人の夢を夢見るということは、森の最下層から空を見上げるようなものであったからだ。

石ころは、三郎のトーサンとカーサンの見た夢について考えていた。そして、彼らの身体が夢によって重くなったり軽くなったり、揺れ動いたり硬くなったりするのだということに気づいた。あるいは、それこそが夢を見ながら実際に涙を流したり、声を出して笑ったりする原因なのだろうと思った。夢にも重さがあって、軽いときのそれは猫の足どりや小鳥の羽根ほどしかなかったが、重いときには真っ黒な雲や動物の骨ほどもあった。石ころが最も恐れていたのは、眠っているカーサンが夢のなかで涙を流すことだった。カーサンの涙は石のようにゴトンと床に落ちては、ベッドの床に染み込んでいき、彼の背中の甲羅と腹を貫き、土のなかに潜り込んではあらゆる夢の涙が溜まっている地下の水脈へと集まっていった。しかし、カーサンが軽い夢のなかへ入り込んでいるときには不思議とベッドの重さは消え、自分の身体に不思議な力がみなぎっていると感じた石ころは、空をも飛べるような気分になるのだった。

自分が夢を見ているときだけ、石ころはこうした重さが夢へと変わって、現実感を失っていくのだと感じていた。だからこそ、彼はできるだけ多く眠って、多くの夢を見るように自分に言い聞かせてきた。足と首をすくめて、尻尾をしっかりと甲羅とお腹の間に収めると、彼は背中に感じる重さや自由に泳げない事実、それに自ら死を選べないことなどをなるべく考えないようにしながら、深い眠りへと落ちていった。

しかし、目が覚めた石ころは依然として自分がただの一匹のカメどころか、ベッドの脚でしかないことに気づくのであった。首と四肢を伸ばすこと以外にできる動きもなかった。目覚めているときには空腹を感じることもあったし、甲羅と腹部の間の肉体が痛みを感じることもあった。だからこそ、石ころはただ次に見る夢だけに期待をかけるしかなかった。

目を閉じた彼は、眠りが彼を夢の底にある世界へと連れて行ってくれるのをただジッと待っていた。

# 9

三郎少年は眠れずにいた。それは北へと向かうこの船に乗って、最初に陥った不眠状態だった。このとき、幼年時代に患っていた夢遊病の習慣が完全に消えてしまっていたことに気づかずにいた彼は、それを単なる不眠状態だと思っていた。その心は錘重（すいじゅう）のように重く、眠りは遅々として訪れなかった。

　ずいぶん後になって長男が夢遊病に罹ったとき、三郎はようやくかつて自分も同じように夢遊病を患っていたことを思い出したのだった。トーサンによれば、夜中に家の閂（かんぬき）を外した三郎は、箒で門の外を掃除しはじめたらしい。また、カーサンによると、夜中に起きだした三郎のあとをこっそりつけていくと、台所でトーサンの釣り糸を持ち出し、そのまま空になった豚小屋のそばで山ほどミミズをほじくり出して、三里も離れた池で魚釣りをはじめたのだとか。カーサンが抱いて帰らなければ、池のなかに飛び込んで泳ぎ出しかねないほどだったそうだ。三郎の夢遊病と薄い頭髪はそのまま息子へと遺伝し、その長男はそれを三郎の孫へと遺伝させていった。彼らは眠っている最中に突然半眼でその場に座ると、あれやこれやと動きはじめた。わずかに浮き上がった眼球は断続的に素早く動き、何かを見ているようだった。普通、夢遊病者のそばで眠っている者は、彼らのその行動にひどく驚かされるものだ。三郎の妻である珍子（ちんこ）も若いころ息子の行動によく驚かされ、道路に飛び出して事故にでも遭わないかとハラハラしていた。まさかその息子が自分に預けた孫まで、それとまったく同じ行動をするとは思わなかった。孫は夢遊状態のときに癇癪まで起こした。珍子は夢のなかで癇癪を起こしている孫を起きているときと同じように辛抱強くあやし続け、大好きなおもちゃを探してきてはそれを夢のなかにいる孫へと与えた。台湾語も日本語も国語より流暢に話す珍子は、よく国語の使い方を間違えていたが、近くにいる人にはいつも幸せそうに孫について話していた。うちのアホンはこの子のお父ちゃんとよう似て、いつも夜中に起きだしてうろうろするんじゃわ。

しかし、十三歳の誕生日を迎えた三郎は、夜中に寝付けないことは夢遊病よりもマシだと思っていた。以前トーサンやカーサンは三郎の夢遊病を何かの祟りだと考え、鼻にツンと来るミソナオシや浄葉と呼ばれるガジュマルの葉っぱで身体をゴシゴシ擦って、朝夕線香の灰を浮かべた濁った水を飲むように命じた。床に就いた三郎は、何を考えれば眠れるだろうかと考えた。眠れないときには何を考えればいいのか悩んでいると、突然自分が勃起していることに気づいた。寝室にいる他の少年たちのいびきはどこかあえぎ声にも似ていた。

とりあえず、この船について考えよう。三郎は初めてこの巨大な船を見たときのことを思い出してみた。埠頭で隊列を組んで乗船を待っていた三郎は、この巨大な船にすっかり惹きこまれ、これに乗れるのならここまでやって来た甲斐があったと思った。輸送船の高い煙突は、さながら大空に向けられた巨大な大砲のようで、重々しく黒い煙を吐いていた。船に乗り込むと何やらひどく誇らしい気持ちになって、見送りに来ている人たちがみんな自分を見ているように感じたが、そうした脆いプライドも汽笛の音が鳴り響いた瞬間に早くも崩れてしまった。陸から船を見るのと、船から陸を見るのではまったく勝手が違っていた。見ず知らずの水夫の手に引かれると、足元には同じく不案内な甲板があって、その足どりすらおぼつかなかった。そのことは自分がひどく無力で、哀れな存在であるように思わせたが、船にかけられた梯子はすでにしまわれ、船と陸地は海によって切り離されてしまっていた。

船首が排水をはじめ、錨があげられた。

船は迷うことなく前進し、海を切り裂いていった。煙突から噴き出す煙は心なしか先ほどよりもその濃さを増し、明るい空にどこか人を気落ちさせる灰色の煙を被せていた。船が哀しげな汽笛を鳴らすと、船上の人々は颯爽と船尾へと集まってゆき、陸の人たちに向かって手をふった。扇形に広がってゆく波紋が彼らを岸から遠くへと運んでいった。しばらくすると海の色が変わって、波の起伏も激しくなっていった。もともと大きすぎてちゃんと動くのかどうかすら怪しかった船が、今では寄せ来る波によって軽々と持ち上げられ、海へと叩きつけられていた。陸に見える人や建物、それに山々はすでに小さくなって、甲板にある一切は照りつける太陽の日差しの高熱と海面からの反射光で小さく震えていた。

船は再び汽笛を鳴らしたが、先ほどとは少し違っていた。今回の汽笛は船が前進する勇気を挫いたようで、少しばかり足踏みしたばかりか、波によって押し戻されている気すらした。三郎と少年たちは、この最後の汽笛がまるで生き物のように自分たちの身体に入り込んできて、その呼吸と動きを止めてしまったように感じた。バタバタと動いているのは日の丸の旗だけだった。汽笛は海鳥が海面を飛ぶように陸まで伝わり、見送りを終えた人々の鼓膜を揺らして、港の路地にあるレンガの壁の隙間へと伝わっていった。それは人っ子ひとりいない小学校の教室にまで伝わり、机の上に薄くたまったホコリを巻き上げて魚市場へと伝わり、今まさに息絶えようとしていた魚に最後の力をふり絞って飛び跳ねさせた。それは木々のてっぺんにまで伝わって小鳥たちを騒がせ、山上のススキやハクビジン、防空壕や墓地にまで伝わっていった。

山にかかっていた雲は、汽笛の音とともにその色を暗くしていった。

今でも三郎はその汽笛の音を耳にすることがあった。とりわけこんな静かな夜には、それがはっきりと聞こえた。彼は思わずまわりを見まわして、自分と同じように汽笛の音を耳にした者はいないかと確かめてみたが、他の少年たちは皆深い眠りに落ち、幼いいびきを立てていた。外観だけ見れば船は非常に雄々しく威厳に満ちていたが、海上を長らく航行するように設計されているだけあって、できるだけ多くの空間を有効活用するように運用されていた。船内はどこも暗くて狭く、そんな暗闇のなかで両目を凝らして船の輪郭を探ろうとする三郎は、自分が魚の腹のなかにいるような錯覚を覚えた。寝室は船倉に畳を敷いたもので、少年たちはそこで静かに眠りながら、船が海を渡り終えるのを待っていた。

畳の上で、三郎はただ天上を……いや、実際には何も見えてはいなかった。

中学に進学したある日、荒井先生が全校の男子生徒を集めて話をした。荒井先生は、学生たちにある試験に申し込むように勧めたのだった。その試験は「形心一体」を旨とし、天皇陛下の赤子となる最高の機会らしかった。荒井先生はまだ三十そこそこだったが、帽子を脱ぐと頭がピカピカと輝いていた。しかし、帽子さえかぶっていれば、その鋭利なまなざしのおかげでまだまだ若く見えた。荒井先生によれば、天皇陛下の一視同仁の大御心によって、この度台湾の少年たちに内地で半工半読、技術を学びながら勉強をし、工廠で働く機会が与えられることになったのだそうだ。工廠で働けば給料が出るだけではなく、三年間の研修を経ることで、工業学校と同等の卒業証書がもらえるということだった。中学の卒業生であれば、さらに高校の工業科卒業と同じ学歴が手に入り、技師としての将来も拓けるらしかった。工廠での仕事は、天皇陛下に代わって邪悪な米国をやっつけるだけでなく、天皇陛下のご恩に報いる絶好の機会なのだと荒井先生は言った。

試験を申し込む際に最も重要だったのは丈夫な身体で、その次に必要だったのが国語の能力だった。米俵だって担いで走ることができるから、きっと体力の面で問題はないはずだと三郎は思った。自分の家はまだ「国語解者」のなかには入れてもらえなかったが、国語にもそれなりに自信はあった。国語を教えてくれている松本先生も、三郎の国語の能力がずいぶん進歩して、台湾訛りが少しずつ消えているといっていたからきっと問題ないはずだ。試験で一番重要な理科に関しては、最も得意な科目だった。トーサンの印鑑を盗んででも試験を受けたいと思った。日本に行けば、天皇はきっと自分たちを飢えさせることはないだろうし、トーサンの負担だって軽くなるはずだった。

目の前は真っ暗な闇で、三郎は軍用の毛布を頭まですっぽり被って瞳を閉じた。毛布は何かに包み込まれているといった小さな温かさを感じさせてくれた。するとふと、目の前に色彩豊かな線が浮かび上がった。芽吹きだした稲からは青緑色が摘まみだせたし、午後の雷雨の前にずっしりと沈んだ雲は鉄のような色をしていた。それぞれ深い緑をした山々の肌は違った色をし、石ころの甲羅にあるまだら色は苔色と灰褐色をしていた。サツマイモ粥を入れた鍋を置く椅子はトーサンのお気に入りで、カーサンのきれいな瞳はいつも潤んでいた。三郎は太陽が照りつけるなかで、家族全員がススキに向かって歩いていく夢を見た。どれだけ進んでも目に映るのはススキばかりで、いくら進んでみてもその先にはススキしかなかった。

翌日、目を覚ました三郎はそれまでのように頭がぐらぐら揺れていないことに気づいた。大きすぎる軍服に身を包んだ他の少年たちと甲板に上がった三郎は、ほとんど波の立たない海を見た。波がまったく立っていないというわけではなく、それぞれに方向や速度、力をもった波が海流の関係からお互いにその力を相殺しているだけで、一種の平静を装った状態だった。少年たちは夢中になって、目を細めながら目の前の景色を眺めていた。

——ここはどこだ？　ある少年が変声期前の幼い声で沈黙を破った。

——瀬戸内海。

## 10

睡眠に関わる病に罹った際に感じる一番の欠点とは何か。それは大量のエナジードリンクやコーヒー、それに濃いお茶などを飲んで、アンフェタミンを摂取する一歩手前の状態にまでなってこれで絶対眠くならないぞと自信満々の状態でいるにもかかわらず、意識は徐々に暗くなってゆき、まるで睡魔にガツンと斧で切り倒されたように眠りに落ちてしまうことだった。あるとき道端で眠りに落ちてしまったぼくは、通りすがりの人に急診に送られてしまったこともあった。それからというもの、だいたい眠りの来る時間を予測して、それが街のなかであればまず喫茶店を探し、野外であればできるだけ蚊やハエの少ない場所で腹ばいになるか、木陰に座って睡魔が襲ってくるのを待つことにした。突然訪れる眠りには決まって夢がなく、それは死や魔法のように空っぽで、まるで時間の外側にあるような感じがした。

アリスはぼくが道を渡っているときに眠ってしまうことをひどく心配していた。手元にはぼくの睡眠スケジュール表があって、眠りが訪れる三十分前に電話をかけてきては、「おねむの時間よ」と言ってくれた。

「まだ規則性があってよかったよ。じゃないと、セックスの最中に突然眠っちゃったりしたらさすがにあれだろ?」こんなことを言おうと思ったが、結局口には出さなかった。アリスはぼくが子供に戻ったみたいだと言った。ほんのわずかの時間も目を離すことができなくなってしまったからだ。そう言ったときのアリスの目には、すべての母親がそうであるように憐みとも苛立ちとも取れるような感情が浮かんでいた。この数か月、勤め先のテレビ局はアリスを重用し、その仕事は忙しくなるばかりだった。ぼくは自分で問題を解決する必要があった。これが自分自身の問題であることは、ちゃんとわかっていた。

睡眠のパターンを摑んでからは、夜中に目が覚めてしまうことが最も大きな悩みとなった。街全体がまだ眠りについているなか、自分一人だけが目覚めているということは、びちょびちょに濡れたシャツを着たまま騎楼(チーロウ)（台湾にある屋根付きの歩道）で雨宿りをしているような寂しさを感じさせた。

「フランシス・クリックとグレアム・ミチソンの研究によると、夢とは作用がまったくないメカニズムなどではなく、人類が進化を遂げる際の重要な鍵なのです。夢は記憶をコピーしますが、それよりも多くの時間をかけて忘却を助けます。夢とはつまり、昼間私たちが学習したことを強化することもありますが、生存を阻害するような記憶を抹消することもあるのです。長い生物の進化の過程において、夢は生存を抽象化する役割を果たしてきたわけです。夢から目覚めた生物は、こうしてサバイバルする能力を得てきたのですよ」。ぼくはあの日、宗先生が言っていた言葉を思い出した。睡眠について話す宗先生の両目はキラキラと輝いていた。壁にかけられた《夜》には、様々な眠りの姿勢が描かれていた。静かに眠りにつく肉体の上にかぶさった黒い布はまるで生きているようで、そこには口も腹も嫉妬の感情すら存在しているようだった。絵画には驚いて目を覚ました男にからみつく黒い布が描かれていた。男の驚きに満ちたその顔はおそらく恐怖を感じていた。まさか恐れは何かを記憶し、忘却することと関係があるのだろうか？

そして、今のぼくは一時的に夢を失っている状態だった。現在にいたるぼくの人生において、特別に何かを記憶したり、あるいは忘れることなどあったのだろうか。

その日、診療所をあとにしたぼくはしばらく仕事を辞めようと考えていたが、書きかけていた原稿を脱稿してから、真剣にそのことを考えはじめた。自分の睡眠状態をコントロールできないような状況では、とてもじゃないがまともな仕事はできそうになかった。あるいは、朱(チュ)くんに病気について話してみて、今後自分の時間に合わせて、インタビューや執筆時期を決められないか、尋ねてみるのはどうだろうか？　確かに朱くんとは兄弟のような間柄だったが、さすがにそんなことまで口にすることはできなかった。今の彼は雑誌の編集長であって、昔のようなただの同級生ではないのだ。迷惑をかけない方法はただ一つだけ、仕事を辞めることだった。

仕事を辞めるつもりだと電話でアリスに伝えたとき、彼女はちょうど前衛アートの展覧会場でインタビューを行っているところだった。電話の向こう側からアリスの足音を聞いたぼくは、その足が展覧会場のピカピカに磨かれた床に影を落とす様子を想像した。どうやら受話器を手で押さえながら、会場の外まで出てぼくと話しているようだった。アリスは宗先生に診てもらえたかと尋ね、ぼくは彼が自分の睡眠状態を観察したがっていることを伝えた。「けど正直に言うと、他人に観察されてる状態で寝られるかなんてわかんないな」。ぼくは言った。

「いい子だから、ちゃんと先生の話を聞きなさい」。アリスが言った。

「H大学のそばにある山、あそこに適当な安い部屋を借りようと思ってるんだ。あの場所、覚えてるだろ？　あそこで毎日雑誌の仕事をやろうと思うんだ。締切に追われなくてもいいような原稿だよ。経済的にはまだそこまでヤバいってわけでもないから。それに、原稿の仕事をまわしてくれるような友だちはまだ他にもいるんだ」

「手持ちのお金は？　山での生活なんて不便じゃない？」

「大丈夫。雑誌の仕事で地方のグルメ特集みたいな仕事もあるから、車で市内をブラブラする機会だってあるんだ。いっそのこと記憶に頼って記事を書いてもいいし。住所さえ間違ってなければ問題ないよ。いざとなればGoogleで資料を調べればいいんだから」

「病気が進行して、原稿が書けない状態になっちゃったら？」アリスはなんだか心ここにあらずといった感じだった。

「そうなったら仕事は止める。もしもお金が足りなくなったら、眠ってしまう前に電話するから」

ぼくは冗談めかして言った。

「一緒にいてほしい？　突然眠ったあなたを見て、何度死んじゃったと思ったことか」。電話の向こう側で、アリスは小雨が降るように小さな声でぼくに尋ねた。

ああ、けどぼくには何もないんだ。夢すら無くしちゃったから。その言葉をぼくは口には出さなかった。電話ボックスに立ったぼくは、大通りで音もなく降り続ける雨がアスファルトに濃淡の異なった斑模様をつくりだす様子をジッと眺めていた。しばらくして、雨に濡れた大通りはようやく光りを放ちはじめた。

高座宿舎二
旧曆六月二十一日夜九時

## 第二章

夜は最もいい時間だ。
眠りに落ちるのが困難なとき、
それはお前の耳にちょうど
死者たちの叫び声が届いてしまったからだ。

J・M・クッツェー『夷狄を待ちながら』

## 11

ぼくは一人歩いていた。いや、一人ではなく、背後にはZがいた。

ぼくはZと歩いていた。ぼくが前を歩き、Zがその後ろからついてきたために、後から光が差し込んでくる際、彼の影を目にすることができた。Zの影は深い夜の闇から切り取ってきたようで、あらゆる種類の黒を内包している感じがした。中肉中背のその影はどこか奇妙だった。両肩が奇妙にふくらんでいて、特殊な服を着ているか、あるいは小さな翼を隠しているように思えた。

目のふちの白い小鳥の群れが、ぼくたちの周囲でクルクルと三回ほど旋回したかと思うと、ピーピー鳴いてから矢のように飛び去っていった。しばらくすると、雨が降り出した。雨に打たれて地面に叩きつけられた小鳥たちは、そのまま森になっていった。

雨が止んだ。森は道の両端から圧縮され、ほの暗い一すじの路へと変わっていった。目を傷つけてしまわないように、注意深く棘のある枝葉をかき分けながら、ぼくは木々と木々にまとわりついたツタたちがおしゃべりする声を聴いた。ツタの使う言語はカスタネットみたいで、木々が使う言語はティンパニのようだった。彼らはお互いを咎めながら、慰撫し合っていた。ぼくとZはカスタネットとティンパニのリズムに合わせるように進んだ。最初、この森が坂道に沿って広がっているのだと思っていた。実際に両足を力いっぱい踏ん張らなければ、前に進むことはできなかった。ところがしばらくすると、今度は下り坂を降りていることに気づいたのだ。まるで滝の流れに押し流される木の葉のように、意志を持った紡錘のような形をした谷底へと落ち込んでいったのだ。そうなると、今度はよほど踏ん張って歩かなければ、滑り落ちてしまいそうになった。ぼくは両目を見開いて、小道の場所を探そうとした。すると、この森がある悪意に満ちた生臭い臭い（おそらくそれは果実の臭いだった。

地面に落ちた果実はどれも腐っていた）を放っていることに気づいたのだ。その臭いは鼻ではなく毛穴から侵入してくるようで、息を止めても防ぐことはできなかった。

道が見つからないときには、Ｚの息遣いで行先を決めた。疲れたら路傍の石に座って休んだ。あたり一帯は静寂に満ち、木漏れ日は木々の隙から降り注ぎ、ぼんやりとうつろう白い光の影のようになっていた。Ｚは石の上に座っているぼくに、その息遣いで自分と同じ方向を見るように促してきた。静かに旋回している石が、ぼくを知らない場所へ連れ去っていってしまうことを防ぐためだった。多くの旅人たちは森でひと休みした後、自分がさきほど歩いてきたと思っていた道が、実際には後戻りできないまったく知らない道になってしまっていることに気づかずにいるのだった。

どこに向かっているのかわからなかったので、歩いているときの気持ちはどこか空虚だった。しかも、自分の足音すらはっきりと聞こえなかった。そこで、底の厚い登山靴を履いているせいだと思うことにした。足元にはずいぶんたくさんの落ち葉があった。呼吸を整えて精神を集中させると、声は徐々にはっきりと聴こえはじめた。水は潜ったり噴き出したりして、カタツムリは落ち葉の間を苦労して這いまわっていた。鋭利な葉が柔らかな躰に血痕をつけ、哀しみに満ちた瞳をしたアオガエルたちは韻を踏みながら詩を詠っていた。キツツキは苦悩をはらんだくちばしで幹を叩き、その舌先で木の心臓の鼓動を探し出そうとしていた。ツタの種は光に向かって土壌を突き上げ、光を目にした瞬間、肉眼では確認できないほど小さな葉の先端を開かせるのだった。それぞれの声はぼんやりと具体性に欠け、煙が天に昇るように消えていった。

その声を追うように空を見上げると、瞳に差し込む光に少しだけ痛みを感じた。ふと先ほど見た、目のまわりが真っ白な鳥の瞳がアリスのそれに似ていたことに気づいた。ほんの一瞬、ぼくは視覚機能を失った。霧のなかにいるように、すべてがぼんやりとしていた。再び焦点が定まってくると、時間が不思議な速度でぐるぐると回っていることに気づいた。リュウキュウアイやキイチゴ、ユリなどが繰り返し咲いたり萎れたりを繰り返していた。そして、それらは萎れる前に必ず血を流した。ぼくはこの目で石が砕けて灰になり、樹皮が新しい組織に破られ、キョンが飛び跳ねながら年老いていき、真っ赤なツタが巨大な木に巻きつきながら、視力と想像力が尽きるその場所まで伸びていくのを目撃した。Ｚはぼくに向かって、ツタになっている果実を指さした。果実の上には真っ黒なトンボが止まっていて、そのどれもが尻尾を遠くへ向けていた。Ｚはトンボの尻尾が差している方向に進めばいいと言った。

　ふと強烈な渇きを覚え、適当に手近にあった果実を口の中に放り込んだ。すると身体がどんどんと軽くなっていって、歩いているうちにふわふわと浮かび上がっていることに気づいた。Ｚは慌ててかかとを伸ばしてぼくをつかまえると、この果実を食べると身体が軽くなってしまい、一旦浮かび上がるとどこまで飛ばされるかわからないのだと言った。

――君は空っぽの身体の使い方を学ぶ必要があるみたいだ。皮膚でも舌でも、あるいは毛穴でもいいから、それを使ってぼくの息遣いを感じるんだ。ぼくの息遣いがそのまま君の道しるべになっていて、それがなければ、君はどこにも行けやしないんだから。Ｚの息遣いはまるで炎のようで、ある種の温かさを感じた。しかし、その温かさはどこか実体に欠けた熱風のようだった。ふり返ってＺの顔を確認したかったが、結局ふり返る勇気はなかった。

　ぼくらはようやく森の果てまでやって来た。

　もうすぐだ、もうすぐ着くよ。Ｚが言った。森の果ては、そのまま草原のはじまりになっていた。最初そこが草原だとはわからなかった。異なる野草はどれもゾウのように高く、緑色をした霧に包まれたようで、ほとんど前に何があるか見えなかった。鋭利なススキが身体にむずがゆい傷口をつけはじめてから、ようやくそこが草原なのだと知った。しばらく歩くと目の前に竹林が現れ、その竹の一本一本に黄や緑、それから少しだけ紫色をした麦の穂のような花が咲いていた。花には花芯があって、花芯の中心には涙の大きさほどの蜜があった。ある花は枝の上にまばらにあって、ある花はかたまりのように集まって咲いていた。どんな色にしろ、あるいはどんな形にせよ、花はすべて死の気息を漏らしていた。ふとぼくは、先ほど見た目のまわりの白い一匹の鳥がアリスに似ていたことを思い出した。

ぼくの注意が花へと向かっていった途端、竹の一本一本が巨大な緑色をした蛇へと姿を変えた。蛇は硬い躰を柔らかく変化させ、その横っ腹を四方に向けてうねうねと動かし、躰に張りついた鱗がきらきら輝いていた。驚いたぼくは思わず後ずさりした。しかし、Zはまるで気体のようにその手でぼくを押し返すと、金色の尻尾をした一匹の蛇を指さして、その尻尾を捕まえるように言った。彼の低い声はひどく魅惑的で、ぼくは何かに憑りつかれたように勇気を出して蛇を捕まえる際に最も危険だと言われる尻尾へと手を伸ばした。蛇は威嚇の声をあげながら頭を反転させると、電光石火のスピードでぼくの左手の親指と人差し指の間に牙を突き立てた。傷口は深く、そこから金色の血が流れた。Zが早くそれを瞼の上に塗れと言ってきたので、ぼくは金色に輝く血を自分の瞼の上に塗った。

蛇の血を瞼に塗った途端、まるで火がついたような感じがした。空の彼方で雷鳴が鳴り響き、その雷鳴がまた別の雷鳴を呼ぶ様子は、まるで雷鳴に足が生え、神秘的な場所からどんどんと足を踏み鳴らしながら駆けつけてきているようだった。山鳥はその音に驚いて目を覚まし、木々は忙しげに叫び声を上げ、石ころは転がって雨は雲を離れ、蛇はサササ、と金色の血の跡を残しながら荊(いばら)の叢(くさむら)へ滑り込んでいった。

Zは深呼吸を三度して、考えごとをする前に頭に浮かぶものに注意するように言ってきた。そして、花が咲くスピードで目を開けてみろと言った。

ぼくはZが言ったとおりに深呼吸を三度してから、何かを考える前に頭に浮かぶものに注意し、それから花が咲くスピードで目を開けてみた。荊の上についた金色の血は太陽のように輝き、針のようにぼくの目を刺した。痛みに耐えながら目を開けていたぼくは、蛇の血がここまでまばゆいのは、自分が巨大な洞窟の入り口に立っているからなのだと気づいた。目で確認するまでもなく、そこは雲にいたるほどに深くて暗い洞窟のなかなのだと気づいた。植物は洞窟の弓なりの壁に沿って生え、まるで夢を見ているような気息で、暗闇へと延びていっていた。空からは重々しい雨がポタポタと落ち、ぼくが立っている周囲の土壌は徐々に濡れて深みを増していった。数種類のシダの葉を引き抜いたZは、それを手のなかで雨水と合わせて揉み出して、一杯の酒へと変えた。

彼はその動作を見るように促してきたが、ぼくにはどうしても彼を見るだけの勇気がなかった。だが、見る見ないにかかわらず、彼が金色の指先にある金色の爪に金色の酒を浸して、それを天と地に向かって弾き、その一滴を額につけてから啜り飲む様子を見ることができた。空中に飛ばされた酒は花火のようにパッと洞窟内を明るくした。

雨脚は次第に強くなっていったが、雨水はあの深くて静謐な、リアリティのない暗い洞窟のなかへと消えていってしまっていた。

——ここに入っていくつもりなら、祈ることだ。Zがぼくの手に酒を手渡しながら言った。入っていくつもりなら、祈らなくちゃいけない。

## 12

老店主たちが商場の寿命が尽きかけていると思っていたころ、あなたはもうとっくの昔に商場の寿命が尽きてしまっていると気づいていた。地面のいたるところに黒く変色したガムの痕があって、視線を上げれば破れたズックの日よけがバタバタと風に揺れていた。目の届くタイルの壁にはどこも鼻くそや痰、それに小便の痕がつけられている。ほとんどの店の看板は台風で壊れているにもかかわらず、修理にも出さないでいたので、文字の欠けた看板（例えば、第○家○肉麵）や店名だけになってしまい、もともと何を売っていたのかわからなくなってしまった看板などもあった（例えば、徳記○○）。いったいどこの物好きが、こんな商場に来て買い物したいなどと思うだろうか？

商場が建てられたときは、それはもう大変な騒ぎだった。それまで台北にはこれほど壮観で、日常用品からグルメまで何でもそろうデパートのような場所がなかったからだ。八棟三階建ての商場の建物は、西門から北門にかけて弧を描くように延びていた。一階南北の両端では商売ができ、二階には店舗がひとつしか入れなかったが、歩道橋とつながっていて、人々の流れをつくりだしていた。二階で商売をするのはほとんどが小吃店や切手収集の小売店、それに雑貨屋に理髪店、トロフィーや幟旗などを作る小さな店舗だった。それに比べて、一階の店舗は多様性にあふれていた。靴屋に服屋、電機屋に数少ない「特産品店」などがあった。おかしかったのは、こうした特産品店では台湾現地の特産品だけでなく、象牙やラテンアメリカの先住民が彫った小刀、それにミロのビーナスの裸像なんてものまで売っていたことだ。ただし、特産品店の主な顧客は外国人だったために、中国式の灯籠や景徳鎮、宝剣などを模倣した商品などがよく売れた。商場を訪れたアメリカ人や日本人は人のよさそうにふるまう店主に散々むしりとられたが、誰もが安い買い物をしたと思い込み、午後には上機嫌で点心世界で小籠包を食べていた。その当時、点心世界の飲食店で働く小僧たちは毎日数千個の小籠包を包み、数百個もの蘿蔔糕（だいこんもち）を炒めていた。三階は住居スペースになっていて、外来客が上がってくることはほとんどなかったが、唯一ここで働いていた店が靴の修理屋と服の修繕を行う家庭内手工業だった。

　当初、店の看板はどこも職人を呼んで、木に文字を彫り込んだものを金属のネットに掛けるようにしていたが、時間が経つにつれて看板にはホコリがたまっていき、整理するのが難しくなっていった。やがてペンキを使った看板が人気となって、そこにライトをあてるようになった。数年後、商場は台北の他の場所に先駆けてネオン式看板を取り入れた。ああそうだった。あのころ、台北旧市街の西壁に沿って建設された全長一一七一メートルに及ぶ商場のすべての店舗には、小型のネオン看板が設置されていたのだ。屋上には保力達（バオリダ）（台湾の栄養ドリンク会社）にナショナル、大同公司（ダアトンゴンス）（台湾の家電製品店）といった大型看板が立てられ、田舎からやって来た者たちは一足早く台北にやって来た親戚を死ぬほど羨ましがっていたものだ。あのころの商場にはいたるところに金脈が転がっていて、誰かに掘り起こされるのを待っていた。

　だが、今はどうだ？　一日待っても学生ズボンを作りにやって来る学生一人おらず、薄味の粥を鍋いっぱいに作った店主は、三日間自分で作った粥を食べるうちに粥がガビガビになっていき、革靴の店では長く店先に置いていた合成皮革の靴がナイロン袋に入れているにもかかわらず、日に焼かれてひび割れていた。礼品店には顧客が注文した金色の徽章（きしょう）（その多くが酸化して黒くくすんでいた）が山積みにされていたが、誰もそれを取りに来た形跡がなかった。それなら、例の中国式の灯籠を模したものはどうなったか？　こんなことを言うのも気が引けるが、ずいぶんと手抜きして作ったものだったせいで、灯籠もすっかり色あせてピンク色に変わってしまっていた。それでも、それは広告を打つように特産品店の門前に掲げられ、店主は今でも観光客に向かって、この手の灯籠は絶対に色あせたりしないのだと吹聴していた。

だがここにきて、店主たちはようやく役所が提案した移転計画について真剣に考えはじめたのだった。それはまだ敷かれるかどうかもわからない地下鉄の下に新しい商場を再建するというもので、各店舗には今より二坪ぶんほど広い土地が提供されるという話だった。商売する場所については、まあそれはそれで、くじ引きで決めればいいんじゃないかということだった（口にこそしなかったが、店主たちはいったいどうやったらくじ引きせずに地下鉄の出入口に店を開けるのか、忙しげにその頭を動かしていた）。

しかし、今回は三十年前のように、竹仔厝（ディアツー）（竹と泥で作った家）から商場へと引っ越してくるのとはわけが違っていた。あのころは商場ができるのを傍目に眺めながら、まだ取り壊されていない竹仔厝（ディアツー）で商売をしていても問題なかった。自分たちの未来がレンガとなって、一個また一個と積み上げられていくのを眺める余裕があった。「わしらにお日さんも見えんような地下（トーカーデ）に引っ越せ？　しかも、地下鉄がほんまに通るかどうかも知らんときた。なめくさって」。ホラをふくことがスーツを仕立てることよりもはるかに得意な三奇スーツ店の店主クチバシは、三十年前嘉義（ジァイー）の実家にあった田んぼを売って台北にやって来た。クチバシの運命は商場の運命とほとんど重なっていて、それだけに彼の考え方はそのまま大多数の店主たちの憂慮を代表していた。彼の言葉にも一理ある。そう考えた多くの店主たちは、面（おもて）にこそ出さなかったが、状況が変化するのを待つことにした。どのみち、商場が再び活気を取り戻すことがないにしても、一か月数万元稼ぐことさえできれば、とりあえずは家族を養うことはできるわけなのだから。だが、店主のなかにはこれを運命と考える者もいた。徳記靴店の秦耕豪（チンゲンハオ）などはその一人で、こんなことを言っていた。「商場ができたときに、生きとるヒキガエルを掘り当てたことがあったじゃろ？　そんときに、風水師（デリーシェン）がこのヒキガエルは商場三十年の繁栄を約束するっちゅうとった。三十年は過ぎたんじゃ。役所が言うとるみたいに、再来年取り壊し（ティアツー）になったところで、そりゃ天命（ティンイ）っちゅうんとちゃうか？」

秦耕豪の言葉にも一理あった。あるいは、これは天命なのかもしれない。状況が変わるのを待っていたこの二年間、二代目に引き継がれた一部の商店は、まるで逃げ出すように次々と商場をあとにしていった。彼らは両親が三十年かけて商場で稼いだ金で新たな家を買い、スピーカーと冷房が完備された車に乗り込んで両親の反対にも耳をかさず、投資家たちに店舗を二束三文で借し出し、役所が取り壊しをはじめれば、補償金を受け取りに来る腹積もりでいた。両親の店を引き継いだ少数の店舗では何度も再建が試みられたが、商売は一向に軌道にはのらなかった。商場は甦る努力を完全にあきらめてしまっているようだった。彼らの声はどんどんと年老いて、商売をしていないときなどには、騎楼（チーロウ）の下でぼんやりと座り込んで昼寝をしていた。流れ出すその涎（よだれ）までもがひどく緩慢で、哀愁に満ちていた。

そのために、特産品店の店主であるアビンナに三奇スーツ店のクチバシのような頑固な考え方をしていたグループも、やがて考え方を改めるようになっていき、まず移転のための補償金を受け取るべきか慎重に考えてから、いっそ別の場所で営業を再開するべきではないかと思うようになっていった。そこで、今回台北市役所と商場住民たちとの協議で店主たちの頭にあったのは、移転や取り壊しといった問題ではなく、どうやってくじ引きをして補償を受け取るか、そして新しい店舗の大きさはどれくらいなのかといった問題で占められていた。この手の駆け引きは本来商場の人間たちが最も得意としたもので、持ち前のテクニックを駆使すればよかったが、今回彼らが交渉する相手は顧客ではなく、政府の役人たちだった。一般的に役人たちの理解力はひどいもので、しかも彼らが使う言語は世界で最も理解しがたい部類に属していた。

「あいつら、どいつもこいつも聞っきょるふりばっかりしくさって適当に答えよる（ゲーシェンティアゲーシェンイン）。これのどこが調整会議ちゅうんじゃ」。秦耕豪と同じように、商場の店主たちも同じように憤慨していた。

しかし、その場に座っていたあなたはひどく落ち着いていた。まるで取り壊されてしまうのが自分の家や財産、記憶ではないかのように。

あなたは静かに、この三十年間をともに暮らしてきた隣人たちが、役所に値引き交渉をしている姿を眺めていた。そしてふと、彼らにこんなふうに言ってやりたくなった。「もう十分じゃ。わしらはみんな老いぼれで、四坪と三坪半の土地にどんだけの違いがある？　五〇万元と六〇万元の間にどんな違いがある？　別に孤独死するわけでもないじゃろ。ほいか、そないまでして遺産を子供（ギンナ）に残したいか？　ほんやけどその子供らが、わしらがこれまで何をしてきたんかちゃんと覚えてくれると思うんか？」

それは確かに事実だったが、店主たちを納得させることはできなかった。なぜなら彼らが必死になって勝ち取ろうとしている福利は、そもそもすべて子供たちに残すためだったからだ。「台湾人と外国人（アトガ）ではそもそも考え方がちゃうじゃろ。子供（ギンナ）をこさえたら、残りの人生はそいつらのために使うもんじゃ。家のためだけに生きるわけやない」。クチバシが言った。

その言葉も一理あった。あなたは隣人たちが役人と何を言い争っているのかもっとはっきり聞きたいと思ったが、歯の痛みがひどくて集中して聞くことができなかった。朝目が覚めると、あなたは右奥二つ目にある臼歯がぐらぐら揺れていることに気づいた。歯を磨いていると、歯はぽろりと抜け落ちた。それは閲兵式の隊列が商場の前を通らなくなったあの年に抜けた歯から数えて二本目の歯だったが、すっかり記憶力が落ちてしまっていたあなたは、ついそれが初めて抜けた歯だと勘違いしてしまった。抜けた歯は少年時代のように二度と生え変わることはなかった。鏡の前で抜けた臼歯のあった場所を覗き込むと、虫歯が作った穴はほとんど底が見えないほどに深かった。

　あなたは、昔から歯を抜いたことがないことを思い出したが、あなたが歯医者を避けてきた本当の理由は、きっと妻でさえ知らないはずだった。

　小さかったころ、あなたはおじさんから、カーサンが歯を抜いたために死んでしまったのだと聞かされた。戦争が終わったあの年、サツマイモを噛んだカーサンの右奥の臼歯にサツマイモの皮が挟まったのだ。爪楊枝で無理やり挟まった皮をほじくり出してから、カーサンの臼歯はグラグラ揺れるようになったらしい。特に気にすることもなかったが、しばらくするとそこから血が滲み出し、悪臭までただようようになっていった。医者に見せたらどうかだって？　食うものにも困っている人間を診てくれる医者なんていったいどこにいるんだ？　それならいっそ抜いてしまえばいいと考えたカーサンは、木綿糸を歯にくくりつけて力任せに引っこ抜いた。まさか引っこ抜いた歯の跡から、血が止めどなく流れ続けることになるとは思ってもみなかった。最初木綿を噛んで止血しようとしたが、血は一向に止まる様子はなく、ほどなくしてその顔色はヒ素でもあおったように血の気を失っていった。慌てたトーサンは、カーサンを廟の裏町にいる無免許医（チャカセン）のもとに連れていった。どうにもまずいと思った無免許医（チャカセン）は、彼らを一度家へ帰らせたが、家に着く前に大八車の上で意識を失ったカーサンはそのまま帰らぬ人となってしまったのだ。

　臼歯を一本抜いてできた小さな穴が原因で、カーサンは出血多量を引き起こし、死んでしまった。トーサンとおじさんが家にたどり着いたときには、その最期すら看取ることはできなかったらしい。

以来、あなたは歯医者を避けるようになった。おめかけさんだったカーサンは、家から百歩ほど離れた竹林のなかへ埋葬され、墓標すら立ててもらえなかった。数十年経ち、すっかりその正確な場所がわからなくなってしまったあなたは、子供たちを連れて墓参りに郷里へと戻ってくると、いつも死者に奉げる紙銭を竹林全体に向けて撒いた。

　歯以外で年々ひどくなっていったのは耳鳴りで、お隣さんたちが大声で議論している声すらほとんど聞こえなくなっていた。少年時代からはじまった耳鳴りは、最初のころはたまに現れる程度だった。机の上にある目覚まし時計がチクタクチクタクと秒針を鳴らしているくらいで、たいして邪魔にもならなかったが、中年になると人差し指で机をカタカタと叩くような音へと変わってゆき、今では鬱屈とした夏の午後に降る暴雨のようにバチバチと海面を叩くような音へ変わっていた。唯一違っていたのは、この耳鳴りは暴雨のようにすぐに止むことなく、ときには一晩中続いてあなたの眠りを妨げたことだ。医者の検査結果によると、若いころに内耳が騒音で傷ついたことが原因で耳鳴りが発生し、それが難聴を誘発したのだそうだ。特に左耳は九〇デシベル以下の音を拾いとることができず、ほとんど聾（ろう）と言ってもよかった。「補聴器を使った方が安全ですよ」。医者はそう言った。

　補聴器を使えだって？　そんな無駄金がいったいどこにある？　別に困ってるわけでもないんだ。椅子に腰を下ろしていたあなたは頭を傾けて、耳に入ってくる音から雑音を払いのけようとした。一日かけて話した言葉がまったくあなたに通じていなかったことを知った妻は、冗談めかしてあなたを「臭耳郎（ツァオヒーラン）（耳の不自由な人）」と呼んだ。しかし、あなたは心のなかで自分は聞こえないのではなく、聞こえすぎるのだと思った。だからどの音が現実のもので、どの音が夢や過去の記憶から来たものなのか、はっきりと判別することができなかったのだ。

　息子たちが商場から去ってしまって以来、あなたが毎日一番長い時間をかけて行うことは、騎楼（チーロウ）にある椅子に座って、たまに交流のあるお隣さんたちと挨拶をかわすか、さもなければ居眠りをして白昼夢を見るかのどちらかだった。あれこれと考えごとをするか、あるいは一切何も考えないか。あるいはご飯を食べるときに妻と二言三言、無駄話をするくらいだった。無駄話というのも正しくなかった。あなたは妻の話す言葉をほとんど聞き取ることができなかったし、妻もまたあなたが話しているときですら自分の話を続けていたからだ。

あなたは自分の身体が五十年前の戦争で「散華」しなかったのだから、こうして日々を過ごすなかで黙々と身体が衰え、朽ち果て、美しさのかけらもなく腐臭を放つようになっていくのは、仕方のないことだと考えることがあった。鏡の前に立つまでもなく、運動不足のために腹まわりには脂肪が重なり、しわだらけの皮膚には垢がたまって、睾丸は子供のころと同じくらいに縮小してしまっていることを知っていた。しかも一昨年前の健康診断の際には、医者から体中の血管が硬く脆くなっていることを告げられた。たとえあなたが今死んでも、それはきっと特別でも美しくもないはずだった。

もっとひどいのは、ここ一年ほどで記憶力が回復不可能なほどに落ち込んでしまったことだった。昨年から数えて、あなたはすでに六度も鍵を扉に突き刺したまま家を出た。そのうち二度は妻に拾われ、四度は車番の李(リー)じいさんに拾われた。またあるときは、商場のトイレで急須とおしゃべりをした後、自分がトイレにいったのかどうかわからなくなるときもあった。あなたは梅酒を陽春麵(具なし麵)にかけようと思って、間違えて何度もお酢を加えてしまったりした(妻に見つかるのがいやで、あなたはそれを何事もないように飲み干した)。唯一衰えなかったのは機械を修理する技術で、電子基板の構造や電流、電気抵抗の微細な差異など、機械を運用する際の技術はしっかりと頭のなかに生きていた。若いころに習ったことは容易に忘れず、それどころか年齢の関係から経験がより大きな能力を生み出すこともあるらしかったが、あなたはさもありなんと思った。商場はもう取り壊されるというのに、今でも入り口にかけたあの古い機械修理の看板を見てここを訪れてくる人間はいた。

多くの顧客はあなたの慎重な性格と経験を頼ってきた。あなたが一番得意としたのはすでに時代遅れになっていたラジオの修理だったが、今となってはわざわざラジオを修理に出す人間もおらず、一部のコレクターがそのコレクションを保存するために修理を頼みにくるくらいだった。ラジオのなかで最も信頼できるブランドは松下だった。ボディが頑丈なのは言うまでもなく、チャンネルもかなり正確に合わせることができた。しかし個人的な好みで言えば、アメリカのヒースキットも捨てがたかった。ヒースキットは歴史こそあるが、知っている人の少ないブランドだ。以前、あなたはお客さんから送られた雑誌に掲載されていたヒースキットに関する歴史を、息子に尋ねながら辞書を開きつつ翻訳したことがあった。思い返せば、日本にいたころ、英語の授業に出たあなたは先生から真面目な生徒だとよく褒められていた。

ヒースキットは二十世紀初頭にエドワード・ベース・ヒースによって創設された会社で、もともとは飛行機を製造していた。最初の製品は一九二六年に売り出した飛行機用キットだった。一九三一年、ヒースは飛行試験中に事故で亡くなり、彼の会社は四年後にハワード・E・アンソニーによって買収された。第二次世界大戦中、ヒースキットは依然として飛行機とそのパーツを生産してきたが、戦争が終わると、アメリカ政府も民間企業による飛行機の生産支援を必要としなくなった。そこでヒースキットは、主要業務を電子産業へと切り替えたのだ。最初に作った製品は「O―1」型オシログラフで、ラジオの生産をはじめたのはその後だった。不思議なことに、二人目の社長アンソニーもまた一九五四年に飛行機事故で亡くなっている。以降、ヒースキットのラジオは人気を博したが、日本企業の作るラジオに勝つことなく、今では生産を中止してしまっていた。あなたの手元にはまだ十数台のヒートキット製の機械があったが、なかには四段階の周波数を持ったラジオもあって、それぞれの周波数から航海情報をキャッチできた。パーツがしっかりしているので（さすが飛行機を製造しているだけあった）、今でもラジオから流れる音をはっきりと捉えられた。

あなたは、日本製品とアメリカ製品はそもそも作りからして違っていると考えていた。アメリカ製品は豪華さや機能の充実性を追求し、そこにはある種の誇張もあったが、機能を発揮すべきときにはしっかりとその実力を発揮した。日本製品はシンプルでさっぱりしていて、パッと見ただけではその内に秘めた意志の強さを感じ取ることができなかったが、ユーモアに欠けているところがあった。台湾製品は両者の特徴を兼ねていたが、本家本流というわけではなく、あるいはどちらの特徴も欠いていると言えた。ただ対象を模倣するばかりで、ときおりアメリカや日本を超えるものが出てくることもあったが、そのどれもが想像力を欠いていた。とりわけ、台湾の若いエンジニアたちは仕事をこなせばそれでいいと考えている節があって、技能こそ優れているが、「あんたにできることなら俺にもできるよ」といった程度で満足するために、それ以上の発展は望めなかった。彼らのそうした態度は、あなたが少年時代に受けてきた教育とはまったく違っていた。

ラジオと比べて、あなたはテレビに奇妙な嫌悪感を持っていた。以前からあなたは、「テレビちゅうもんは、喋（ゴンウェ）んじょる人間の表情（かお）を全部映し出っしょるけど、ありゃ（アンネ）何の意味があるんじゃ？」と言っていた。あなたは近所の人たちが腰掛けをもちよって、店先でラジオ放送を聞いていた時代を懐かしく思っていた。アナウンサーの声を聴く人たちの表情は皆それぞれ違っていて、それこそが人間のもつ差異を現しているように感じたものだった。

その昔、徴用で新公園の放送局建築に携わったトーサンは、台湾に「放送台」が建てられたその年にお前が生まれたんだと言っていた。当時の第一放送台は日本語で放送され、第二放送台では台湾語を使った放送が行われていた。しかし、日本に行くまであなたは一度も本物のラジオを聞いたことがなかった。なぜなら、日本人はラジオの聴取を有料の登録制にしていたために、お金を払わないとラジオを聞くことはできず、あなたたちの村にはお金を払ってまでラジオの権利を買えるような人間は一人もいなかったからだ。日本の植民地時代が終わる前、台湾国内にはすでに十万戸もの家庭がラジオ放送を聞けたと言われているが、日本が敗戦時に流した「玉音放送」すら、村の幹事が廟にあるラッパを使って流していたくらいだった。

宿舎前の広場に立って聞いた「現人神（あらひとがみ）」の声を、あなたは一生忘れることができなかった。それから、平岡君の宿舎で初めてラジオから音が出る様子を目にしたときの驚きも同じように忘れることはできなかった。

当時の記憶は驚くほど鮮明で、それぞれ違った声があの小さな機械からジージーガーガーと飛び出したときには驚きのあまり興奮を隠しきれず、まさか自分たちの頭の上には目に見えない何かが飛び交っているのかと思ったほどだった。

台湾に戻ったあなたは、実家に残って田んぼでもしようかと考えたが、田んぼを耕せばどうにかなる時代でもないことはとっくにわかっていた。それにカーサンはすでに亡くなっていて、トーサンは新しい相手を見つけていた。継母もおばさんもあなたのことを疎んじていたので、家を恋しく思うこともなくなった。秋の訪れを待ち、あなたは十数本の竹箒を一まとめにくくりつけて、日本から持ち帰った七百元を手に、竹箒を売りながら一路台北を目指した。そうして、西門町（シーメンディン）近くの電器屋で見つけた張（デュン）という親方が彼を「弟子（サイア）」として受け入れてくれたのだ。最初、張親方（と言っても、三十そこそこの電器工だった）はずいぶん親方風をふかせて、あなたに昼間は食事の支度をさせ、夜には団扇で自分を仰がせたりもした。しかし、親方はすぐに機械いじりに関してはあなたに才能があることに気づいた。親方がいくらいじっても直らない故障も、あなたがほんの少しいじればすぐに問題がどこにあるのかわかったからだ。親方はヒマができたことをひどく喜び、店の仕事を徐々にあなたに任せるようになっていった。このころ、ラジオを買うには政府の許可を得なければいけなかった。ラジオにはすべて許可証があって、一台につき十元が徴収され、しかも毎年更新しなければならなかった。十元は決して安くはなく、たとえ台北に住んでいてもラジオを聞けるような人は多くなかった。しかし、すでにラジオの可能性、あるいは電器関連の仕事に無限の未来があると感じていたあなたは、こう思っていた。「これからはこの道で食ってくんじゃ（タンジン）」

あのころ、あなたは一旦雨が降れば、竹と泥でできた竹仔厝（ディアツー）がすぐに雨漏りをしたことをはっきりと覚えていた。店にはガーガーと音を立てたり、うんともすんとも言わないラジオが十数台も未修理の棚のすみに置かれていて、それらを濡らすわけにはいかなかったあなたは、ラジオのために傘をさしてやり、傘をさしながら修理する方法まで学んだ。雨水は傘の上でぴちゃぴちゃと撥ねていたが、手元のドライバーは止まることなく動き続けた。

　竹仔厝と言っても、おそらく商場の二代目たちには何のことかさっぱりわからないはずだ。二代目たちの多くは、商場が建った後に水漏れもしないし、風だって吹き込んでこないコンクリート造りの商場で生まれたからだ。しかし、商場が建てられる前には、様々な場所から台北に職を求めて流れてきた人々が、最初はそれぞれがいい加減にこの場所に竹仔厝を建てて商売をはじめたのだ。ある者は田舎の畑仕事を放り出し、またある者は別の場所で商売に失敗して、そしてまたある者は国民党が台湾に連れてきた軍人たちだった……日本語を話す者もいれば、福建語を話す者もいたし、山東語を話す者にアミ族語を話す者までいた……「竹仔厝」は、言語の複雑な一個の世界だった。住民たちの多くは何かから逃れてきたり、あるいは貧しい生活を長くしてきたために、共通の言語で話すことができなくても、隣人同士お互いに一言ずつ謎々遊びをするように言葉を発することで、どの言語も少しずつわかるようになっていた。当時、ラジオから流れていた言語はあなたにとってひどく苦々しい「国語」だったが、竹仔厝でその言葉を話せる住人などはどこにもおらず、彼らが話すのはどれも二階に暮らす広東人が売っていた「チャプスイ麵」のように「ちゃんぽん」な言葉だった。

あのころ、竹仔厝と竹仔厝の間にある雨よけは、将棋や四色牌（スーソーパイ）（中国の伝統的なカードゲーム）で遊ぶ近所の人たちの腰掛けになっていた。黄昏時になれば、大人たちは皆張親方の店先に集まって、修理したてのラジオから流れるニュースに耳をすませていた。放送局のアナウンサーはひどく大げさな高音で、聞き取りにくく音楽性に富んだ政治スローガンを口にしていた。その時間、女たちは火を起こして空心菜（くうしんさい）やサツマイモの葉っぱを炒め、その香ばしい匂いは街中に広がっていた。

その後、台湾は高度経済成長期に突入し、政府は蚊媒介感染症の撲滅と同時に貧困の撲滅を考え、都市の浄化を理由に、竹仔厝の処理に手をつけざるを得なくなった。いわゆる都市計画の専門家たちの議論を経た後、ようやく商場の建設が決定された。商場が建てはじめられたころ、人々はさしてそれを気にも留めなかったが、実際に商場ができあがると、まるで誘虫ランプにおびき寄せられる虫のようにそこに集まりはじめた。それを見た商場の店主たちは驚き慌て、こんなにも多くのお客をどうさばいていいかわからず、とにかく子供をたくさん産んで人手を増やすことを考えたのだった。

あのころ、点心世界の料理人たちは手の感覚がなくなるまで練り粉をこねて、牛肉麵屋では一日に五〇キロものふくらはぎの肉を仕入れ、白いプラスチックを象牙だと偽った飾り物は飛ぶように売れたし、合成皮革を牛皮として売ったものも人気商品だった。路上で靴磨きをしても、一日もすれば靴を磨く油を一缶使い切ってしまうほどだった。あのころ、輪ゴムを麵だと言い張っても売れないことはなかった。

また耳鳴りだ。マイクが故障したらしく、スタッフが修理していた。近所の古株たちは皆ひどく疲れた顔をして、椅子に座ったまま眠っている者もいた。昔なら力いっぱい叩けば耳鳴りは止んだが、いくら叩いてみても効果はなく、スタッフがただ怪訝そうにあなたを見ているだけだった。自分はもう耳鳴りを拒絶できないほど年老いて、そのうえ過去を思い出さないようにすることすらできなくなっていた。身体的な衰えは意志の衰えをもたらし、過去の記憶と耳鳴りは、それぞれ自分の意志をもってあなたの命令には従わなくなっていた。集中力も五分ともたず、しかも一旦集中力が切れると様々なものが頭に飛び込んできた。それらが活発になってきたのは、すべてあなたが歳をとったせいだった。

今のあなたは、こうした記憶と座って向き合えるほどに年老いていた。あなたはすでに人生において人を惑わせ、あるいは悲しませるものが何であるのかをはっきりと理解していた。それは、自分の子供たちに話すべき物語が何もないということだった。今のあなたには、それがはっきりとわかっていた。自分の人生はこんな時間が来ることを待つためだけにあったのではないか。これまでの生活はすべて今このときに口を開くためだけにあったのではないか。ただゴホンと咳を一つするためだけに、自分の人生はあったのではないか。あなたは他の父親たちがそうするように、子供たちに向かって父さんが小さいころはな……といった話をしてみたいと思った。

父さんが小さいころは……。ただあなたのその寡黙な性格では、子供たちに物語を語って聞かせることは難しかった。彼らはあなたの厳粛(げんしゅく)さを恐れ、物語をせがむ者はいなかった。何よりも子供たちはすでに大きくなって、家を離れようとしていたために、物語など聞きたいとは思わなくなってしまっていた。それに、近所の住人たちにとって、あなたは植物のように大人しい真面目な電器修理工にすぎなかった。あなたと会っても彼らは軽く会釈をするだけで、おしゃべりをしようとする者は誰もいなかった。「ほら。親方は修理してる最中なんだから、邪魔しちゃだめよ」。彼らは子供たちに向かってそんなふうに言っていた。
たとえ珍子が相手でも、それを満足に話すことはできなかった。なぜなら彼女の言っていることがあなたには聞こえなかったし、あなたの言っていることを彼女は満足に聞き取れなかったからだ。結局のところ、珍子はあなたのようにあの時代を経験してはおらず、青春まっただなかであなたに嫁いだ珍子の唯一の望みは、子供を立派に育てることだけだった。あるいはそれを書き残してみてもいいかもしれないと思ったが、あなたの知っている文字には限りがあったし、その頭はある言語によって占領され、少年時代に感じた憤怒や恐慌、愛情に悲しみといったものは、すべてその言語がもつ文法とセンテンス、修辞によって構成され、現在テレビから流れる言語でそれらを思い出すことは難しかった。だからこそ、あなたは今ここでこうして座っているしかなかった。耳鳴りがもち込む過去の記憶にしがみつかれ、現在をかき乱されるのをただジッと待つしかなかったのだ。

会場の議論はすでに三時間に及び、各人の発言も膠着状態に陥っていた。あなたは思いきって瞳を閉じると、再び若かりしころの商場へと戻っていった。あのころのあなたは、午後と夕食の時間帯に店先でラジオを直すことが好きだった。時間はいい加減で、定刻から少しズレた列車の音が聞こえてきた。あなたは鉄道局が何年何月何日に修正した時刻表までもっていて、どの列車が商場を通る際に人身事故を起こしたか、それにどの列車がいつリタイヤしたのかまではっきりと覚えていた。それどころか、今日はどの列車が調子がいいのかまで聞き分けられるようになっていた。鋼鉄の車輪は徐々にすり減ってゆき、ガタンガタンガタンという音はガタガタガタといった音に変わっていったが、そうした音は列車にとっての商標のようなものだった。疲れたら腰掛けに座って「長寿」ラベルの煙草をふかし、火を消してから再び機械と向き合った。機械たちにもそれぞれ個性があって、直して欲しそうにしているときもあれば、そうでないときもあった。チャンネルとチャンネルの間の調整作業をする際、あなたははるか彼方に吹く海風のように神秘的な音を耳にするようなことがあった。そんなとき、あなたはただジッと耳を傾けて、その音波の形状と言語を聞き分けようとするのだった。老衰したような砲火やスクリューが徐々に加速していく音、それに誰かが走り出す足音やブローニング重機関銃の弾丸が空を切り裂く音などを耳にすることもあった。そうしたひどく聞きなれた、あるいは聞きなれないような音が遠くで繰り返し響くなかで、あなたは遥か彼方から一陣の大波がうねり上がってきて、まるで時間が肩をすくめるように一切を軽々と持ち上げ、変わらない間隔でそれらをぼんやりとした場所へと押し流していく様子を想像していた。

## 13

睡眠に異常が現れてから、ぼくは台北郊外の山に四坪半ほどの部屋を借りた。ぼくが山にもっていったのは、ノートパソコンと本を数冊、それにルイガノの自転車くらいだった。ぼくが借りた部屋は、ちょうど文化や歴史の専門家たちがその存廃を熱心に議論しているアメリカ軍宿舎跡のすぐそばだった。資本家たちはこの辺り一帯を高級住宅街に変え、都市における貧富の格差をよりはっきりと振り分けようとしているようだったが、ぼくが借りた部屋は数十年経ってもある種の韻律感をもった建築物とは違って、当地の住民が大学生の宿舎用に建てたもので、建物とまわりの路地はひどく醜かった。正直に言えば、こんな美しい山にここまで醜い建物を建てることはある意味難しく、きっと自己破壊的な気持ちで建設したに違いなかったが、こうした光景は台湾ではいたるところで見受けられた。かつてこの島では、美的感覚に対する喪失期間が数十年間続いた。今でこそこうした喪失期を脱しかけてはいたが、醜さはすでに形として残ってしまい、この島に生きる人々はさらに多くの時間をかけてその醜さを取り除くか、あるいは受け入れる必要があった。

郊外の山道では、休日になると多くの人がサイクリングを楽しんでいた。この国では経済的低迷が長く続いていたが、それでもコルナゴやキャノンデールといった自動車一台ほどの価格もする自転車で山道を走るサイクリストたちもいて、おかしさと同時に嫉妬を覚えた。ただし、台湾ではこの種のブランドはベンツやBMWと同じように、ビール腹をした所有者たちによって品位を欠いたブランドの象徴と見なされることが多かった。こう考えることで、ぼくはそうした自転車を所有できない自分を納得させようとした。車と服はどこか似ていて、一旦それが似合わない人によって購入されると、その存在価値にケチがついてしまうものなのだ。

本を読んでサイクリングをする以外にぼくがしていたことと言えば、砂つぶから送られた水槽の水草の面倒を見ることだった。ぼくの「奇病」を知った砂つぶは、療養先で水草の面倒を見ることを薦めてきたのだ。

「山に引っ越したって、何かやっていないと気がすまないだろ？　水草を育てることと風景を楽しむことはまったく違うんだ。水草を育てるには全神経をあらゆる細部に集中させないといけなくて、少しのミスだって許されない。あるいはこいつを育てることが、君の奇病を直す手助けになるかもしれない」

砂つぶはぼくの奇病に関心がないわけじゃなく、ただ純粋にぼくに植物の面倒を見させたかったのだ。彼は他人が植物の世話をするのを見るのが大好きで、この点だけ見れば、確かに変わった人間だった。大学時代に学生宿舎に住んでいた時分、ちょっとした興味かあるいは女の子たちの関心を引くためか、盆栽を買うことが流行ったことがあった。しかし学生たちはしょっちゅう水やりを忘れ、盆栽も助けを呼ぶわけでもないので、枯れてしまっても誰も気づかないことが多かった。宿舎で誰かの盆栽が枯れかけているのを見つけた砂つぶは毎回黙ってそれを引き取り、盆栽が健康な状態に回復するのを待ってからそれを返却した。ぼくたちが恋人と街をぶらぶらしているとき、彼はこうしてぼくらがなんとなく買ってきた盆栽に黙々と水や肥料を与え続けた。恩知らずのクラスメートなどは恋人に向かって、「こいつは水をやらなくたっていいんだぜ」。なんて言いながら、その手をブラジャーのなかへ忍びこませていた。

しかし、ぼく自身、水生動物についてまったく無知というわけではなかった。実はグッピーを飼うことに熱をあげた時期があって、ドイツイエロータキシード（読者に説明しておくと、それはグッピーの品種の一種である）だけでも、七、八槽ぶんほど飼っていたことがあった。当時一番お気に入りだったのはモスコブルーのグッピーで、その色から名前にいたるまですべてが魅力的な魚だった。ただ、水草の栽培については詳しくなかった。なぜなら、水草のある水槽は水質を酸性に変えてしまい、アルカリ性の水質を好むグッピーには合わなかったために、当時は水草を植えなかったからだ。

山に引っ越してきて二日目、砂つぶは三重(サンチョン)(台北市郊外、新北市にある衛星都市)から車で六〇センチほどの大きさの水槽を載せてやって来たが(部屋が小さすぎて、その大きさの水槽しか置けなかった)。それから数日間、砂つぶは仕事が終わるとその足でぼくの部屋へと駆けつけてきて、水槽のKH値やPH値の調整にはじまって、二酸化炭素の溶解量にいたるまで徐々に水槽内部の環境を落ち着かせてから、ようやくぼくに水槽を預けたのだった。砂つぶがうちに来ているときに睡魔が襲ってくることもあったが、目を覚ますと砂つぶは相変わらず水槽の前で、水草をうっとりと眺めるようにおとなしく水質の調整をしていた。

「人間が大自然をまねるってことは、それがたとえ六〇センチ足らずの水槽であったとしても、とっても難しいことなんだ。光の当たり具合に酸素濃度、二酸化炭素の微妙な変動だって水草を傷つけて、呼吸困難に陥らせる可能性があるからね。実際、多くの水草は水に沈めて鑑賞するものじゃなくて、水中の葉っぱはおそらく雨季を乗り切るために進化したものなんだ。だけど人間はそれを鑑賞するために強烈な光を当てたり、高濃度の二酸化炭素を使ったりして、野生では現れないような状態を作りだしてるんだ。ぼくが作ってあげたこの水槽で言えば、野生のホシクサの葉型は、水槽に沈めたものとはだいぶ違う。おかしいと言えばおかしいんだけど、物言わぬ植物が自分の手でだんだん大きくなって花を咲かせていくっていうのは不思議な満足感を感じさせてくれるだろ?」砂つぶが言った。

「それなら、どうしてこんなにたくさんの照明が必要なんだ? 電気の無駄じゃないか」

「人工的な照明はただある種の波長や色温度を模しているだけで、自然界にある光はもっと変化が激しいんだ。だから、この光はここの水生生物の生存にとっては合っているかもしれないけど、他の植物にとっては不利になるかもしれない。あとタイマーを使って、五時ごろになったら四隅につけた照明が一個ずつ消えるようにしておいたよ。これなら、日がゆっくりと落ちている感じも出るだろ」

　砂つぶの調整を経た水槽は、ここ数日照明がついてから二時間ほど経つと、ボコボコと酸素が出てくるようになっていた。そして、彼の水槽から移してきたホシクサにノタヌキモ、それにミズオオバコはひどくはつらつとして見えた。砂つぶは、他にも水槽に五匹のタガヤシに小さなヌマエビを入れることで、水槽内に小さな生態系を作り出した。こうした生き物たちがぼくの小さな部屋のなかで生きているのを眺めていると、何だかそれほど寂しいとは思わなくなっていた。

　以前睡魔が襲ってきたときに路上で眠ってしまった経験を踏まえて、山上で暮らすようになってからは、毎日眠くなる時間帯には早めに部屋に戻って睡魔の来襲に備えることにした。水槽を設置してからは、よく水槽の前で腹ばいになって魚を眺めていたが、知らず知らずのうちにゆっくりと身体をくねらせる水草たちの催眠にかかったように眠りに落ちていった。

　毎週山から下りて宗(ゾン)先生の診療所で睡眠観察と治療を受けることは、一週間で最も窮屈な時間になっていた。これまで自分が眠っている様子だって見たこともないのに、他人にそれを見せなければいけないとなると、たとえ一時的であれ感情的に受け入れがたいところがあった。診療所を訪れると、水色に漆塗りされた部屋へ通された（何でもこの色が眠りに落ちるのに最適なのだとか）。男性アシスタントが頭皮に電極を貼りつけ、ぼくは水色のベッドの上で眠気がやってくるのをジッと待っていた。頭につなげられた電極の電線はそのまま記録用のペンへとつながっていて、それがロール紙上にぼくの脳波状態を記録していくそうだった。アシスタントの名前はアリマンと言って、ブヌン族の出身らしかった。前にも言ったように、彼の瞳にはどこかアンニュイな雰囲気が漂っていた。
毎回目覚める時間になると、アリマンが観察室に入ってきて、ぼくの身体と頭に張りついた電極線を引き抜いてくれた。彼の話によれば、脳波状態を見ていればぼくがいつ起きたのかがはっきりわかるらしかった。アリマンが入ってきてからしばらくすると、宗先生も観察室へと入ってきた。ぼくの睡眠はまったくもって丸裸の状態だった。いつ眠りに落ち、いつ目覚めるのかまですべてコントロールされていた。部屋に入って来た宗先生は、決まって同じことを尋ねた。「夢を見ましたか？　どんな夢でしたか？」

「いいえ、特に何も」

夢を見ないということは、何か頭に欠陥を抱えているのではないかと尋ねてみたが、宗先生はそうではないのだと答えた。「現在の研究では、夢をこのように解釈しています。眠っているときに人の感覚器官はシャットダウンしている状態なのですが、脳幹だけは活動状態にあるのです。脳幹が作りだすパルスは大脳を刺激し、通常時と同じ状態にさせますが、そのときに人の視覚や嗅覚、聴覚などはすべて運用停止状態にあるのです。だから、身体の外界に対する反応と大脳が受け取る指令は、別個の状態になってしまうわけです。すでに言ったと思いますが、いわゆる夢というものは、大脳の脳幹が刺激されて作りだされる叙述的な画像なのです。目覚めた際に私たちの感覚器官は現実世界を新たに認識し、脳幹が刺激されたことで作りだされた夢を詳しく振り返ろうとするわけです」

ぼくは宗先生をジッと見つめていた。感情を押し隠したようなメガネの奥にあるその瞳から、何かが読み取れるのではないかと思ったからだ。「夢を見ないということには二つの可能性があります。第一に睡眠状態にあるとき、脳幹がパルスを送ることを停止している状態です。二つ目の可能性としては、目覚めたちょうどその瞬間に記憶と感覚器官が上手く結びつかず、夢の内容を忘れてしまう場合です。こうした状態はよくあることで、ある種の人たちは睡眠時におけるアミン系物質の伝達濃度が極端に低く、短期的な記憶を長期的なそれに転換することができずに、簡単に夢の内容を忘れてしまうのです。つまり、こういった状況において夢自体は存在しますが、記憶はされないのです。それは私たち自身によって忘れられた人生の経歴と言ってもいいかもしれません」

「こういった問題についてあまり詳しくはないのですが、夢を見ないということは、潜在意識との間に何か関連性があるものなのでしょうか？」ぼくはフロイトの本をいくつか読んだことがあって、その考え方にいくつか気になる点があった。そこで思わず冗談交じりに、「もしかして、ぼくの幼いころの性的な目覚めと何か関係があったりするんでしょうか？」

しかし、宗先生はぼくの冗談にさしたる反応を示さなかった。あるいは、その冗談を真に受けたのかもしれない。「フロイトの考えには多くの間違いがあります。猫の夢を見たからといって、必ずしもそれが母親を意味するわけではありません。夢とは彼が考えていたよりも、はるかに複雑なものなのです。混乱した夢から何かはっきりとした理由を見つけ出すことは、おそらく難しいでしょう。夢そのものは現実とは無関係なことが多く、そのほとんどは大量の感情と象徴的な記号によって作り出されているのです。簡単に言えば、夢とはフロイトの考えたようなものではなく、ある種の場所に隠された、大脳が審査する感情や隠された記憶から逃れたものなのです……。こんな言い方をすれば少々残酷に聞こえるかもしれませんが、夢についてあれこれ解釈する人がいるでしょう？　私から言えば、夢はただ夢でしかないのであって、電磁パルスの反応にすぎないのです」

「それなら、どうしてぼくの睡眠状態を観察する必要があるのですか？」

「私が行っているのは文学的な解釈ではないのです。あくまで、私は科学者ですから。夢の内容を聞き取るということは、電磁パルスを観察する行為と同じで、やはりそこから発見できることがあるのです。たとえば現在多くの研究者たちは、夢から生理的、あるいは精神的な問題を探し出すことができると考えています。現代の心理医学は、おそらく生理的な問題から心理的な問題を解決しようとしていると言えるでしょう。こう言えばいいかもしれません。私はなぜあなたがサーカディアン・リズムの状態に陥ったのか、その原因を探り出したいと思っている。それこそが、あなたがこの期間夢を見ないことの原因になっているかもしれないのです」。その話しぶりから、宗先生が「夢を見ない」ぼくの状況にひどく困惑していることが感じられた。夢を見ないことの原因そのものがわからなければ、どんな科学的知識を動員してみても現状を上手く解釈できないはずだったが、一方で彼がぼくの脳波から何かを読み取ってしまうことをひどく恐れていた。そうした不安はますます強くなっていき、もしも夢すら隠せないとすれば、いったいどこに自分を隠せばいいのかわからなかった。

「つまり、問題の所在はいまだに不明ということでしょうか?」

「目下の観察状況から言えば、あなたの睡眠状態を外部から観察して唯一わかることは、ときおりアプニア状態になっているということくらいです」。

窒息(アプニア)ですか?

「いえ、正確には『睡眠中の一時的な呼吸停止状態』です。一般的には呼吸は再開されて、大きな問題とはならないのです。多くの人がこうした症状をもっていますが、どちらかと言えば太っている人に起こりやすいかもしれません。その点、あなたの状況は特殊なのです。体型的にはいたってノーマルですが、睡眠中の呼吸停止状態が思いのほか長く、正常な心肺能力を超えているのです。ただ、興味深いのはアプニア状態になっている際、あなたの睡眠に何が起こっているのかということなのです。あるいはアプニア状態になっているときに夢を見ているのかもしれませんが、呼吸停止の影響から目を覚ましたときにどんな夢を見ていたのか、思い出せなくなっているのかもしれません。しかし、それこそがこの問題の鍵となるように思います」

アプニア。正直言えば、一人で山暮らしをしているときにアプニア状態になってしまい、二度と目が覚めなかったらどうしようかと心配だった。別に突然死んでしまうことが恐ろしいわけではなく、ぼくが恐れていたのはもっと些細なことだった。たとえばそれは、砂つぶが指摘してくれたように、万が一パソコンのハードディスクを整理する暇（いとま）もなく死んでしまったら、死体を収集しにきた年配の親族や恋人のアリスに、そこにある大量のエロ画像を見つけられてしまうことを意味していた。あるいは、死んでしまった後に水槽のシステムは完全に制御不能に陥ってしまい（たとえば二酸化炭素を使い終わるとか）、水槽で暮らす水草や魚、エビたちも一緒に死んでしまうはずだった。もしもそんなことになっちゃえば、それこそ死んでも死にきれないじゃないか。彼らにとって、君は神さまに近い存在なんだよ。砂つぶはそんなふうに言っていた。


最後に砂つぶと山で顔を合わせたのは八月の初旬ころだった。彼は広告会社の仕事を辞めて、宜蘭（イーラン）にある養殖場で水草を育てるのだと言った。「水草を育てる？」まさか砂つぶがこんなにも簡単に、広告会社の制作リーダーの地位を捨ててしまうとは思わなかったが、本人はその決定にひどく満足しているようだった。「自分の人生で一番やりたかったことができるんだ」砂つぶは言った。

砂つぶが去ってしまった後、朱くんから電話があった。ぼくに紅楼戯院（ホンロウシユエン）（台北市西門町にある歴史的建築物。日本統治時代は公営市場として運用され、戦後は劇場や映画館として利用された）の再建に関する記事を書いてほしいということだった。「歴史的経緯から書き起こして、住民のインタビューなんかも取ってもらえると助かるよ」。しばらく考えてから、ぼくはこの原稿を引き受けることにした。そのときふと、幼いころに兄さんが紅楼戯院の前にある噴水池で溺れかけたことを思い出した。ぼくがはじめて成人映画を見たのも確か紅楼戯院で、その日のチケットの売れ行きは芳しくなく、劇場で車番をしている李じいさんとばったり出会ったのだ。あのころ、まだ片腕の残っている李じいさんのためにぼくは喜んでやるべきだったのかもしれない。こうしたことを記事にするわけにはいかなかったが、紅楼戯院について書くのにこうしたことを書けないとすれば、ぼくという人間が紅楼戯院について何かを書く意味はあるのだろうか？

朱くんからの電話を切ると、すぐに母さんから電話がかかって来た。最近調子はどうかと尋ねる母さんに、ぼくは問題ないよ、そっちはどうと尋ねた。すると最近膝の関節が痛くて、長く座っていると立てなくなると言い、夜うちに帰ってご飯を食べないかと尋ねてきた。ぼくは無理だと答えた。睡魔が襲ってきていたのだ。

何とか前に見た夢について思い出そうとしたが、あまりの眠さに思い出すことはできなかった。

## 14

思い返せば、父さんと口をきかなくなったのは、高校三年生に上がってからだった。あのころのぼくは、家族だけでなく、商場の同じ棟に暮らしていた大部分の住人に対しても、何やら言葉にできない疲労と軽い憎悪を抱いていた。

ほとんどの人間は自分が家族を深く愛していると思い、お隣さんたちとは仲良くつき合っていくべきだと主張するが、これはぼくたちが幼いころからずっと叩き込まれてきた一種の観念でもあった。だが、疑問に思ったことはないだろうか？　あの膨大な数の親戚のなかに、理由なくお互いに憎しみ合っているような人間、できれば血縁関係などあってほしくないと思うような人間が本当にいないだろうか？　お隣さんに関してはわざわざ言うまでもないだろう。薄壁一枚隔てた隣に暮らす住人たちが、もしかしたらあなたの一番きらいなタイプの人間かもしれないのだ。それなのに彼らはあなたの隣に引っ越してきて、親切なふりを装って毎日挨拶までしてくる。当時のぼくはある種の宗教を信じている友人たちをどうしても信頼することができなかった。なぜなら、彼らは毎回お祈りをする度に嘘をついていると思っていたからだ。いったい何をどうすれば、見知らぬ他人なんて愛することなんてできるのか？　そんなことは菩薩さまにだってできやしないじゃないか。

幼いころ、親戚がうちにやって来ると、子供たちは両親から呼び出されて挨拶するように言われていた。そんなとき、ぼくはいつも決まってその親戚たちの顔を見ないうちから、きっと自分はこの人間を好きにはなれないだろうなと思い、自然と身体が反対方向に向かうようになってしまっていた。しかし、そうした直感がすっかり鈍ってしまっていた母さんは（父方の親戚が家を訪ねてくることはほとんどなく、父さんに親戚がいるのかさえ疑問だった）、ぼくが礼儀知らずだと言って怒ったふりをしてみせたりしていた。もちろんなかにはどんな相手にもニコニコと親切に答える子供もいたが、ぼくはこうした子供は大きくなったらきっと感情をまったく面に出さないか、自分自身というものをまるで持たない大人になるだろうと思い、とにかくそういう子供がきらいで仕方なかった。

真面目な話、ぼくの家族と商場の隣人たちは、もとを辿れば正直な農民がほとんどで、こうした人間は普通愛らしい性格をしているものだった。彼らの多くは、台湾の高度経済成長期がはじまった時分に簡単な風呂敷包みと理想を引っさげて、各駅停車の電車へ飛び乗ってこの都市へとやって来た人間たちだった。もちろんここで言う「理想」とは、お金を稼ぐといった意味だが、それが理想にあたるのかどうかぼくにはわからない。愛らしさといった彼らの性格は、台北にやって来て手に職をつけてからも依然として維持されていたが、それは青春と同じで、いつかは消えてなくなるものだった……彼らはこのありえないスピードで成長を続ける都市で、やがて毎日の労働時間が十二時間を超える商売人へと変わっていった——裁縫店の親方はスーツ店の店主へ、靴職人は靴屋の店主へ、麵屋の徒弟はレストランの店主へと変わっていった。いつのころからか、ぼくはそうしたおじさんやおばさんたち、そしてお隣さんたちをあまり信用しなくなっていた。あるいはそれは彼らが包むワンタンの具材が、どんどんと小さくなっていったことに気づいたせいかもしれない（わざとかどうかは知らないが、スープにワンタンが一つも入っていないこともあった）。彼らは合成皮革を山羊の皮だと言って、お客さんが買おうとしていた純綿の服をこっそりと店の裏で化学ナイロン製品へと取り換え、またおいで下さいと笑っていた。

ただ同時に、ぼくは心から彼らのそうした小悪党ぶりを愛していた。銭勘定をする際、彼らが良心に背いて見せるその興奮や満足感、そして脂ぎった表情がたまらなく好きだった。なぜなら、ぼく自身がまさにそういった人間だったからだ。宿題用のノートを一冊五元だと言って父さんを騙し（本当は四元だった)、しかもその余分に残った一元で、何のためらいもなく煙草風の駄菓子を買ってくわえていた。冬休みになれば、隣で靴を売っていた呉おじさんの子供と一緒に歩道橋で靴の中敷きを売って小銭を稼いだ。合成皮革の靴の中敷きを豚の皮、豚の皮を山羊の皮だと言い、一〇インチの靴紐は一二インチだと言って売った。商売していないときには歩道橋にぼんやり座って、二階で梅のサワージュースを売っている女主人が、じゃばじゃばと梅のサワージュースの入った桶に水を流し込んでいるのを眺めていた。それでも、ぼくは彼らからそれを買って飲んでいた。なぜなら、ぼくもまた彼らに一〇インチの長さしかないよく切れる靴紐を売りつけていたからで、その取引はお互いさまだったからだ。

きっと、あのころのぼくの顔には、あの人を騙した後の興奮が浮かび上がっていたに違いない。ぼくは商売人の息子で、小さいころからどうやったら教室でクラスメートや教師たちの歓心を勝ち取れるのかを理解していた。しかしだからこそ、ぼくは彼らのことをきらいになっていったのかもしれない。

あるいは、彼らをきらいになったのは、商場に別のタイプの人間がいたせいかもしれなかった。たとえば、それはスーツの仕立て屋だった唐親方のような人間だ。唐親方の店は商店がほとんどない三階にあって、ちょうどぼくの暮らしていた部屋の隣の隣に住んでいた。小さいころ、ぼくはスーツの生地をまとめたプラスチックのプレートを集めるのが好きだった(一部のプレートは生地がウールで作られたことを強調するために、わざと羊の形にしていた)。違った文字や形のプレートを集めるために、時間さえあればぼくは唐親方のもとに走っていった。唐親方には奥さんも子供もいなかった(少なくとも、いなかったように思う)。そのために、ぼくが服を作っているところを見に行くと、親方はひどく喜んでくれた。唐親方の家にあった冷蔵庫は、当時からすればかなり特殊だった。大人の背丈ほどの高さがあって、しかも右側の扉の上には現在のファストフード店にある飲料機のように二つの蛇口がついていて、コップさえ準備すれば氷水がバチャバチャと流れ出してきた。家のなかにこんな冷蔵庫があるなんて、本当に羨ましくて仕方がなかった。唐親方の家に行くと、彼はいつもぼくにガラスのコップを渡して、自分で氷水を入れてくるように言い、あの脚の長い腰掛けに腰を下ろすのだった。唐親方は、固形のおしろいで型を取ると、あらん限りの力を込めて裁断作業を行った。親方が裁断する際、三つの刃を持つ小刀を使っていたのを覚えている。刃の切っ先はそれぞれ違った方向を向いていて、何だかそれがとんでもない武器のように思えたものだ。普通の人間は知らないと思うが、スーツは一見すると一枚しかないように見えるが、だいたい七つか八つの生地を組み合わせて作られている。前身ごろ、背中、袖の上下、折り目、襟、ポケットなどだ。唐親方はまずこれらすべてを型通りに裁断して、それから縫い合わせるようにしていた。縫い合わせた糸の線の一本一本に、傍にかけてあるアイロンを当てていき、生地を落ち着かせてから縫い目を押さえていった。ぼくの記憶では、唐親方は商場の他の親方たちのように裁断機を使って裁断することはなく、手作りを貫き続けていた。あと深く印象に残っているのは、親方がスーツの袖近くに自分のサインを入れることだった。彼が何のサインを入れているのかわからなかったが、その行為がこれは自分が作ったものだということを伝えようとしていることだけは理解できた。なぜかわからないが、ぼくは今になってもその行為がひどく厳かなものであったと思っている。そのせいか、幼いころから絵を描いても決して自分の名前を絵の裏には書かずに、必ず面に書くようになってしまい、ずいぶん美術の先生を怒らせてしまった。

　親戚のなかで唯一好きだったのは、一番若いおばさんだった。おばさんの瞳は奥深くて情熱的でありながら、どこか田舎の農婦のような雰囲気を備えた背の低い人だった。おばさんは、ぼくたちの家の隣にある棟の二階で豆乳の店を開いていた。小さいころ、ぼくたちは父さんに厳格に管理されていた。ぼくが道に迷わないように、父さんはぼくの活動範囲を自分たちが暮らす棟のなかだけに限定した。ただ、もし油條と温かい豆乳を買いに出かけるときは、特別に歩道橋を渡って隣の棟に移動することが許されていた。豆乳を作っているときのおばさんは、髪の毛をかきあげて、小麦粉の生地のような肌を露わにしていた。ぼくはおばさんが豆乳や小麦粉をひねって小籠包を包むのを見るのが好きだった。おばさんの慎重な動作のひとつひとつが、それを食べる人たちをとても大切にしているように思えたからだ。豆乳店にはいつもおばさん一人だけがいて、おじさんは急須やクチバシらと一緒に、四色牌で遊んでいるに違いなかった。彼らは最初こそ害のない博打打ちだったが、カード遊びをする際にビールを飲みすぎたせいで、中年になってからは高血圧と痔を罹ってしまった。しかし、ほとんどの人間が賭けの負債がどれくらいあるのかを知らず、自分の妻を殴っては憂さを晴らし、しまいには破産して命を落とすか、家族の命を奪ってしまう破目になっていた。ぼくのおじさんはまさにそういったタイプだった。

ぼくが小学四年生だったある日の晩、借金取りが冗談半分におばさんの家の玄関に火をつけたことがあった。彼らは火の気を嗅ぎつけたおじさんが飛び出してきて、自分たちと殴り合いのケンカになると思っていたのだ。ところが火をつけることに集中しすぎていたのか、彼らは商場の家には裏口というものがないのだということをすっかり忘れてしまっていた。それに、まさか当日おばさんたちがそんなにも早く床につき、しかもあんなにも深く熟睡しているとは思わなかったのだ。結果的におばさんと二人の娘は火事場で命を落としたが、おじさんはからくも逃げ延びることができた。それは、ぼくがはじめて死というものに触れた出来事だった。真っ黒に焦げたシャッターの前で、ぼくはただただ驚愕していた。もしも母さんがしっかりとぼくの手を握っていてくれなければ、ちゃんとその場に立つことも難しいほどだったが、それはまた別のお話だ。

　高校を卒業するころ、はじめて商場が取り壊されるかもしれないという話を耳にした。当時両親は、あまり勉強はできないが、思春期の男の子たちにとっては魅力的な商場の女の子たちからぼくを引き離すために、ぼくを河向こうにある新しい家に住まわせていた。

　幼いころの遊び仲間だった蚊や絶壁らはとっくに大学進学をあきらめて、商場の仕事を継ぐ準備をしていた。そのころ、ぼくはときどき商場に戻ってきていた。商場の天井板の蛍光灯はいつもチカチカ光っていて、昔馴染みの仲間たちは若くして客を騙すテクニックに慣れてしまい、すっかり早熟していた。騎楼（チーロウ）の下で居眠りをする彼らは美しく、完璧な人生をすでに過ごし終わったとでも言いたげだった。そんな彼らを叩き起こしてやりたいと思うときもあったが、叩き起こしたからといって彼らのために何かしてやれるわけでもなかった。

　あのころのぼくは、自分が商売人にはなれないのだということがわかっていた。だけど、詩人か作家にはなれるはずだと思っていた。ぼくは父さんからもらった塾の月謝代をすべて本を買うための費用にあて、それを本棚の後列に隠していた。前列には参考書を置いて目隠しにしていた。当時はまさか自分が記者になるとは思ってもみなかった。少し前に見たある世論調査で、記者はまともな職業のなかでは最も自己肯定感が低い職業だと紹介されていたからだ。詩人はまともな職業でなかったせいか、アンケートの項目には書かれていなかった。もしも詩人になりたいという当時の夢を母さんが知っていたら、きっと悲しんだに違いない。父さんは絶対に怒り狂ったはずだ。

　父さんは寡黙ではあったが、行動力に長けた人間で、健康だったころは屈強な身体つきをしていた。詩を書くなんて女がすることだと言っていた父さんは、ぼくの書いた詩が詰まったカバンを布切れになるまでハサミで切り裂くと、詩のテーマにしていた籠のなかの小鳥たちをすべて外に放し、本棚の後ろに隠してあった小説も同じように一冊一冊引き裂いていった。父さんが大切にしていた教育モットーとは、とにかくぼくたちに言い訳をさせないことだった。それが正しかろうが間違っていようが、あるいは理由があろうがなかろうが、とにかく言い訳してはならなかった。

両親の締め付けが厳しさを増していけばいくほど、ぼくの反抗心も高まっていったが、その反抗心が向かう先はいつも母さんだった。理由は簡単で、もちろん本当は父さんに反抗したかったが、当時ぼくの身長はいまだ父さんには遠く及ばず、小遣いだって父さんからもらっていたからだ。これで父さんに反抗したら、自分がバカを見るだけだった。それに比べると、母さんはひどく扱いやすかった。せいぜい小言を言うくらいだったし、ぼくが口答えすると台所に駆け込んでシクシクと泣いていた。わかってもらえると思うが、思春期の子供が口にする言葉なんてものは、それが口から零れ落ちた瞬間に彼ら自身を後悔させるものなのだ。両親がとっくに時代遅れになった価値観で何かを要求してくるときなどは、怒りのあまり全身がうち震え、死んでしまえばいいのにと思うことさえあった。台所でシクシク泣いている母さんの声を聞くと、いっそこちらが死んでやろうかと思ったこともあった。こうした後悔と憤慨が入り混じった感情はまるで幽霊のようにぼくの身体につきまとい、その青春をひどく憂鬱なものへと変えてしまった。自分が想像力の欠片もない両親によって産み落とされ、同じように想像力の欠片もない場所で生活しているのだと感じていたからだ。

ぼくは自分と関係のない他人にはひどく温和に振る舞ったので、ぼくを和やかな人間だと勘違いしてしまう人も多かった。ただ両親に対してだけは、同じように振る舞うことができなかった。家に帰る度、ぼくは母さんに癇癪(かんしゃく)を起こした。もともと父さんとの間にはほとんど会話らしい会話はなかったが、高校に進学してからは徐々に父さんにも反抗するようになってゆき、二人の関係はますます悪化の一途を辿っていった。大学のセンター試験が終わったあの夏以降、父さんとはほとんど口をきかいた。

なくなった。外で家を借りていたぼくは、すっかり商場に帰ることもなくなっていた。当時は大学にさえ上がれば、自分がまったく違った人間になれるものだと信じていた。あちこちで痰を吐き、水が流れないことも気にせずに大便をするトイレがある商場なんかには二度と帰ってくるものかと思っていた。

兵役を終えたぼくは、様々な雑誌を渡り歩きながら編集の仕事をこなし、こっそり小説を書いていることは誰にも言わずにいた。家賃代を節約するために、ぼくは家に戻って空き部屋に住むことにした。商場から戻ってきた母さんは、ぼくのために昼ご飯を準備してくれた。自分が原稿を書いているときやなかなか上手く記事が書けないときなどに、母さんからご飯の時間だよと大声で呼ばれることがいやでいやで仕方なかった。なぜなら、その声はぼくの思考の糸をぶつりと断ち切ってしまい、一旦それが途切れてしまうと、その日はもう二度と仕事が手につかなかったからだ。しかし、母さんがご飯を用意してくれるのはある種の善意であって、それに対してぼくが癇癪を起こすことはまったく筋が通らなかった。だからなんとかご飯を呑みこんで、「今日も何も書けなかった」といった事実だけを受け入れるしかなかった。ときには（もちろん、中学生や高校生のときと比べれば、ひどく少なかったが）我慢できずに口答えすることもあり、母さんに向かってひどく辛辣な言い方をしてしまうこともあった。「いいから、かまわないでくれよ。別に母さんの作った料理なんてたいして美味くもないんだから。外で弁当でも買ってくればいいだろ」

その言葉を聞いた母さんは、ひどく傷ついた様子だった。両目を赤く腫らして椅子に腰を下ろすと、やがてぼくの服を洗濯するために部屋から出て行った。母さんがぼくに向ける唯一無二の愛情を感じれば感じるほど、そこから逃れたくて仕方なかった。母さんに愛されていることが、たまらなくいやだったのだ。まるでぼくのために何かを犠牲にすることが自分の人生なのだと言わんばかりに、わざわざぼくのために何かをすることがたまらくいやだった。その度に、ぼくは何か非常に重々しい負債のようなものを背負わされているような気になった。愛情の負債を背負って生きることはぼくをひどく苛立たせ、感謝が足りないのではないかと思わせることもあったが、だからと言って母さんに向かって激高したり、感謝を述べたりするようなことはなかった。何よりも一番受け入れがたかったのは、母さんが子供たちと話をするときに、ぼくたちにやきもちをやくことだった。ぼくらが日に焼けるような力仕事をせず、他人にへりくだることもなく、毎日食べるものがあるかどうかを心配する日々を送らなくてもよいことに、母さんはいつもいら立ちを覚えていた。「ほんまにがいなご身分じゃの！」。母さんがぼくらに教えてくれたことは、「順調な運命もまた呪われるべきものだ」ということだった。母さんが子供たちの運命が順調すぎるといら立っていたことは、そのままぼくらの運命を羨んでいるということを意味していた。ぼくたちの運命を羨むということは、自分の運命が順調ではなかったということなのだ。母さんの一生はひどく平凡で、あらゆる出来事は想定の範囲内でしか起こらなかった。幼いころから母さんの話を真面目に聞く者はいなかったために、母さん自身もまた他人の話を真面目に聞かなくなってしまい、最終的には独り言が増え、足腰は萎えて静脈瘤ができ、すっかり関節も衰えていってしまった。商場が取り壊されるころまでに、母さんの身体はどこも捻挫に炎症、バラバラになっていまにも崩れ落ちそうで、五臓六腑が一つに絡まりあっているような状態だった。あるいはそのときになってようやく、子供たちを愛することがそのまま自分を傷だらけにしている原因なのだと気づいたのかもしれない。

しかし、商場が取り壊されてから母さんに対する態度にもまた変化が現れた。あのとき、母さんが一夜にしてすっかり老け込んでしまった様子を見たぼくは、ふと母さんが短い青春時代しか送れないような時代に生きていたことに気づき、父さんの存在がその老化を防いでいたことを知ったのだった。

母さんは、自分の人生で何かを決定するといったことをほとんどしてこなかった。父さんが代わりに決めてくれていたということもあるが、それよりも多くの場合、神さまの意思を伝えるタンキー（台湾の霊媒師）が代わりに決定してくれていたからだ。

旅行に出かけるべきか、病気になったご近所さんを見舞いに行くべきか、子供のセンター試験の志望校はどうやって選ぶべきか、糖尿病になったらどの病院で診断してもらうべきか。これら一切を母さんはタンキーに尋ねていた……あるいは、タンキーが伝えた神さまの言葉を聞いて何をすべきか決めていた……あるときは開漳聖王（唐朝期、福建漳州地方を開拓した陳元光）に、またあるときは陳靖姑（安産祈願の女神）に、そしてまたあるときは三太子（道教の少年神哪吒の別名）にお伺いをたてていた。母さんはよくもしも自分があの時代に生まれていなかったらどうだったという話を長々としていたが、事実母さんはあの時代に生きていたからこそ、自分で自分のことを決めることに対してここまで臆病になってしまったのだろう。

きっとそのころからだ。母さんの語る過去の物語にちゃんと耳を傾けるようになったのは。以前なら母さんがそれを口にした途端、すぐに逃げ出してしまうような内容だったが、正直そうした物語は昔ぼくが教科書で読んできた歴史なんかよりもはるかに魅惑的で面白く、悲哀に満ちていながら神秘的だった。ただし、それらの物語がぼく自身とどういう関わりがあるのかまではわからなかった。猟奇的な気分で、あるいは何か一つ面白い話を盗んでやろうかといった気持ちでその物語を聞いていたぼくは、一度それを小説にして、文学賞を獲ったこともあった。授賞式の日、檀上に上がったぼくはどうでもいい感謝の言葉を述べると、にやにやと笑いながら賞金と記念メダルをもって家に帰った。その日、父さんの手作りのロッキングチェアに座っていた母さんは、静脈瘤が浮かび丸々と太った足を宙に浮かせ、死人のように力なく頭を垂れていた。それを見たぼくは慌ててその肩を揺すったが、目を覚ました母さんの姿を見て、ようやく一息つくことができた。

だけどもうずいぶんと長い間、ぼくは母さんが話してくれる物語を書くことはなかった。なぜなら、そうした物語がぼくの手によって描かれた後、それをどんなふうに読んでみても、あるいはひねくれてみても、わざとらしく書いてみても、ぼく自身がその物語のなかにはいないことに気づいてしまったからだ。ぼくには母さんが物語のなかで話したいと思っているあの些細で何の考えもなく、ひたすら母さん自身の人生に付随した大切なそれが何であるのか、皆目見当がつかなかったのだ。この問題に見切りをつけてからは、自分の分を守って記者の仕事に専念することにし、二度と小説家や詩人になるといったことを口にしなくなった。記者はただ他人の物語を盗むことに集中していればよかった。そこにどんな物語があろうとどうでもよかった。なぜなら、記者の同情が嘘っぱちだなんてことは誰でも知っていたからだ。それに比べて、作家という存在はいわゆる作品の「深さ」を表現するために、物語を盗んだ後に憐みからかあるいは対象への理解からか、二粒ほど涙を流すふりをしなければならなかった。たとえその物語の主人公が、自分の両親であったとしてもだ。

## 15

母さんの話す物語の聞き手になってから、そこには大きく分けて二つの方向性があることがわかってきた。一つは教訓的な意味合いが強い物語で、一番多かったのが、話し終わった後にいい加減なことを言ったり書いたりしないようにぼくへと忠告するもので、物語の〆(しめ)には必ずこんな言葉をつけ加えた。「ごじゃなこと言うたり(オーベゴン)書いたり(オーベシャ)せなんだら、日本人(リップンラン)が来てお前を水責めにすることもないんや」。ぼくは母さんがこうした話をするのはたいてい己に注意を促すことで、かつて自らがパニックに満ちた青春時代を送っていたことを忘れないようにするためだったのではないかと思っている。そしてもう一つは、神さまの奇跡や神秘的な事件に関する物語だった。ぼくはこうした物語を特に興味深く聞くようにしていた。と言うのも、無神論者のぼくにとって、神さまの奇跡といった物語の論理的破綻を探し出すことは何よりも楽しい作業だったからだ。ただし、こうした分類にさしたる意味があるわけでもなかった。なぜなら多くの場合、教訓のなかに神さまの奇跡があったり、神さまの奇跡のなかに教訓があったりと、奇跡と教訓の物語は常に組み合わされて語られていたからだ。

物語を語る際、母さんはよくその正確な時間を忘れた。それどころか、そうした物語は記憶のなかを漂っているようで、確かな日付もプロセスも結末すらないようだった。最初に母さんが神さまの奇跡を目にしたと言ったとき、それは七歳のころの出来事だと言った。ところが、二回目に話したときにはそんなに小さくはなかった、たしか九歳くらいだったはずだと言った。この物語を語るときの母さんの年齢はだいたい七歳から十歳の間をウロウロしていて、西暦に換算すると、およそ一九四一年から四四年の間に該当していた。

この物語は、家族の歴史にとって非常に重要だった。なぜなら一歩間違っていれば、玄関近くにある養殖池でおじいさんが酒に酔って溺れ死んでしまったといった通知を、二十歳のころにぼくが受け取ることがなかったかもしれなかったからだ。

母さんがまだぼくの兄さんの子供くらいに小さかったころ……いや、それよりもっと小さかったころ、おじいさんが危うく地獄の一丁目まで行きそうになったことがあったらしい。おじいさんはわずかばかりの食料を報酬に、うちに他人の米を隠してやる約束をしてしまったのだった。日本の犬っころたちがこの島を支配していた時代、とりわけ敗走を続ける軍隊が大量の米で腐敗していく彼らの精神力を維持しようとしている際、一袋の米を隠匿するという行為は、同じ量の金を隠すのと変わらないほど罪が重かった。日本人は、自分たちは他人のものを平気で奪うくせに、他の民族が他人のものを奪う行為を罪と見なし、とりわけ重い罰を課していた。母さんの言葉によれば、米を隠すという行為はたとえそれがわずかな量であっても、「大人(たいじん)」(日本人の警察官)に捕まれば、絶対に生きては帰れない重罪だったそうだ。それにもかかわらず、友人の頼みを聞いたおじいさんは数斤ほどに米を分けて、それを家のなかの絶対に見つからない場所へと隠したのだという。

七度も同じ物語を語っているくせに、母さんは四方八方何もない部屋のどこに米を隠したのか答えることができなかった。あるときはそれを豚小屋の傍にある道具を入れる小屋に小さな穴を掘って隠したのだと言い、またあるときはアヒル小屋の近くにある木造小屋のなかに隠したのだと言い、おじいさんのベッドの下に隠したのだと言うときもあった。「どこぞに隠したんは確かなんじゃ」。ぼくの質問責めに腹を立てた母さんはこんなふうに答えた。米を隠す話をする母さんはいつも決まって生唾を呑み込み、その目は期待に輝いていた。あのころ、米を口にできることは本当にまれだったのだ。

小さいころからうちでペットを飼うことを父さんが許してくれなかったので、おじいさんが犬を飼っていたと聞いたときは、羨ましくて仕方なかった。その犬には名前がなく、家の人間が犬を呼ぶときにはただ「おい」と呼んでいたそうだ。外に向かって「おい」と一言呼べば、どれだけ遠くにいても、その犬は飛ぶように家まで戻って来たらしい。とりわけおじいさんにはよく懐いていたので、「おい」はおじいさんの目を見るだけで、何をしたいのかを理解することができたそうだ。おじいさんが笠を必要とすれば走っていって笠を咥えて戻って来たし、魚釣りに行こうとすれば竿を咥えてやって来た。もしもそれが本当なら、天才犬だったに違いない。今ならテレビにだって出られたはずだ。

「あの『おい』ちゅう犬(ガウ)が、お前のおじいちゃんを助けてくれたんじゃや。おじいちゃんの家は門すらまともに閉まらんかったんやきん、そんなんで日本の警察をまともに防げるわけないじゃろ?」母さんが言った。

ある日、「大人」がもみ殻の調査にやって来た。いったい誰が「大人」にチクったのかわからなかったが、幸いにもあの「おい」が夕食を食べ終わってしばらくすると、ワンワンと大きな声で吠えだしたのだ。最初は大通りに向かって、次におじいさんの家の右側にある細道に向かって、そして「大人」たちのやって来る方角と人数を教えるように今度は池のある方向に向かって吠えだした。

「あの犬(ガウ)を飼っとったおかげやな。エサ代も無駄やなかった。あんたのおばあちゃんは、門の隙間から三人の『大人』がおるんを確認して、部屋に向かって『あいつらが来たで』っちゅうたんや」

その晩、日本の警察たちが荒々しく家の扉を蹴破るほんの数秒前、おじいさんはおばあさんと子供たちの助けを借りて、屋根の上によじ登って身を隠そうとしていた。しかし、屋根に登るためには枯れたレンガ作りの井戸に頭二つ分ほどの高さがあった。慌てたおじいさんは、えいやっ! と一言壁に向かって飛びあがったが、そのまま地面にずり落ちてしまった。手の皮は破れ、歯が折れて血まで流れ出し、同時に頭を打って大きな青あざが浮かび上がった。

「あんころ、あんたのおじいちゃんはまだ少年（シャオリエン）みたいに丈夫（ヨンギャン）じゃった。ほんだんけど、壁が高すぎての、飛び上がれんかったんじゃ」。母さんはやや興奮気味に、ひどく子供っぽい口調で言った。けれど、ぼくの頭のなかでは玄関の扉がドンドンと蹴り上げられる音が聞こえると同時に、逞しくてそそっかしいおじいさんが小便をちびっているシーンが思い浮かんでいた。


怖（こー）ない人間なんかおらん。母さんが言った。「大人」を怖ない人間なんておらんじゃろ。一度「大人」に捕まってしまえば、生きて帰れないだけなく、拷問にかけられてたっぷりと苦しめられたのだ。お隣に住んでいた大工のアシエン親方の息子アツイヤは、魚を一匹盗んだために「大人」に捕まって水責めにされた。豚のように棒へくくりつけられたアツイヤは、養殖池の濁った水をたらふく飲まされたらしい（小さいころにおじいさんの家に行ったことがあるが、あそこの池の魚たちは豚の糞を餌にしていた）。口をこじ開けられてどんどん泥水を流し込まれ、九〇斤ほどの体重しかなかったアツイヤに一五〇斤もの泥水を呑ませたらしい。最後は腰を縛っていた縄も千切れ、皮膚がぶくぶくと膨らみ、まるで小さな女の子みたいに真っ白になってしまったそうだ。「大人」が帰った後、アツイヤは両親に連れられて家へと戻って来た。父親が両手で彼の腹を強く押すと、桶三杯ぶんほどの泥水と黒いフナが四匹、それにウシガエル八匹が飛び出してきた。地面に仰向けになっているアツイヤの顔は、恐怖のあまりしわくちゃになっていたそうだ。アシエン親方はすぐに線香を三本立てて王爺（おうや）（道教の神で、疫病や邪悪なものを取り払ってくれると信じられている）にお出ましいただき、息子の命を助けて欲しいと祈ったがその火は三度とも消え、いくら火を灯そうとしても二度と燃えることはなかったのだという。

「で、死んだんだろ？」

「ああ、のうなった」

絶体絶命の状況を語る上で、やはりこのことは語らずにはいられない。おじいさんはふと、今朝市場で足の悪い占い師に出会ったことを思い出した。母さんによれば、その日の朝、おじいさんは前日に獲れた魚をもって市場に向かったそうだ。市場では菜粿を売っていたが、そこで占いを副業に、他人の名付け親になっている足の悪いアデヤが、おじいさんをいかにも意味ありげな様子で市場の隅に引っ張っていくと、何とかしてすぐ祭礼を執り行えと忠告してきたのだ。「お前の下着をやな、えぇか、ちゃんとお前の臭いがせんとあかんぞ。そいつをやな、家の裏にある木の上に掛けとくんじゃ。ほいて、北へ九歩歩いたところで、わがの名前を三回叫べ。ほんだら、この災難を避けられるかもしらん」。おじいさんはいったい何事かと尋ねたが、アデヤは詳しいことは知らないし、知っていても教えるわけにはいかないと答えた。ただ魂を自分の服に移して、災難をそちらに引き受けさせる必要があるのだと言った。この足の悪い占い師は若いころ賭けに目がなく、一度落ちぶれてしまったときにおじいさんから経済的に援助をしてもらったことがあったらしい。後々ある親方から算盤を教わって、普段は菜粿を売って生計を立てるようになっていたが、おじいさんは彼の話がまんざら嘘っぱちでもないように思い、魚をおろした後、急いで家に戻っていった。しかし、いったいどこで豚肉を調達すればいいのだろうか？　おじいさんは明日親戚の家に行った際、豚肉を手に入れられるかどうか聞いてみようと思った。そんなことを考えていたちょうどそのとき、例の犬が鳴き声を上げたのだった。

「大人」はすでにやって来ていたが、おじいさんは壁をよじ登ることができずにいた。まさにその瞬間、奇跡は起こった。ほとんど精魂尽き果てかけていたおじいさんは、ふと心地よい女性の声を耳元で聴いたのだ。「さあ、跳ぶのです！」。その声にあわせるように、おじいさんは身を躍らせて跳び上がった。すると猫がその身を伸ばすように、あるいは海鳥がその羽を広げるように、おじいさんは軽やかに三メートルほどもある屋根の上まで跳び上がったのだった。おばあさんと娘たちは口をぽかんと開けて、月明かりの下で鳥のように跳び上がるおじいさんの姿を眺めながら、あんれまぁと不揃いな声をあげていた。

おじいさんが屋根の上に跳び上がったその瞬間（母さんは「飛んだ」と言っていたが、それはいくらなんでも言い過ぎだ）、月明かりは突然やってきた黒い雲に覆い隠され、世界全体が停電したような暗闇に覆われてしまったそうだ。家に入って来た「大人」たちは、三本の懐中電灯を頼りに部屋のなかを探し回ったが、おじいさんも米も見つからず、憤然とした態度で何度かおばあさんを蹴り飛ばすと、その場から去っていったのだった。

翌朝、鶏が鳴き声を上げる前に屋根の暗がりに身を隠していたおじいさんは、「大人」がすでにいないことを確認すると、おばあさんと娘たちの助けを借りて海辺にあるアダンの林に身を隠し直すことにした。およそ一か月の間、おじいさんの生活は「ゴイサギ」と大して変わらなかった。アダン林に身を隠していたおじいさんの皮膚はどこもアダンの葉で割けてしまい、夜になってようやくおばあさんが近くに置いていった食べ物を取りに来るような生活を続けていた。しかしあるとき、「大人」の一人がアダン林に小便をしに来たことがあった。いよいよ尻尾を摑まれたと思ったおじいさんは、農閑期に海で仕事をしようと作っておいた竹の筏（いかだ）に乗って一か月近く海を漂い、決して陸には近づかなかった。その一か月間、おじいさんは魚のように暮らした。全身の汗は干からびて塩へと変わり、皮膚は小さく裂けてまるで魚の鱗のようになっていた。だが危険はすでに去っていたわけで、おじいさんの友人たちは何とか「大人」に話をつけ、二か月後にはようやく陸にあがることが許されたのだった。

しかし、おじいさんはいったいどうやってあの壁を跳び越えたのだろうか？　母さんによれば、家族がどうしたものかと困っているときに、月明かりに絶世の美女が現れたのだそうだ。その美しさといったら現在の映画俳優などとは比べようもないほど美しく、美女がそっと袖口を振りはらった途端、おじいさんは鳥のように飛び上がったのだと言う。おばあさんたちが顔を上げると、月明かりはまるで太陽のように輝き、クツワムシとトノサマガエルはガガガガ、グエグエグエと熱心に鳴き声を上げ、おじいさんが跳び上がったときに割れてしまった屋根瓦三枚の音をすっかり覆い隠してしまうほどだったそうだ。これはウソでもなんでもなく、翌日屋根の上には割れた屋根瓦三枚がちゃんと残っていたらしい。まさか、おばあさんに七人の子供たち全員がそろってそれを見間違えるはずもないだろう。

　ほとぼりが冷めて、何とか災難から逃れたおじいさんは、わざわざ海辺にある王爺の廟に線香を上げにゆき、ついで色々と尋ねてみることにした。おじいさんから自分を押し上げてくれたあの声の主の容姿について尋ねられたタンキーは、すぐにそれは観音菩薩の霊験であろうと答えた。そのころ、日本政府はすでに村民たちに家に祭ってある先祖や神さまの像を廃棄するよう求めていた。代わりに日本の天照大神の御札を祀るように命じ、近くで残っているのは参拝客の絶えない観音廟と海辺にある王爺廟が祀っている金（ギム）、吉（ギッ）、姚（ヤウ）の三府王爺だけだった。信徒の多さを考慮した日本政府は、民衆をなだめるためにも、一時的に取り壊しを中止した。おじいさんは帰ってからまた海で稼いだお金で豚肉を買うと、七人の娘たちを引き連れて、裸足のまま一五キロほどの道を歩いて街へと向かい、観音さまに感謝の言葉を述べたのだった。母さんはその目で直接観音さまの奇跡を目撃した上に、おじいさんの心からの感謝を目にしたために、心からその奇跡に感激したのだった。

「ほんだきん、うちは観音さまを信じるんじゃ」。齢七十を超えた母さんは今でもこんなふうに言っていた。

母さんの幼かったころの物語を聞いたぼくは、そのころまだ母さんと出会っていなかったはずの父さんが、いったいどこにいたのかについて聞きたくなった。すると、母さんはまるで歌仔劇（ゴアヒ）（台湾オペラ）でも演じるような口調でそれに答えた。

「知るかいな（ナァエザイヤン）。あんころは戦争しよったんじゃ」

## 16

目の前の光景は雨に打たれた車窓のようにぼんやりとし、睡魔は連綿と続く田園風景のように広がっていた。夕日は遅々として沈まず、魚の血のような潮流に身体は徐々に浸されていった。自分のあそこが異常なほど硬く勃起しているのを感じると、耳をつんざくような何かがぽきんと折れる音を耳にした。三郎、目を閉じるな、目を閉じるんじゃない。目を閉じるな、三郎。ぼくは目を開けたまま尋ねてみた。戦争は？　戦争は終わったのか？

夢が戻ってきた二日目、ぼくはここで筆を置いた。睡魔はさながら一群の白鳥のように、遠方から静かに飛んできた。

# 17

洞窟の奥には村があった。村の建物は整然としていて、多くは石材か丈夫な木材で作られていた。どちらを使っているのかにかかわらず、とりわけ目を引いたのは、建物の屋根がまるで光を材料に作られているように見えることだった。光を放つ屋根の存在は、この洞窟に広がる村を浮かび上がらせ、見る者に一種純粋な息遣いを感じさせた。

村の周囲は川に囲まれていて、その川を流れる水は絶えることなく、流れる涙か欲望のようだった。そのせいか、村のはずれに立っているとどこか浮き上がった感じがして、踏みしめている地面すら揺らいでいるような気がした。川向こうにはちらほらとトンネルが見え隠れし、それは屋根の光が河に反射しているために気づくことができた。トンネルはどれも閑寂として長く、いったいどこへ通じているのかわからなかった。

容姿を見る限り村人たちはすべて少年で、そこには老人も女性もいなかった。整然と立ち並んだ建物の窓から見える机の前には、必ず一目でそれとわかる少年が座っていた。いまだ形を成さず、あるいはやがて形を成していく柔軟性をもったその五官は、どこをどう切り取ってみても少年のそれだった。

少年たちは肌の色にかかわらず、誰もが何かに集中しているか、夢中になっているような顔つきをしていていた……あるいは何かを期待している様子で、洞窟の入り口をジッと眺めていた（君はそれを空だと言うかもしれない）。

どうして女の子がいないんだ？　Zに尋ねてみた。女の子たちが通る道はトンネルで別の村につながっているからだよ。Zが答えた。

村には様々な少年がいた。陥没した鼻にやせ細った四肢をした少年がひとり、路傍に置かれた椅子の上に腰を下ろしていた。汚く破れた作業服の胸のあたりに血痕のような跡をつけた少年、それに丈夫な腕でもう一本の千切れた腕をつかんでいる少年もいた。彫りが深く、ぼくのパイワン族の友人とよく似た顔つきの少年は、一本足でバランスを崩して倒れてしまわないように消火栓にもたれかかっていた（夢のなかでも火事は起こるのだろうか）。女の子のような顔つきをした少年は垂れ落ちた電線を縄跳びにして遊んでいたが、その足は膝の高さで断ち切られてひどく独特な跳び方をしていた。憂鬱そうな表情を浮かべた少年は曲がり角に差しかかるまで懸命に路上にある何かを蹴っていたが、よくよく考えてみればそれは手榴弾か頭がい骨であったような気がした。

村にはずっと雨が降っていたが、雨脚は弱く、顔を打つ雨粒は肉眼で見えないほど小さかった。雨はこの村の昼間を短くさせ、雨水は蟬の鳴き声と木の葉の葉先からぽたぽたと流れ落ちてゆき、様々な格好や表情、肌の色をした少年たちの顔の上に落ちていった。きっと雨水が豊富だったせいかもしれない。ここにはいたるところに植物が生えていて、少年たちの身体にも同じように植物が生えていた。腕を失くした少年の腕のあたりからは紫と白いキノコが生えていて、作業服を着た少年の胸の血の跡からは奇妙な色のない花が咲いていた。消火栓を足代わりにしていた少年の股下にはツタが伸び、その葉は手のような形をしていて、裏返した手の平を空に向けているようだった。

どうして人間の身体に植物が生えてるんだ？

ある場所を恋しく思い続けていれば、身体にはそこにある植物が生えてくるものなんだよ。Ｚが言った。何といっても、人の身体も様々なものの土壌になることができるのであって、ぼくたちはそれを知らずにいるだけなのだ。視線が一瞬Ｚの顔を掠めた。ぼくはまだきちんとＺの顔を見ていなかった。Zの容姿はいたって普通で、健康な肌つやをした彫りの深い、子供のような笑みを浮かべた青年だった。唯一普通の人間と違っていたのは、彼には発育不良のコウノトリのような縮んだ翼があったことで、それからどこがどうとは言えないが、ひどく奇妙な瞳をしていることだった。

消火栓によりかかっている少年が歌いはじめた。最初、その歌声は哀愁に満ちているように感じたが、よくよく聞けば希望に満ちているようにも感じられた。はじめは金属が木に切り込むときのような騒音だったが、耳を澄ませば小鳥の魂が空を飛んでいるような気もしてきた。彼の目を見たぼくは、どうにもそれに見覚えがあるように思えてきた。

少年の歌声は、四方の川が交錯する村のはずれにまで伝わっていった。川の流れは緩慢になって、雨粒は空中で止まり、木々はツルと一時的に話し合うことを止めていた。最初、他の少年たちは静かにそれを聞きながら、洞穴の入り口を眺めていた。だがしばらくすると、少年たちはそれぞれ大人の声で合唱をはじめた。重ね合わさった歌声はもとの声の数万倍の大きさになって星にまで届きそうなほどに輝きながら上昇していったために、かえって洞穴の計り知れない深さを知るはめになった。

地下にこんな大きな穴があったんだ。ぼくが言った。

Zは翼をはたいていた。いったいその目の色をどんなふうに表現すればいいのだろうか。それはひどく繁雑で、どこにも分類できないような色合いだった。ダイオードの光が流れているようで、また単眼を擬態した複眼のようでもあった。地殻ってのはさ、ぼくたちが思っているよりも脆いものなんだよ。Zが言った。

この場所からは何も見えはしないはずだったが、それでも少年たちは皆一様に顔をあげて、洞穴の入り口を見上げていた。しかも洞穴が深すぎるせいか、ここには独自で回転する太陽や月、星まで浮かんでいた。

彼らは何を見、そして何を期待しているのだろうか？　そしてこの歌声はいったいどこまで昇っていくのだろう？

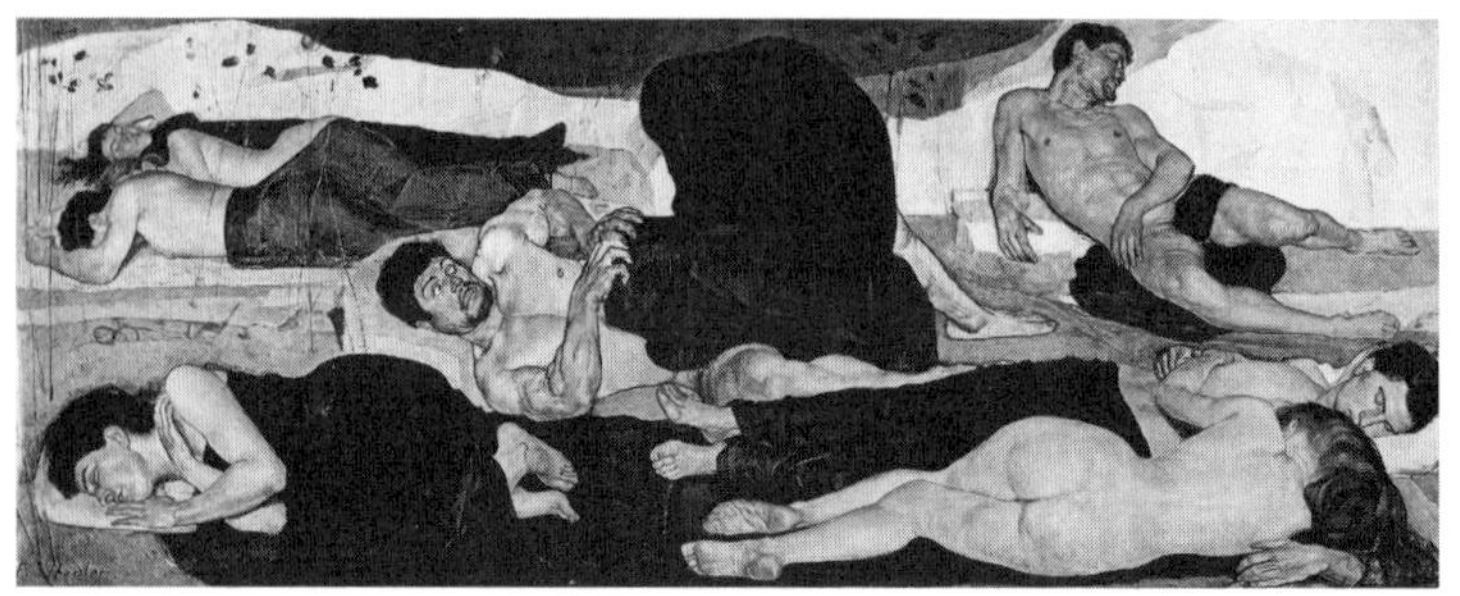

フェルディナント・ホドラー《夜》1889-90 年

# 第三章

夜よ、安らかに眠れ。この静かに眠る者たちのなかに、
明日目覚めぬ者がいるであろう。

フェルディナント・ホドラー《夜》の額縁の銘文

## 18

宿舎は木造で、空気中には木目の香りや粘々した裂け目、それに地面に落ちた木屑の匂いが満ちていた。壁は比較的がっしりとした角木に釘を打ちつけて支柱にし、そこにさらに無垢材を打ちつけて、等間隔で上下に押し上げるタイプの窓をつけ、その外側には木造のベランダが設置されてあった。外から見れば一棟一棟の宿舎の構造や大きさはほとんど同じで、秩序正しくこの平野に散らばり、時折空に向かって伸びる煙突には恐ろしいほどの静謐さが備わっていた。

八人から一〇人が一組になって部屋に入った少年たちは、ベッドに寝転がっては蚊を叩き、またシラミに噛まれて腫れ上がった場所をボリボリと掻いていた。仮に全身を噛まれたとしても、三郎少年はこの場所が常に揺れ動き、蒸し暑いあの船底よりいくぶんもマシだと感じていた。ただなぜか、この部屋にやって来てからの彼は不眠に陥っていた。頭がはっきりと冴えていた三郎は、窓越しにぼんやりと屋外の煙突の影を見たような気がした。湿気で重々しい空気が充満した部屋には、さながら憂いと敵意が満ちているようだった。

繊細ゆえに備わったその直感が、彼に眠っていないのはこの「部屋」だけではなく、「寮」にいるすべての少年たちなのだと告げていた。真っ暗な毛布に身を包んで何を考えているのかわからない者もいたし、こっそり台湾から持ってきたクッキーや糖をカリカリとネズミが何かをかじるような音を立てて食べている者もいた。屋外では水滴がリズミカルな音を立てて落ちていた。静寂のなかに伝ってくるその音は、慎重で澄みきっていながらリズミカルだった。管理人が巡回した後に響く、自転車のギコギコといった音が聞こえることもあった。風の音は一陣、また一陣と耳を掠めていく。瞳を閉じると、三郎はこれらの音が見慣れない空気から見慣れない窓を穿ち、見慣れない床に落ちてゆき、その重さで畳が徐々に凹んでいるのだと感じた。ここにきてようやく、自分がすでにあの島からずいぶん離れた場所にやって来てしまったのだと信じることができたが、「明日」はひどくぼんやりしていた。眠れずにいた三郎は目を開けていた。そして、自分がこれまでにないほどはっきり頭が冴えわたった状態であることに気づいたが、当時の彼はこうした状態が実はもっと早い時期から現れていたことには気づいていなかった——北へと向かうあの船に乗ったときから、純粋な熟睡といったものは彼の身体から遠く離れていってしまっていたのだ。

　突然、どこからともなく聞こえてきた鋭いうなり声のような音に身体を強張らせた。一瞬それを起床の笛だと思ったが、どうやらそうではなく、鳥か虫の鳴き声のようだった。笛の音はもっと鋭くて甲高く、遠くまで響いてどうにも人を焦らせたが、その音はどこか動物が発するような声に似ていて、わずかな悲しみと苦痛が入り混じっていた。それが笛の音でないことを確認した三郎は、全身の筋肉を緩めていった。ここでは通常、起床の五分前に最初の笛が鳴らされた。これは「起きてはならない」という意味で、この笛が聞こえても、起きて起床の準備をしてはならない規則であった。二回目の笛の音は「早く起きろ」の合図で、このわずかの間に眠ったふりをしている者やまだ眠り足りない少年たちは慌てて跳び起きるのだった。規則にあるように、五分以内に毛布と敷布団を畳んで服を着替え、運動場まで駆けていってから、集合後に点呼を取らなければならなかった。それから、長い笛の音が響きわたるが、その笛の後に現れた者たちは罰として運動場を走るか、「海軍式制裁」を受ける必要があった。ここにやって来たばかりのころ、同じく台湾から来ていた小隊長の宮田はよくこの「海軍式制裁」で少年たちを懲らしめていた。その一つが、遅れてやって来た二人に彼が止めと言うまでお互いの顔をビンタさせる罰だった。隊のなかで比較的か弱かった清水や阿海（アハイ）などは、お互いにビンタを繰り返すなかでワンワンと泣き声をあげたが、制裁はその後も続けられ、我慢して続けた方が利口なのだということがわかった。

しかし、今聞こえているあの音は笛のそれではなかった。鳥か虫か何かの鳴き声だ。郷里の夜でも似たような音が聞こえていたので、三郎は注意深くその違いを聞き分けようとした。この土地にいる正体不明の生き物たちの鳴き声はどこか冷たく、ずいぶんと間伸びしていた。

船に乗ったせいで眠れなくなり、こんな音を聞く羽目になったのだ。まったく、船とはとんでもない代物だった。三郎は甲板上で巨大な輸送船を一匹のクジラに見立てていたことを思い出した。あるいは、海底に暮らす本物のクジラたちはそのヒレを使って、鋼鉄で作られたフジツボだらけの船腹に触れることがあったのかもしれない。

輸送船が少年たちを載せて北へと航路をとっていたころ、連合艦隊はすでに太平洋で制海権を失い、米国の潜水艦は日本へ向かう太平洋上のあらゆる船舶の脅威となっていた。隊を率いていた伊藤少尉が、再三少年たちに向かって邪悪な米国の潜水艦の危険性について説いたせいで、三郎は艦隊が集合した際にはどの船が潜水艦に沈められたのかといったニュースをお互いに伝え合い、郷里で誰かが亡くなったときに身内同士が挨拶をするように、お互いに黙とうをささげるものだと思っていた。（知ってるか？　高千穂丸が沈んだらしいぞ。高砂丸もだ。それからそれから、大洋丸を覚えてるか？あいつも沈んじまったんだってよ！）

この輸送船も元は有名な旅客船だったそうで、多くの著名人をのせてきたらしかった。しかし、戦争のせいで船は徴用されて、輸送船へと改造されてしまったのだった。たとえ船上にテニスコートやプールがあっても、昔のように平穏無事なルートを通って進むわけにはいかず、今では機関砲や爆弾、魚雷を潜り抜けねばならなかった。潮の香りも、戦争がはじまってからは違って感じるようになった。それまでの海は、カニやタコ、サバの群れに加えて、岩礁や海底火山の匂いがしていた。しかし、戦争がはじまってからの海には火薬と死臭があふれ、他のにおいはすっかりそれに押さえつけられてしまった。海はあんなにも広いのに、どの航路にも必ず戦争はあって、戦争がある期間はたとえそれが船であっても気を抜く権利はなく、常に生死の危険に直面し、運命と恐怖に向き合わなくてはならなかった。三郎は海上を航行している船が、しばしば突然その身をぶるぶる震わせることを思い出した。それはまるで、真っ暗な海底にひどく敏感に反応しているようでもあった。

畳に寝転がっていた三郎は、ときにふと存在しない何かに驚かされたように身体を痙攣させることがあった。妻が第一子を生むころになってようやく、彼は年長者たちから子供は夜寝ているときに足を痙攣させるが、それは成長している証拠なんだと教えられた。

今まさに成長期にある少年たちはこの場で毎朝笛の音で目を覚まし、「甲板掃除」をしてから朝ごはんを食べた。彼らは軍歌を歌い、寮の管理人や寮長、寮母たちが見守るなか、落成したばかりの実習先の工廠へ向かって出発していった。三郎はこの徒歩の時間がとりわけすきだった。見知らぬ森を歩き、長い洞穴を抜けると、郷里にあるような懐かしい平屋建ての建物が自分を待ってくれているのだと妄想しながら歩いた。

当初、訓練課程は比較的充実していた。国語に英語、物理に工業数学、デザイン、体育、それに修身に公民、地理などの課目があったが、教材はほとんど同じで、岡山（こうざん）の訓練所で勉強した内容とさして変わらなかった。三郎は多くの時間を割いて国語と英語、とりわけ国語の勉強に力を入れた。三郎の表現能力と発音に大きな問題はなかったが、知っている漢字は多くなかった。毎回授業に出る度に、三郎は自分がまた一歩天皇に近づけたのだと感じた。

訓練課程のなかでも、実習は一番重要な課目だった。鉄板を刻み、金槌で釘を打ち、溶接し、板金を塑性加工し、貫通させる。実習はこうした基礎動作の繰り返しだった。他にも、機械のメンテナンスやその原理を学ぶような課目もあった。こうした実習課目は、少年たちにとって最もプレッシャーが大きかった。なぜなら、実習では単調で手慣れた、しかも他の少年たちと一糸乱れぬ動きが厳しく要求されていたからだ。鉄の金槌を振り上げて、ピッ、金槌を目標に向けて振り下ろし、ピッ、金槌を振り上げて狙いを定めて、ピッ、そうして目標点に向けて打ち下ろす。少年たちはグループに分かれて次々と仕事を変えていったが、それは彼らがすべてのプロセスを理解するまで続けられた。今後、ある者はボルトをしっかりと締めるためだけに存在し、ある者は金槌をしっかりと握りしめるためだけに存在し、またある者は合金板の上に正確に穴を空けるためだけに存在するはずだった。実習は単調で味気なかったが、三郎はそこで自分の存在意義を強く感じ、そのことが彼をひどく安心させた。自分自身にはわからない何か巨大なものに貢献しているのだと実感できたからだ。

しかし、そうした貢献に痛みが含まれていなければなおよかった。うっかりたがねの末端を打ち損ねてしまえば、金槌が滑って親指と人差し指の間にあるくぼみの部分や親指を叩いてしまう恐れがあった。今日の練習でも、三郎はまだ金槌の握り方と振り上げる際の重心の置き方を習得していなかったせいで、何度も自分の親指を思いきり打ちつけてしまった。指を怪我した他の少年たちと同じように、三郎はこっそり冷えた耳たぶを触って痛みを和らげ、何事もなかったかのように作業を続けた。

この身体は天皇陛下のもので、余った部分だけが貴様らのものだ。隊長の話を復唱してみると、何だか痛みも少し和らいでいくような気がした。しかし、天皇はいったいどんな顔をして、その声は誰に似ているんだろう？　毎日どんなものを食べて、何をしてるんだろう？

窓の外にある暗闇を見てやろうと思ったが、あいにく今晩は月が出ていなかった。月があれば、窓から鉄の色をした高射砲が何門か見えたかもしれない。高射砲のある種ゆるぎない傲慢な姿勢はまったく疲れをみせることなく、常に四十五度の角度で空をにらみ続けていた。最初、高射砲のそうした姿勢は、少年たちに何とも言えない誇らしさを感じさせた。

ここ数日、三郎は同じグループにいた大田（おおた）秀男（ひでお）と徐々に親しくなっていた。秀男は三郎より背が低く、口さえ開かなければ日本人に見えた。四十年以上経った今でも、三郎は秀男の「海軍頭」の下にある男らしさの欠けた、苦悩を体現したその眉の形を覚えていた。しかし、秀男はそうした外見をしていながら多くの点で三郎よりも優秀で、集中力も意志も強かった。とりわけ三郎を敬服させたのは、どれだけ慣れない仕事でも秀男はすぐにそれを習得してしまうことだった。二人が日本にやって来た事情は少し違っていた。秀男はもともと海軍予科練に入隊しようと考えていたのだ。もしも予科練に選ばれていれば、「特攻」に参加できたかもしれなかった。面接の際、ある日本人士官は彼に死ぬのは怖くないかと尋ねた。大田秀男君は彼の年齢に似合わぬほどの冷静さで、怖くはありませんと答えた。しかし、当時の秀男は死がいったいどういうものか、まだはっきりとわかっていなかった。日本にやって来る一か月前、秀男は空襲の際に火のついた家に閉じ込められ、真っ黒こげになった祖父を目にしていた。叔父たちにむしろで包まれ、田んぼのそばに土葬された祖父の姿を見たが、それでも死がいったい何であるかを理解することはできなかった。もしも身体が黒焦げになって、何の感覚もない状態で土のなかに横たわることが死であるとすれば、それを怖いとは言えなかった。あるいは、生前の祖父が苦しんできたことをその目でつぶさに見てきたせいかもしれない。彼は死がむしろ美しき回帰であるとさえ感じていた。

しかし秀男はまだ幼く、適正検査にも合格しなかったために、パイロットになることは適わずにこの工廠へと送られてきたのだった。だからかもしれない。工廠にやって来た秀男は、少年たちがこれから先何をすべきなのかを、誰よりもはっきりとわかっていた。秀男は故郷の言葉を使って三郎に言った。わしらが作んじょんは戦闘機じゃ。こいつを使ての、米国の船沈めて、米国の飛行機をくらっしゃげるんじゃ。わしらが作んじょんは、雷電、ほいで月光じゃ。

毎日工廠から宿舎へと帰る際、三郎と同じグループの秀男は集合時間のちょっとした隙を見つけて、親指をひんやりとした泉に浸して腫れをひかせようとした。それはどこかの山から流れてきた渓流が、さらに細かくわかれた湧き水のようなもので、日照りの続く日には消え、雨の日にまた現れた。

何口かそれを飲んだ秀男は、それが彼の故郷近くにある山からあふれ出す渓流に似ていると言った。それを聞いた三郎は、生まれてはじめて氷を口にしたときの感想を秀男に話した。

その日、三郎は竹箒を街まで売りに出かけた。幸いにも、ある日本人の女性が竹箒を二本買ってくれた。帰りしな、彼は魚売りのデメキンが開く露店の前で立ち止まった。そこに並べられた魚たちの目に、思わず吸い寄せられたのだ。露店に並べられた魚たちの口とえらはリズミカルに動き、まるでこれから物語でも語りはじめようとするかのようだった。フックを使って何やら透明なものを引きずり出してきたデメキンは、それを粉々に削って再び桶のなかに放り込むと、残ったものを必死にもがく魚たちの上に投げ込んだ。三郎はフックで親指ほどの大きさに削られた氷の欠片を見つめながら、デメキンに尋ねた。これ、一つもろてもええかいの？　するとデメキンは、掌ほどの大きさがあるそれを三郎に向かって放り投げた。透明なその物体を拾った三郎は、この世界にはこんな奇妙なものがあるのかと思った。

——こりゃ、何ぞ？

——氷じゃ。デメキンが答えた。三郎は売れ残った竹箒を背に、姉さんと約束した場所まで走って行くと、興奮した様子で手のうちに隠した氷を見せた。小さな動物が逃げ出さないように掌をまるめていたが、姉さんがそれを見たときにはもうそこには何もなく、ただ冷たく濡れた掌があるだけだった。姉さんが尋ねた。
――何ぞ（シャミ）？
――氷（ビンガッ）じゃ。知らんのか？　三郎は楽しそうに答えた。そして舌を伸ばして、溶けてしまった氷を大切そうに舐めとった。

ここの水は氷みたいだと三郎は思った。毎日目が覚めると、三郎と少年たちは大きすぎる作業着に身を包んだ。宿舎の扉を開けると、白い煙が寂しげに空へゆらゆらと舞い上がっていく。日出ずる国の太陽はかえって故郷の太陽ほど激しくなく、秋になれば急に寒くなって、しばらくすると初雪が舞い散るようになった。ちょうどこのころから、三郎は北国と南国との違いを身に染みて感じた。雪が降ったのは朝食が終わった時分で、ちょうど少年たちが食堂から外に出てきたときだった。ひらひらと舞い落ちてくる雪に手を伸ばした三郎の掌で、雪の欠片は透明な水滴へと変わっていった。これは「初雪（はつゆき）」、「氷（こおり）」じゃない。初雪が降ってからはいよいよ本物の寒波がやって来た。寒波はわがままな憤怒を抱き、南国からやって来た少年たちへ猛烈に襲い掛かってきた。秋口から冬にかけて、毎日のように陰気で寒い日々が続いた。夜になればなったで、異常に重たい軍用毛布を被って眠りに就いたが、まったく温かさを感じなかった。三郎は秀男とくっついて暖を取ったが、そのときほど優しく自分の髪を撫で、安心して眠らせてくれる女性の手を欲しいと思ったことはなかった。二人は毛布のなかでお互いの吐き出した温かい息を吸い込み、徐々に足先から髪の毛にかけて温かさを感じていった。

早朝の集合時間、星空はいまだ完全に地平線の彼方から消えず、遠くの山々に咲いた落葉植物はすでに赤く色づいていた。少年たちは身に着けられるものはとにかく何でも身に着け、何度も息を吹きかけて指を温めていたが、寒さはそんな彼らの表情を硬くさせていた。
その表情だけを見れば、すでに彼らを少年と呼ぶことはできなかった。

# 19

宗（ゾン）先生の診療所で睡眠の観察を続けてしばらく経ったころ、ようやく夢が戻って来た。

自分はまったく夢を見ないのだといった予感や気持ちを抱きながら、あたかも夢を見ない死者のように静かな睡眠状態を過ごすことは、ここにきてようやくなくなったのだった。そして、今度は眠りにつく度に（それがどれだけ短いものであろうと）、必ず不思議な夢を見るようになってしまった。ただし、そのころのぼくはもうずいぶんと長い間夢を見ていなかったので、どの夢も新しく感じ、目覚めた瞬間それが新しい夢だったのか、はたまた昔見た夢なのかわからなくなってしまっていた。

夢を見るようになってから、宗先生は診断後にいつものように夢を見ましたかと尋ねてきた。一瞬戸惑ってから、見ませんでしたと答えた。脳波の状態から被験者が夢を見ているのかどうかをチェックできるのかはわからなかったが、ぼくはある種挑発的な気持ちで、宗先生の目を見つめながら答えた。彼が自分の睡眠状態をどれだけ深く把握しているのか知りたかったのだ。宗先生はアリス以外で唯一ぼくの眠っている状態を知っている人間で、本当に人間が他人の頭のなかを理解できるのかどうか、無性に確かめたくなってしまったのだ。

「夢を見たら必ず教えて下さい。いつから夢を見たかということは、あるいは重要な鍵となるかもしれませんから」。宗先生はわざと落ち着いた態度で言った。

そこでぼくは、実はさきほど夢を見たこと、そしてここ最近夢を見続けているのだということを正直に告げた。夢は驚くほど早く忘れた。たとえば、夢の観察が終わってからバスにのって山上にある家に戻っていくと、もう夢の記憶は完全に消えてしまっていた。ただし、もしも宗先生の言うことが正しく、反芻される夢にこそ大きな意味があるのだとすれば、ぼくはそれを書き留める必要があった。

そこで診療所で夢を観察されているとき以外にも、枕元の小さなテーブルにボールペンと鉛筆、それに画用紙を用意して、それをノート代わりにした。目が覚めたらそこに夢を「書き」、もしも夢の内容を書き留めることができなければ、簡単にスケッチをして夢の情景を描写することにした。自分の手によって書かれた夢を眺めていると、ずいぶん見慣れない感じがした。それは本当に「ぼくの夢」だったのだろうか？　あるいはうっかり見知らぬ世界に潜り込んでしまい、誰か他人の夢を盗み見ているだけなんじゃないだろうか？　夢が戻ってきたとき、自分の生活には何か決定的な出来事が起こっていたのだろうか？

休日になると、アリスは疲れ切った身体を引きずってぼくに会いに来てくれたが、テレビ局の幹部から重用されるようになってからは、その休みも徐々に少なくなっていった。近ごろのニュース番組はセブンイレブンみたいなもので、大衆に向かって様々なニュースを何度も何度も繰り返して提供する必要があった。しかも、まことしやかに視聴者に向かって「本社独自のスクープ」などといった大ウソをつくのだ。ここ最近のアリスはひどく疲れていて、長らく化粧を落としていないせいか、その表情は強張って見えた。うちに来てもすぐ床に倒れこみ、そのまま深い眠りについてしまうようなこともあった。それか静かに水草の世話をしているぼくの後ろ姿を眺めたり、山に持ってきた本をパラパラめくったりしていた――その多くは睡眠と第二次世界大戦に関する本だった。二人の間で交わされる言葉は、いつの間にかすっかり少なくなっていた。

パソコンからは無作為に音楽が流れ、ちょうどチェット・ベーカーの「Deep in a Dream」がかかっていた。スピーカーの音色はひどいものだったが、音楽自体はまずまずで、聞く者を憂鬱な夢の中へと誘うようなリズムだった。腰を下ろしたアリスは優しくぼくの耳を撫で、その指がぼくを妄想の世界から静かに引き戻してくれた。ぼくは昨日宗先生が行った分析について話した。アリスは遠くを見つめながら、静かにぼくの話を聞いていた。遠くを見つめるアリスの物憂げで、恍惚とした横顔を見ていると、彼女がいったい何を考えているのかひどく心配になった。アリスが母さんと同じようにぼくを甘やかしていると感じることもあったが、実際にはぼくから離れようとしているのかもしれないと感じるときもあった。ただし、そのどちらの直感を信じていいのかまではわからなかった。

「ねえ、私たち、子供を産んでみない?」アリスが言った。

一瞬、どう答えていいのかわからなかった。しかし、チェット・ベーカーの歌声の合間に猫の鳴き声が混じっていることに気づいたアリスは、急いで窓を開けに向かった。アリスは猫が好きだった。窓の外にある巨大なリュウガンの木がちょうど花をつけていて、毎日のようにハエやミツバチ、小鳥たちを惹きつけていたが、同時にそうした小鳥をつかまえようとする猫も惹きつけていたのだ。オオクロバエというハエはとりわけ大きな羽音を立てていたが、リュウガンが熟してくると彼らは地面に落ちたリュウガンの上に真っ黒な絨毯を作り出し、何かちょっとしたことがある度に大きな羽音を立てて跳び上がるので、鬱陶しいことこの上なかった。一匹の黒猫がちょうど跳び上がるのに実に効果的な姿勢で、サッと根のあたりからリュウガンの枝の上へと跳び移ってきた。黒猫は窓まで伸びた木の枝の一端から軽快に、毛布を敷いたような四本の脚で尻尾を「?」の形にしながら向かってきた。

アリスは毎日リュウガンの木から部屋の窓まで登ってくるこの猫を、ヒトミと名づけていた。その黒猫の瞳はいつでも見る者に心を割って話す用意があるように思わせ、何をしでかしても許してやりたいと思える愛らしさをもっていたからだ。ぼくの母さんの日本語の名前もヒトミって言うんだ。そう言うと、アリスはホント? ならヒトミって呼ばない方がいいかなと言ってきた。もちろんかまわないとぼくは答えた。もともと、猫と同じ名前の人間なんていくらでもいるのだから。

一般的な恋人たちがそうであるように、ぼくたちはつき合いはじめたころは情熱的に互いの身体を求めることで、いまだ不案内で魅力に溢れた相手の肉体を探り合ってきたが、セックスの合間には微に入り細に入るように相手の家庭環境などを尋ね合った。ただこうした強烈な体臭に満ちた記憶は普通ひどくぼんやりとしたもので、お互いに確認し合う必要があった。一般的なカップルであれば、相手の家族に出会ってからはこうした質問をしなくなっていくものだ。そのなかには結婚を選ぶ者もいるし、また新しい恋人が見つかるまで徐々にセックスの回数が減っていき、やがて家族の過去を共有することがなくなってしまう者もいる。けど、ぼくとアリスの関係は違っていた。ぼくたちはずいぶん長い間一緒にいたが、相手の家族と顔を合わせたこともなく、かと言ってセックスの回数が減っていったわけでもなかった。ぼくたちは相変わらず抽象的な言葉を使って語り合い、そうした会話から相手の家族の様子を想像していた。

「お父さんについて、あんまり話さないよね」。アリスは先ほどの質問をあきらめたように口を開いた。

いったいどうやって父さんのことを説明すればいいのだろう？　父さんはこれまで一度だって自分の話なんかしたことがなかった。兄弟や両親のことさえ語ろうとしなかったし、記憶のなかではほとんど物語や昔話を話してくれなかった。ぼく自身がそうした物語のない少年時代を送ってきたわけで、父さんの物語について語ることはできないし、それはただ想像するしかなく、またそれを本人に尋ねてみようと思ったことすらなかった。

小さいころ、よくいろんなところに頭をぶつけていたんだ。たとえば、自分の背丈より低くなっている場所に気づかずに立ち上がった瞬間頭をぶつけたり、かと思えば下を向いて歩いているときに、突然路上の突起物にぶつかったりって感じでさ。近所の子供たちと商場で誰が一番階段を多く飛べるかって競っているときにも、すっ転んで何度か頭を擦りむいたりしたんだ。だから、ぼくの頭を触れば丸くないってことに気づくはずだよ。でも、丸くない原因がしょっちゅう頭をぶつけまくっていたせいかどうかは定かじゃないけど(アリスがぼくの頭を撫でた)。ぼくの背丈はどちらかと言えば低い方だったんだけど、商場三階の居住空間にある中二階の屋根は、そんなクラスで一番背の低かったぼくよりもさらに低かったんだ。あまりにも頭をぶつけすぎてぼくがバカになってしまうことを心配した父さんは、ずいぶん工夫して中二階の天井に柔らかな綿を入れて、そこに通じるあの正方形の細い通路にも同じように綿を入れていったんだ。一昨年、中華民国軍に四隻だけ残っていた潜水艦を取材したことがあったけど、確か海獅(アシカ)号だったかな(なんでそんな海洋館の展示船みたいな名前をつけたのかな)、艦内に入るとその狭い寝室がやけに見慣れた光景に感じたんだ。

すぐに商場の中二階を思い出したよ。さすがに潜水艦よりはマシだったけど。二坪ほどの場所に五人の人間が眠っていたけど、潜水艦も商場もたいして変わらなかったかな。狭い空間には眠っている人間以外にも、色んなものが掛けられてあった。潜水艦の兵士たちは、こんな場所で何千フィートも海底深くに潜っていくんだ(潜水艦ってどのくらいまで潜れるの?)。詳しいことはわからない。ぼくを案内してくれた士官も、それについては機密だって教えてくれなかったから。

書棚にしろラックにしろ、あるいはぼくたちのベッドにしろ、父さんは作れるものは何でも自分で作りたがる人だった。おそらくそれを趣味にしているところもあったんだろうけど、何より節約することが目的だったんだ。ほとんどお金を使わなかったからね。きっと財産のない時代を過ごしてきたことと関係してるのかも。あのころはどんなに頑張っても、ほんのわずかな蓄財しかできない時代だったから、そのせいで父さんも多くのことを求めない人間になってしまったんじゃないかかな。別にそれ自体はいいんだ。問題なのは、父さんがそうした生活スタイルをぼくたちにまで押しつけようとしたことだ。

地縁的な観点から見れば、商場にはふたつのタイプの人間がいた。一つは田舎から台北に出てきた人間たちで、何か一旗揚げようとしたり、生活の活路を見いだそうと上京してきた人たち。もうひとつは中国から国民党と一緒に台湾にやって来たはいいけど、眷村（戒厳令期に国民党の軍人とその家族に分配された官営の公営住宅街）に入ることも、政府が分けてくれた農地も手に入れられなかった人たち。どちらも手につけた職か運に頼って、この大都会で生計を立てていくしかなかった。でも正直に言えば、あの人たちには人生に大きな理想や期待もなく、ただ毎日をやり過ごすことができればそれで充分だったんだ。だからもしも君があの商場を訪れていれば、あそこに漂ってるあの何もかもが退屈で仕方ないって雰囲気を感じることができたはずだよ。商場の住人たちはただこっちからあっちへゆっくりと歩いていって、午後には騎楼の下にある椅子で昼寝して、夜が来るのをジッと待っているだけなんだ。

今でも、なぜか父さんのほんの些細な習慣みたいなものを覚えてるんだ。たとえばそれは、十元紙幣を一枚一枚煙草のように丸めて、引き出しにある現金箱として使っている粉ミルクのブリキ缶のなかにきれいにしまいこんで、普通の人みたいに並べておかなかったりすることなんだけど。父さんはぼくたち兄弟みたいに、朝七時を過ぎて起きてくる人間をとりわけ嫌ってた。一番上の姉さんがまだ生まれてなかったころ、貧乏すぎて午後にやって来たお客さんの支払ったお金で、ようやくその日の食材が手に入れられるみたいな時代でさえ、父さんは家を出るときには必ず革靴に履き替えていたらしいんだ——その靴は隣の隣にある徳記靴屋で買った一番安い豚皮の靴だったけど、十分すぎるほどピカピカに磨いてあった。ハンカチを持ち歩いて、しかもそれを毎日洗って交換してたんだよ。商場で暮らす他のおじさんたちは鼻水が出そうになると、指で鼻を押さえて思いきり手鼻をかんでいたのに。たぶん、ピンとこないかもしれないけど、ぼくたちが暮らしていた中華商場の一番の特徴は不潔で、だらしないことだったんだ。後になって、おじさんがシンプルな言葉で父さんの言動を評してくれたよ。お前の父ちゃんは、日本紳士(リップンシンスウ)っちゅうやつを気取っとるんじゃって。

　日本時代を経験した人たちってみんなそうなんだけど、父さんも「打火機(ダァフォジィ)」のことをライター、「螺絲起子(ルオスウチィズ)」をドライバーって呼んでいて、母さんのことも「阿珍(アジェン)」とは呼ばずにヒトミって呼んでいた。小さいころ、父さんが「一(イ)、二(アル)、三(サン)、四(スウ)」って数のかぞえ方を教えてくれたんだけど、その読み方は「いち、にい、さん、しい」だった。小学校に上がったとき、自分だけ読み方がおかしいと思ったんだ。それから、父さんが英語を教えてくれたときに使っていたのは、「国際音声記号」だった。兄さんのころにはまだ国際音声記号を使っていたんだけど、ぼくが中学に上がるころには、とっくにケニヨン＝ノット式発音記号に変わってたんだ。ぼくの教科書を取り上げた父さんは、発音までコロコロ変えやがってまったくなってないって言ってたっけな。

　父さんはぼくをかわいがってくれたよ。兄さんや姉さんたちと比べれば、父さんは確かにぼくをかわいがってくれた。今でも覚えてるけど、五歳のころにロシアからサーカスの公演がやって来たことがあったんだ。チケットが高くて、父さんはぼくだけを連れて行くことにした。今でも覚えているのは、真っ黒なチンパンジーが舞台に立ったときのことで、彼らは滑稽なパントマイムをやっていた（バカ。チンパンジーがパントマイムしかできないのは当たり前じゃない）。彼らの動きが人間と似ていると思ったときに、観客たちは爆笑した。たとえば、オスのチンパンジーがスーツを着て煙草を吸いながらテレビを見たり、メスのチンパンジーが身の丈に合わない洋服を着て傘をさしたり、小さなチンパンジーが通学用のカバンを背負って学校に行こうとしたりって感じさ。さすがに優雅な動作を要求することは難しいから、母親を演じていたチンパンジーのパンツはいつも丸見えだった。父さんはショーが終わると、ぼくを猛獣たちがいる檻の前へ連れて行ってくれた。父親役を演じていたチンパンジーはすでに服を脱いで、檻の隅の方に座っていた。その目は檻から遠く離れた場所を見つめていて、疲れた様子で何か考え事をしているみたいだった。母親を演じていたチンパンジーは隅の方で髪の毛を梳いていて、子供を演じていた小さなチンパンジーは、檻の外で観客たちと写真撮影をしていた。その瞬間、ぼくは服を脱ぎ捨てたチンパンジーの方が、はるかに人間に似ているように思ったんだ。

だけど、父さんは我が子を溺愛するようなタイプじゃなかった。子供たちへの要求は厳格で、ぼくたちに与えるほんのわずかな自由な時間をまるで恩恵みたいに考えていた。父さんがぼくの幼年時代に与えた印象はまさに完全なる支配で、商場の他の住民たちがするような放任式の子育てなんかじゃなかった。商場の人間は、子供なんてものは放っておいても腹を空かせば帰ってくると思っていた。だけど、父さんは一日を何ブロックかに分けて、ぼくたちにその計画にあったリズムで生活を送るように要求してきたんだ。父さんはぼくたちのすべてを監視していた。ぼくたちの家では、部屋にしろ引き出しにしろ、「本当の鍵」ってものがなかった。学校が終わって、通学路でちょっと時間を潰すことすら許してくれなかった。ぼくが下校する時間まできちんと計算内に入れていたから。あるいは、そのせいでぼくの動物的な直感が研ぎ澄まされたのかも。父さんがぼくの部屋の扉を開けるほんの一秒前、ぼくはエロ本や武侠小説を教科書に入れ替えて、何事もなかったかのようにオナニーを止めていたんだ。高校に進学するまで、父さんは黙ってぼくの日記や手紙、あるいは宿題やそれ以外に書き留めたメモの内容をチェックしていた。確かな証拠があるわけじゃないけど、今でも父さんが慎重にぼくの手紙の封を開けて、それからまたそれを糊で閉じる姿を想像することができるんだ。そして、その内容が父さんの許容範囲内である限りにおいて口を出さずにいた。唯一の証拠と言えば、ぼくに手紙を送ってくれた高校のクラスメートに、水糊で封をしてくれと言っておいたのに、ぼくが受け取ったときにそれがペースト糊に変わっていたことくらいかな。父さんは水糊を使わずに自分でもち米を煮て、ペースト糊を作っていたから。

あと変わっていたのは、勉強しやすいからかどうか知らないけど、父さんはよくぼくたちと一緒に勉強をしたんだ。「文字を書く」ことに対して、父さんは異常なほど真剣に取り組んでいた。ぼくたちと同じ学習帳まで買って、一緒に教科書やテストを書き写すこともあったんだ。残された学習帳を見ると、硬筆で書かれた中国語はどれもきれいで、鉤型になっている部分は特に力強く、自習の成績簿だって悪くなかった。

父さんはずっとぼくを男らしくない人間だと思っていた。少なくとも、意気地のない役立たずだと思ってたはずだよ。正直に言えば、父さんに打たれたりお尻を叩かれたりすることをそれほど怖くは思わなかったんだ。怖かったのは、父さんの沈黙の方だった。ぼくたちが何かをやらかすと、父さんは決まってだんまりを決め込んだ。そして表情一つ変えず、椅子に座ってぼくたちをジッと見つめてくるんだ。そんなときには、父さんの目をまともに見ることができなかった。たとえ悪いことをしてなくても、その目はぼくをひどく恥じ入らせ、父さんに恥をかかせてしまったって気持ちにさせた。兄さんもまたぼくと同じように父さんを怖がっていた。小さいころ、商場のトイレの向こう側から父さんが歩いてくるのが見えると、ぼくたちは遠回りして家まで帰った。ぼくも兄さんも、父さんがあんなにもぼくのことをかわいがっているのを知っていたのに、父さんのことが怖くて仕方なかったんだ。

物語を話したくて仕方ない母さんと違って、ぼくは父さんから本に書かれてあるような物語以外のお話を、特に父さん自身にまつわるような物語を一度も耳にしたことがなかった。若いころ、あるいは幼年時代に何があったのか。どこから来て、どんな場所に行っていたのか。ぼくはそんなことすら知らなかった。記憶のなかの父さんははじめから中年の姿をしていた。ぼくを生んだときに、父さんがもう四十四歳だったってことは前にも話しただろ？　母さんですら、結婚前に父さんがどこで何をしていたのか知らなかった。父さんの小さなころのことを尋ねる度に、母さんはあれこれと適当なことを言って、本当はよく知らないのだと答えていた。父さんは固く閉ざされたカラスガイみたいで、今こうして父さんのことを思い出そうとしてみても、はっきりしたことは何一つ思い出せない。そう思うと、何だかひどい罪悪感みたいなものを感じるよ。

　父さんは一貫して家庭の統治者、それも沈黙の支配者だった。命令を発することなく、ぼくたちにその意図を理解させてきたんだ。ぼくがはじめて公然と父さんの命令に背いたのは大学生のときだった。あるとき、テレビ制作の講義を受けていたぼくは、阿徳（アデ）と砂つぶを家に連れてきて、映像を撮っていたんだ。というのも、ぼくの家の最上階にちょうど隣の屋上の景色が見える場所があって、撮りたいと思っていたストーリーにぴったりだったから。撮影機を用意して、阿徳が煙草をふかし、砂つぶがそのすぐそばで刀を磨いていたとき、突然父さんが現れたんだ。父さんは砂つぶの手から刀を取り上げると、阿徳の煙草を揉み消してからぼくに平手打ちをかましてきた。それ以来ぼくは家を離れて、父さんとは長い間口をきかなくなってしまった。

　だけど、父さんと話をしないということは、外から見ればわかりにくい変化だったかもしれない。ぼくたち家族、それにお隣さんたちも含めて、そのころにはもう父さんと話をする人間はほとんどいなくなっていたから。若いころに難聴を患った父さんの聴覚は六十を超えてからどんどんひどくなっていって、ほとんど聾と言ってもいいくらいだった。音に反応することもほとんどなく、たとえば電話を取ることは少なかったし、母さんの話を聞くときなんかは、船乗りやパイロットがその焦点をはるか彼方の地平線に定めるみたいに、その心はここではないどこか遠くへ向かっていた。父さんの生活は、そうした沈黙の世界のなかにあったんだ。けど、ぼくは父さんがまだちゃんと聞き取れてる音もあるんだってわかっていたんだ。ラジオを修理しているときの父さんは驚くほど集中していて、その姿を見ればきっとプリント基板の上を走る電流すらはっきりと聞き取れるんじゃないかって思ったはずだよ。だけど、父さんはそのあと身体を壊して、他の老人たちと同じように高血圧や糖尿病、それから白内障なんかの持病を抱えるようになっていったんだ。母さんの話によれば、父さんにはもうひとつ命には差しさわりのない夢遊病って持病があったらしい。夜中に起き出した父さんは突然掃除をはじめたり、ラジオを聞きだしたり、倉庫で夜が明けるまでジッとしていることもあったらしいんだ。倉庫って言っても一坪半ほどの広さをした父さんにとっての「作業場」で、特別な許しがなければそこに立ち入ることは禁じられてた。母さんは、父さんは絶対に眠ってるんだって言ってた。なぜって、夢遊状態のときの父さんの目は普段よりも大きく見開いているらしいんだ。

　商場が取り壊される一年前、父さんは肝硬変から食道静脈瘤を併発して入院した。おそらく若いときに働きすぎたことが原因で、肝臓を痛めてしまったんだ。一旦肝硬変になると、体重はみるみるうちに落ちていった。でも母さんによれば、病院とタンキーのおかげもあって、何とか三途の川は渡らずにすんだんだ。そのころ、ぼくも兄さんも姉さんも皆商場の家を出ていって、「お父ちゃんの身体は大丈夫じゃきん(ボウヤオギンラ)」という母さんの言葉を信じ、自分で確認しにいかなくてもいいような気がしてた。ぼくたちは何度も、療養する場所としては最適とは言えない商場から離れて暮らすように言ったんだ。線路のすぐ傍、八〇デシベルを超える騒音とバイクや車がひっきりなしに往来する環境で、病気の療養なんてできるわけないだろ。だけど父さんはぼくたちの忠告を無視した。商場を離れてしまえば、お得意さんが困るから絶対に離れないって。父さんの様子を見るために兄さんと一緒に家に帰ることもあったけど、外の腰掛けに座って、話のネタがなくなるまでただだらだらと話を続けるだけだった。そして、心のなかではどんな口実を作ってこの場から逃げ出そうかということばかり考えていて、父さんも自分の息子たちがそんなふうに考えていることに気づいている感じだった。

父さんがぼくたちに何かを話したがっていることはわかっていたけど、それを聞こうとは思わなかった。もしかしたら、小さいころに物語を語ってくれなかったことへの復讐を果たしている気分だったのかもしれない。

アリスは口を閉じたままだった。最初こそ色々と口を挟んできたが、やがて徐々に静かになっていった。あるいは、自分が沈黙することでぼくにより多くを吐き出せることをわかっていたのかもしれない。アリスの直感は、睡眠監視用の器具よりも鋭くて正確だった。軽く目を伏せたアリスは、まるで何かを感じているように優しくぼくの陰茎を撫でた。瞳を閉じたぼくは軽くアリスの耳を舐めた。アリスの耳を舐めると、何かの味がするというよりも何かが聞こえてくるような感じがした。昼食を食べ終えたヒトミは、「?」の形をした尻尾をふって、名残惜しさの欠片も見せることなく、そのまま窓の外へと跳び出していった。

やがて、眠りがやって来た。まるで遠くの海面に浮かぶ火花のように、それは突如パッと目の前に現れた。

# 20

　ずいぶん後になって、息子が冬は寒くて学校に行きたくないと言ったとき、三郎は高座でのことを思い出した。彼は心のなかで思った。こいつは本当の寒さってものを知らないんだ。本当の寒さってやつは……。彼は心から台湾の冬をバカにしていた。そして、冬場でも息子を厳しくしつけることにした。息子が手袋をすることを許さず、厳しい口調で彼らを家から追い出した。

　しかし、今の彼は首をすくめるんじゃないと自分たちを怒鳴りつける小隊長の声や寒空の下で歌う軍歌、ほとんど凍りついてしまっている雑巾で甲板を掃除すること、どんなふうに乾かしても冷たく湿っている服、そして長い時間歩かなければ工廠までたどり着けない道のことがきらいだった。

　当初、工廠で仕事をする時間は休暇扱いになっていた。たまの休みはそう多くなかったが、それでも少年たちは一息入れることができた。ある日の休暇、三郎と秀男とクラスメートたちは宿舎から大和駅まで歩いて、そこで電車に乗って江ノ島まで足を延ばしたことがあった。海辺で水遊びこそしなかったが、江ノ島にある写真館で写真を撮るのは好きだった。ずいぶん後になってからも、三郎はその撮影プロセスを懐かしく思い出した。写真を撮られる者は長い時間をかけて自身の身だしなみを整え、それからポーズを決めた。撮影師は三脚を用意し、レンズの絞りとシャッターを調整すると、フィルムをカメラに入れた。頭を真っ黒な布のなかに入れた撮影師はまるで何かを考えているように見え、こうした撮影方法はある種の儀式性を秘めていた。三郎が六十歳の誕生日を迎えた日、娘からポラロイドカメラをプレゼントされたことがあった。パチッと音がすると、感光紙の上に映像が浮かび上がってきた。映像が徐々に浮かび上がってくる様子は、確かにある種の緊張感があったが、昔のように撮影が終わった後、写真が出来上がるまでに感じるあの軽い苦痛と期待に比べればずいぶんと簡単になってしまったようで、何やら撮影という神聖な行為を冒瀆されたような気分がした。

外出の際に見た日本の神社も深く印象に残った。雨のなかに佇む木造の神社は、湿った木造楽器に囲まれているようで、雨水が巨大な木の柱や梁、ひさしなどに吸収されているときにはまるでため息をつくような音を出しながら石畳の路上へと落ちていった。参拝者たちはみな下駄を履いていて、石畳を踏み鳴らすその音は打楽器を打ちならしているようだった。そうした音は三郎が島国に戻ってからも彼の中に留まり続け、雨の日には木造の神社を思い出させた。特に休日など、参拝者が溢れた境内には多くの女性たちがいた。三郎は、廂髪（ひさしがみ）を結った少女が母親に連れられてゆっくりと石畳の上を歩いていく様子を眺めていた。空を見上げれば燕が旋回していた。こうした静寂に満ちた情景を、三郎は生涯忘れることはなかった。

しかし、その神社もしばらくすると大火に呑まれ、骨組みを残すだけになってしまった。戦後台湾へ送還される前、三郎は名古屋の名刹真福寺を尋ねてみたが、そこも垣根を残すだけになっていた。徳川家康の時代に建立された大悲閣と五重塔はすでに戦火で失われ、古木は伐採された際にすでに死んではいたが、焼夷弾によって真っ黒に焦げた木の柱は本当の意味で生気を失ってしまっていた。


訓練がひと段落して検査に通った少年たちは、今度は「適性調査」を受けることになった。この調査は少年たちの性格と身体能力を総合的に調査するもので、機械調査にも似ていた。髪の毛からつま先にいたるまで細かくチェックされ、視力に聴力、嗅覚に手足の器用さ、腰のすわり具合から体格までが調査項目に入れられ、最終的に少年たちがどの仕事に就けばいいか判断されてから、それぞれ違った仕事場に回されていった。適正調査を経た少年たちは、一人また一人と各地の工場へと送られていき、飛行機製造の生産ラインへ組み込まれていった。誠は群馬県にある中島飛行機小泉製作所に送られ、健雄は茨城の霞ケ浦、阿輝は長崎の大村、そして秀男は名古屋の三菱重工に向かう準備をはじめていた。少年たちは投資利益率を度外視した飛行機製造の準備を進めていた。各地の工場にたどり着くと、自分の識別番号を受け取って、真っ暗な工場の作業場で身に沁みついた動作を繰り返す準備をはじめようとしていた。彼らはいったいいつまでその動作を繰り返せばいいのか知らずにいた。

ただ一人、空C廠（高座海軍工廠）に留め置かれた三郎は寂しかった。秀男と一緒に、練習用の鋲打ち機で鋲をアルミ板に打ち込んでいた日々が懐かしかった。一人が裁断されたアルミ板の上に耳をつんざくような音をたてる鋲打ち機で鋲を打ち込み、もう一人がアルミ板の端を押さえながら、その手で鋲を打った部分が滑らかでしっかり固定されているか確認していくのだ。こうした作業には信頼できるパートナーが必要だった。三郎と秀雄が打ち込んだ鋲は滑らかで隙間もなく、鋲を打ち込む度に二人は一種の達成感と快感のようなものを感じた。しかし、長時間鋲打ち機を使用していると、リズミカルなその爆音以外の音がほとんど聞こえなくなってしまい、まるで聾になってしまったように号令の声も聞こえなくなってしまった。だが、作業内容を熟知している二人は、アルミ板の向かい側にいる相手の気持ちを自然と汲み取ることができた。

けれど、秀雄は名古屋に行ってしまった。

幸いにも、適正調査を受けた後、小野技師に見込まれた三郎は飛行機を修理するために必要な機械システムの技術を教えてもらえることになった。飛行時における気流の衝撃や気温の変化によって機械システムはエラーを起こしやすく、一旦エラーが出ると危険な状態になるために、この作業は飛行機を組み立てるのと同じくらい重要な任務だった。少年工たちのなかで、三郎はこうした任務が与えられた数少ない人間だった。後に彼は見習い工の養成クラスに入ることが許され、そこでさらに精密な技術を学ぶことになった。そのことは三郎の心に優越感を芽生えさせ、秀雄がいなくなった寂しさをほんの少しだけ和らげてくれた。

まったく新年らしからぬ年の暮れに、「敵機来襲、総員退避」というひどく聞きなれた警報音が鳴り響いた。最初にその音を耳にした少年たちは、いったいどうしたらいいのかわからず身を強張らせたが、やがてネズミのように直観に従って、自分が逃げ込める穴を探しはじめた。空襲を経験する以前、三郎は爆撃機が爆弾を落とす光景を何度も想像してみた。空C廠の長官は、巨大で真っ黒な、さながら兵器弾薬庫を搭載したようなB-29の容貌について何度も話してくれた。聞けばB-29が搭載する成形爆薬弾は、地面に大人一人が入れるくらい大きな穴をあけるほど威力を持っているそうだった。初めて空襲に遭遇した際、三郎は震えながら防空壕のなかで外の様子を想像していた。しかしいくばくも経たないうちに、彼は自らのその目でB-29を目撃することになったのだった。


その日、黄昏時が近づき、仕事上がりの者たちが食堂へと向かおうとしていた時分、運動場で活動していた少年たちは遠方に豆粒ほどの大きさをした編隊が飛行しているのを発見した。これほど遠くに見えているということは、その編隊が信じられないくらい高高度飛行をしているということだった。飛行機が上空にやって来る前に警報音が鳴り響いたが、その音は聞く者の鼓動を加速させ、ねばねばした唾液が喉元を塞いでしまった。小隊長たちは真っ先に防空壕へ駆け込んでいったが、三郎はB-29の姿をしっかり目に焼きつけたいと思い、遅れて防空壕に入ろうと思っていたが、そうこうしているうちに最初の爆弾が降ってきた。

その瞬間、地面は突如として前方に走り出したように、砂塵と石ころが周囲に飛び散った。つい先ほどまで工廠で機械音を聞きすぎて鈍くなってしまっていた耳が突然鋭敏になって、自分の血管を流れる血のドクドクといった音まで聞こえるような気がした。防空壕に入る前に、三郎は後ろを振りかえってみた。遠くの海岸の空にはまた別のB-29の編隊が現れ、銀白色に反射するその翼はまるでナイフのようにギラギラ輝いていた。第一陣の攻撃隊はすでに爆弾を投下し終え、ちょうど単機の隊列で上空を掠めていった。その際、膝からは別の衝撃が伝わってきていた。砂が波のように押し寄せ、彼のくるぶしから肩、そして顔にまで襲ってきた。もしも小川兵曹が三郎を防空壕のなかに引き込んでいなければ、彼の記憶はB-29が去っていく音を聴くことも爆音が防空壕内部に奇妙なこだまを響かせたのを聴くこともなく、おそらくそこで終わってしまっていたはずだった。その音は防空壕の深い深い場所から伝わってくるようで、まるで大勢の人間がワンワンと鳴き声をあげているようだった。

B-29は夜になってようやく去ってゆき、隠れていた人々は防空壕から這い出してきた。炎と風の音以外、周囲には震えるほどの静寂が広がっていた。このとき空は完全な闇ではなく、赤紫色をしていた。三郎は相変わらず自分の聴覚が敏感になっているのを感じていた。耳に入る音すべてが聞こえてくるようで、普段は聞こえないような音まで聞こえる気がした。次々と防空壕から這い出してきた少年たちは、隊長と寮長に集められて仕事を割り振られると、付近の住民たちと消火作業にあたった。一部の宿舎や木々、それに泥などがまだ燃えていて、少年たちは濡れた太い荒縄を使って炎を叩いた。叩かれた炎はぶるぶると身を震わせ、叩かれた方向に向かって伸びてきたが、しばらくしてようやくダメージを受けたようにゆっくり消えていった。しかし、B-29の高高度からの空襲は思ったほど精密なものではなく、工廠の大部分は無事だった。小川兵曹は雲のおかげで助かったのだと言った。

——しかし、米国の次の一手は無差別空襲かもしれんな。

実際のところ、無差別空襲はすでにはじまっていた。東京を起点に、名古屋、横浜などの飛行機製造工廠とエンジン工廠がB-29の主要な攻撃目標となっていたが、彼らは徹底的にこの神の国を破壊することを決めたようだった。神風を巻き起こしてB-29を撃退するといった民衆の祈りこそ適わなかったが、ときに悪天候を祈って、その願いが聞き届けられることはあった。悪天候になれば、B-29の出現率はずいぶん下がったし、たとえ現れたとしても投下される爆弾は大幅に減って、その命中精度も下がっていった。

何度か空襲を経験した後、三郎は爆発音が爆弾そのものよりも大きな威力を秘めていることに気づいた。爆弾は肉体や宿舎を破壊して森や工廠を燃やしたが、爆発音は希望そのものを破壊した。少年たちのなかには無意味な男らしさを見せつけるために、夜間の空襲警報の際に宿舎から防空壕に逃げ込もうとしない者もいた。しかし、防空壕に隠れていようがいまいが、ときに近くときに遠くで炸裂する爆発音を耳にした瞬間、少年たちの頭には同じような考えがよぎった。次の爆弾はすぐそばに落ちてきて、自分は炎に包まれるかもしれない。そのために、たとえある種の愚かな蛮勇や仲間たちとの賭け事で防空壕に逃げ込まなかったにしても、爆弾がさく裂する音を聞いた少年たちの血液はどれも同じように凍りついてしまった。

何度も空襲を経験した上、長官がいつもB-29の話ばかりするので、少年たちはB-29について徐々に理解を深めていった。それから、自分たちがそのB-29に対抗するための飛行機を造るためにここに来ているのだということもわかってきた。B-29は上空二万五千フィートの高さまで飛び上がり、それは高射砲が届かない距離だった。だからこそより速く、火力の強い飛行機を造ってB-29を撃ち落とす必要があった。B-29に対抗できる機種は少なかった。「月光」、「銀河」、それに「雷電」は現在戦場で必要火急とされている戦闘機で、一刻も早く前線に送り出す必要があった。三郎のいた空C廠は「雷電」を専門的に組み立てる工廠で、厚木飛行場はその組み立てた「雷電」の実験飛行をするための重要な基地だった。

しばらくして、三郎は東京と名古屋が焼夷弾によって焼き尽くされたというニュースを耳にした。春になったばかりのころ、三郎と小川兵曹は東京に出張した。電車は通常運行していたが、壊れた窓は修理されず、車両内もずいぶんと汚れていた。奇妙にねじ曲がった線路もあって、車内はひどく揺れた。乗客たちの多くは平静を装った仮面をつけていた。ある老人が落ち着いた口調で車窓に向かって何かをつぶやいていたが、何を言っているのかまではわからなかった。この街でいまだ罹災していない人間や傾いていない建物はひどく孤独に見え、行き交う人々は世界への好奇心を失ってしまったようだった。時折吹きつける一陣の風が運んでくる焦げついた匂いが、ある種崩壊した雰囲気を深めていっていた。電車が東京郊外を通り過ぎようとする際、一群のトラックが深く掘られた穴のなかに何かを捨てようとしているのが見えた。一瞬だったので、それがいったい何だったのかまではわからなかった。三郎は何度も何度もその場面を思い返してみたが、最後には我慢できなくなって、小川兵曹にあれはいったい何を捨てていたのでしょうかと尋ねてみた。

——死体だ。焼けた死体を捨てているんだ。

建物のほとんどがすでに焼けてしまったために、車窓から見える風景はひどく広かった。遠くに見える富士山は依然として純白で、神聖で、強い意志をもってそびえ立っているように見えたが、数週間前の東京とは様子が違っていた。まるで神さまから見棄てられてしまったような感じだった。彼は自分の故郷もまた米軍の空襲を受けているのだといった噂を思い出した。自分の故郷も同じような空襲を受けていて、地中深くに突き刺さった爆弾が稲やサツマイモが生えてくる大地をひっくり返しているのだ。

神さまの土地は果てしなく続いていたが、神さま本人はいったいどこにいるのだろうか。まさか、自分の土地がどうなっているのか知らずにいるのだろうか？

# 21

「グリーンハウス」にいるハップ少尉は、前方を飛行している編隊が隊列を整え、爆撃体制へ入っていくのを見つめていた。銀色の機体が雲間に現れては消えていた。前方に広がる雲は数百機ものB-29の翼とプロペラに切り裂かれ、奇妙な光景を形作っていた。雲の隙間といくつもに切り取られた幾何学状の「グリーンハウス」の操縦室から見える海岸線はひどくぼんやりとして、断片的な輪郭が見えるだけだった。

この雲を抜ければ、すぐに都市(まち)が見えるはずだ。

飛行をはじめてすでに六時間が経過していた。気合いを入れ直したハップ少尉は、空襲後に黒煙をあげる都市の煙霧と真っ黒に染まった空を想像した。ミッチェル将軍の言葉は正しかった。木と紙で作られたアジアの都市は、空襲による破壊に弱かった。名工たちの手によって作られたあの精緻な装飾品や貴重な百年の古木、それにそうした建物に隠れ、自らの財産を捨て去ることのできない人々――日本軍に空襲される中国人にしろ、アメリカ軍に空襲される日本人にしろ、彼らは自らの家とともに、焼夷弾が引き起こす炎に呑まれて死んでいった。

B-29は重々しく巨大で、数百年の歴史と数千人の人命を焼き尽くすに足るだけの爆弾を搭載していた。ハップ少尉が誘導するこの超空の要塞は、M-47とは少し違ったM-69焼夷弾を搭載し、それは二段階で効力を発揮するタイプの焼夷弾だった。今回の任務は、「放浪する少年(ローバー・ボーイズ・エクスプレス)」が友軍機とともに数万トンの焼夷弾を「正確に」三五七号エリアに投下することだった――そこには東京西北部にある中島飛行機武蔵製作所があった。情報によれば、日本軍の高射砲はまだ一定の戦闘能力を保持していたが、密集配備されているわけではなく、そのうえB-29には強力な五〇機の機関銃と二〇機の砲塔が備え付けられていた。「何も心配することはない。B-29に対抗できる日本軍の機体には限りがあるのだ」。ルメイ将軍はこう言っていたが、ハップに言わせればどの任務も非常に気の重いものに変わりはなかった。B-29は日本本土へ焼夷弾による無差別攻撃を敢行する命令を受けていたために、どの任務でも軍事施設か民間施設かを問わずに爆弾が投下された。言い換えれば、現段階において空襲の果たすべき任務とは、軍事目標への爆撃と同時に、都市と都市が抱く自信を打ち砕くことにあった。ハップ少尉はすべてのクルーたちが、頭のなかで空襲後の都市の光景を想像し、ルメイ将軍の言ったあの言葉を何度も反芻しているのだと感じていた。「すべての空襲は君たちが神の思し召しの下で行うべき天職への献身行為なのだ」

この瞬間、空は戦火に巻き込まれたあらゆる都市の空と同じように青白く静かで、希望こそないが、かと言って人煙が立たないわけではなかった――「グリーンハウス」の操縦室に座るジャック大尉は、多くの一般市民が依然としてこの空襲予定地で次に空襲されるのを「待っている」状態で生活しているのだと知っていた。あるいは、多くの家庭ではつい先ほど豪華でもない夕食が終わったところで、ある者はちょうど仕事を終えて、短い休息のなかで眠りにつこうとしているのかもしれなかった。彼らの傍には消火器が置かれ、その胸には子供が抱かれていた。

しばらくすれば、ハップ少尉はグレース少尉に神の思し召しの下、M-69焼夷弾の投下命令を下さねばならなかった。この種の改良型焼夷弾は上空二千フィートの高さで起爆させることができ、弾けた後は網のように都市全体に向かって広がっていった。三八個の爆発物は散開後に固形ガソリンを建物の壁にまき散らすことで、幅五〇〇フィート、長さ二五〇〇フィートにもわたる炎上地帯を作り出したが、こうした炎上面積はさらに数千、数万倍に膨れ上がっていった。B-29の編隊は持ち場を決めて焼夷弾を投下していったが、そこに風が加わることで美しく、壮観な炎の海が生まれることが予想できた。火炎は生命をもっていた。生き残るために周囲に手を伸ばそうとする炎は、活発にその手に触れた建物を一軒また一軒と燃やし尽くしていった。たとえそれが寺であろうと、商場であろうと、工廠であろうと、民家であろうと、あるいは売春宿であろうと変わりはなかった。

こうすることで、戦争が一刻も早く終わるのなら。

ハップ少尉は注意深く、「ジャック」（三菱J2M「雷電」局地戦闘機のアメリカ側のコードネーム）や「ニック」（川崎二式キ四五改「屠龍」のアメリカ側のコードネーム）、それに「アーヴィング」（中島J1N1-S「月光」局地戦闘機のアメリカ側のコードネーム）が、上空に現れないかを観察していたが、どこにもその姿は見えず、空は深い眠りについた獅子のように静かだった。

しかし実際のところ、少尉は見た目ほど心穏やかではなかった。自分が搭乗している機体が超空の要塞と呼ばれ、五〇門の機関銃と二〇台の砲塔を備えた巨鳥であることはわかっていたが、このような高高度での飛行において、爆弾の破片がもしもエンジンに吸い込まれでもしたら失速する原因になるはずだったからだ。

「君たちの任務は敵の心臓部に飛び込み、プレゼントを贈るように爆弾を投下してくることだ。それが終われば、帰ってたっぷりと眠るといい」。ルメイ将軍はそんなふうに言っていた。

しかし、恐怖は寄生虫のようにハップ少尉と「グリーンハウス」にいるすべての搭乗員たちの心の底に巣くっていた。彼らは敵の出現を心配するだけでなく、もしもエンジンが過熱して引火したら、あるいはもしも余計に飛行しすぎて油が足りなくなって二度と基地に、いや、故郷に戻れなくなってしまったらと心配していた。ハップの親友のレイは前回の出撃で撃墜され、今でも生死不明の状態だった。もう一人の親友ハミルトン中尉も、ほんの数日前サイパン基地に帰還する途中に失踪し、搭乗員は誰一人として生きて帰ってはこなかった。おそらく、エンジントラブルか何かがあったに違いない。どの任務でも撃墜されて帰って来られない飛行機はあったが、何よりも予測できないのは気候の変化や機械トラブルだった。地上一万フィートの上空において、人間は最も神に近い場所にあり、そこで何が起こったのかはまさに神のみぞ知ることだった。だが、神に知られたからといってどうにかなるものでもなかった。

戦争と戦死はまた別のことだった。もしも日本の都市すべてを焼き尽くすことで戦争が早く終わるなら、そうしない手はなかった。神によって差配されたことはすべて正しく、あらゆる任務は神によって差配された使命でもあった。ハップ少尉は数万里離れた故郷にあるモミノキに小川、それに金髪の寂しがり屋で、センチメンタルなアリスのことを思い出した。あの少し湿った家にはできのいい暖炉があって、ハップの母親はその暖炉がなければ我慢できなかった。ハップ少尉は姿勢を少し変えた。長時間のフライトで身体が凝り固まり、手からは汗が滲み出していた。

ハップ少尉は、日本軍を軽く見る気にはなれなかった。ときには日本軍の作戦への意志を、彼らの行動が正常な人間のものなのかを疑う気持ちさえ生じた。ミッドウェー海戦以降、日本軍は敗退を繰り返し、アメリカ軍はすでに太平洋上の島嶼に攻勢をかけ、一歩一歩日本本土へと近づいていた。しかも、現在B-29の編隊は日本国民に悪夢のような恐怖をもたらしている……。この国はどうして、いまだよくわからない理由のために戦いを続けることができるのか？　彼が最も理解に苦しんだのは、B-29に対抗できる機体を欠いていた日本軍の戦闘機のなかには、「神風」や「回天」が海軍の戦艦に体当たりするあの愚かな攻撃と同じように、B-29に体当たり攻撃を行ってくる者がいることだった。ああした攻撃を行う前に、彼らは自分の家族や恋人、子供らの顔を思い起こしたりはしないのだろうか？　ハップ少尉は苛立ちを覚えた。ほんの一瞬、彼は自分が生きているこの時代をひどく憎んでいるのだと知った。

ただし、自分は己が憎んでいるこの時代に確かに生活していて、そしてまだ生きていた。だからこそ、こうして厳しい訓練を受けて「放浪する少年（ローバー・ボーイズ・エクスプレス）」の全機搭乗員を率い、息をするほど自然に身に着いた一連の反応とテクニックで、三五七エリアを爆撃するという命令を正確に実行する必要があった。まずは狙いをつけて飛行機を目的地へ向かって飛ばし、その水平を保ってから照準器の交差地点を詳細に観察し、爆弾を投下するのだ。

こうすることで、戦争が一刻も早く終わるのなら。

彼は脳裏で本機が設定した目標物をもう一度確認すると、「グリーンハウス」の防弾ガラスについた凝結状態から天候を判断した。爆撃目標都市へと向かう航路上にある最も重要な目標物であった富士山はすでにハップ少尉の目の前を横切っていたが、山頂に雪が積もっていたかは暗くてわからなかった。この神山は日本を守護する神々の住まう場所と言われていたが、その光景はハップ少尉にレイがかつて中印国境地帯を飛行していた経験を話してくれたことを思い起こさせた。レイによれば、一五〇マイルの距離があってはじめてエベレストとその周辺の山々を見ることができるのだそうだ。それは目に映る限りにおいて唯一飛行機よりも高い位置にある巨人たちで、ときにその空域を飛行していると、瞬間的な狂風が吹きあれることがあるが、それは神々が雲を掃き散らす暴風のようであったそうだ。ホラは吹いちゃいねえ。ああいった山は、確かに神さまが住んでるんだって気にさせる何かがあるんだ。レイが言った。なら、富士山はどうだったのか？　ハップ少尉はそれをはっきりとその目で確認することができなかった。

周囲には低い雲が立ち込めていたが、こうした天候はそこまで大きな問題ではなく、それにちょうど追い風も吹いていた。目標としていた都市はすでにその全容を現わしていた。これほど巨大な場所に、これほど多くの人たちが暮らす建物が立ち並んでいる。しかし、今ではそれは飛行地図上で数百分割された幾何学的な円形の戦略爆撃エリアにすぎなかった。

　その瞬間、雲の隙間から差し込んだ光が、さながら神の啓示のように地上の都市を照らし出し、都市は幸福に光り輝いていた。飛行機はすでに爆撃体制へと入っていたが、爆撃前にハップ少尉は一刻も早く機体を水平に維持して、「ノルデン爆撃照準器」で照準点をあわせる必要があった。さあ、プレゼントの時間だ。その瞬間、視覚的な錯覚のせいか、彼の目のなかで都市が何度か身ぶるいしたように見えた。ハップ少尉ははっきりと一軒一軒の建物に街道、それに上昇してきた気流を通じて、この都市と、そこに住まう人々が感じているであろう悪夢のような恐怖を目にすることができた。その恐怖には確かな実体があって、そのせいでB-29の機体がわずかばかり傾いてしまったほどだった。

　いや、違う。それは沈黙していた日本軍の高射砲が放った音が生み出す気流の変化だった。ハップ少尉が我を忘れていたほんの数秒間、日本軍の対空砲火が突然目を覚ましたように、どこからともなく空中に向けて砲撃を開始した。祝賀行事のように空に乱れ咲いた光線の跡はハップ少尉にある種の美しさを感じさせ、ひどくその心を感動させた。機体は散らばった破片が命中したように何度か身を揺らしたが、この大空でB-29は難攻不落のトーチカのようなもので、その程度の傷で簡単に墜落されたりしないのだと自らに言い聞かせた。「放浪する少年（ローバー・ボーイズ・エクスプレス）」は依然として編隊に就き従っていたが、編隊を率いるハップ少尉と監視員は大空を飛んでいるのがB-29だけではないことにまだ気づいていなかった。巨大な鳥とは違ったエンジン音を響かせ、厚い雲を異なった周波数で震わせるある種侵略的な慎み深さをもったその音に、大空に浮かぶ雲すらもまだ気づかずにいた。

　爆弾の投下ルートに入ったハップ少尉は胸にかけた十字架に触れながら、短いお祈りをすませた。しかし、祈りの時間があまりに短く、彼の手が震えていたせいもあって、それをはっきりと間違いなく言い終えることはできなかった。ハップ少尉は忙（せわ）しげに一言「アーメン」とだけつぶやいた。その瞬間、まるで神が彼の言葉に答えたかのように、機体が不吉な轟音をあげたのだった。

## 22

観世音は静かに雲間に腰を下ろし、合わせたその掌は岩の上にあった。背後には炎が丸く燃え上がっていたが、このときに菩薩は人間界から伝わる億万の声のなかに、『法華経・普門品（ふもんぼん）』における仏と無尽意菩薩との対話について唱えている者がいることに気づいた。

――仏曰く、善男子（ぜんなんし）、若（も）し無量百千万億の衆生あって諸の苦悩を受けんに、是の観世音菩薩を聞いて一心に名を称せば、観世音菩薩即時に其の音声を観じて、皆解脱することを得せしめん。

菩薩は、仏が自分の神通力をこんなふうに誤解しているとは思ってもなかった。『観音経』を読んだ人々は、自分に火難、水難、風難、剣難、悪鬼難、枷鎖難（かさなん）、怨賊難（おんぞくなん）を取り除き、「三毒（さんどく）」と呼ばれる貪欲、瞋恚（しんい）、愚痴を克服できるものと信じていた。なかでも最も大きな誤解は、信徒たちが観音菩薩にはその願いを聞き届けてくれる力があると思っていることだったが、実際には生きている者たちについての予言めいたことなどは神ですら軽々しく口にできるものではなく、神々の掟ではそうした予言や未来を変える行為は厳しく制限されていた。信徒たちのなかには、観音菩薩は仏身、縁覚身、独覚身、声聞身、梵天身、帝釈身、自在天身、大自在天身、天大将軍身、毘沙門身、小王身、長者身、居士身、宰官身、婆羅門身、比丘身、比丘尼身、優婆塞身、長者婦女身、居士婦女身、宰官婦女身、婆羅門婦女身、童男身、童女身、天身、竜身、夜叉身、乾闥婆身、阿修羅身、迦楼羅身、緊那羅身、摩睺羅伽身、人非人身、執金剛神身、四天王身、四天王国太子身、女主身、人身、非人身に姿を変えられるものだと信じる者もいた。その容貌は紙や花瓶、壁や芳（かぐわ）しくて硬いヒノキ、それに香り立つシタンの木などに様々な姿で彫り込まれていった。ときにそれは楊柳観音であったり、龍頭観音であったり、持経観音であったり、円光観音であったり、白衣観音であったり、蓮臥観音であったり、滝見観音であったり、施薬観音であったり、魚籃観音であったり、徳王観音であったり、水月観音であったり、一葉観音であったり、青頸観音であったり、威徳観音であったり、延命観音であったり、衆宝観音であったり、岩戸観音であったり、能静観音であったり、阿耨観音であったり、阿摩提観音であったり、葉衣観音であったり、瑠璃観音であったり、多羅菩薩であったり、蛤蜊観音であったり、六時観音であったり、普悲観音であったり、馬郎婦観音であったり、合掌観音であったり、一如観音であったり、不二観音であったり、持蓮観音であったりした……。

観音は読み上げられる経文によって異なる化身へと変化する自身について、理解できないやるせなさを感じることがあった。現世に生きる善男善女たちは、観世音がたとえ現世に満ち満ちたあらゆる声や苦しみに触れられたとしても、彼らの解脱を了承するとは限らないということを知らなかったからだ。公の場において、信者たちが口々に「一心称念観世音菩薩聖号（いっしんしょうねんかんぜおんぼさつせいごう）」と唱え、菩薩が様々な化身として彼らの目の前へと現れ、自分たちを救って欲しいと祈りをささげる際、菩薩もまたその神通力を使って人となっているがゆえに、貪欲、瞋恚、愚痴の三毒をその身に抱えてしまっていることを忘れてしまっていた。これと同じ道理で、仮に婆羅門婦女身にその身を変化（へんげ）させれば、婆羅門婦女身が持つ諸々の煩悩を抱えることになるのだった。救う者に変化する際には、必ず救われる者にも変化する必要があった。

観音の住まう場所は、空の果てのそのまた果てにあった。彼方には広大な寂寞が広がっていて、他の神々が訪れることもほとんどなかった。なぜなら、神々は観音にはあらゆる問題を一人で解決できる能力があることを知っていたからだ。何よりも彼らには神通力が備わっていて、どこにいても必ずお互いの祈りと言葉を聞き取ることができた。神々の間で取り交わされる言葉に距離は問題ではなかった。

しかし、無限の法力を持ちながらも寂しさを覚えることもあった観音は、たった一人でこの広大な辺境地帯に向き合わねばならず、ただ想像を豊かにするしかなかった。ときに山は海へと変わり、海は凍った河となってマグマを溶かし、それがまた雨へと変わっていった。法雨が不均等なリズムで大地を濡らしたせいで、場所によっては旱魃（かんばつ）に洪水、豊作に凶作となって、呪いの言葉を吐く者もいれば、称賛の声をあげる者もいて、泣き出す者もいれば祈り出す者もいた。

菩薩は現世の人々の祈りを大切にしていたが、それを叶えてやることはできず、ただ人々の願いを集めて祈ってやることしかできなかった。なぜなら、人々の願いは互いに対立し、矛盾することが多く、他人を傷つける可能性があったからだ。だからこそ、同時に二人の人間、二つの家族、二つの民族、二つの国家の願いを、一方を傷つけることなく叶えることは難しかった。だが、慈悲深い菩薩はある願いが別の願いを傷つけることをよしとせず、そこで自分の名前を冠して祈られた願いもそうでない願いも、すべて己の手元に集めることにしたのだった。

菩薩は雲の上に端座（たんざ）し、静かにこの世を眺めていた。ガンジス河の砂つぶほどもある祈りはソニック・ブームと熱気流に乗って、天上の宮殿まで立ち上って来た。菩薩は祈りと雲と硝煙を注意深くより分けて、すべての祈りを大切に保管していった。一瞬のそのまた刹那の祈りのなかには、爆撃機を操縦するパイロットの祈りもあれば、高射砲台に座る兵士の祈りもあって、防空壕に駆け込んだ女性や子供、赤ん坊の祈り、それに森のなかにある巨木の祈りに初めて炸裂した焼夷弾の祈り、さらには数百年間も神社を支えてきた柱梁の祈りまであった……。そこにはキリスト教の神の名においてなされた祈りに天照大神の名においてなされた祈り、八百万（やおよろず）の神々の名においてなされた祈りに観世音の名においてなされた祈りもあった。その祈りはどれも真心がこもっていて、どこかあえぎ声にも似ていたために、観世音は思わず涙を流しそうになるほどだった（しかし、菩薩は涙を流すことができなかった。なぜなら、菩薩は涙を流してはならなかったからだ）。

だが、観世音が考えをまとめているほんのわずかな間に、百法界も三千世界もすでに大きく動いていた。森は焼かれて水生動物たちは死に絶え、高射砲は爆撃機を撃ち落とし、高射砲は爆撃機に破壊され、倒れた神社の柱梁は神像と参拝者たちを押しつぶし、人々は濡れた荒縄で火を消し、火は大火となって人々を炭にし、子供たちは孤児になって孤児たちは死体となり、母親は子供を失って子供は父親を失っていた。軍の病院で働く若い看護師は、透明のプラスチックの管を一本一本針の上に装着させては、すでに張りを失った血管へと差し込んでは抜き出すことを繰り返していた……。

その瞬間、大地と観世音の心の底には、誰も知らない深い場所へとつながる巨大な凹みが同時に出現したのであった。

# 23

星々が輝くあの夜は、永遠にそれを目撃した人々の記憶に留まり続けることでしょう。最初の焼夷弾が地面に触れたときにもくもくと上がった煙は、炎に照らされてピンク色に変わっていきました。濃霧を突き抜けたB-29は、超低空で徐々に広がっていく火災現場の中心を飛行していきました。都市の中心部のちょうど真上にいたB-29が一機、巨大な音を轟かせて爆発し、曳光弾(えいこう)の軌道を描くようにして私たちの目の前を通り過ぎていきました。濃霧を挟み込む大火はまさに天を衝かんばかりで、炎で赤く染まった空は、暗闇にたたずむ議会ビルを一層引き立たせているようでした。都市全体が旭日のように輝き、上空には濃霧が立ち込めて、真っ黒な燃えかすと風に吹かれた火の粉がちらちらと舞っていました。あの夜、私たちは東京がすべて灰燼に化すのではないかと思ったほどでした……。

一九四五年三月、ラジオ・トウキョウにおける放送

# 24

無差別空襲がはじまってから、防空掩体壕（えんたいごう）を掘ることが少年たちの主な仕事に変わっていった。たとえ何があっても、機械だけは必ず安全な場所に疎開させる必要があって、空襲時でも工廠の生産能力を保全することは、米国を打倒する上で最も重要なことだった。工廠では近くで働く軍人や一般市民たちが逃げ込めるトンネルを掘る計画をしていたが、できれば仕事で使う工具や機械類をそこに保管し、長期的な空襲が行われた際にもトンネル内で生産体制を維持しようと考えているようだった。長官は各小隊を三つに分けて仕事を命じた。第一に穴を掘るグループ、第二にスコップで掘り出した土をリヤカーにのせるグループ、そして第三にリヤカーを穴の外まで押していって、掘り出した土で掩体を作るグループだった。穴を掘るスピードはだいたい日に二、三メートルほどで、少年たちは毎日暗闇のなかで、坑道を更なる暗闇に向けて掘り進めていった。坑道は宿舎近くの森まで続き、幾筋ものトンネルが真っ暗な地底で交錯し、蟻の巣のように広がっていった。「米軍が上陸してくれば、ここも十分塹壕として使えるぞ」。小川兵曹が言った。

空襲に関する情報は毎日違っていた。米国のグラマンとB-29は、すでにそれが実証できない噂などではなくなったことを誇示するように、鳥が群れをなすがごとく彼らの上空を飛びまわっていた。高所から東京湾を眺めてみれば、しょっちゅう火柱が立っていた。度々訪れる空襲のせいで、工廠の正常な生産時間は徐々に減少していき、工員と少年たちが防空壕で過ごす時間はますます長くなっていった。やがて空襲があっても、少年たちはそれほど緊張しなくなっていった。彼らは防空壕の入り口に座り込み、まるで映画でも見るように上空と遠方で行われている爆撃を眺めていた。炎で赤黒く染められた空には、ときおり日に焼けたような奇妙な光線が現れた。それはまるで空が焼かれて穴が空いてしまったか、あるいは彼らが生きているこの世界とはまったく別の場所にある空が肌をあらわにしたかのようでもあった。

しばらくして、三郎は名古屋の三菱重工が空襲でひどい被害を受けたという話を耳にした。秀男の身が心配になって彼の消息を探ってみたが、皆言うことがそれぞれ違っていて、真偽のほどを確かめることはできなかった。ある消息筋によれば、皇軍は空襲の度に、少なくとも数十機のB-29を撃ち落としているとされたが、別の消息では、台湾から飛び立った神風特攻隊がすでに米海軍の進撃を食い止めたとされていた。またある者は、今後は空襲は落ち着いてくるはずで、現在の状況は米軍が末期のあがきをしているにすぎないのだと言っていた。しかし別の者によれば、空襲は今後ますます激しさを増していくが、これはあくまで皇軍の戦略の一環で、米軍を一度上陸させた後、本土決戦によってやつらを一網打尽にするのだと言っていた。虚実織り交ぜになった戦況が少年たちの間に流れ、少年たちは誰もがそうした消息筋の専門家のようであった。皇軍は敗退しながら勝利し、東京を火の海にされながらもB-29をすべて撃墜していた。しかし、一つだけ曲げられない事実があった。それはもともとよくはなかった高座工廠の食事が、どんどんとその質を落としていったことだった。米を見ることもすっかり少なくなって、出される食事の多くは呑み込むことも困難な大根の葉っぱや豆かすの類だった。何でも米軍が下関海峡に機雷を設置したために、船による輸送が困難になったためらしかった。日本本土の食糧はとっくに尽きて、朝鮮半島や中国から輸入する必要があった。噂では朝鮮半島から米を詰めた木の桶を投げ、それが内地まで漂流するのを待ってから拾い上げているらしかった。もしそれが本当なら、ほとんどの米は海に流されて魚たちのエサになってしまっていたことだろう。

たとえ半飢餓の状態になったとしても、防空壕建設工事と工廠での作業は依然として進められ、誰もが坑道を掘ることに専念していた。近くの坑道で、三郎は少年たちよりも一、二歳年長の朝鮮人たちが、同じように穴を掘っていることに気づいた。多くの場合、台湾人が朝鮮人を見かけたときと、朝鮮人が台湾人を見かけたときの反応は同じで、どちらもアジア人の顔つきをしているが、直感的に今目の前にいる相手が自分たちとは違った血統をもった種族だということに気づくのだった。はじめて朝鮮人のグループを目にした三郎は、彼らが日本人でも台湾人でもないのだとわかった。朝鮮人たちは二列に並び、塹壕を掘るためのシャベルと十字鍬を背負い、その表情と足どりは葬儀に参加しているかのようだった。あるとき、少年たちは穴掘り作業の合間に木陰で休息をとりながら、寡黙な朝鮮人たちが地下からリヤカーで土を押し出してくる様子を観察していた。三郎はそこで朝鮮人たちが自然なO脚(おーきゃく)をして、その歩き方がひどく独特であることに気づいた。頭から全身に塵埃をかぶって穴から土を掻き出してくる朝鮮人たちは、生き埋めにされてしまった人々のように見えた。しばらくすると、土を運び出してきた隊の間でもめごとが起こった。隊を率いていた士官よりも少し背の高い朝鮮人がリヤカーを力任せに押して、それを木陰のそばに積み上げていた土方にぶつけた。すると、隊を率いていた背の低い兵曹が飛び出してきて、塹壕用のシャベルをふり上げて、その朝鮮人の頭目がけて力まかせにふり下ろした。「カンッ」という大きな音が響くと、朝鮮人の頭はゆらゆらと揺れ、いったい何が起こったのかといった表情を浮かべながら、ピントのぼけた視線をこちらに向けてきた。そしてまるで何かうまいものでも見つけたように、口元からだらりとよだれが流れた。背の低い兵曹が、続けて彼の後頭部を目がけて再びシャベルを打ち当てた。

今度の一撃は前回とは違っていた。シャベルで殴られた朝鮮人の身体は、故意に地面にぶつかるように前のめりに倒れこみ、一陣の砂ぼこりが舞い上がった。背の低い兵曹は口をきくでも息をつくでもなく、再びシャベルをふりかざすと、それを地面に倒れている朝鮮人の背中目がけて何度も何度もふり下ろした。それは兵曹が息切れし、額に汗の粒が浮き上がるまで続けられた。

他の朝鮮人たちは、その様子を無表情で眺めていた。彼らは一群の羊のようにひどく落ち着いた様子で坑道へ向かって歩き出し、静かに地上から姿を消していった。三郎が腰を下ろしていた盛り土の上からは地面に倒れた朝鮮人の表情を見ることができなかったが、流れ出す血がゆっくりと一輪の美しい花のようにその後頭部から花開く様子だけは見ることができた。こいつはもうダメだと思ったちょうどそのとき、彼はまるで明け方路上で眠っていた酔っ払いのように立ち上がった。三郎には血と汗と黄色い砂ぼこりが混じり合った、泥に隠れたその表情まで見ることはできなかった。彼は背の低い兵曹が地面に放り捨てていった自分の血が染み込んだシャベルを拾い上げると、木陰の側まで歩いて行った。そしてシャベルをリヤカーに放り投げて、先ほどよりも力強く、生き生きとした足取りで坑道へ入っていった。

帰路につくころ、少年工たちは例の朝鮮人の強靱な生命力を褒め称えていた。「だけどさ、あの兵曹もずいぶんやるよな。あの打ち込み具合ったらないぜ」。阿海（アハイ）が興奮した様子で口を開いた。夕食時、疲れ切った少年たちは食堂で飯をかきこんでいたが、三郎たちのグループは異常なまでに集中しながら静かにこの臭い飯を呑み込んでいた。三郎はふと、いったい自分と日本人の顔形にどんな違いがあるのだろうかと考え、朝鮮人のそれはどこが違うのかと考えてみたが、はっきりとどこがどう違うと答えることはできなかった。

地底での作業を思い出した三郎は、暗闇でシャベルを硬い土に突き刺した際、その尖端がシャベルに引きちぎられたミミズの身体と泥のせいでだんだんと鈍化してゆき、靴を使ってその粘々をそぎ落とさなければいけなかったことを思い出した。暗闇のなかで、三郎はあの朝鮮人と日本人、そして自分の顔にいったいどんな違いがあるのかを考え続けていた。

その日、ちょうど夕食が終わった後、B-29が再び夜襲を仕掛けてきた。空襲の際、三郎はちょうど「雪隠（せっちん）」から出てきたところで、防空壕までにはだいぶ距離があった。すでに鉛筆ほどの大きさになるまで近づいてきていたB-29を目視した三郎は、慌ててそばにあった人の高さほどもあるススキの草むらのなかに身を隠した。彼はその場に伏せ、防空要領に則って両手で目と耳を覆った。もしここで死んでしまうなら、そこまでの運命だっただけのことだ。彼は観音さまの御守に触れようと懐に手を伸ばしたが、眠る前にベッドの横に吊るしておいたことを思い出した。そこで彼は両手で耳を覆うことを止めると、顔を空に向けて寝転んだ。せめて、自分がどんなふうに死んだのかくらいは知っておきたいもんな。三郎はそう思った。

ススキに切り取られた夜空は、B-29の放った照明弾によって煌々と照らし出されていた。腕の大きさほどまで近づいていたB-29は、爆撃機の三つ葉のプロペラにぽっかりと開いた巨大な機体の腹部にいたるまで、はっきりと目にすることができた。もしも今自分に機関銃があれば、絶対にさっきのB-29を撃ち落としてみせたのにな。三郎はそう思った。一陣また一陣と空中を巡回するB-29は核となる焼夷弾をまず投下し、焼夷弾が目で確認できる高さで爆発すると、十数個もの子爆弾に分裂し、さらに数十個の長方形型の爆弾にわかれて四散していった。「もしも爆弾が貴様のちょうど頭の上で落とされれば、そいつはお前のいるはるか前方まで飛んでいってから爆発するはずだ」。三郎は教官が講義で話していた空襲避難要領を思い出し、この爆弾が自分のところに落ちてくることはないだろうと判断した。

そう考えていたまさにそのとき、B-29が一機、地上のサーチライトに捕捉されていることに気づいた。次の瞬間、各地に設置されている高射砲陣地のサーチライトもそれに加わった。最初、光線はひどく無秩序に対象を照らし出していたが、やがてそれは一つに重なり合っていった。一方、地上のサーチライトに照らし出されたB‐29自身は絶望の光を放っていた。集められた光の束を目標に、地上部隊からは次々と信号弾に曳光弾、それから高射砲弾が速やかに撃ち込まれてゆき、空中で巨大な火網（かもう）を織りなしていった。それはさながら死と破壊のカーニバルで打ち上げられた花火のようだった。三郎は活力に満ちたこの炎のカーニバルに魅了され、慌ただしく呼吸するなかで、自分がつい先ほどまでおびえていたことすら忘れてしまっていた。

　彼はふと、昔故郷の姉とススキの草むらで空を仰いでいたことを思い出した。ネエちゃん、米国（ビーゴ）の飛行機（ホエギ）が海の向こう側から俺んところまで飛んできたで。ちょうどそのとき、すでに炎に包まれて黒煙を吐いていたB‐29が再び交錯する集中砲火を受けた。巨鳥はぐらりと揺れ、木の上のカラスと風に揺られていた草々は静まり返り、エメラルドグリーンの光線が夜空を切り裂いた。しばらくすると、巨鳥はその尾の部分から黒煙を吐き出し、空中で静かに分解すると、優雅な姿勢を保ったまま三郎の右手の方向に向かって墜落していった。その瞬間、いくつかの破片は別の破片と離れることを惜しんでいるようだったが、飛び散った欠片は丸まって高温のため赤く輝き、そしてすぐに四散していった。

# 25

少年時代のことを思い出す度、三郎はその時期に自分の何かが変えられ、植え付けられ、失ってしまったような気持ちになった。晩年にいたるまで、彼はそうした不確かな未来や自らのアイデンティティ、それから嘆きといったものを思い出すことがあった。今となっては、自分にとって一番大切にすべき人間が家族であるということはわかっていた。それは妻であって、二人の息子と娘だった。ただし、それもまたひどく省略した答えに過ぎなかった。自分が生き残った意味とはいったい何だったのだろうか？　もしもこうした問いを平岡君にすれば、彼はいったい何と答えてくれたのだろう？

浴室は食堂と厨房の間に設置されていて、そこには二つの巨大なコンクリート製の浴槽があった。浴槽の一つは冷水で、もう一つは温水だった。少年たちが一〇人から二〇人ほど飛び込めるほどの大きさで、しかも温水は外に設置された蒸気ボイラーで沸かされ、巨大な排煙窓は石炭を燃やしたときに発生する大量の排ガスを出すために設計されたものだった。冬の寒さだけでなく宿舎から工廠までの道のりは、少年たちにとってはひどく耐えがたいものだった。その道は富士山の火山灰が積み重なってできた土層が道となったもので、黒ずんだ地層はさながら帰路につく少年たちに向けて設置されたバリケードのようだった。晴れれば風で巻き上げられた路上の砂や石が皮膚を切りつけ、生傷がどんどん増えていった。雨が降れば道はひどくぬかるみ、踏み出す度に足が泥のなかに数寸沈んでいった。作業終わりには必ず通らなければいけない道だったので、宿舎に戻った少年たちの顔は油汚れや汚水、それに土埃がこびりつき、靴のなかには砂利や泥が詰まっていた。もしも少年たちの傍を通り過ぎれば、きっと青春時代特有の匂いがしていたはずだ。それは成人男性の持つ吐き気を催すような臭いではなく、甘ったるいフルーツの腐ったような匂いだった。

入浴の時間に少年たちが身の丈に合わない軍服を脱ぎ捨てたとき、我々はようやく彼らがまだ少年であることを知るのだった。彼らは脱ぎ捨てた服を籠に入れ、新たに少年の肉体をもって浴室へと飛び込んでいった。甘く腐ったような匂いは浴室と水蒸気の匂いと入り混じって、発せられるその熱は少年たちの凍りついた頬を艶やかに紅潮させていった。彼らはごくごく自然に、湯気のなかに浮かび上がる互いの肉体を観察した。なかにはこの年ごろの少年にありがちな卑猥な態度で、相手の身体を触り出す者もいた。他の少年の身体をつかんだり、あるいはわざとぶつかってみせたりしたが、それは承知された行動であって、邪気のない卑猥さでもあった。意味もなく勃起する者たちもいて、彼らはお互いにそれらをからかい合ったが、それもまた無邪気なものだった。

平岡君はいつも決まって、少年たちが入浴している時間帯に第五行員寄宿舎から出てきて、食後の散歩をしていた。もしもその時分にその場にいれば、時間通りリズミカルな足取りで歩道を歩く、ある種の悲しみを帯びた瞳でどこか一点を見つめる平岡君の姿を目にすることができたはずだ。平岡君は太い眉をしていたが、太い眉の人間は依怙地な性格をしているらしかった。人と話すときの目はひどく力強かったが、ふと放心することもあった。平岡君の顔は秀男と同じように面長だったが、こうした顔は見る者に強い意志と優雅さを感じさせ、帽子や角刈りがひどく似合った。だが、秀男の眉毛は弱々しいが人目をひく曲線をしており、瞳の深さは少年独特の憂いと自信に満ちていた。彼ら二人の共通点はその性質こそちがっていたが、青白く、虚弱である点だった。秀男のそれはいまだ大人になりきれない一時的な青白さだったが、平岡君のそれは違っていた。それは他人には理解しがたい、ある種純粋なまでの青白さだった。

それに比べれば、自分の顔つきのなんと平凡なことか。いや、平凡どころか、醜いとさえ思った。

おでこが広く、顔の輪郭も見るからに粗野で、鏡をのぞきこんでみてもその瞳に柔らかさはなく、いかにも表面的に感じた。唯一見られる部分と言えば比較的均整のとれた身体で、いまだ成長途上にあるにせよ、鏡を見れば均整のとれたある種のバランス感覚があった。

平岡君は東大法学部の学生で、勤労動員で招集された後、肉体労働が合わず、宿舎の図書館職員を担当することになった。図書館職員の仕事はそれほど多くなく、平岡君はほとんどの時間読書をしているかぼんやりすることが多かったが、少年たちが防空壕を掘る作業に加わるようなこともあった。当時の日本では軍人となることが最も尊いとされていたが、平岡君の態度や言葉遣いは、三郎にある種敬慕の念を起こさせた。あるいは、他人から見ればそれは不自然に取り繕った貴族的雰囲気ととれたかもしれないが、三郎はむしろ平岡君のそうした態度に強く惹きつけられた。平岡君の年齢は少年たちよりも五、六歳も上で、軍人でも技師でもなかった。寮長が少年たちの生活や仕事に厳しい要求をしていたこともあって、少年たちは平岡君を自分たちの兄とみなして親しくなっていった。平岡君もまた、少年たちに優しく接した。平岡君にはある特殊な能力があって、それは彼に近づいてくる者たちが皆、自分こそが彼に一番好かれていると思わせることだった。三郎もそんな人間の一人だった。と言うのも、平岡君が自分の部屋を三郎に見せてくれたことがあったからだった。彼の机には普通の軍人や軍属の人間がよくしているように家族写真を置いているわけではなく、本棚が一つだけ置いてあって、そこには高そうな色合いのブックカバーがかけられた書籍が整然と並べられてあった。近松門左衛門に鶴屋南北、泉鏡花に小泉八雲、タゴールにネルヴァル、三郎はそれらの名前をこっそりと覚えた。ずいぶん後になってからも、三郎は机の上に置かれてあった白い陶器の花瓶に、宿舎のそばで切りとられたナツアザミが生けられていたことを覚えていた。

空襲がないような雨の日の休憩時間には、平岡君が物語を語ってくれることがあった。少年たちは宿舎の窓縁や軒下に座ると、両足をぶらぶらと揺らしてあごに手を置いていたが、その目はひどく集中していた。そのほんのわずかな間だけ、彼らは戦争が終わったのだと錯覚するほどだった。ちょっとした理由から、三郎はいつも平岡君の真正面の場所を陣取ることができた。その場所に座れば、三郎の視線はちょうど平岡君のすらりと伸びた指の上に落ちるのだった。ある種の信念をもった両手はとても清潔な感じがして、正確に何かをつかみ取ろうとする爪がそこから生えていた。物語がはじまると、三郎はその両手が重要な役割を果たすことをわかっていた。物語を語るときの平岡君の指は無意識に語気を強調する役割を備えていて、少年たちがどの点に注意して話を聞けばいいのかといったシグナルを送ってくれた。その指が空中で舞えば、物語を聞く少年たちはいつも呪いをかけられたような気分になった。また三郎は平岡君が黙ってぼんやりとしているときに、爪を噛むくせがあることに気づいた。あるいは、そのせいかもしれない。ずいぶん後になって、気持ちが落ち着かないときや何かを考えこむ際、三郎は無意識に爪を噛むようになっていた——比較的硬い爪が前歯で噛み切られたときにはパチンという軽快な音がしたが、その瞬間三郎は自分が何かを耳にしたような錯覚を覚えた。ただ三郎の噛み切った爪は美しくもなく、整ってもいなかった……平岡君の爪はまるでハサミで切ってヤスリで磨いたように整っていて、まるで芸術品のようだった。

平岡君が静かにその目を遠方へと向ければ、それは物語を語りはじめる合図だった。日本の神さまやお化けの不思議な話をすることもあったが、三郎が最も好きだったのは、平岡君が自分で作った物語だった。それらは聞く者を惹きつけて大人しくさせ、何かを思い出させることもあれば忘れさせる力を持っていた。三郎はそうした物語に、あるものと極めて近い匂いがあったことを覚えていた。それは戦争末期、工廠の外にあるコンクリート歩道や上草柳（かみそうやぎ）（神奈川県大和市）近くの森、さらには焼け焦げた東京の街頭を歩いたときに嗅いだ焦燥と絶望が入り混じったあの匂いとよく似ていた。

たとえ忘却のただなかにあっても、そこで忘れられることなく生き残る者は必ずいるものだ。後に三郎はほとんどの物語を忘れてしまっていたが、晩年になっても覚えている物語が二つだけあった。そのうちの一つが、眠りの神と死神の物語だった。

日本人が地獄を信じるように、ギリシア人も地底に冥界があると信じていた。冥界の王はハーデースといって、その跡を継いだのがペルセポネーだった。死んだ後、人間の魂は冥界で暮らすが、その生活は生きているときと何も変わらないんだ。唯一違っているのは、そこで生きている魂には意志の力が欠けていることくらいだ。何をしても集中できず、魂はただゆらゆら揺れるばかりで、その目は空を見上げて、来世が来るのをただジッと待つしかないが、その来世だっていつ来るのか予測することはできない。

生きている人間が冥界を見つけることは絶対できなくて、なぜならこの世とあの世との間にはいくつもの黒い川が流れているからなんだ。その川を渡る唯一の方法が、カローンを探し出すことだ。カローンは川を越えて人間の魂を冥界に送ることを専門に引き受ける渡船(とせん)人で、冥界に行くためにはベロの下に一オボロスを渡し賃として入れておく必要があるんだ。渡し賃は片道分、お前たちも知っているように、冥界への旅路は引き返しが効かないからな。冥界には地獄もあって、神への反逆者を専門的に罰する場所もあるんだが、死後に与えられる賞罰の規則についてはまだ長い歴史があるわけじゃなく、五世紀前くらいからはじまったものらしい。最初、善悪の賞罰は生前において執行されていたらしく、その意味するところは、凡人がこの世で犯した罪悪はその人生の過程において報復が実現されるべきで、賞罰の権力は神さまによって掌握されているということだったんだ。ただし、自分の両親、兄弟を殺した者だけが、復讐の女神エリーニュスによって罰を受けることになっていた。こうして死んだ者たちは禍つ神へと堕ちてゆく。その身体には真っ黒な翼が生えて、頭上には蛇がとぐろを巻き、しかもそのどれもがみな女性なんだ。

死神タナトスと眠りの神ヒュプノスは、冥界では一緒に住んでいるんだよ。

最初、三郎はこの話を覚えることができなかった。神さまの名前はどれも覚えやすいものではなかったが、平岡君に何度もこの物語を語って神さまの名前を読んでもらい、それらを紙に書き写していった。三郎にとってこの物語が魅力的だったのは、平岡君が鬼神たちの名を呼ぶ際の独特の音節で、理解不可能な物語のもつその神秘性だった。

――ヒュプノスってどういう意味ですか？

――夢の伝達者だ。

――死神はどんな姿をしてるんですか？

――その姿を見た者は誰もいない。ただ、数百年前の画家がタナトスを描く際には、愉悦に満ちた若く麗しい表情の少年とすることが多かったらしい。死神は人間を病気や憂い、苦痛みたいな現世の災難から遠ざけて、永遠の福音をもたらしてくれるからな。だから、死神は美の化身だったんだ。

――じゃ、なんで死神と眠りの神さまは一緒に住んでるんですか？

――なぜって、それは二人が夜(ニュクス)から生まれた双子の息子だからさ。お前だって思ったことくらいあるだろ？　人が眠るってことは、限りなく死に近いってことをさ。夢の状態に近づくことは、死の状態に近づくことでもあるんだ。生きている人間はただ夢を通してだけ、死を理解できるのかもしれない。死がもつ美しさってやつは、夢のなかだけでその違いを比べることができるんだよ。

三郎のような農村で育ち、両親を助けながら一家の衣食を日々心配しているような少年にとって、こうした考えはあまりに魅力的で、突飛なものだった……三郎少年はそうした気持ちをどう表現すればいいかわからなかった。自分の目の前にいるこの男は、彼が日本に来てから出会った男たち、命令にどこまでも忠実な軍人や精密な技術をもった技師たちとも違っていた。平岡君は彼らとはまったく違った人間で、これまで出会ったことのないタイプだった。

平岡君はまた、三郎にカーサンや家のことについて尋ねることがあったが、三郎が自分を背負って田んぼで稲刈りをするカーサンについて話していると、二人の間に奇妙な沈黙が流れることに気づいた。それはまるで三郎とカーサンの間にある親密さが、彼の心を傷つけてしまったようでもあったが、そうした話をする三郎もまた自身の思い出に傷つけられていた。

平岡君はいくつも摘(つま)みがついた黒い箱をもっていたが、それこそがラジオと呼ばれるものであった。ラジオは違った時間に違った音を発し、ときに軍楽、ときにスローガン、そしてときに皇軍の挙げた戦果を伝えていた。なかでも三郎が魅力を感じたのが英語放送で、それは日本国民に聞かせるためではなく、海の向こう側にいる米軍兵士たちに聞かせる放送だそうだ。英語放送は女性の声で、時間によって声の主が変わることがあった。ラジオから流れ出す声はひどく奇妙で、セイレーンにも似た魅力があった（そう言えば、平岡君はセイレーンについても話してくれた）。そんななかでもとりわけ魅惑的な声があって、英語のわからない三郎でもその声に疲労や絶望といった感情、そしてほんのわずかな性的な香りが入り混じっていることを敏感に感じ取った。

ラジオ放送を聞く三郎は、ふと南国に浮かぶ雲を思い出した。田んぼのあぜ道でのろのろと歩く水牛に、しゃもじで鍋に残った水のように薄いサツマイモの粥をいつまでもかき混ぜているカーサン、それから嘆きに満ちた目をしばたたせる石ころ。おかしく聞こえるかもしれないが、英語の放送を聞いた三郎はなぜだかひどく故郷が恋しくなって、このラジオで南方のニュースが聞けるだろうかと平岡君に尋ねてみた。遠すぎて電波が届かないだろうと平岡君は答えたが、ラジオ局はときおり台湾に関する戦況報告も伝えることがあった。

——戦況はどうなっていますか？

——台湾から飛び立った特攻隊が、米軍に大きな損害を与えたらしい。

物語を語る際、平岡君は少年たちに台湾語を教えて欲しいと言うことがあった。しかし、彼の台湾語の発音はしばしば少年たちの嘲笑を引き起こした。厨房で働く阿海（アハイ）は厨房からくすねてきた米と野菜で焼き飯を作って、皆にふるまってくれたことがあった。ただ食用油がなかったので、阿海（アハイ）は倉庫にあるエンジンオイルで焼き飯を炒めた。エンジンオイルで炒めた焼き飯は得も言われぬ奇妙な香りがして、少年たちは夢中でかき込んでいたが、平岡君だけは最後までそれを口にしなかった。阿海（アハイ）は自分の好意が無下にされたと傷ついていたが、他の少年たちは自分の取り分が増えたことを喜んでいた。

焼き飯を食べているとき、平岡君は「蘭陵王（らんりょうおう）」の物語を話しはじめた。

これは中国の物語、北斉時代の蘭陵王は優しい顔をした美男子だったが、勇猛な武人でもあったんだ。ただし、戦場に出ればその優しすぎる面（おもて）を見た敵は彼を恐れなかった。そこで彼はある方法を思いついた。戦場に戻った彼は、獰猛で醜い仮面を被ると、五百の騎兵を率いて、金墉城下で大いに周軍を打ち破ったんだ。蘭陵王の仮面を見た周軍は大いに肝をつぶした。しかし、彼らが恐れたのは彼の勇猛さと恐ろしい仮面であって、その優美な顔はまったく傷つくことはなく、永遠に守られたわけだ。

——重要なのは仮面なんだ。平岡君は少年たちに言った。お前たちはまだ顔が傷つくような齢になってないから、今この時間を大切にすべきなんだよ。

平岡君の語る物語を聞いていると、一度も触れたことがないはずなのに、確かにはっきりと「蘭陵王」の音曲を耳にしたような気がした。最初は重々しく、か弱く萎れたようなリズムが、しばらくすると激烈で果敢な音曲へと変化していった。想像された音のなかで、三郎はそれまで見たことのない砂漠や草原、そして大河を目にしていった。

——横笛を吹いている人を見たことがあるか？　お前たちの故郷にはきっと横笛を吹く人間がいるんじゃないか？　平岡君が言った。

——見たことありません。三郎は首をふった。

——横笛を長い間吹き続けると、幽霊を見るそうだ。

——平岡君は横笛を吹くんですか？

——ああ。

——幽霊は見たことがありますか？

——ない。幽霊を見れば一人前だと言われるんだが、まだ見たことはないんだ。

# 26

黄昏時に目が覚めると、パソコンの電源を切っていなかったことに気づいた。眠りに落ちる前に開いたファイルは、マウスを動かすとすぐに真っ黒なスクリーン上に現れた。椅子の上で右ひじを枕に眠っていたせいで、目が覚めたときには右手にくっきりと赤い印がついていたが、きっとおでこにも同じような印がついているはずだった。左目は長い時間手で押さえつけていたせいか、しばらくぼんやりとかすれ、机にある読みかけの小説の字が最初の一行ははっきり見えるのに、次の一行がぼんやり見えるといったまるで印刷に失敗した本のように見えた。きっと眠っていたときに微動だにしなかったせいで、眼球を強く圧迫してしまったのだろう。視力がもとに戻るまでにはまだしばらく時間がかかりそうだった。右手と右足も血流のめぐりが悪く、針を刺されたように強いしびれを感じた。

窓から外を見上げると、リュウガンの樹の下に一匹の黒ヒョウが静かに立ち、冷たい視線をこちらに投げかけていた。その体軀は黒くて優雅で、黒ヒョウ自身の影と木陰の線が混じり合っていた。黒ヒョウは突然前脚を伸ばして、お尻を高く上げて大きく一つ伸びをすると、音もなく身を翻して林の方へ走り去っていった。名前も知らなかったような暗闇からやって来たときと同じように、黒ヒョウは同じく名前も知らないような暗闇の中へと消えていった。

眠りに落ちる前、ぼくはいったい何をしていたのだろうか。しばらくして、母さんに付き添って実家から帰ってきたところだったことを思い出した。

母さんの故郷は、台湾中部の大きな港の近くにある小さな漁村と農村の合わさった場所だった。かつては活気に満ちた場所だったそうだが、台湾の他の小さな集落と同じように、港が土砂でふさがってしまってからは徐々に没落してゆき、その後は十字型の町並みと古跡指定された廟を数軒残すだけの場所になってしまっていた。それは政府があらゆる市町村に特色をもたせようといった愚かな観光キャンペーンを推し進めていた時期の出来事で、役人たちは没落した田舎町のことなどは考えてもいないようだった。ぼくにちょっとしたヒマができる度に、母さんは決まってぼくか兄さんに、ちょっと田舎に戻らないかと尋ねてきた。ぼくたちはなるべく母さんのこの要求を聞いてやるようにしていた。今の母さんにとって、唯一の道楽は神さまにお祈りすることか、故郷に戻ってお隣さんや親戚に会いに行くことくらいだったからだ。母さんの親戚のほとんどはすでに台北に引っ越していて、故郷に残っているのは普段電話で連絡を取るおばさん一人だけだった。おばさんは、母さんの兄弟姉妹で唯一故郷を離れて台北に引っ越してこなかった人間だった。

母さんによれば、戦争が終わりかけていたその年、アメリカの飛行機が頻繁にやって来ては台湾を空襲したらしい。台湾人も日本人も区別なく死んでゆき、爆弾はひどく気ままに、そして運のあるなしを見極めるように人々の生命を奪っていった。空襲警報が鳴り響けば、村民たちは慣れた調子で近くの防空壕に身を隠し、警報が解除されたころにそこから這い出してきた。警報が解除されれば、まるで小学校のチャイムが鳴るのと同じように、村は再び日常へと戻っていった。そのころ、日本人は空襲被害を大きくさせないために、村人たちに早急に消火活動ができる隊伍(グループ)を作ることを要求してきた。そこで、男は国民服にゲートル、女は防空頭巾にモンペといった出でたちで消火活動にあたることになった。母さんはそのころ田んぼを掘り返せば、しょっちゅう爆弾やら飛行機の残骸が出てきたのだと言った。村民たちはそれを隠しておいてくず鉄として売り払うか、打ち直して洗面器や鍋、お碗や包丁、それに船底の修理などに使っていた。

ある日のこと、米国の飛行機が港の近くにあった日本軍の船を爆撃しようとしたが、日本の船と台湾の漁船が入り混じっていたために、爆撃機は苛立たしげな様子で、装着されていた爆弾をすべて投下してきた。その日は漁を終えた漁民たちがちょうど帰港していたので、漁船にはまだ多くの人が残っていた。村の豚糞(ディサイヤ)もそんな一人で、ちょうどそのときまだ船上にいた（豚糞(ディサイヤ)なんて名前をした人間がいるとは思えなかったので一応確認してみたが、母さんは間違いなく豚糞(ディサイヤ)だと言った）。

爆弾が驟雨のごとく港に降り注いでいたまさにそのとき、海上に白い服を着た少女が颯爽(さっそう)と現れたそうだ。少女は農家ではありふれた袴を履き、激しい波間をまるで草を踏むように軽快な足取りで歩いていったらしい。その袴が翻る度に、投下された爆弾はそのなかへと消えていった。

「媽祖(マツォ)さまが爆弾(ヴァドゥアン)を拾ってくれんかったら、どないなっとったか」。母さんは目のふちに涙をためて言った。「しかも、その日沈められたんはまんで日本人の船(ツン)で、わしらんは一隻も沈んどらんかった」。

車を運転するぼくは、他人から聞いたのか自分で作ったのかよくわからない母さんの話を聞きながら、いつごろ戻れば自分の「睡眠時間」に間に合うかを計算していた。

町に着いたのは、ちょうど正午の最も暑い時分だった。ぼくはわざと大通りを避けて、遠回りしておばさんの家へ向かった。遠回りした理由は、今ではドッグフード工場になっているその場所が、かつておじいさんが管理する養殖場だったからだ。十数年前のある朝、おじいさんは養殖場で溺死しているところをお隣さんに発見された。おじいさんが亡くなってから、孫や子供たちはおばあさんに養殖場を売り払うように勧めた。結果、養殖場は新しい買い手によって埋め立てられ、新たにドッグフード工場が建てられたわけだ。その道を避けたのは、母さんにとってその方がいいと思ったからだ。ここ数年、おじいさんの命日になると、母さんはタンキーを呼び寄せ、何度も何度も同じ話を聞いていた。何でも亡くなったはずのおじいさんは台湾東部のある道教寺院で修行をしているらしく、母さんはぼくや兄さんに東部まで連れて行ってほしいと頼んできた。そこで、ぼくたちは四時間以上車を走らせることになった。そこは山腹にある湖を背負った景色のいい場所にある典型的な道教寺院だった。母さんは寺院の規則に則って、おじいさんのために簡単な済度（さいど）の儀式を行ったが、それに対応する道士たちの様子もまったく真剣そのものだった。儀式が終わりに近づくころ、赤ん坊のような目をした一匹の黒い子犬が、母さんの脚もとにじゃれついてきた。ぼくたちが寺院を離れるころになって、子犬はようやく細い道から外へと出て行った。子犬は何歩か歩く度に母さんの方をふり返った。きっとこの犬はおじいちゃんが遣わしてくれた犬で、自分の様子を見に来てくれたに違いない。母さんが目のふちを赤く腫らしながら言った。

「でもさ、おじいちゃんは何だってまた人間に生まれ変わらなかったのかな？」ぼくは頭に浮かんだ疑問をそのまま素直に口にした。

そんなぼくの疑問に、母さんはタンキーが言った言葉をそのまま繰り返した。「何か大事なもん（ミイギャン）をあっちにもっていくんを忘れたんじゃろ」

人は死んだ後、何かをあの世に持っていくことなどできるのだろうか？　生まれ変わるためにあれやこれやをもっていくなんて面倒じゃないか？　それに、何をするにも慎重だったおじいさんがそんなにも大切なものを忘れてしまうなんてことはありえなかった。ぼくはおじいさんが自分の死期すら予測していたと思っている。事故が起こる前日、おじいさんはすっかり身なりを整え、十数キロも離れた繁華街でわざわざ証明写真を撮ってもらい、もしも自分が写真を取りに来なければ、自分の住所まで送って欲しいとお願いしていたらしい。死と向かい合うおじいさんは異常なまでに冷静で、とても大切な何かを処理し忘れるなんてことはないはずだった。

前回おばさんと顔を合わせてから、もう三年が過ぎていた。三年前は田舎に住んでいるおばさんの老け具合いが母さんのそれよりずいぶん早いように感じたが、この数年で二人の距離もずいぶん縮まってしまったようだった。おばさんの旦那は三年前に中風でこの世を去って、子供も北部に引っ越し、家はまさに赤貧洗うが如しといった感じだった。スクーターもリビングのなかに停めてあって、その傍には二つの腰掛けが置いてあった。好きな所に座ってちょうだいとおばさんが言ったとき、ぼくはてっきり地べたに座れという意味かと思ったほどだった。なぜなら、おばさんと母さんが腰を下ろすと、部屋のなかには他に腰掛けが見当たらなかったからだ。おばさんはここ数年右足の怪我がどんどん悪化して、ほとんど感覚がないのだと言った。なんで怪我をしたのかと尋ねるぼくに、おばさんはもう五十年も前の怪我なのだと答えた。その言葉に母さんはうなずき、おばさんの怪我があの事件と関係があるのだと同意してみせた。

五十年前のある朝、母さんとおばさんは竈（かまど）に火をくべるために、アダンの葉を拾いに行こうとしていた。村はまだ深い霧のなかで眠っていた。オンドリの朝の鳴き声も眠気で声を失い、一晩中吠え続けていた犬も眠りに落ちていた。竹籠を背負った二人の少女が、おじいさんの家の門の右側の道から浜辺へ向けて歩き出していた（そう、日本人の警官たちが家を取り囲んだときに使ったあの道だ）。ひどく砂っぽい小道だったせいで、歩く度に高らかな音が響いた。空が明けたばかりで靄（もや）はまだ重く、二人の髪は濡れて光っていた。アダンの林はたくさんあったのでどこを選んでもよかったが、その日の母さんはおじいさんの田んぼから遠く離れた林を選ぶことにした。

空はまだ暗く、二人はしばらく頭を垂れて歩き、時々顔を上げては周囲を見回した（ある年齢の子供たちは、しばしば神経質にこうした行動をとる）。そして、再び頭を垂れて歩いては頭を上げて周囲を見回すといった行動を繰り返しては、ときおり欠伸（あくび）をして意味のない透明な涙を流した。お喋りするほどの元気もなく、二人はただ静かにアダンの林のそばの小道を進んでいった。

ふと、二人の足が停まった。

アダンの林に通じる小道の突き当たりで、黒くて大きな幽霊が木に寄り掛かるようにして立ち、充血し、困惑した瞳で二人を見つめていたのだ。その瞬間、二人は全身に悪寒を覚え、鳥肌が立つのを感じた。ほとんど距離がなかったので、母さんはその黒い幽霊の体臭まで嗅ぎとれたと言った。竹籠を背負ったまま、二人は回れ右をして駆けだした。養殖池まで逃げ帰ってきたときに、おばさんが派手に躓(つまず)き転んでしまったが、泣くのも間に合わないほど驚いていたおばさんは慌てて立ち上がると、そのまま母さんのあとを追って家まで逃げ帰った。その日、アダンの葉を拾わず、しかも真っ黒な幽霊を見たと言い訳する二人に対して、おじいさんは一発(バンリウ)ずつビンタを喰らわしたのだとか。

「よう考えてみたら、あの黒んぼ(オッグイア)はアダンの林で小便しよったんとちゃうやろか」。おばさんが言った。

「小便？　幽霊も小便をするの？」ぼくが言った。

「そらするじゃろ。食うたら出すんが道理じゃ」。母さんは相変わらず、おばさんに味方していた。

もちろん、ぼくは黒い幽霊の存在など信じていなかった。それはきっと日本軍に撃ち落とされたアメリカ軍のパイロットが、落下傘を使って降りてきたか何かだったに違いない。その考えを話すと、意外にも母さんとおばさんから大反発を喰らってしまった。関節がすっかりこわばってしまった足を指さしながら話すおばさんを見ていると、まるでぼくのこうした考えがおばさんの古傷を侮辱しているように思えてきた。五十年経った今でも、おばさんは自分の足はあの黒んぼ(オッグイア)（大変申し訳ないが、これは人種差別的な言説ではなく、ただおばさんの言葉を使っているだけなのだ）のせいでこうなってしまったのだと言い、もしも王爺(おうや)の神通力がなければ、とっくの昔に足が動かなくなってしまっていたとまで話した。でもさ、そのときに足は治してもらったんだろ？　なんで今になってまた悪くなっちゃうんだよ。その疑問に対するおばさんの答えはこうだった。数年前に村で王爺の廟を建て替えた際、おそらく建て替えがよくなかったせいで王爺の怒りを買い、そのためにおばさんの足が動かなくなってしまったのだとか。

「五十年前のあの傷(ション)が、今んなってこないなるとは。食べるんも歩くんも、眠るんもじょんならん」おばさんは落ち着いた口調で言った。

それから、二人はそれぞれ自分が遭遇した出来事について話し出したが、ほとんど相手の言うことは聞いていないようだった。三十分後、ぼくは二人の話をさえぎった。家に戻る時間が近づいていたのだ。帰り道、ぼくはわざと海沿いの道に車を走らせて、例のアダンの林がどこにあるのか尋ねてみた。目を細めた母さんはあちこちを指さしていたが、場所を特定することはできないようだった。ぼんやりとしたその表情はまるで夢遊病者のようだった。打ち棄てられた一軒の洋館が建つ広い空き地を指さした母さんは、あそこがおじいちゃんが売った田んぼの跡やきん、あのアダンの林はたぶんこの近くにあるはずじゃと言った。しかし、そのアダンの林も今はもう存在しないのかもしれなかった。

「おじいちゃんは、なんで田んぼを売ったんじゃろか？」

「なんでって、米国(ビーゴ)の飛行機(ホエギ)が田んぼのなかに落ちてしもたからの。ほいたら、そこでなった稲がどれもこれも油(イウ)の味がして、売りもんにならんじゃろ。わがで食うても、ありゃ不味(バイジャ)かったが」

爆弾がボカンと爆発するのはまだマシな方で、せいぜい特定の場所が燃えるだとか地面に大きな穴が空いてしまうくらいだった。それが養殖池なら池のなかにいる魚たちが死ぬだけですんだが、もしも飛行機が田んぼのなかに落ちてしまったとなれば、その土地はもう耕作には使えないし、養殖池に落ちてしまったなら、その池ではもう魚が育つことはないのだという。仮に魚が育ったとしても、煮込めば必ず油の臭いがするのだとか。その土地を購入した買い手は株で財をなしたご近所さんで、田んぼ仕事ができないことはわかっていたので、農家風の別荘を建てて休暇の度に戻ってきていた。しかし、しばらくすると村は廃れ（あるいは買い主自身が廃れてしまったのかもしれない）、その家も同じように荒廃してしまった。ぼくはその田んぼを眺めながら、異郷に流れ着いてきた黒んぼについて考えていた。なぜ彼はおばさんの足をあんなふうにしてしまったのか（そしてどうしてそれはぼくの母さんの足ではなかったのか）？　ぼくはあの写真のことを思い出した。それはさながら幽霊のごとく、静かに五十年前の地点からぼくを見つめていた。

ちょうど雨が降りはじめていた。ワイパーをつけたがどうも壊れかけているようで、フロントガラスをきれいに拭うことなく、雨の跡だけがガラスに残っていた。ぼくは口を開いた。「母さん、実は日本に行こうと思ってるんだ。向こうでしばらく住むつもりなんだ」

母さんはぼくの言葉が聞こえていないようで、バックミラー越しに見るその視線はひどくぼんやりしていたが、どこか潤いがあって若々しくもあった。そして、突然何かを思い出したかのように口を開いた。

「あれは絶対幽霊じゃった。人間やない」。母さんは断定した口調でそう言った。しばらくすると、車にゆられる母さんの頭は力なく傾いてゆき、そのまま深い眠りに落ちていった。

## 27

畳で眠っているのは三郎一人ではなく、他にも多くの少年たちがいて、彼らはそれぞれ違った姿勢で熟睡していた。だが、三郎は眠っていなかった。彼は黒い雲にも似た不吉な布が自分にまとわりついてくるのを目にしていた。その布は力強く、三郎はそれから抜け出そうと気力をふりしぼって門の外へ駆け出した。遠くへ目をやると、雪が降っていた。いや、雪ではない。まだ雪が降るような時期ではなかったし、そんな季節でもなかった。しかし、どうしてこれほどにまぶしいのだろうか？　ふとそれが光なのだと気づき、光のない方向へ向かって三郎は駆け出した。肺が痛むまで駆け続け、唇からは血の味が滲んでいた。だがこの場所には本当に雪が降っているのかもしれなかった。地面はあまりに白く、凍えた足からは血が流れていた。遠くに広がるまばらな松の木からは、煙がモクモクと上がっていた。カラスの群れが旋回飛行して、ガアガアわめきながら地面に降り立つと、そのまま冷たい目をした黒ヒョウへと姿を変えていった。

三郎は身を翻し、再び逆の方向に向かって駆け出した。肺が痛み、足は凍えて血を流し、口のなかでは血の味が広がっていた。彼は自分が光のなかを走っていることに気づいた。浪がきらきらと輝き、金色の光と黒い水がぶつかり合っていた。しかし、よくよく見ればそれは光ではなく魚の目で、無数の魚たちが彼のそばで跳ね上がってはまた落下していった。魚たちの目と鱗はまぶしいほどに輝いていた。突然魚たちが瞳を閉じたために、彼は洞穴のなかに落ちてしまったように感じたが、それは魚たちが目を閉じたわけではなく、例の黒い布が身体にまとわりついてきたのだった。洞穴に落ちたわけではなく、魚たちが瞳を閉じただけだった。

足を引き攣らせた三郎が目を覚ました。ああ、夢か。よかった。布団の上に座った彼の心臓はバクバクと高鳴り、その肺はひどく痛んだ。これはいったい何を暗示している夢なのだろう？　再び横になると、肺の痛みは少しだけ和らいだ。すると、隣から寝息が聞こえた。秀男だ。暗闇のなかそれが秀男の寝息だと分ると、彼の心は落ち着きを取り戻した。秀男が彼の軍用毛布を引っ張って、夢から助け出してくれたのだった。

——名古屋にいたんじゃないのか？

——うん、ちょっと外に出ないか？

その日は月が明るく、空気中にも若葉の香りが漂い、木の葉はまるで桐油が塗られたように光っていた。秀男の身体も同じように桐油が塗られたように輝き、それは三郎も同じだった。秀男の後をついて歩いていたが、ふと月明かりが消えてしまったように感じた。

——名古屋はどうなった？

——燃えちゃってるよ。街全体。ねえ、ぼくは刀を持ってるんだ。拾ったものなんだけど、真剣だよ。うちの近くにある廟のそばに生えた古いアカギの幹のなかに隠してるんだ。廟のことは前に話しただろ？　その廟の右側にある木の真ん中に穴があって、幹が空洞になってるんだ。刀はそこにあるから、台湾に帰ったときに探せばいい。もし見つけられたら君にあげる。ところで寒くない？

——ちょっと。

——帽子をかぶれよ。ほら、帽子だ。ぼくも寒くなってきた。ぼくの鼓動はずいぶん遅いだろ。秀男は三郎の手を彼の手に導き、その脈拍を計らせた。脈拍は確かに遅く、稲が実をつけるのを待つほどに遅かった。よくよく見れば、秀男の手は血管を走る血の流れがわかるほどに透き通っていた。

——手、どうしてこんなに濡れてるんだ。それに透明じゃないか。

――そうかな？　そうだ。ぼくの母さんは甘いものが好きでさ。ああ、この砂糖も君にやるよ。台湾からもって来たんだけど、もったいなくて食べなかったんだ。しまった。言い忘れてたんだけど、前歯が抜けちゃってさ。ホント参ったよ。永久歯だったのに。

――ううん、いいから自分で食べなよ。抜けた歯はちゃんと床下に投げた？　床下に投げておけば、また生えてくるかもしれないよ。それに、真っ直ぐに生えてくるんだって。

――いいから、受け取れよ。お前、確か石ころって名前のカメを飼ってただろ？

――うん。

――もしよかったら、台湾に帰ったときにそいつを逃がしてやってくれないか？

――いいよ。

――よかった。なあこれ、見ろよ。クジラの骨だぜ。

――なんでそんなものもってるんだ？

――忘れたのか？　一緒に江ノ島にいったときに、海岸で拾ったじゃないか。そうだ、最近平岡君は新しい物語を話してくれた？

――いっぱい話してくれたよ。聞きたいなら話してあげるけど。

――いや、時間がないんだ。そうだ、ぼくのお腹を見てみない？

――うん。

月が再び顔を出した。今日の月はきらきらしていた。秀男のお腹は見た感じ自分のものと大して変わらないようだったが、よくよく見れば、その白いお腹にはわずかにひび割れがあって、呼吸をするように身体をくねらせていた。ひびはどんどんと深くなっていき、秀男はまるで壊された陶器のように、ゆっくりといくつもの欠片に分離していったが、その速度は稲が実を結ぶほどに遅かった。

数歩後ずさりした三郎は帽子をかぶったが、寒さは変わらなかった。分裂した秀男の魂は、最初あんよを覚えたばかりの子供が見知らぬ場所に放り出されたように迷い、取り乱したようにゆらゆらと動いていたが、しばらくすると空を飛ぶコツをつかんだようにひどくすばしこくなっていった。旋回する魂は独特のステップで舞っていた。周囲を見渡した三郎は、無数の魂が躍っているそのなかに秀男が加わっていくのに気づいた。魂はどれも似通っていたので、どれが秀男のものかすぐに見分けがつかなくなってしまった。彼らは地上で秩序なく飛び回り、冬の日にはぁっと吐き出しては消えてしまう吐息のように、徐々に真っ赤な空のなかへ消えていってしまった。

突然大きな音が鳴り響き、三郎は夢から目覚めた。隣で寝ていた阿海(アハイ)が、三郎の袖を引っ張った。

おい、空襲だ。早くしろ、空襲が来たぞ。

# 28

日本への旅行について、アリスと一度話し合いたいと思った。もしかしたら、アリスも一緒についてきてくれるかもしれなかったからだ。ぼくはアリスが一緒に来てくれることを望みながら、同時に来てほしくないとも思っていた。

アリスはまだ貧乏学生だったころのぼくに恋をした。ひどく繊細な女性で、その曲がりくねった繊細さは、ぼくの感情の巌（いわお）の隙間に深く染み込むほどだった。あのころのぼくたちは将来記者と呼ばれる職業に就いて、社会にはびこる不正を暴き出し、何とか報道賞を獲るんだなんて息巻いていた。だけど、ぼくは早い段階でそんなことは不可能だと気づいてしまった。あるいは、そういったことは記者のやるべき仕事ではないことに気づいたと言えばいいのかもしれない。記者の仕事とは不正な事件を暴き出すことではなく、ただ事件を報道することにあった。そこには不正な事件も公正な事件も、汚い事件も神聖な事件もすべて含まれていた。こうしたことは普通に記者をやっていてわかるような真理ではなく、ぼくのように紙媒体のメディアと電子メディア、マイナーとメジャーメディア、政治記者に社会記者、さらにはパパラッチまでやった記者だからこそわかることだった。それこそがいわゆる記者の専門性というやつで、ぼくたちはこうした専門性の下で金を稼ぎ、人の悪口を言っては人から悪口を言われ、年老いて家庭を持ち、子供を産んであそこが勃たなくなって、ローンを返し終わるその日が来るのをただジッと待っているだけなのだ。

ぼくは自分が記者をやっていたころのことを思い出した。ある年、某航空会社のロサンゼルス行き旅客機が爆発、墜落したことがあった。知らせを聞いたぼくは、すぐさまスタッフと事故現場に向けて車を走らせた。運転していたのはカメラマンの小鮑（シャオバオ）で、ぼくはもっとアクセルを踏みこんでスピードをあげるように促し続けた。もしかしたらこの事件は大きな災害になって、死者の数は一〇〇人を超えるかもしれない。そうなれば、二、三日続けて報道記事を書くことができるはずだった。現場に向かう途中、ぼくたち二人はラジオから流れる音楽に合わせてリズムをとっていた。そのときふと、車窓に映った自分の顔が目に入った。これほど多くの人が苦しんでいるのに、ちっとも悲しいとは思わなかった。ぼくが気にかけていたのは競争相手のことだけで、それは他の新聞社の記者たちだった。彼らがぼくたちよりも早く現場へ到着して最初の情報を集めていないか、インタビュー相手をとられていないか、そんなことばかりが気になっていた。ぼくはひどくやきもきした思いで、自分たちを出し抜こうと走る車を見た。彼らも墜落現場を見るために現場へ向かっていたのだ。

しかし、墜落現場に到着してみると、ぼくはどうにもその日の記事が書けそうにないように思えてきた。誰であってもこうした状況下では「まともな」記事なんて書けるはずはなかった。それでも、最終的にぼくは記事を書きあげた。

睡眠に異常が発生して以降、第二次世界大戦に関する膨大な歴史資料を読むようになっていたが、そこには各国の記者たちが書いた記事なども含まれていた。中国の記者に満洲の記者、韓国の記者に日本の記者、イギリスの記者にアメリカの記者……、同じ出来事を報道しているように見えて、ときにはまったく違った事件を報道しているようにさえ感じた。たとえば、日本の戦史で英雄と称えられる零戦についても、アメリカの戦史ではまったく違った評価が与えられていた。しかも、日本軍が報道した敵機の撃墜数と、アメリカ軍が保有している戦闘機の数を比較してみれば、それがどれほど欺瞞に満ちた報道であったのかはっきりと見て取れた。そもそも、それほど多く撃墜できる飛行機自体存在していないのだ。現場から離れてしまえば、どの文章が最も真実に近いのか判断することは難しい。数年間の経験から言えることは、報道記事を書くときに「真相」といった概念はそれほど重要ではないということだった。重要なのはニュース性で、ニュース性や痛みこそが真相だった。

こうした考え方をしていたせいで、ここ数年ぼくはこの業界で這い上がろうといった努力をしなくなっていた。自分はただ他人の痛みを報道することで生活費を稼いでいるだけの人間なのだと思い、またそうなるように自分を仕向け、決してそのことで幸せになろうとは思わなくなっていた。けれどアリスの考え方は違っていて、ここ数年彼女はひどく努力して、ニュースキャスターとしてテレビに出演したいと考えているようだった（直接言ったわけじゃないが、ぼくはそう感じた）。アリスは顔もいい上に滑舌もよく、キャスターになってもおかしくはなかった。ぼくたちはニュースの捉え方について衝突することがよくあった。他にもアリスの仕事がうまくいき、ぼくに向かって誰それが何々という部門の何とかという番組に自分を引き抜いてくれそうだといった話をする度に、ぼくの心には身勝手な妬み嫉みが生まれ、こうした感情のせいで上機嫌で話すアリスに向かって冷たい態度をとるようになってしまっていた。

財布には、ぼくと出会う前のアリスの写真が一枚入っていた。それはいまだ成熟していない少女の姿だったが、そのころアリスの未来はまだ神秘的な一個の謎のようなもので、その謎がぼくを魅了してきた。きっとアリスにとってのぼくも、そんな存在だったのかもしれない。

朝になって、自転車で山の麓にある市場に数日分の食材を買いに出かけた。節約のために、大家さんから共同の厨房を借りて料理を作っていたのだ。伝統的な市場には品が少なく、ぺちゃくちゃお喋りする女性たちがそこらじゅうにいた。魚を売っているのは一人だけで、身体中に魚の鱗をつけて、電球の灯りの下で、水の神さまのようにきらきら輝いていた。ぼくは一番安いムロアジとイボダイを買った。魚を選ぶ際には目に注意する必要があるらしく、目が透明で透き通っていれば新鮮だが、最近では魚屋が魚に薬を打って、今しがた死んだように透明で透き通った目に見せることがあるらしかった。しかし、ぼくにはそれが薬を打たれていましがた死んだように見えるのか、はたまた本当に死んだばかりなのか見分けることはできなかったが、それはそこまで重要ではないように思った。なぜなら、今の時代何を食べてもおそらくすべてが偽物で、卵ですら本物とは限らなかったからだ。お金を払う際、ぼくは魚屋の女の目をもう一度ちらりと盗み見たが、その目はひどく透明で透き通っていた。

夜、アリスは約束の時間に来なかった。電話口で生理がひどいのだと言った。生理中のアリスの痛みはすさまじく、一日中立ち上がることさえできないこともあって、医者に診てもらってもどうにもならなかった。

「病気になったわけでもないのに、普通にきた生理のせいで死にたくなっちゃうなんてことあるんだね」

山を下りて会いにいこうかと言うと、アリスは大丈夫だと答え、明日まで我慢すれば平気だと言った。アリスは睡眠状態が回復したらぼくは仕事に戻るべきで、これを機に環境を変えてみるのもいいんじゃないかと言ってきた。もちろんそうするよとぼくは答えた。「仕事に戻る」ことについてだ。ぼくはどうやって一人でこの魚を食べ切ろうかと真剣に頭を悩ませながら、「仕事」という言葉がもつ意味についても考えていた。自分の心が重苦しい何かに押さえつけられているような気分だった。

「日本に行きたいと思ってるんだ。と言うよりも、行かなくちゃいけないと思ってる。宗先生が向こうの医者を紹介してくれたんだ」。なぜよりによって、アリスが生理痛に苦しんでいるときにこの件を言い出したのか自分でもわからなかったが、一緒に来てほしいとは口にしなかった。ぼくたちは大学時代からずっと一緒に旅行する計画を立てていて、どこに行くかは辞書から適当に地名を選んで決めていた。今のところ、ぼくたちはリスボンにロサンゼルス、コペンハーゲンを旅したことがあって、アリスの休みが取れれば、次は名古屋とグレナダに行く予定だった。

「いいんじゃない。お金は足りる?」

「ああ、大丈夫」。なぜかわからないが、アリスが一緒に来ると言わなくてホッとした。あまり多くのことを考えず、ただ一人で寡黙に旅をしてみるのも悪くないと思った。それはたった一人で眠りに向き合う旅だった。

# 第四章

生命と愛情がまだ若かりしころ
彼は生命を奪われ
若き殉教者としてここに眠る

オスカー・ワイルド「キーツの墓」

# 29

窓から眺めれば、そう遠くない場所に「野鳥の森」があった。よくよく見なければ、夜明けの野鳥の森はぼくが住んでいた場所にあった林とさして変わらなかったので、一瞬自分がまだ同じベッドの上にいるのかと勘違いしてしまうほどだった。服を着替えると、階下で植物を剪定していた浅野さんの奥さんに挨拶をして、その足で野鳥の森に向かった。

野鳥の森は自然と調和した公園で、園内には低海抜の植物がいたる所に生え、林には水路が通っていた。管理処では園内の植物が自由に生えるに任せる方針をとっているようで、長い時間をかけて積み重なった落ち葉が水路を「沼」状の湿地帯へと変えていた。主要な歩道の他にも林には小道があって、それはまるで人が足を踏み入れるのを拒むような悪意をもっていた。歩道の両端はただ竹や木で区切りをしているだけで、石を敷き詰めたりはしていなかった。そのせいで、歩道には厚い落ち葉が積み重なっていた。落ち葉が敷き詰められた地面を踏むと大地が弾むようで心地よく、吸いこまれていくような感覚があった。これから数日間、ぼくは毎日野鳥の森を突っ切って、江ノ島線の大和駅まで歩いていくことに決めた。

大和市は静かな街で、鶯歌（インゴォ）（台湾新北市にある街）と同規模の衛星都市だった。神奈川県の相模湾と横浜市の中間にあって、おそらくほとんどの観光客は横浜みなとみらい21へと向かい、この街に立ち寄ることはないようだったが、ぼくはこの街に来た最初の日からこの街がもつ静けさとその無害さに惹きつけられた。しかし、旅行客の感じる第一印象といったものはたいてい間違っているものだ。ここはかつて、第二次世界大戦中に日本海軍の重要な兵器工廠と軍用飛行場の所在地でもあった。

大和市に来た理由は二つあった。まず善徳寺を探すこと、そして宗（ソン）先生の紹介してくれた白鳥先生を訪ねることだった。

初めて電車でこの街に来た日、駅近くにあるチェーン店で安い豚丼を食べた。この手の店のいいところは、飲み物がおかわりできて、漬け込んだショウガも無料でおかわりできることだった。食事をすませると案内所に行って各種観光地図をひとしきり見て回ったが、善徳寺は観光名所ではなかったので記載されていなかった。ぼくは案内所にいた口元に大きなホクロのあるスタッフに善徳寺と書かれた中国語のメモを見せてみた。彼はぼくの質問に答えられずに（あるいはぼくの英語を聞き取れなかったのかもしれない）、困ったような表情を浮かべていた。口元のホクロがあまりにも目立つので、ぼくは彼が口を動かすときにそのホクロが動き回るのをジッと見つめていた。

結局、ホクロの男性にこれ以上尋ねることをあきらめて、街に出て直接道行く人たちに尋ねてみようと思った。この街の人たちは東京の人間ほど冷たくはなく、どの人もとても熱心に、ぼくがまったく聞き取れない日本語を使って早口で説明してくれた。ある年配のご婦人のジェスチャーはずいぶんわかりやすく、ぼくは件の婦人が同じ言葉を繰り返しながら、このまままっすぐ進んでいけといった指示を出していることに気づいた。そこでまっすぐ進んでいくことにしたが、しばらくするとこの小さな街の路地で迷子になってしまった。しかし、時間はいくらでもあったので迷っても平気だった。なにより、あらゆる街角にわかりやすい道路標識があって、電車網が発達している日本のような国では迷い続けることの方が難しく、道に迷っても慌てたりする必要はなかった。ぼくはふと先ほど通った道に何か標識のようなものが立っていたことを思い出した。それはその区域に住んでいる人たちの家すべてを正確に示したもので、細かすぎてくどいほどだった。言ってみれば、これこそが日本人の素顔なのだろう。以前日本のテレビ番組で士林（シーリン）夜市が紹介されていたときに、彼らが「豪邁（ごうまい）」といった言葉を使っていたことを思い出した。料理に食器、それに公共の空間すら雑に扱われる士林夜市では、確かにあらゆる点で日本人には理解しがたい「豪邁」さがあふれているように思えた。

急いで道を探す必要はないといった心持ちで一時間ほどゆったりと歩いた後、ようやく「上和田野鳥の森」へとたどり着いた。観光地図を開いてみて、自分がすでに「桜ヶ丘駅」を通りすぎてしまい、「高座渋谷駅」近くまで来ていることに気づいた。善徳寺はとっくに通りすぎてしまっていた。そこで来た道を引き返すことにした。小学校の近くまで引き返してから、誰かに道を尋ねようと思ったのだ。最初は建築材の加工工場のような建物に入って道を尋ねようと思ったが、自動販売機の前に巻き髪で肌の黒い、あまり日本人らしからぬ女性がちょうど紙幣を取り出して煙草を買おうとしていたので、彼女に道を尋ねてみることにした。例の善徳寺の文字が書かれたメモ用紙を片手に尋ねると、女性は礼儀正しく、気恥ずかしげな笑みを浮かべながら、ぼくをすぐ傍にあった一メートル半ほどの広さしかない狭い雑貨屋まで連れて行ってくれた。その女性の瞳は他の日本人とはずいぶん違っていて、ある種煽情的な魅力があった。見知らぬ人間と出会ったときなどには、ことさら「誰だってこんな目をしてるんだから、変な勘違いしないでよ」と説明しなければいけない感じすらした。

彼女はメモ用紙を店にいた老婆に手渡した。老婆がそれを「善徳寺」と読み上げると（その日本語は中国語の発音と似ていた）、彼女は「善徳寺」という中国語があの「善徳寺」を指しているのだとようやく気づいたようだった。ぼくの日本語能力のせいで、老婆の話す言葉はほとんどわからなかったが、そのジェスチャーが意味するところは少しだけわかった。そこでそのジェスチャー通りにまっすぐ進み、橋の下まで進んだところで、上に進むべきか下に進むべきか迷って後ろを振り返ると、二人がもとの雑貨屋の前で立っているのが見えた。肌の黒い日本人らしからぬその女性は、ジェスチャーを使ってまっすぐに進んだ後、左へ曲がれと指示してくれた。

片方に民家、もう片方に巨大な壁といった場所を通り抜けると（後にそれが高速道路だと知った）、ようやく善徳寺へたどり着いた。

　白鳥先生と面会するまでの数日間、ぼくは野鳥の森近くにある民宿に泊まることにした。民宿は切妻造りをした横に長い木造二階建てだった。こうした素朴でシンプルな建物が昔から好きだったので、台湾に残されている日本統治時代の木造建築をカメラで撮りまくっていた時期もあった。だから、この民宿を見つけるとすぐさまここに泊まることにした。ぼくの世話をしてくれたのは、オーナーの浅野夫婦だった。英語は何とか通じる程度で、見た感じひどく保守的で、誠実な感じがした。少なくとも一週間の滞在を考えていたが、彼らはぼくのためにずいぶんと宿代をまけてくれた。もちろん、ビジネスホテルに比べれば割高だったが、全体的に見てすいぶん心地よい場所だった。特に湿度が高く温かい浴室はリラックスできた。日本のビジネスホテルの浴槽はどこも小さくて、身長が一八〇センチある外国人は皆腰を曲げて身体を洗わなくてはいけないのではないかと思うことがあった。

　浅野さんによれば、民宿は第二次世界大戦の空襲から生き残ったものらしかった。木造建築をここまできれいに保存するのに、ずいぶん苦心と労力を払ってきたのがわかった。ふと以前、台湾に現存する西洋建築のビジネスビルについて記事を書いたことを思い出した。何とか苦労して撮影地点を探り出し、ようやく一枚だけ建物がきちんと保存されている印象を読者に伝えられる写真が撮れた。戦後の台湾はたった一度の経済発展のために、無我夢中で古い建物を取り壊していった。その結果、台湾は失敗した建築物の見本市のような島になってしまい、最近になってようやくこうした古い建物の補修と建て直しが進められるようになってきていたが、やるせないのは建物というものは一度取り壊してしまえば、元通りに戻すことは難しく、建て直したり昔の型を模倣したりした建築物は見る者にどこか時間の洗礼を受けていない皮相的な印象を与えた。

「自分の睡眠時間は少しおかしいので、きちんと食事をとることができないかもしれません」。ぼくはそんなふうには言わず、ただ「食事は自分で何とかするので大丈夫です」とだけ言って外食することに決めると、二階にある和室の部屋へと戻っていった。

二日目、目が覚めたのはちょうど深夜一時が「やって来た」時分で、外出にふさわしい時間帯とは言えなかった。起き上がったぼくはネットを開き、メールのチェックをはじめた（こんな民宿にまでちゃんとネット環境が整っているとは思わなかった）。メールボックスには、旅行雑誌の編集長から送られてきたメールがあって、横浜にいるついでに、みなとみらいについての記事を書いてほしいと書かれてあった。それからもしも湘南まで足をのばすようなことがあれば、スラムダンクの漫画に描かれた湘南に関する記事を書いてほしいとあった。ぼくは躊躇なくそのメールを削除すると、アリスに宛てたメールを書きはじめた。書き終わっても夜はまだ長かった。そこで目的もなくネットサーフィンし、外国から送られてきたいくつかの興味深い記事を読んだ。たとえばそれはこんなニュースだった。

【フランス通信社ニュース】スウェーデン北部ウメオ大学の心理学部ボゴダ教授の研究によると、歯が人間の記憶力にとって、非常に重要な役割を果たすことがわかった。この記憶力に関する研究のサブプロジェクトでは、一九八八年から、年齢三十五歳から九十歳までの一九六二名の研究対象者を追跡し、歯を抜く前と抜いた後の記憶力を比べ、歯がない状態で人は容易に物事を忘れることが確認された。本研究のリーダーであるボゴダ教授は、次のように述べた。「ある種の歯は、特定の記憶と結びついており、犬歯か奥歯が抜けてしまうと、それにまつわる一連の記憶もともに消えてしまうのです」

ぼくはふと、小学五年生のときに抜けて二度と生えなくなった前歯のことを思い出した。記事のなかでは、なぜ記憶が犬歯と奥歯とだけに関係があるのかについては書かれていなかったが、果たして前歯は記憶とは関係がないのだろうか？　前歯は高校生のときに入れ直したが、抜けたものは抜けたのであって、仮に前歯と記憶の間にも何らかの関係があるとすれば、ぼくが失った記憶とはいったいどんな出来事と関係があったのだろうか？

もう一つの記事は、オーストラリアの動物園にいた数十匹のカンガルーたちが殺され、その死体がゴルフ場に捨てられていたというものだった。もしもこの記事が本当なら、まさに事実こそ奇なりで、想像力に溢れたものだと言えた。しかし、別の視点から見れば、こうした記事は読者を騙そうとしているとも考えられたが、それが果たして真実かどうかについては知る術がなかった。

上着を着替えると、階下で朝ご飯の準備をしていた浅野さんの奥さんと出くわした。ぼくは挨拶をしながら、遠慮がちに奥さんが作った朝ごはんを断り（他人と一緒に朝ご飯を食べるのがきらいだった）、昨日コンビニで買ってきたクッキーを片手に野鳥の森へと向かった。

## 30

二日目に目が覚めたのは、深夜三時だった。日が昇る前の空白の時間をつぶすために、前日近くにある本屋で買っておいた大和市の紹介本に加えて、台湾からもってきた第二次世界世界大戦とその使用兵器についての歴史の本を読むことにした。

かつて大和は静かな村だった。盧溝橋事件が発生したその年、大和村は渋谷村と合わせても六千人ほどの人口しかいなかった。一九三八年、日本軍はこの小さな村に重要な軍事拠点「厚木飛行場」を建設する準備をはじめた。第二次世界大戦末期の一九四三年には厚木海軍航空隊が開設され、四〇〇万平方メートルを超える敷地面積をもった「海軍航空技術廠相模野出張所」（空C廠）が設立され、この時期からこの小さな村は、前線へ武器を供給する後方支援の兵器工廠へと変わっていったのだった。戦争の最後の一年、アメリカ軍の空襲は日ごとに激しさを増し、大和にあった基地と航空機工廠はB-29の激しい攻撃を受けた。当時、アメリカ軍は焼夷弾による攻撃方法を採用していたので、空襲を受けた地域はしばしば火の海と化し、民家もその炎から逃れることはできなかった。戦争が終わった後、マッカーサーは飛行機に搭乗して日本接収にやって来たが、彼が降り立ったのもまたこの厚木飛行場であった。しかし、現在の大和市は戦争からはすでに遠く離れ、表面的には戦争に関連する話題と言えば航空基地の騒音問題で、住民が抗議運動を起こしているといった事件くらいだった。

台湾で兵役に就いていたころ、ぼくはちょうど対空砲兵部隊に配属されていたので、飛行機、とりわけ軍用機にずっと関心を抱いてきた。兵役中に「機体識別」の訓練を受けたせいもあって、第二次世界大戦以降に登場したジェット戦闘機についてはその翼平面形か機体の一部、あるいはコクピットの形状を見るだけで、だいたいどの戦闘機かを見分けることができた。しかし、第二次世界大戦におけるプロペラ式戦闘機については正直わからないことが多かった。

第二次世界大戦期における日本軍戦闘機の歴史に関する本を読んでいると、ある人物が強くぼくの関心をひいた。それは零戦の生みの親と呼ばれた堀越二郎だった。真珠湾攻撃に参加した零戦二一型(A6M2b)に、神風特攻隊に投入された五二型(A6M5)など、これらはすべてこの若く、卓越した能力をもった飛行設計士によってデザインされた十二試艦上戦闘機を進化させて造られたものだった。これらの機体は西洋人が思いもよらないほど優秀な戦闘機だったために、戦時中は多くの西洋人パイロットたちに重苦しい死の影をもたらした。アメリカ軍は、工業生産能力の低い日本が、零戦のような戦闘機を作り出したことをにわかには信じなかった。ある戦争史家は次のような意見まで述べたらしい。もしも堀越の零戦がなければ、日本の戦争への野心はあそこまで膨らむことはなかっただろう。

零戦の前身となったのは、九六式艦上戦闘機(A5M)で、これは日本初の全金属製低翼単葉機だった。その卓越した性能を見た軍部は、堀越に対して当時におけるあらゆる戦闘機にも勝るような更なる精強な設計を要求した。その任務を拝命した当時三十四歳の堀越二郎は、総勢二九名、平均年齢二十四歳の設計チームを結成した。この若すぎるチームの構成員たちは、大胆にも九六式艦上戦闘機に機体の重みを軽減する措置をとったのだった。たとえば、パイロットを保護する防弾板を取り除き、投下可能な外付けの燃料タンクを採用したり、リベットを打ち込む必要のない場所には一切打ち込まず、三・五ミリのリベットを三ミリまで削減して、機体の各種部材には大量の穴を空けるなどした。こうした措置は、パイロットの安全性を重視する西洋の設計士たちの間では決して採用されないものであったが、パイロットたちの戦闘機の「使用」態度が、そもそも両者の間ではまったく異なっていた(あるいは、パイロットたちの任務に対する考え方自体が違っていたと言ったほうがいいかもしれない）。こうした態度が、戦闘機の設計にも大きな影響を与えたわけだ。他にも、彼らは「日本住友金属」の五十嵐博士が開発したばかりの超々ジュラルミン合金を主翼に採用していた。超々ジュラルミン合金の抗折力は、毎平方ミリメートルあたり六〇から六六キログラムもあって、当時他の飛行機に使用されていた抗折力が毎平方キロメートルあたり四五キログラムほどの強度しかなかったことと比べてみても、その優秀さは際立っていた。だからこそ、切断面を大胆に減らすことができ、主翼はさらなる軽量化が達成できたわけだ。こうした概念のもと設計された戦闘機こそが、連合軍から「ジーク」の名で呼ばれた零式艦上戦闘機だったのだ。第二次世界大戦中、日本は一万機以上の零戦を生産したが、戦争勃発当初は空中戦で零戦に適う機体はいなかった。

大戦末期にようやく量産されはじめた局地戦闘機「雷電」（J2M）もまた、堀越によって設計された機体だった。雷電は火力と速力の改善を目的に設計され、アメリカ軍のB-29が容易に日本本土を爆撃することを阻止することが期待された。雷電の改善点は、完全に収容できる降着装置から大型口径の機関砲、定速プロペラ、ジュラルミンの耐久構造、視界の効くコクピット、それに放擲可能な大型燃料タンクにまで及んだ。雷電に配備されたのは強制冷却ファンをもった三菱「火星」エンジンで、これによって雷電は当時世界最速度で上昇する局地戦闘機となった。しかし、「火星」はもともと爆撃機のエンジンとして使用されるものであったために体積が比較的大きく、空気抵抗を少なくするためにエンジンもプロペラのシャフトも後ろへとずらす必要があった。その結果、機体はバカでかい砲弾のような見た目になってしまったが、こうした設計はその性能にまで影響を与えていった。たとえばそれは機体の震えや視界の悪さ、速すぎる降下速度に困難な旋回性といった点だ。こうした欠点を改善するために、設計チームは考えを巡らせると同時に、その生産時期を先伸ばしにしてきた。一九四二年にはすでにプロトタイプの試験飛行をはじめていた雷電であったが、一九四四年の二月になってようやく正式に戦場に出されることになったのだった。しかし、このほんの二年ばかりの間に、太平洋戦争の戦況はすでに逆転されてしまっていたわけだ。

アメリカ軍は、雷電を「ジャック」のコードネームで呼んだ。ジャックは四〇〇機あまりが生産されただけで、戦局に決定的な影響を与えることはできなかったが、戦後アメリカ軍が日本の戦闘機を徹底的に研究した結果、雷電は非常に優秀な機体であることが証明された。ハイオクガソリンを一二〇ほど使って試験飛行したアメリカ軍は、雷電の高馬力の性能を十分に引き出すことに成功したが、当時すでに国力の枯れはじめていた日本では、こうしたハイオクガソリンを使用することができなかったのだ。そのために、雷電は空中戦において本来もっていたその戦闘力を十分に発揮できないままに終わってしまった。そして、第二次世界大戦中に雷電が駐屯して試験飛行をしていた場所こそが、ここ大和の厚木飛工場なのだ。

戦後の日本は平和憲法の制限を受けていたために、堀越は二度と新たな戦闘機開発に携わることはなかった。彼はまず新三菱重工業の技術部の次長、一九六一年には名古屋航空機製作所で顧問を、翌一九六二年からは日本航空学会で会長職を務めてから、一九八二年に逝去した。

堀越に導かれ、第二次世界大戦で突然の進化を遂げた日本軍の戦闘機には、今でも様々な伝説が伝えられている。たとえば、名古屋の工廠で生産された零戦は、牛車で四八キロも離れた岐阜県各務原（かかみがはら）の飛行場まで引っ張っていかれたそうだ。ゆったりと進む牛車はぬかるんだ道でも前進を続け、しかもその速度や揺れ具合いなども比較的容易に予測できたので、飛行機の損傷も抑えられたという。ただし、欠点としてはあまりに時間がかかることで、一往復するのに少なくとも二十四時間もかかってしまった。牛車での輸送には当然大量の牛が必要とされた。交替して牛を使用し、彼らの疲労を取ってやるために、当時輸送を担当していた役人は、牛たちにビールを飲ませることまで建議したと言われている。

窓辺に座ったぼくは、毎夜静かに名古屋市内を通り過ぎていく数千頭の牛車隊を想像した。それぞれの荷台を数頭の牛が手綱で引き、荷台には防水布が掛けられてきつく縛られ、一見すると巨大な普通の貨物に見えたが、実際にその下にはあったのは、当時世界最先端で飛行速度の最も速い戦闘機だった。晴れようが雨が降ろうが牛車は静かにゆっくりと前進を続け、零戦を戦場へと運んでいった。休憩時間、輜重兵（しちょう）たちはビールの入った桶をもって、それを牛たちの鼻先までもっていった。牛は背中を弓なりに曲げると、真っ赤な舌を伸ばしてごくごくとビールを飲み、その泡が口元から零れ落ちていった。酩酊状態となった牛たちは、ある種の困惑と憂鬱のなかで幸せをたたえたまなざしを浮かべていた。

これもまた戦争の一部なのだ。

兵器とは、戦争において最も確かなものであって、兵器と死傷者数はいわゆる歴史において記憶され、暗記されるべき一つの数字へと変わっていく。戦争は兵士や英霊、売国奴を作り出すだけで、そこには人間がいない。成人も少年も女性も妊婦も、同情的な者も思考する者も安眠する者も生み出すことはない。ぼくが今こうしてこの小さな部屋に座って本を読みながら考え、空が明けるのを待つことができるのは、それが一時的にであれ、今自分の身近に戦争が存在していないからだ。もしも戦争がはじまれば、ぼくもまた勇敢に敵を殺して（さもないと仲間に殺されてしまうはずだ）、あるいは鼻を叩き折られ、頬骨を砕かれ、陰嚢は汚れたパンツのせいで感染症を起こし、ひじは擦り傷だらけで膿んで蛆（うじ）がたかり、犬っころのようにキャンキャンと泣き叫んでは、眠るときに一番痛くない姿勢を見つけることだけしか考えられなくなるのだろう。あるいは、ぼくは敵に降伏するかもしれないし、そのまま英霊になってしまうかもしれない。自殺する可能性だってある。目的なく自殺するとすれば、一人きりになるチャンスが必要だった。しかし、一旦自殺に戦争的な意味合いや目的が含まれてしまえば、それもまた戦争遂行の手段となってしまうはずだった。ぼくは大戦末期に日本軍が採用した「神風」や「回天」（人間が操作する自殺魚雷の一種）を使った戦術を思い出した。ああした自殺行為もまた、戦争の一部なのだ。

何が言いたいかというと、戦争が起こっている間、戦争から逃れられるものは何もないということだ。たとえそれが牛であっても、例外はない。

ぼくは混乱した頭で、目的もなく想像を広げていった。実際に戦争を経験したことがないために、本に書かれた文字や写真から想像された戦争は奇妙に偏っていて、まったくリアルでもなかった。それは、幼いころに近所の子供たちと遊んだ戦争ゲームにも似ていた。ただ戦争に関する様々な描写を読み、それについて深く想像を膨らませていると、少なくとも学生時代に歴史の教科書で学んだ戦争は、絶対に戦争の歴史ではなかったのだということがわかった。どの政党、あるいはどの学者が作った歴史教科書かにかかわらず、それらはどれも本当の戦争からはほど遠かった。

ぼくが知りたいのは、研究開発のプロセスで肋膜炎に苦しんでいた堀越がいったいどんな気持ちで、自分の手で作り上げた戦闘機が、世界をリードするほどの強さから敵機への反撃不能なレベルにまで落ち、縦横無尽に空を飛び回っていた零戦が自殺攻撃しかできなくなったのを眺めていたのかということだ。例の戦争史家の考えは間違っている。仮に堀越がいなくても、きっと別の人間が現れていたに違いない。戦争とは誰か一人がいなくなったからといって、消えてなくなってしまうというものではないのだ。

ぼくは頭を支えながら本を読んでいたが、疲れを感じてきたころにはすでに夜が明けていた。窓辺には青白いカタツムリが一匹いて、露で褐色に湿った木造の窓格子の縁をのぼっていた。カタツムリの進んだ場所には粘々した跡が残り、細く小さな触覚を持ち上げていた。左右にその目を動かすカタツムリは、まるで何かに注目しているかのようだった。服を着替えて部屋を出ようとした際、ランニングシューズを履いて運動に出かけようとしていた浅野さんと出くわした。穏やかなえくぼをたたえた浅野さんと挨拶を交わした後、ぼくは歩いて野鳥の森へと向かっていった。

# 31

少年たちはお喋りし、笑いながら帰路についていた。森は彼らにとってすっかり馴染み深い場所になっていた。あの木、その道、この鳥のあの鳴き声、それから遠方から訪れるほの暗さは、どれも家族と同じくらい親しいものになっていた。ぬかるんだ道は、何か別の生き物の皮膚を踏みつけているように柔らかかった。黄昏時に鳴く虫たちの声は洪水のようで、チーチーカチャカチャといった音が四方八方から溢れていた。様々な植物の匂いが一層、また一層と折り重なるようにして交わり合い、すっかり雨水に浸されたそれは踏みしめれば声を漏らしそうになるほどだった。少年たちはやがてこうした匂いにも慣れていった。

遠い宿舎の灯りを見つけたちょうどその瞬間、突然小さな爆発音が聞こえた。しばらくすると、まるで化け物のような警報音が響いた。暗闇のなかで狼狽した視線を交わし合った少年たちは、すぐさまその場から駆け出したが、その音はすぐ近くまで迫ってきていた。落ち葉が敷き詰められた柔らかな地面の上に倒れこむと、その身体は濡れた落ち葉ですっかり湿り、窒息するような寒さを感じた。地面に近い場所で嗅ぐ匂いは、立っているときとはまったく違っていた。それは空気よりも少しだけ温かく、悲しくて不安な暖かさがあった。地面に伏せている少年たちは、周囲から鬱々とした声が響いてくるのを耳にした。濡れた落ち葉のなかで一つまた一つと気泡が浮かび、暗闇に沈む水は遠方の光を反射して、光は生命をもっているようにその身を蠢(うごめ)かしていた。次の瞬間、地面に伏せていた少年たちは激しい爆発音が起こるのを聞いた。目的もわからない、焼け焦げた機関銃の発砲音が連続して鳴り響いた。再び慌てて顔を落ち葉のなかに埋めた少年たちは、これまで経験したことのないような匂いを吸い込んだ。

ずいぶんと経ってから、我々は一人の少年の影が立ち上がるのを目にした。彼は周囲を眺めたが、あまりにも暗すぎたために、先ほど自分の周りに伏せていた仲間たちを誰一人見つけることができず、自分に一番近い場所にいた少年の指が赤ん坊のように蠢めいていることにも気づかなかった。

彼は一通り仲間の名を叫んだ後、ぼんやりとした頭で火の手があがっている方向に向かって歩き出した。暗闇のなかの小さな炎が徐々に大きくなっていくのを見た彼は、こらえきれずに泣き出してしまった。幾ばくもしないうちに、その泣き声は周りから湧き上がってくる奇妙な声のなかへと溶け込み、夜風に吹き消されてしまった。

## 32

目が覚めたとき、ぼくは病院の緊急治療室にいた。白鳥先生と約束した時間はとっくに過ぎてしまっていた。しばらくすると、看護師が様子を見にやって来て、血圧と体温を測ると、傷口の様子を確認した。看護師はぼくに怪我の状況を説明しようとしているようだった。ぼくはその透き通るように白い肌を眺めていたが、彼女が何を言っているのかまったくわからなかった。そして、なぜかこんな奇妙な質問を口にしていた。「ぼくの歯は抜けてしまったんでしょうか?」

医師と中国語がわかる看護師が病床にやって来たころには、頭はずいぶんとはっきりしていて、意識を失う前に自分が野鳥の森にいたことも思い出していた。通訳をしてくれた看護師はぼくと同じ陳(チェン)姓で、彼女はごくごく簡潔に、日本に留学した後結婚し、この国に留まって仕事をしているのだと言った。

陳さんは医者の言葉をぼくに通訳してくれた。「こちらは、緊急治療室の熊本先生。先生によれば、長さ三寸幅一寸ほどの頭皮が何らかの原因でめくれてしまっていて、そのせいでずいぶん血が流れてしまったそうです。それから、後頭部にも殴られたような跡があって、きっとそれがあなたが倒れてしまった原因じゃないかと思われます。めくれあがった頭皮ですが、すでに縫合して止血しておきましたので、生命に別状はないはずです。ただ、今後髪が生えてこない部分ができる可能性はあります。あと一つだけ奇妙なことがあって、その傷口がどうも火傷の跡のようで、しかもすでに真皮に変わっている古い傷なんです。いったい何が起きたのか覚えていますか? どうしてあなたの頭にはこんな傷があるんでしょうか?」

「わかりません」。ぼくの覚えている最後の記憶は、黒いアゲハチョウが交尾をしている写真を撮ろうと、沼地となったあの水路を跳び越えようとしたときまでだった。

「では、倒れる前にどこにいたのか覚えていますか？」通訳を使って話しているために、陳さんはぼくと熊本医師との間を行き来せざるを得ず、会話にはある種のタイムラグが生まれていた。

「ええ。野鳥の森にいました」

「では、間違いありません。野鳥の森でバードウォッチングをしていた人が、あなたを発見したのです。これなら、記憶喪失の心配はないでしょう。あなたは野鳥の森で誰かに襲われたのですか？」

熊本先生が言った。

「いいえ。確かぼく一人だったはずです。ちょうど交尾中の蝶を撮影していたんですが。そうだ、ぼくのカメラは？」陳さんがカウンターに戻っていって、カメラを返してくれた。

ぼくはカメラのファイルを確認した。小川を跳び越えたときに転んだわけではないようだった。なぜなら、カメラに映っていた最後の一枚は確かに蝶の写真だったからだ。小川の向こう側にとまっているその巨大なアゲハチョウは、真っ黒な羽をしていた。しかしよく見てみればその羽は完全な漆黒ではなく、黒い羽の上には異常なほどに細やかな緑や赤の鱗粉が散らばっていて、まるで星空のように見えた。上下に重なる二匹の蝶はバランスを取っているのか、それとも他の理由からそうしているのか、ゆっくりとその羽を動かしていた。あるいは、この写真を撮った後、再び小川を跳び越えようとして転んでしまったのかもしれない。しかし、ぼく自身にはまったく転んだ記憶がなく、記憶はカメラのシャッターを切ったところまでしか残っていなかった。

「部分的に記憶を失うことはよくあることなので、心配しなくても大丈夫です」。陳さんはそう言うと、ぼくに背を向けて熊本先生と何やら話しはじめた。彼女の日本語はとても流暢で、他の日本人女性たちと同じようにその語尾には優しい響きがあった。言語とはまったく奇妙なもので、ある場所で暮らすことでその人間の顔形さえ変えてしまうことがある。路上で出会っていれば、きっと彼女が台湾人だということにもしばらく気づかなかったかもしれない。

自分で点滴スタンドを押しながらトイレの鏡の前まで歩いていくと、ぼさぼさの髪の毛を気にかける必要なく、額と頭のてっぺんの間についた血の跡を見ることができた。というのも、髪の毛はすべてきれいさっぱりと剃り落とされてしまっていたからだ。右耳のそばにある血の跡はまだ拭き取られておらず、自分の頭皮を軽く引っ張られたように皮膚が強張るのを感じた。熊本先生の診断結果を聞いたせいか、何だか傷口から焦げ臭い匂いがしている気がした。傷口を触ってみたが、痛みはそれほどでもなかった。おそらく麻酔がまだ引いていないか、点滴に痛み止めか何かが入っているせいだろう。はるばる日本までやって来て、すっ転んで（あるいはぶん殴られて）頭を怪我するなんて、ツイてないにも程があった。

腕時計を見ると、夜の九時五十分を指していた。便器に向かおうと、片手でチャックを開けようとしていたとき、ふと何かがおかしいと思った。ぼくは再び腕時計を覗き込んだ。夜九時五十分。九時五十分だって？　九時五十分？　この時間帯にはとっくに睡魔がやって来ているはずだった。白鳥先生のことを思い出したぼくは、待ちぼうけをくらわしてしまったことをひどく申し訳なく思い、公衆電話を見つけて宗（ゾン）先生から渡された番号を押した。電話をとったのは、白鳥先生本人だった。

「陳と申します。本日そちらに診断にうかがう予定でしたが、色々とアクシデントがありまして、うかがうことができませんでした。大変申し訳ありません」

受話器の向こう側からは、ひどく魅惑的な声が響いてきた。「そうでしたか。大丈夫ですよ。ケビンが紹介した方ですね。ではこうしましょうか？　明日は休診日なんですが、ちょうど午前中に一時間ほどの空き時間があるんです。その時間、診療所に来られますか？」白鳥先生の英語には日本語独特のアクセントがなく、浪に磨かれて丸くなった石のように確固としたなかにも相手を導くような雰囲気があって、聞いている者の心をひどく落ち着かせた。

「ありがとうございます。では、明日の朝八時におうかがいします」

電話を切ったぼくはナースコールを押して、陳さんに退院する意志を伝えた。止めても無駄だと知ると、彼女は熊本先生にそのことを伝えた。当然、熊本先生はぼくの退院に同意しなかった。病院に残って、二、三日頭部に他の損傷がないかを観察する必要があると考えていたからだ。だが、ぼくも譲らなかった。日本の医療費が驚くほど高いことを知っていたし、それにすでに白鳥先生と診断の約束してしまったからだった。白鳥先生には怪我について伝えてはいなかったが、二度も相手をすっぽかすわけにはいかなかった。しかし、熊本先生に白鳥先生のことを言いたくはなかったので、ただ今晩のうちに退院したいという強い意志だけを伝えた。やるせない表情を浮かべた熊本先生は、結局退院を許可するしかなく、自己責任で退院する旨を書いた同意書にサインを書くことを求めてきた。陳さんは明日必ずもう一度来院して薬を受け取りに来るように、何か異常があればすぐに病院に来るようにと念を押してきた。

民宿に戻ると、突然頭に包帯を巻いて帰って来たぼくを見て、浅野夫婦はとても日本的な態度で気遣ってくれた。ぼくは適当にお茶を濁し、野鳥の森で転んでしまっただけで、たいしたことはないのだと答えた。相手への気遣いとは奇妙なもので、普通相手が口を開いた瞬間にそれが儀礼的なものかどうかを知ることができ、そのことは隠そうとしても隠しきれるものではなかった。しかし、ここでのぼくはもともと一人の旅行客に過ぎず、この土地では知り合い一人いない身だった。そんなぼくを誰が本気で気遣ったりするだろうか？

麻酔が徐々に切れてきたせいか、布団に横になったころから頭が疼きはじめた。それはこれまで経験したことのないような痛みで、まるで脳みその地盤が陥没し、疑わしく不可解な深い穴のなかへと落ちていくような感じだった。ふと頭がい骨を砕いて、そのなかにいったい何が詰まっているのかを見てやりたい衝動にかられたが、頭がい骨の下にある大脳は、人類の前頭骨とは身体のなかで最も硬い部分の一つであって、それを砕くのは難しいだろうとぼくに告げていた。

そこで、ぼくは鎮痛剤と鎮静剤を飲むことにした。深夜十二時に近づいたころ、眠気が霧のように徐々に痛みを覆っていくのがわかった。規定の時間外に訪れたこの眠気は、自分がすでにあの暗い眠りの穴から抜け出し、別の場所へとやってきたのだということを静かに気づかせてくれた。

# 33

実際に顔を合わせるまではひどく緊張していたが、白鳥先生の家の庭はそんなぼくの警戒心をきれいに解きほぐしてくれた。およそ三〇〇坪もある庭園は、日本式の枯山水でも西洋式の天邪鬼(あまのじゃく)にわざとらしく剪定した芝生でもなく、丁寧に差配して作り出された野生の花園といった感じだった。何本かのクヌギの高木を主景に、木々にはツルとワラビがからまっていて、石段へ向かう石畳以外はそのほとんどを植物が自由に伸びるに任せていた。庭の左手には池があって、そこには緑色をした藻といくつかの水性植物か浮かんでいた（ぼくはふと砂つぶのことを思い出した）。その瞬間、緑色をした鳥が一羽ぼくの眼の前を横切った。その鳥の瞳を見て、今度はなぜかアリスを思い出した。

一目見て、ぼくは白鳥先生が相手に緊張感を与えないタイプの年長者であることがわかった。真っ白な髪の毛と太い眉毛は威厳があったが、眉毛の下にあるその目はとても親しみやすかった。相談室にあるソファにしても、宗先生の診療所にあるものとはだいぶん違っていて、ひじ掛けのない丸い白椅子は、腰を下ろすと温かな空気に包み込まれているような感じがした。壁にもぼくの注意を散らすような絵画はかけられていなかった。白鳥先生は、おそらくすでにぼくの状況を知っているはずだった。なぜなら、以前宗先生にぼくのカルテを白鳥先生に渡してもいいかと意見を求められたことがあって、かまわないと答えたからだ。しかし、白鳥先生はまるで何か確認するように、彼がすでに知っていることを一つ一つ尋ねてきた。

「実を言えば、しばらく前から夢を見るようになっているんです。日本に来る一週間ほど前からです」。昨日のように見知らぬ土地であした事故に遭ってしまった孤独感が原因だったのかもしれない。ぼくは自分がひどく弱々しくなっていることに気づいていた。白鳥先生には正直に、宗先生には隠していた夢についても話した。まるで夢を見た子供が翌朝その内容を父親に告げるように、ぼくはここ最近見た夢について、ぼく自身鬱陶しいと思えるほど細かく語った。すべて語り終わると、立ち上がって今すぐにでも一〇〇メートル走を走り切れるくらいに身体が軽くなったような気がした。テーブルに置かれたハーブティーを口にすると、お茶がすでに冷めてしまっていることに気づいた。そして、これが一時間限定の診断であったことを思い出したのだった。「一時間はもう過ぎましたか？」

「いえ、すでに二時間が過ぎてます」。白鳥先生は微笑を浮かべて言った。「話の腰を折りたくなかったもので。私自身もあなたの見た夢についてもっと聞いてみたかったのです。あまりにも興味深かったものですから」

ぼくは白鳥先生のその口ぶりが果たして礼儀上のものか、それとも職業的なものか疑った。

「あなたの抱える問題は、おそらく一時間の相談で解決するものではありません。だからあなたとお話をして、私自身もまたあなたの夢のもつ雰囲気に浸かる必要があったのです。突然こんなことを言うのは失礼にあたるかもしれないので、招待のようなものとして受け取ってもらいたいのですが、今日ちょうど息子を連れて多摩動物公園に出かける予定だったので、もしよければご一緒にいかがですか？」

ぼくは白鳥先生とその息子の寺くんと一緒に、ＲＶ車の後部座席に座っていた。車を運転したのは、白鳥先生の若い奥さんだった。白鳥先生と奥さんの年齢はずいぶん離れていた。七十近い白鳥先生と、実年齢ははっきりとはわからないものの、寺くんの年齢から察するに、奥さんは三十過ぎくらいに思われた。しかし、はっきりしたことはわからなかった。美女の年齢はそもそも確認するのが難しく、白鳥先生の奥さんは、二十歳すぎのモダンダンサーのようなほっそりした身体つきをしていた。医師の守秘義務のためか、白鳥先生は奥さんと寺くんの前では夢のことについては話さず、世間話をするようにぼくの頭の傷について触れ、日本に対する印象などを尋ねてきた。ぼくは日本には一度だけ来たことがあって、そのときには京都と奈良を観光し、京都という都市に強く惹きつけられたこと、そして京都に暮らしている人たちがいわゆる現代的な都市生活の一部を捨ててでもその暮らしぶりを維持していることなどについて話した。ぼくはこうした浅い見解を披露する自分を恥ずかしく思いながら、白鳥先生の返事を待つことにした。

「戦時中、日本を空襲するアメリカ軍は当地の建築物を燃やさないように、特別に京都を空襲予定地から外していたらしいですよ」。白鳥先生が言った。

「そうなんですか?」

「しかし、神奈川と東京に限ってはそうした幸運はありませんでした。今窓の外に見えている場所は、戦後は一面焼け野原だったのです」。なぜだかぼくはふと「人類の文化を保存する」といった行為が、ひどく偽善に満ちたものであるように思えた。ならば、文化のない人々が作った建築物ならば壊されてしかるべきなのだろうか? あるいはそれは歴史的欺瞞であるだけかもしれない。一番大きな理由は何といっても、当時の京都は重工業を中心とした軍事都市ではなかったせいだ。車窓を眺めると、車はすでに東京圏内に入っていた。現代化された大都市の街道を見ていると、かつてこの場所が大空襲を受けた土地であるとは思えなかった。

「そう言えば、転んだ記憶はないと言っていましたが、頭の怪我について何か思い当たるふしはありますか?」白鳥先生が言った。

「わかりません」

「実は、私にはある仮説があるのです。『睡眠暴力』といった言葉を聞いたことがありますか?」

「いえ、どういった意味でしょうか?」

「いわゆる『睡眠暴力』というのは、眠っている間に起こる無意識的な行為を指します。こうした行為はときに他人や自分を傷つけてしまうことがあります。運がよければちょっとした怪我ですみますが、骨折や内腔破損による出血状態などといった重症にまで発展した症状も多々あって、死に至ったケースもあります。以前事件の現場写真を見たことがあったのですが、まるで殺人現場か戦場のように悲惨でした。一般的には、神経や精神に疾患がある人が比較的容易にこの睡眠暴力を発症しやすいのですが、もちろんこういった問題がなくても発症する可能性はあります。いわゆる神経疾患には、脳血管の病気の他にも脳腫瘍、脳圧の上昇、毒性及び代謝性の脳症、中枢神経の感染症、脳損傷、癲癇症など、これらはすべて神経疾患に含まれています。こうした病名についてあまり詳しくはないと思いますが、簡単に言ってしまえば、どれも神経システムの異常によって引き起こされる症状で、患者の大半は偏頭痛持ちの方が多いです。精神疾患については、多重人格障害、解離性健忘やトラウマによるストレスなどが含まれています。神経疾患をもった患者さんの睡眠問題は非常に多様で、比較的よく見られるのが、夢遊病や夜驚症、それに錯乱性覚醒といった状況で、我々は彼らを『覚醒障害』と呼んでいます。彼らはしばしば熟睡中に目覚めますが、完全に目覚めているわけではなく、覚醒と睡眠の中間で奇妙な動作や行動をとるのですが、翌日目が覚めるとほとんどそのことを覚えていないのです」

「もう一つは老齢に達してから発生するもので、『レム睡眠行動障害』と呼ばれています。その症状はさらに複雑で、夢のなかで起こった出来事がそのまま現実へとリンクしてしまい、しかも多くの場合、暴力と関係があるのです。アメリカでは夢のなかで自分の配偶者を刺殺したり、子供を窓から突き落として死に至らしめてしまったといった惨劇まであります。自傷行為をする者もいますが、その方法があまりに異常であるために、誰かに殺害されてしまったのではないかと思われるケースもあるほどです。研究者たちが睡眠障害の病理史を詳しく追っていった結果、ようやくそれがレム睡眠と関係があることが判明したのです。他にも『居眠り病（ナルコレプシー）』と呼ばれるものがあって、眠っているときにおかしな行動をしてしまうものがあります。たとえば、ある女の子がお店で何かを買った夢を見ました。女の子は商品を手にとったのですが、会計をすまさずに店を離れました。結果、店側は女の子を泥棒だと言って通報したのです。あと『入眠時幻覚』と呼ばれるものも変わっていて、眠りについてすぐに幻覚を見るのです。しかも、患者はそれを現実だと信じるために、夢の記憶を実際に起こった出来事として認識してしまうのです。いわば夢と現実、あるいは現実と夢をごちゃ混ぜにしてしまうわけです」。白鳥先生が話す説明を完全に理解できたわけではなかったが、それでも白鳥先生は根気強く、すべての病名をぼくのノートに書いて詳しい注釈を加えてくれた。

「夢と現実をごちゃ混ぜにしてしまう。つまり、ぼくの頭の傷は睡眠暴力によって作られたものだと？」

「わかりません。あらゆる人間の心のなかには善良な者がいるが、法治の外にあって、荒々しい獣性が隠れている。それは眠っているときに、突如として顔を出すのだ」

「詩か何かですか？」

「詩と言えなくもないですが、これはプラトンの言葉です。話を戻しますが、夢の本質とはそもそも詩なのですよ」。夢の本質とは詩なのです。白鳥先生はただの睡眠の専門家などではなく、先生自身にも夢と同じように何かはっきりとはつかめない本質があった。その言葉は、宗先生が使うような正確さを強調するものとはまったく違っていた。

車外に目をやると、陽の光が明るかった。多摩動物公園は想像していたものとはずいぶん違っていた。そこにはあまり開発されていない原生林が一面に広がっていて、人工の植物や美しい花を植えたようなタイプの動物園ではなかった。白鳥先生によると、多摩地区はもともと東京のなかでも自然の生態環境が比較的保存されている場所なのだそうだ。多摩動物公園のある地域では、植物を自由に成長させる方式を採っているらしく、今でも植物の研究グループなどが観察に来る重要な観察エリアであるそうだが、白鳥先生の奥さんがまさにその研究グループの一員だった。ぼくは再び砂つぶを思い出した。彼の水草事業は、果たして成功したのだろうか？

それにしても、多摩動物公園はずいぶんユーモアに満ちた動物園だった。たとえば園内にはライオンバスと呼ばれるものが走っていて、来園者はカラフルなシマウマのバスに乗って、ライオンのいるエリアへ入っていった。ライオンたちはひどく気ままな様子で、観覧席や道の上に寝そべってものを食べたり休息したりしていた。しかしバスが停車すると、面倒くさげに横になっていたライオンたちが立ち上がって、バスのガラス窓をうまそうに舐め出し、乗客たちは驚きの声をあげた。白鳥先生によると、動物園が窓に塩か何かを塗っているために、ライオンが窓を舐めるのだと言う。来園者たちはわざと顔をガラス窓につけて、ライオンに顔を舐められているように記念写真を撮っていた。寺くんも列に並んでその小さな顔を窓ガラスにくっつけて、ピースサインをしている姿を母親に撮ってもらっていた。ずいぶん快活な少年だったが、ぼくはもしこの瞬間にガラス窓が突然割れてしまったら、いったいどんなことになるだろうと想像していた。他にも、園内には世界一長いとされるスカイウォークなどもあった。園内のオランウータンは二つのエリアに分けられ、およそ四、五〇〇メートル離れていて、その間を四層建ての高さの荒縄で結んでいた。来園者たちが顔を上げれば、頭上で荒縄にぶら下がるオランウータンたちを眺めることができた。心理的なストレスが小さいせいか、ここにいるオランウータンたちの表情は、台北の木柵（ムーザァ）動物園にいるオランウータンたちよりも楽しげに見えた。

その日、動物園ではちょうど「演習」が行われていた。演習の内容は地震が発生してゾウが檻から抜け出してしまったと仮定し、動物園の緊急対策チームが逃げ出したゾウをどのようにして捕まえるかといったものだった。二人のスタッフが逃げ出したゾウを演じながら園内を逃げ回っていた。緊急対策チームのメンバーは網と木の棒をもって、檻から逃げ出したこの「大型動物」を捕まえようとしていたが、ゾウの大きさでは網や木の棒を使って捕まえることは難しく、そこで獣医が現れて吹き矢を使ってゾウに麻酔をかけ、ようやく任務は終了した。傍で見ていた寺くんはひどく緊張し、興奮しているようだった。その様子を見れば、この演習がもつドラマ性は十分効果があったようだ。

ぼくと白鳥先生はそれぞれ自動販売機で緑茶を一本ずつ買うと、木陰を見つけて腰を下ろした。白鳥先生の奥さんは寺くんを連れて、少し離れた場所にある昆虫館に向かった。ぼくたちが腰を下ろした場所は、アフリカのチンパンジーエリアから近く、チンパンジーたちの動きを目にすることができた。すぐ近くには高校生のカップルが肩を寄せ合っていた。男の子が女の子の髪を優しく撫でていたが、一見すればチンパンジーがお互いに毛づくろいしているようにも見えた。ぼくは普段から携帯しているスケッチブックに、無造作にチンパンジーを描きこんでいった。白鳥先生は興味深そうにぼくのスケッチブックを覗きこんだ。幼いころ、父親に連れられてサーカスを見に行ったことがあったんですが、そこでパフォーマンスをしていたのがチンパンジーだったように覚えています。ぼくは言った。

世界中にある動物園において、チンパンジーはそれほどめずらしい動物とは言えなかったが、観覧客たちの多くは人間の動作をアレンジしたその滑稽な動きを見るために、好んで彼らの前で足を止めた。その両腕は人間よりも長く、発達した毛髪と異なる構造をした踝（くるぶし）と骨盤を持っていたが、ある点では人類と非常によく似ていた。チンパンジーの顔の輪郭はアジア人とはあまり似ていなかったが、その表情には人類の感情表現と非常に似通ったところがあった。日本や台湾だけにとどまらず、おそらく世界中のチンパンジーを閉じ込めている柵の前に立つ人間が最も多く口にする言葉は、「まるで人間みたい」に違いなかった。チンパンジーのまなざしはひどくシンプルで、憂いと疑いに満ちていた。チンパンジーの子供のまなざしは人間の子供のそれに似ていたし、大人のチンパンジーのまなざしは大人の人間のそれに似ていて、年老いたチンパンジーのまなざしは年老いた人間のそれに似ていた。また、メスのチンパンジーが赤子を抱く動作とまなざしは、人々に人類の最も高尚な姿、哺乳の様子を否が応でも思い起こさせた。多摩動物公園はチンパンジーたちのために、運動公園にある野外訓練所のような設備をいくつも建てていた。スチールの支えには彼らがよじ登るための荒縄とワイヤーが架けられ、チンパンジーたちはその設備を使って楽しそうに遊んでいた。

白鳥先生は、親友である小倉博士がここ多摩動物公園でチンパンジーの研究をしているのだと言った。チンパンジーの知能は非常に高く、白鳥先生は一匹のメスのチンパンジーを指さして、あのメスはジプシーと言って、もう四十歳になるメスなのだと言った。ここの従業員が床を磨いたり、壁をこすったりする動きをまねるのだそうだ。人間に飼育されながらもその野生の状態を維持しつつ、チンパンジーの知能を測るために、小倉博士とその研究チームは頭を使ってエサを獲得する環境をいくつも作り出した。たとえば、チンパンジーに石臼とステンレス製の棒で作った器具を与え、彼らにそれらを使って栗のような硬い殻をもった食べ物を食べさせてみるなどしたらしい。研究チームはこの道具を「石器」と名づけた。園内には缶ジュースの自動販売機が置かれてあって、チンパンジーは管理員の手から十円硬貨をもらい、それを販売機に投入して缶ジュースを手に入れていた。他にも「UFOキャッチャー」と呼ばれる道具があって、それは上下二層、透明のアクリル製でできた大型のドラムだった。上部に丸い穴が空いていて、そこからたくさんの食べ物が放り込まれたが、横に空いている丸い穴から長い棒を入れて食べものを掻き出せば食べ物を穴の下に落とすことができ、同じ動作を繰り返せばいくらでも食べ物を手に入れることができた。その動作は決して単純なものではなかった。観察能力にバランス感覚、運動神経などが上手く結びついていなければならず、高い集中力も必要だった。食べ物を手に入れようとするチンパンジーのまなざしは、集中してあめ玉の入った缶を開けようとする人間の子供か、あるいは繊細な工匠のようだった。

「人間と似ているでしょう?」

「そうですね。ですが、そういった考え方はちょっと危険じゃないでしょうか? 以前ぼくは報道関係の仕事をしていたのですが、人間とチンパンジーのDNAは九八%まで同じだと聞きました。しかし、何と言ってもチンパンジーは動物です。成年チンパンジーの力はピーク時のアスリートの四倍をはるかに超えると聞いたことがありますが、間違っていますか?」

「いいえ、間違っていません。しかし、あなたの言っているのは生理的な違いです。私が言っているのは、社会的行為と一般的な活動がチンパンジーと人間とでは非常に似ているということなのです。道具を使うこと以外にも、チンパンジーは同一集団で集まって、戦争を起こすことさえあるのです。彼らの喜怒哀楽がその表情に引き起こす筋肉の作用は、人間のそれとほとんど変わらないのです」

何かを考えるようにしばらく沈黙していた白鳥先生ではあったが、やがて話を続けた。「知っていますか? 一九四五年の春、上野動物園にB-29の搭乗員が展示されていた過去を?」

ぼくは身ぶるいをして、白鳥先生を見つめた。そして、「展示」という言葉がもつ意味について考えた。「展示というのは、パンダのようにガラスの向こう側、あるいはトラを鉄の檻に閉じ込めるように閉じ込めるという意味でしょうか? それとも多摩動物公園のような開放エリア内に留め置かれたということでしょうか？」「閉じ込める」といった言葉には、実際には大きな幅があった。もしもそれがガラスの部屋なら、閉じ込められたパイロットは彼を観ている者たちと話すことはできず、せいぜいジェスチャーくらいしかできないが、鉄柵のなかに閉じ込められていたとすれば、観覧者の耳にその声を響かせることはできただろうし、言葉を使って彼らを罵ることもできたかもしれない。もしもそれが開放エリアだったとすれば……しかしいったいどうすれば、人間を展示する開放エリアなど作ることができるのだろうか？

「トラを閉じ込めておくあの鉄柵に閉じ込めていたんです。あのころ、私は母親に連れられて、そのパイロットを見に行きました」。白鳥先生が言った。「あの当時、私はまだ幼かったのですが、はっきりと覚えています。一九四五年一月二十七日、B-29の編隊が東京に未曾有の大空襲を敢行してきました。その日、天候はよくもなければ悪くもなく、小雨が降っていました。第二〇空軍の主要な目的は中島飛行機製作所で、そこで「放浪する少年（ローバー・ボーイズ・エクスプレス）」というB-29が、皇軍の戦闘機屠龍（とりゅう）と遭遇したのです。屠龍は二〇門の機関砲でB-29の機首の天蓋を一部吹き飛ばし、続いて機体本体を攻撃しました。しばらくすると、エンジン機能は失われ、機体はコントロール不能になっていきました。同機でナビゲーターを務めていたレイモンド・〝ハップ〟・ハロランは、落下傘を使って飛び降りたために一命を取り留めましたが、日本軍の憲兵隊が現場に駆けつけるまでに日本の民衆に取り囲まれて私刑（リンチ）に遭いました。ハップは潜水艦のように狭い牢のなかに閉じ込められ、二か月にも及んだ求刑尋問中、日本軍は彼に薬や治療を与えることはありませんでした。後にハップが回顧したところによると、最も苦痛だったのは毎日変わることのない頑強な沈黙に向き合わなくてはならないことで、尋問以外ではこの間一言も他人の話す言葉を聞かなかったそうです。他にも、頭を扉に向けて眠らなければいけない規則があったそうですが、それは監視役の兵隊が眠っている彼の頭を突然叩いて、パニック状態にさせておくためでした。睡眠を奪われた彼の体重は、二一二ポンドから一二五ポンド（註：九六キロから五七キロ）にまで落ちてしまいました」

「その後もアメリカ軍による波状攻撃は続きました。知っていますか？　三月九日から十日にかけて、アメリカ軍ははじめて焼夷弾による無差別攻撃をはじめたことを？　アメリカ軍はM69焼夷弾を広域使用することを決めたのです。東京の建築物の多くは木造であったので大火災が発生し、八万人以上の東京都民がその犠牲になったそうです。これは後に広島で使われた原子爆弾による被害よりも大きな数です。私の家もそのときの空襲で焼けてしまいました。兄は母親の背中に負ぶわれて眠っている私が家から逃げ出そうとしているときに焼け落ちた柱が倒れかかってきて、そのまま炎に呑まれてしまいました。家が完全に焼け落ちてしまったので、私たちは神奈川にいた親戚のもとに身を寄せるしかありませんでした。一見しただけではわかりませんが、人々の皇軍への信頼は揺らぎはじめていました。皇軍が発表していたように、わが軍の戦闘機がB‐29を何度も撃墜していたのなら、なぜ彼らはこうも易々と東京の上空に侵入することができたのでしょうか？　そこで軍部は一般国民が戦況への疑問を持ち、またB‐29へ過度の恐怖を抱かないように、次のような決定をしました」

「B‐29の搭乗員は普通の人間であって、超人的な存在ではない。籠のなかに閉じ込めればやつらも恐れおののき、物乞いもすれば許しも乞い、人間としての尊厳を失うはずだ。大方こういった考え方だったのでしょう。ハップは上野動物園の籠のなかに閉じ込められ、その両手は鉄の檻にくくりつけられ、列をなして行き過ぎる東京都民たちによって参観されたのです。ずいぶん後にインタビューを受けたハップによれば、当時民衆が自分を参観している際にこらえきれずに思わず泣き出してしまったそうです。毎日南京虫とノミに邪魔されて眠れなかったハップは、自分は死ぬまでこの場所で展示され続けられるのかもしれないと思ったそうですが、隣の籠にいるハゲタカに見つめられていた彼は、逆に生きていく闘志が湧いてきたのだそうです。その間彼はお祈りを欠かしたことがなく、毎日神さまに向かって、いつかこの籠から抜け出せる日が来るようにと願っていたのです」

「四月初旬、彼の祈りは叶いました。ハップはB-29の搭乗員たちが集められた大森捕虜収容所に身柄を移され、ここで彼は「放浪する少年（ローバー・ボーイズ・エクスプレス）」の四名の搭乗員たちに加え、同じく日本軍に撃墜されたブラック・シープ中隊の伝説的人物であるグレゴリー・パピー・ボイントンとも出会い、刎頸（ふんけい）の交わりを結んだのです。ブラック・シープ中隊についてはご存じですか？ いえ、かまいません。それはまた別のお話ですので。捕虜たちは生き残るために、大森で動物が飼育されるような環境の下、戦局が変わるまで耐え続けました。こうした状況は、アメリカ軍が広島と長崎に原子爆弾を投下するまで続きました。アメリカへ帰国した後、ハップはウエスト・バージニアにある軍事病院で治療を受けました。長い長いカウンセリングと養生期間を経て、彼はようやく『自分は人間なのだ』といった気持ちを取り戻すことができたそうです」

「こうした考え方に同意しない方も多いでしょうが、結局のところ、人間もまた動物の一種なのです。特に身体の小さな日本人が、籠の隅で大きな身体の人間が小さく縮こまっているのを見たとき、そしてその相手が自分にとってすでに脅威ではないもののそれでもそれを恐れるような心理があるとき、それは一頭の猛獣を捕らえたときとそう変わりはしないのです。自然科学の研究家から見れば、人間が競争的な他者と向き合うときに採る手段は、他の動物とさして変わらないのですよ。いや、人間の強奪者はさらに精巧で複雑に、強く残忍な手段でもって弱々しい他者に対処することでしょう」

「そうした状況は、ぼくもおおよそ想像がつきます。近ごろ、第二次世界大戦に関する本を読んでいるのですが、当時の日本人はイギリス人やアメリカ人を『鬼畜米英』と呼んでいたそうですね。それ自体はめずらしいことではないと思います。中国人も外国人を『洋鬼子（ヤングイツ）』と呼んだりするので。台湾人もかつて原住民を『番仔（ファンナ）』と呼んでいました。先生はご存じないと思いますが、『番』という漢字は、もともと動物の足の裏を意味しているのです。こうした言い方は適切ではないかもしれませんが、ぼくが昔読んだ歴史の教科書では、中国の国力が非常に強大だった時代、彼らは高麗、突厥（とっけつ）、それに西方『蛮族』に対して、まったく温情をかけるということをしなかったそうです。白鳥先生、人間とは自分との類似性の度合いによって、人か獣かの線引きをするものなのではないでしょうか？」

「仰る通りだと思います。第一次世界大戦時、ドイツの兵士たちは他の種族の血が体内に入ることをきらい、その結果多くの兵士たちが無駄に命を落としました。また白人は、かつて血液バンクの血を黒人と分けるように要求したこともありました。ゲルマン人はユダヤ人を人間として認めず、アメリカ人はかつてネイティブ・アメリカンを野獣として射殺してきました。ある人種が別の人種を認識するということは、私たちがチンパンジーを認識しようとすることとさして変わらないのかもしれません。ときにこうした不理解は文化の違いから生まれるもので、たとえば戦争末期の日本軍は撤退を繰り返していたにもかかわらず、アメリカ人の予想を大いに裏切って投降を拒み続けました。それどころか、『玉砕』や『神風』、『散華』といった言葉を使い続けることで、国家のために戦死することを美化し続けたのです。アメリカ人は、こうした日本人の気持ちを理解できませんでした。当時のアメリカ人にとって、日本人はきっと宇宙人と同じような存在だったことでしょう」

「そう言えば、例のハップさんはその後どうなったんですか？」

「一九八〇何年かに、確かアメリカ大使の誘いで、日本へ戻ったはずです。彼は屠龍のパイロットで、『放浪する少年（ローバー・ボーイズ・エクスプレス）』を撃ち落とした樫出勇（かしいでいさむ）と、日本軍の零戦エースパイロット坂井三郎、そして当時彼に比較的よくしてくれた監視兵の小林金幸のもとを訪れました。広島、長崎、サイパンと数々の戦地を訪ね歩くなかで、ハップは戦争を体験したことのない日本の子供や少年たちの表情から、戦争がすでに遠く去ってゆき、人々が日常生活へと戻っていったことを実感したのでした。CBSニュースが数年前、第二次世界大戦終結五〇周年の記念番組を作成したことがありましたが、そこですでに老齢に達していたハップが、上野動物園で当時の状況を叙述しているシーンが映っていました。そのシーンではちょうど動物園を参観に来ていた学童たちが、大きな目を開いて彼のことを取り囲んでいました。キリンは何事かと首を伸ばし、ゾウは鼻を持ち上げ、上野動物園は一見優しく、美しい情景に見えました」

「しかし、そのことは私たちがここで目にしているチンパンジーたちが、世界の他の場所にある檻のなかで閉じ込められているチンパンジーたちよりも幸せそうに見えるのに似ていて、表面的な見解にすぎないのでしょう。知能が高い生物ほどその内面世界には他の生物には知り得ない部分があって、人類とチンパンジーの違いとは、おそらく人類の文化的進化が我々により複雑な愛と憎しみの能力をもたせることになったことくらいなのかもしれません。アメリカに戻ったハップは、当初健全なアメリカ人として人生をやり直そうとしたそうですが、なかなかうまくいかなかったそうです。彼は何とかして戦争の腐敗した過去から逃れようとしてきましたが、悪夢は四十年にわたってつきまとい、平均するとおよそ一週間に二度は悪夢を見たそうです。私はかつて実際に戦争を体験し、そこで生き残った日本人パイロットたちの診断をしたことがあるのですが、彼らもまた戦後様々な夢を見たそうです。一番多かったのは、飛行中に飛行機が突然停止してしまう夢でした。著名なある零戦パイロットの方はよくこの夢を見たそうです。夢のなかで彼には翼があって、野外を空に舞い上がれる速度で全力疾走すると、高度を保つために必死になって翼をばたつかせるのですが、しばらくすると前方に巨大な森が見えるらしいのです。夢のなかで彼は森を飛び越せないのではないかと心配になって、必死に翼をばたつかせるのですが、最終的には底の見えない谷底へと落ちて行ってしまうのだとか。四十年来、彼はいつもここで目が覚めるのだと言っていました。毎日谷底に落ちていくのは気持ちのいいことではないですし、それが十数年も続くとなればなおさらです」

「宗先生は、夢とはただ電子パルスに脳が反応しているだけだと言っていましたが」

「神経生理学の立場から言えば、それも間違いありません。あの子はずっとそう信じていますが、何しろ私は保守的な研究者ですので。神経システムの科学的研究はすべて、夢が実際のところ主観的な意識の源泉を経由している点を見過ごしているのです。夢を見ないということは、夢を『言い当てられる』ことがない状態であって、夢が言い当てられてしまえば夢と夢を見た人間の生活の間には関係性が生まれ、夢の叙述者はその夢を改変したことになるのです。私はシェイクスピアの次のような言葉を信じています。われらは夢と同じ物質でできている。完全に集団の潜在意識と自分の人生経験から逃れられる人間など存在しないように、そうした夢もまた存在しないのですよ」

「ではいったいどうすれば、繰り返される夢から逃れることができるのでしょうか？」

「いったい誰にそんなことを決められるでしょうか？　夢とはいわば神の領域なのです。そして医師と研究者とは、ただ神の通った跡を目撃するに過ぎないのですよ。実際のところ、人間とはいついかなる場所でも夢遊する生き物なのです。小さいころ、こんな言葉を聞いたことがありませんでしたか？　夢遊状態にある人間を決して起こしてはいけない。さもないとその人はより深い夢のなかに落ちていくから、ただ静かに辛抱強く待つしかないと。もちろん、ときに相手が目覚めるのを待つことができないこともありますが。戦争が終わってから、私の母親は一生兄が倒れてきた柱に圧し潰され、焼けた木炭のようになってしまったあの日の夢を見ながら生きてきました。私は夢の研究者で、十年近い時間をかけて母親と対話を重ねてきましたが、最後までその夢から引っ張り上げてやることができませんでした」。白鳥先生の言葉は徐々に低く沈んでいった。周囲はまるでアフリカの草原にいるように静かだった。ぼくは知恵に溢れたチンパンジーたちの目を眺めていた。ぼくたちは彼らが何を考えているかわからないし、彼らもまたぼくたちがなぜ自分たちを閉じ込めるほどに強い関心を向けているのかわからないはずだった。ぼくはあるドキュメンタリー映画で、ジェーン・グドールが言っていた言葉を思い出した。突然空に稲妻が走った際、とりわけ繊細なチンパンジーはその稲妻と滝の壮麗さによって深く心を揺さぶられるのではないでしょうか。

「白鳥先生、ぼくにとって戦争はあまりに遠く、よくわからないものです。ぼくは実際に戦争を経験したことのない人間なのです」。ぼくは白鳥先生の目を見つめながら言った。その目には、慈悲に近い理解が浮かんでいた。どうやって言葉によって自分が知りたいと思っている問題を伝えればいいのか考えていたが、あるいはそもそも問題など存在しないのかもしれなかった。

「近ごろよく考えるんです。自分の父親がどうやって自分の夢に向き合っていたのか。でも、想像できないんです。ぼくにとって戦争は本当に遠くて、ぼんやりとしているから」

# 34

白鳥先生と面会してから二日目、神奈川県にあるいくつかの観光スポットをざっとまわってみた。出発前、神奈川県に対するイメージは漠然としていて、ただこの場所が十九世紀にアメリカの艦隊によって、日本の「鎖国」が破られた重要なきっかけとなった場所であったことくらいしか知らなかった。ぼくは六、七十年の歴史をもつとされる江ノ島行きの電車にのった。第二次世界大戦から現在まで運営されている数少ない路線だそうだが、ぼくが乗った車両はずいぶんと新しく、おそらく新たにリノベーションされたものだったのだろう。そのプラットフォームは屋外式の作りとなっていて、非常に簡単明解な構造だった。線路沿いに並んでいるのはほとんどが背の低いアパートや平屋建ての家で、その景観は台湾北部にある支線列車から眺める風景に似ていた。駅に着いた後、観光スポットの大仏を素通りし、そのまま鎌倉文学館に足を運んだ。

文学館までには小石を敷き詰めた長い道が伸び、頭上ではケヤキやムクノキといった植物が緑の長い廊下を形作っていた。歩を進めればカサカサと音が響き、歩けば歩くほどそうした音に心癒された。文学館に入る際には靴を脱ぐ必要があって、玄関には文学館の簡単な概要が書かれてあった。概要には文学館が明治時代に前田家の別邸であったこと、関東大震災で倒壊して建て直されたこと、和洋折衷の建築スタイルを取り入れていることなどが書かれていた。第二次世界大戦後はデンマーク公使や佐藤栄作首相の住居として貸し出されたりしたが、後に前田家の子孫がこの場所を正式に政府へ寄贈し、現在の文学館が成立したのだった。窓の外を見れば、館の前の芝生は極端に刈り込まれ、石像の裸体の女性は少々バタ臭かったが、ずいぶんと年季が入っていた。灰色の彫刻に流れた雨が薄い灰色の跡をつくっていて、一見すると石像が涙を流しているように見えた。

鎌倉は多くの日本人作家たちが訪れ、暮らした街だった。ぼくが展示を見に来たとき、ちょうど文学館では鎌倉文学散歩のイベントが開催されていて、宣伝チラシには夏目漱石に大佛次郎、川端康成や国木田独歩らが住んでいた場所や、彼らがよく歩いていた場所などが記されていた。そして、三島由紀夫の『豊饒の海』の第一部である『春の雪』から、松枝侯爵の別荘を描いた次の段落が引用されていた。

青葉に包まれた迂路（うろ）を登りつくしたところに、別荘の大きな石組みの門があらわれる。（中略）先代が建てた茅葺（かやぶ）きの家は数年前に焼亡し、現侯爵はただちにそのあとへ和洋折衷の、十二の客室のある邸（やしき）を建て、テラスから南へひらく庭全体を西洋風の庭園に改めた。

三島はぼくが一番すきな作家ではなかったが、その瞬間、大学時代に彼の短篇小説「孔雀」を初めて読んだときの衝撃を思い出した。一度読んだだけだったが、孔雀が殺される際、金属の光沢をした濃紺色の首から流れる鮮やかな朱色の流血シーンは、ぼくの頭にこびりついて離れなかった。終戦後の三島は武士道へ傾倒してゆき、自身の肉体を鍛える一方で、「天皇信仰はヒューマニズムに勝る」といった当時すでに若者たちから時代遅れとみなされていた右翼思想を宣揚するようになっていったらしい。だからこそ、六〇年代末期の安田講堂事件や左翼学生運動に直面した彼の心は大いに高ぶっていたはずだ。さらに三島は、万一左翼勢力が暴動を起こした際に天皇を守る「楯の会」という右翼団体を組織した。ぼくが生まれる二年前、三島は名刀「関の孫六」と「楯の会」のメンバーを引き連れて自衛隊駐屯地に闖入すると、自衛隊東部方面総監を人質に取った。頭に白いハチマキを巻いてバルコニーに上がった三島はそこで「憂国演説」をはじめたが、彼が得たのは自衛隊員のブーイングと嘲笑だけであった。身を翻して総監室に戻った三島は、刀を自身の左下腹に突き立て、彼の学生森田（もりた）必勝（まさかつ）に自らの「介錯」をさせたのだった。ぼくは数年前に読んだ文章に、三島の自殺の原因が書かれていたことを思い出した。その作者の考えでは、三島の自殺とは精神的な錯乱状態がなせるものであった。作者によれば、三島本人はおそらく精神的な衰弱と疲労から困惑を覚え、「インスピレーションの枯渇」や「支離滅裂な状態」、「世界の没落していく経験」に遠からず向き合わなくてはならないことを予感していたために自殺に至ったのだと述べていた。もちろん、三島が当時の社会に日本精神の堕落を感じて自刃したのだと考えた人も少なからずいたが、ぼくの直感では、三島の自殺は皇室の保衛などとは関係のないもので、ただ彼の「甘い感傷」を味わうためだけになされたものである気がした。

ぼく自身あまり詳しくないのだが、第二次世界大戦における日本軍兵士の自殺者の統計をとった人はいるのだろうか？　昔読んだ記事に書いてあったのだが、硫黄島の戦い末期、野戦病院のある医師は司令官の命令を受けて、前線に復帰できない重症の兵士たち一人一人に毒薬を注射して集団自殺を幇助したらしい。また沖縄戦においても、アメリカ軍は日本兵が彼らの目の前でまず女子供を殺し、その後何かに憑りつかれたように一人また一人と自殺していく光景を目撃している。人類の自殺とは、おそらくあらゆる生物のなかで最も解釈が難しい行為と言えるのかもしれない。

常設展の二階に上がると、窓から直接海が見えた。海の上ではワシかトンビの類の猛禽類が空中で旋回し、もしも近くまで飛んでくればその翼の間に起こるわずかな震えまで目にすることができるような気がした。彼らは風にのってやって来て、また海へと帰っていった。ベランダの椅子に座ったぼくは、若いころに自分が詩人になりたかったことを思い出していた。

江ノ電で終点の駅まで行くと、湘南にたどり着く。電車を降りて街道を歩くと、おみやげを販売する店が立ち並び、路上を行き交う若い男女は皆海へ繰り出す格好をしていた。大通りを突き当たりまで進むと、そこは海岸と江ノ島を結ぶ橋で、歩行者用と車道用の二つにわかれていた。島と岸の間にある海峡は沈殿物が累積しているために、砂浜がつながっていた。橋の上から見た海にはそこらじゅうに様々な舟やサーフボードが浮かんでいた。江ノ島を歩くぼくの脳裏にふと、八歳のころに父さんが、ぼくと母さんを連れて花蓮（ファリェン）の海を見に行ったときの記憶が浮かんだ。そのときの父さんは、ラジオを修理しているときと同じように真剣なまなざしで海を眺めていて、まるでそこから何かを聞き取ろうとしているかのようだった。

帰り道、ぼくはあるカメラ屋に惹きつけられた。その店のショーウィンドーに、ローライコードの二眼レフカメラが置いてあったのだ。このタイプは一九三〇年代に生産された二眼レフで、以前あるカメラマンの家で目にしたことがあった。ピントのぼけたこうした古いカメラから息を殺して覗き込む世界は、どこかはるか遠い雰囲気をもっているような感じがした。店のショーウィンドーには大きさの異なる十数匹の石を彫って作った猫の置物が置いてあったが、どの猫も首が長くて何かを眺めているようだった。ぼくはヒトミを思い出した。ヒトミがぼくの家に来ていれば、きっと窓が開かなくなっていることに気づいたはずだ。

少し迷ってから、店の扉を開けた。店内には年配の男性が一人椅子の上で眠っていた。扉を開けたときに響いた風鈴の音にも気づいていないようだったが、奥から早足で駆けてきたおばさんがお辞儀をしながらいらっしゃいませと挨拶をしてきた。ローライコードを見てもわかるようにこの店の歴史は古く、ショーウィンドーに並べられてある銀塩写真の肖像が色あせていても少しもおかしくなかった。和服の盛装を身に着けた少女の写真が掛けられてあったが、おそらく当の本人はすでに中年になっているはずで、他にも赤ん坊の写真が何枚かあったが、その目は自分の未来がいったいどうなるのかわからないといった感じがした。写真に沿って右上を見れば、表装されていない写真が一枚あって、そこには身の丈に合わない軍服を身に着けた少年が二人立っていた。背景には布の幕がかけられて、右側には海に傾いた山が描かれ、その山には木が何本か生えていて道は海の彼方まで伸び、山頂にはうっすらと雪が降り積もっていた。絵の前に置かれたいかにも作り物といった石の上に腰掛けていたのは、比較的年長に見える少年だった。その制服の色は深く、帽子には錨のマークが刺繍されていた。側に立っていた少年は彼よりもさらに若かったが、白い帽子に外套を羽織って、露出した腰回りに両手をあてたその姿はひどく年寄りじみて見えた。

ぼくはこうした写真に見覚えがあった。どこかで見たことがあったのだ。

ところで、ぼくが善徳寺への道を尋ねていたことはまだ覚えているだろうか？　そう、あの日ぼくは善徳寺へ行ったのだ。今から少しだけ寄り道をして、もう一度善徳寺へ向かうことにしよう。ジェスチャーを使って道を教えてくれたあの子は間違っていなかった。橋の下まで歩いてゆくと、そこから左へ曲がって再び直進すればそこが善徳寺だった。

お寺の境内のすぐ右手に墓地があった。墓碑の形は台湾とはずいぶん違っていて華やかな装飾もなく、ただ厚い長方形をしていた。墓石には黒か青灰色、あるいは白が使われていた。「何々家之墓」と書かれてあって、そのうえには家紋らしき図案が彫り込まれ、墓石の背に「南無阿弥陀仏」と書かれてあるものもあった。墓地の傍には「手水舎」があって、そこには「浄水」と書かれた石が置かれてあった。木製の桶には「大澤家」、「上田家」といった文字が書かれ、親族だけが使えるようだった。「本堂」は手水舎の近くにあった。本堂前の観音菩薩は蓮の花の上に立っていた。左手に経文を持ち、右手は軽く左手に添えられ、その目は遥か遠くを見つめていた。正直そこまで美しく彫られた観音像でもなかったが、よくよく見ればその目は生きているようだった。優しさのあるその瞳は、見る者に自分の母親を見つめるような親しみを感じさせた。

その本堂から少し離れて立っていたのが、「戦没台湾少年の慰霊碑」だった。

ぼくは碑文の写真を撮って、それをノートに書き写した。推測半分ではあるが、だいたいこのような意味になるはずだ。

太平洋戦争の末期この地に高座海軍工廠在り
十三才より二十才までの台湾本島人少年八千余名海軍工員として故郷を遠く離れ気候風土その他の悪環境をも克服し、困苦缺乏に耐え連日の空襲に悩みつつも良くその責務を完うせり。
されど病床に斃れ或いは爆撃により無惨の最期を遂げたる者数多し遺骨は故郷に還れと夢に描きし故郷の土を踏み懐しの肉親との再会をも叶はず異郷に散華せる少年を想ふ時十八年後の今日涙また新なり。これ等の霊魂に対し、安かなるご冥福とかかる悲惨事の再び起らぬ永遠の平和を祈り之を建つ。

昭和三十八年十一月

神奈川県平塚市富士見町十番十八号
元高座海軍工廠　海軍技手　早川金次

坂本光吉謹書

数日前に誰かがお参りに来ていたようで、石碑の前には花が供えられ、ビールが注がれたコップには虫が溺れ死んでいた。傍には百円玉も供えられていた。ぼくはさきほど道を尋ねたあのきれいな瞳をした女の子がいる雑貨店まで戻ると、コーヒーとビールを一本ずつ購入した。彼女はぼくに微笑で応えてくれたが、その微笑にはある種熱帯的な匂いが漂っていて、肉欲的で頽廃的な美しさを感じさせた。

慰霊碑の前まで戻って来たぼくは、コーヒーとビールの蓋を開けると、百円硬貨を一枚残してその場から離れていった。

## 35

アリス

今夜野鳥の森近くにある民宿で目が覚めてから、このメールを君に打っている。夢が戻って来たんだ。

部屋で座っていると、ふと外から奇妙な声が聞こえてきた。窓を開けると（ちょうど月明かりがあった）、十二匹のカンガルーが外の花壇に立っていたんだ。カンガルーたちは酔っぱらっているのかはたまた夢を見ているのか、その目はひどくぼんやりとしていた。すると、そこに二人の男が現れたんだ。

彼らは一目で高価だとわかる黒い革ジャンをまとって、スノーゴーグルというか、パイロットがかけるような風塵よけのゴーグルをつけていていた。偏光レンズのせいか、その目をはっきり見ることはできなかった。一人にはあご髭があったけど、もう一人にはなかった。ゴーグルのせいで顔半分が隠れて、引っ張りあげられた黒いジャケットのために、もう半分の顔も隠されてしまっていたんだけど、わずかに見えた部分から察するにその顔は端正で、ひどく品があるように思えた。その品のある顔をした男が、一匹のカンガルーを引っ張って来た。不思議だったのは、そのカンガルーは何の反抗もせず、ぴょんぴょんと彼についてゆき、あご髭の男の前を通り過ぎていったんだ。ぼくはオーストラリアにも行ったことがあるんだけど、カンガルーって実はそこまで大人しい動物じゃないんだよ。ときにはその前足で人間を動けなくしてから、屈強な後ろ足で攻撃してくることもあるくらいだから。しかも彼らの攻撃は素早い上に重くて、ボクシング選手のなかには、カンガルーを練習相手に考える者がいるくらいなんだ。それなのに、このカンガルーはひどく従順だった。もしかしたら、彼らが飼っているペットだったのかもしれない。

二人はぼくの存在に気づいていないようだった。あご髭の男はどこからともなく四角い形の切っ先をした刀を取り出すと、シュッとカンガルーの頭をきれいに切り落としてしまったんだ。思わずアッと声をあげたよ。何だかひどく寒かった。自分が何を着ているのか確かめようとしたけど、以前夢のなかでは自分の姿を見ることができないと聞いたことを思い出したんだ。

頭を失ったカンガルーは依然としてその場にしっかりと立っていて、ピョンピョンと二歩ほど前に跳びはねた。長い後ろ脚と尻尾が泥をはね上げてから、ようやく満足したようにその場に倒れこんだ。首から血は流れておらず、切り口はとってもきれいなピンク色だった。身体を失ったカンガルーの表情はほとんど変わりなく、疲れた目で空を眺めるその様子はつい今しがた草を食べ終えたようなのんびりとした感じだった。そのときに、まだ首を切られていないカンガルーたちがノンレム睡眠期間の夢を見ない状態にあるみたいに、半分だけ目を開けていることに気づいたんだ。だけど、すでに首を切り落とされたカンガルーの目はむしろしっかり開いていて、覚醒した状態だった。

それから、例の品のある顔をした男が二頭目のカンガルーを引っ張って来て（カンガルーを匹で数えるべきか、それとも頭で数えるのかはわからないけど、体型から判断すればきっと頭と数えた方がいいんだと思う）、あご髭の男が再びシュッとその頭を切り落とした。シュッ、シュッ、シュッ、シュッ、シュッ、シュッ、シュッ、シュッ、シュッ。あご髭の男の顔には汗が浮かんでいた。汗はすぐ氷の珠になって、それが彼の目を隠すゴーグルの下に生えた髭に留まってきらきら光っていた。

こうして、庭に十二頭の首のないカンガルーが転がった。

品のある男とあご髭の男がカンガルーの生首を大きな麻袋に詰めると、ぼくに向かって手招きをしてきた。どうやら一緒に来いと言っているようだった。庭に足を踏み入れると、ぼくは雪が降っていることに気づいた。足跡がすぐに消えてしまうほどの大雪で、ふり返っても来た道が見えないくらいだった。男たちは生首を詰めた麻袋を背負って歩き、ぼくは雪原が尽きるまでそのあとを追った。雪原が尽きると、そこはさらに寒い氷原だった。二人はエスキモーの狩人みたいに一列に並んで進んでいた。こうした歩き方は万一地面が割れていた際、後ろを歩く者がそこに落ちてしまわないための用心だった。

凍った湖までやって来ると、二人は力を合わせてカンガルーの生首を投げ入れていった。湖はまるでカンガルーの頭が来るのを待っていたように動き出し、生首がすべて投げ込まれると再び凍っていった。ついさっきまで動いていた湖の前に立っていると、そのなかで固まってしまったカンガルーの顔を見ることができた。よくよく見れば、カンガルーの輪郭はどこか人間のそれと似ている気がしてきた。凍りついた湖にはそこらじゅうにカンガルーの生首があって、あまりに長い間冷凍されたせいで、五官が完全に消えて胚のような形になっているものもあった。すると、品のいい男がアイススケートの靴を渡してくれた。ぼくたちは凍った湖の上で一緒にアイススケートをした。最初、ぼくたちはゆっくりと滑った。氷の下で眠るカンガルーたちを驚かせてしまわないようにしていたけど、やがて彼らは不思議なスピードで氷の上に円を描きはじめたんだ。氷の表面からはシュシュシュという音が響き、パラパラと氷の欠片が飛び散っていた。ぼくたちはカンガルーの顔の上で滑っていて、凍った湖の表面にはスケートの刃でそれぞれ異なる深さの傷跡がつけられていった。

こんな夢、まともな人間ならきっと見ないはずだろ？　だけど今のぼくはどんな夢を見ても不思議には思わないんだ。

座海軍工廠

## 第五章

汝は女であり、男である。
汝は少年であり、少女である。
汝老人が如く杖つきよろめき、
汝降臨したからには諸々に向き合うべし。

『シュヴェーターシュヴァタラ・ウパニシャッド』

## 36

彼らはいったい何を待っているんだろう？

# 37

厳密に言えば、少年、青年、壮年、そして中年にいたるまで、三郎は物覚えのいい人間だった。たとえば十四歳の誕生日に、工廠の外で雷電の試験運転をしていた森兵曹が事故を起こしたのを目撃した際には、その遠方でまるで予言めいて浮かんでいた雲の形まではっきりと覚えていた。森兵曹が飛行機の不具合を起こしながら無事だったのは本当に幸運だった。飛行機はおよそ一万二千メートルの高さまで上昇すると、何の予告もなく墜落しはじめた。四千メートルの高さまで落ちてきてようやくコントロール不能になっていることに気づいた森兵曹は、機体を放棄して落下傘で脱出するしかなかった。地上から見上げれば、落下傘が空中で開く様子はひどく気軽で楽しそうに見えたが、実際には死と紙一重で咲いた花だった。いつでも死が迎えにやって来たあの時代、森兵曹は何の助けもないままに何度も大空で試験機を飛ばしてきたが、ついぞその生命を失うことはなかった。そのことは、三郎に何か神秘的な力がすべての出来事を決定づけているような気にさせた。

記憶力に明らかな衰えが見えはじめたのは、確か建国記念日の閲兵部隊が商場の前を通らなくなったあの年からだった。ある日、目が覚めて歯を磨こうとした三郎は、右側の奥から数えて一つ目の臼歯(きゅうし)がぐらぐらしていることに気づいた。朝ごはんを食べていると、臼歯が油條(揚げパン)にくっついて抜け落ちてしまった。痛みに耐えながら朝ごはんを食べ終わると、店で少しだけうたた寝をした。そして、目を覚ますとすっかり物事を忘れやすくなっていて、とりわけ先ほど起こったことほど忘れやすくなっていた。たとえば、目を覚ました彼はその日自分が朝ごはんを食べたのかどうかも思い出せず、油條(揚げパン)を包んでいる新聞紙を見てようやくすでに朝ごはんを食べたのだということを思い出すのだった。それから、トイレに行けば洗面台の前で三度も手を洗った。洗面台を離れた途端、自分が手を洗ったのくるようだった。

かどうか忘れてしまうのだ。そして、晩ご飯の時間になると歯が抜けたことも忘れて、熱いスープを一気に飲み込み、それがまた歯の抜けた場所へと染み込んで、その痛みたるや骨の髄まで染み込んでくるようだった。

「何ですか？　そんな顔して」。優しく責めるような口ぶりから、妻が自分のことを心配してくれているのがわかった。

午後の閲兵部隊はちょうど最後のリハーサルを行っているようで、装甲トラックは商場のもう一方の側にある中華路を経由していた。磁器の茶碗やラジオが入っていた戸棚のガラスが振動でカタカタと揺れていた。三郎はガラスに反射する自分の顔を見つめた。ハゲかかったおでこに疲れた眦、弛みはじめた頬にポツポツ浮かぶ老人シミ、もうこんなに年なんだ。忘れっぽくなることも当然だ。しかし、彼の記憶はあがいていた。記憶そのものにも、忘れられることをよしとしない生命力があったのだ。たとえば、彼は横須賀港の腐った海藻とガソリン、そして余った火薬が混じり合った匂いをいつまでも覚えていた。他にも岡山から船にのって内地へと向かう前日、伊藤少尉が少年たち全員に髪の毛と爪の一部を切るように言った後に書くように命じた遺書の一言一句まで覚えていた（ただし、髪の毛と爪を包んだ紙をどこへやってしまったかは忘れていた）。それから、遅番が終わってから森を抜けて宿舎へ戻る道すがらに感じた、深さのわからない穴へと分け入っていくようなあの緊張感をこれまで忘れたことはなかった。しかし、それらはすべて遠い海の向こう側にあって、子供たちはまだ生まれておらず、世界はまだ彼が受け入れられないほど新しくはなかった。当時の彼は東三郎と名乗り、日本語で自分の名前を呼んでいた。その音は聞きなれない上にどこか遠く、まるで当時彼が自分の本当の名前を呼んだときと同じような感じがした。

あの日、彼は身なりを正して、急いで集合するように命じられた。少年たちは宿舎の前にある運動場前に並び、拡声器から流れる無条件降伏を伝える天皇の「玉音」放送を聞いていた。電波がしっかりしていなかったので、咳き込むような爆音が響いた。そのために、三郎が当時のことを思い出そうとすると、途切れ途切れに震えるようなスピーカーの割れる音が耳に響くのだった。当時はまだその声に「現人神」の尊厳らしきものがあるように思っていたが、それもまた時間の流れのなかで徐々に腐っていってしまったように感じた。それはひどく疲れた、どこにでもいる平凡な中年男性の声に過ぎず、後に三郎が自分で録音して聞いてみた己の声となんら変わらなかった。その声が幾千万人もの人々の生命を左右した時代は、とうの昔に過ぎてしまったのだ。

三郎は平岡君が話した神の声について思い出していた。天皇が無条件降伏を宣言してから数日経った日の夜、すでに工廠の宿舎を離れていた平岡君が突然宿舎に現れたのだ。宿舎を出た際に一度で運びきれなかった荷物を取りに来たそうだが、そのほとんどは本だった。一見するだけでは、終戦が平岡君にどんな傷を与えたのかわからなかった。平岡君は能面を被っているように落ち着いていて、繊細なその雰囲気はいつもと変わらなかった。しかし、このほんのわずかの間に、三郎は今の平岡君が、数か月前の平岡君とは似ても似つかない人間になってしまっていることに気づいていた。戦争はすでにあらゆる仮面の下にある顔を変えてしまっていた。

以前と同じように、平岡君から見つめられると、その相手は自分の心の内側を見られているのだという気にさせられたが、あるいはそれはただ遠くを見つめているだけなのかもしれなかった。彼は三郎に故郷へ帰るか、それとも日本に残るのかと尋ねてきた。

石ころに会いに帰ります。三郎は答えた。トーサンとカーサンにも。石ころっていうのはぼくが飼っているカメで、確か以前お話ししたと思います。

――ああ。結局、米軍は上陸作戦をとらなかったな。平岡君は何やら口惜しそうな口ぶりで言った。

工廠が最も苛烈に米軍の爆撃にさらされていたころ、こんな噂が流れていた。米軍はS湾から上陸してきて、軍部は最大規模の玉砕作戦を計画しているらしい。平岡君は自分とすべての軍人、それに一般市民や工廠の台湾人少年たち全員が招集され、互いに祝福の言葉をかけあった後、浜辺で戦死するものだと信じていた。しかし米軍は上陸することなく、二発の特殊爆弾を投下することで天皇に降伏を宣言させた。このことは、彼の心を大いに傷つけてしまったようだった。

——三郎。本当のことを言えよ。お前は志願して日本へ来て海軍に入ろうと思ったのか？　両親は反対しなかったのか？　平岡君が言った。

——父親の印鑑を盗んで、申請書類にハンコを押したんです。父親にはぶん殴られましたが。

数秒沈黙した後、平岡君はその沈黙よりもさらに長い溜息をついた。そして、戦争に参加できなかったことが一番残念だと言った。検査に出頭する前日、風邪を引いて熱を出したんだ。咳もひどくて、医者から注射をしてもらったけど、まるでよくならなかった。二日目の朝、訓練所に着くと、軍医が聴診器をあててぼくの肺の音を聞いたんだ。軍医はひどい雑音が聞こえると言って、肺結核感染の末期症状かもしれないと診断を下した。こうして、ぼくは入隊を拒否された。正午、ぼくと同じように入隊を拒否された者たちが大講堂に集められて、訓示を聞かされたんだ。訓示を垂れた将校は、身体がよくなったら引き続き天皇陛下と帝国に赤誠を示すように励ましてくれた。でも、あの軍医の診断は誤診だったんだ。あれはただの気管支炎だったんだよ。

三郎は黙ってそれを聞いていた。彼は平岡君にそれは幸運なことだったんだと言ってやりたかった。平岡君一人参加したところで、戦争の結果は変えられないじゃないか。ただし、三郎は平岡君が欲しているのが戦争の結果だけではないということも薄々わかっていた。

しかし、平岡君には実はまだ隠している話があった。あの日、将校の訓示が終わった後、父親に手を引かれて兵舎を出て行き、知らず知らずのうちに自分が駆け出してしまっていたことを、彼は話さずにいたのだ。あの日、空は嘘のように晴れわたっていて、親子二人の掌はじっとりと汗ばんでいた。まるで兵舎にいる兵士たちから追い立てられているかのようだった。平岡君はその掌から、父親の興奮と緊張を感じ取ることができた。今にも笑い出しそうな様子の父親はひどく興奮していて、彼はそんな父親の姿を見て興奮し、またそのことを蔑（さげす）んでいた。彼は生きるために逃げ出そうと興奮状態にある自身の身体に抗おうとしたが、結局それはどうにもならなかった。問診中、平岡君はついつい軍医に向かって、ここ半年ほど熱が出やすく、肩がこって仕方ないのだといったことを口にしたが、あるいはこうした嘘が、軍医の誤診を生んだ原因だったのかもしれなかった。彼の感じた興奮と蔑みはすべて己に向けられたものであって、当時の彼には理解不可能な、相互に矛盾する一種の力だった。生を求める力とは卑俗なもので、彼はいつしかこうした生きることを求める欲望を自身の美しい信念によってのり越えたいと願っていた。だが、今の彼にはそれを実行するだけの力はなかった。

――本当のことを言えば、船に乗ってから後悔したんです。もしもあのとき、トーサンがぼくに見つけられない場所に印鑑を隠しておいてくれればどれだけよかったかって。三郎は誠実に答えた。彼はそれほどまでに平岡君のことを信頼していた。たとえこのことが原因で、平岡君から蔑まれてもかまわないと思った。平岡君、わからないことがあるんです。どうしてぼくたちは米国に負けたんですか？　天皇陛下は現人神じゃなかったんですか？　神風はなんで吹かなかったんですか？　ここ数日の間、三郎はすでに自分が「戦勝国」の一員になっていることを知っていた。日本の軍人や軍属たちの多くは、半ば逃げるような、あるいは尻込みした態度で少年たちに接してきた。それでも、三郎は「ぼくたち」というすでにそこから漏れ落ちてしまったアイデンティティを使って彼に尋ねたのだ。

平岡君はその質問に正面からは答えなかった。なあ、知ってるか？　卒業式のとき、ぼくは天皇陛下から直接銀時計を下賜されたんだ。陛下は三時間もの間、微動だにしないで、まるで木像みたいだった。天皇は神々のなかで最高位にあって、天皇よりも荘厳な人間は他にはいないんだ。ぼくは絶対的に天皇を信じる。なぜなら天皇は一人の人間としての想像力をはるかに超えた存在で、歴史の化身なんだから。歴史ってものは、憂慮や躊躇(ちゅうちょ)をもたないからこそ永遠なのであって、間違いを犯すことなく流れていくけど、その流れが転じる度に汚泥(おでい)と溺死した人々をそこに残していくものなんだ。そこまで話した彼の心は別の場所へと向かってしまったようで、再び口をつぐんでしまった。

三郎も同じように口をつぐんだ。そのころの三郎には、こうした話にどのような返事をすればいいのかわからなかった。この手の話は、彼の知る世界からあまりにも遠く離れていた。

――三郎。お前、恋をしたことがあるか？　最近物語を一つ書こうと思ってるんだが、聞きたいか？

三郎は頷き、ほんのりと頬を赤らめた。だが、平岡君は三郎の答えを聞くまでもなく語りはじめた。

――十一歳の少年が、母親に連れられて海へ泳ぎを学びに行くだけの話だ。もともと泳ぎを覚えるはずだった少年は、泳ぎを覚えずに、あることを発見するんだ。長い間自分を惹きつけてきたのに、どこに行って探せばいいものかもわからず、だけど自分を揺さぶって拒絶するそれを見つけるんだ。しかし、だからこそ少年はそれを手に入れたくなる……海辺に来た少年は、海の上から誰かが自分を呼んでいることに気づく。彼はその呼びかけに答える声を美しいと感じたが、それは人として絶対にやってはならないことだと思った。だけど、少年にはそれが何なのかわからずにいた。

ある日、少年が一人海辺を散歩していると、若くて美しい女性とその恋人に出会った。女性は彼を誘って、一緒に崖を散歩しようと言ってきた。少年はうれしくて仕方なかった。女性はかくれんぼをしようと言い出し、彼が鬼の役をやることになった。目を閉じた少年はわざとゆっくり数を数えた。

そうすることで、彼女が喜んでくれると思ったからだ。数を数えていた彼の耳に、ダンスにも似た足音が徐々に遠ざかっていくのが聞こえた。その瞬間、少年は荘厳な美しい声が響くのを聞いた気がした。それは叫び声なんかじゃなく、神々が笑いたもうたような声だった。静かに目を開けた少年は、美しい女性が恋人とともに消えていることに気づいた。崖まで行って彼らを探そうと思ったが、少年はある種神秘的な力に惹きつけられるように美しい浜辺を歩いていた。そして、もがくように後ずさりすると、その場に身を伏せた。彼は高鳴る鼓動を抑えて、目の前にある深淵を覗き込んだんだ。

ここまで話すと、平岡君はしばらく沈黙した。工廠の宿舎はひどく静かだった。いや、聞き取れないほどの小さなささやきは相変わらずそれぞれの部屋から漏れていたが、それでも十分静かだった。こうした静寂のなかに、三郎はいくつもの音を耳にした。虫か鳥が発するようなわずかに痛みを帯びた声に、どこからともなく聞こえてくるリズミカルに落ちる水滴の音、それらは慎重に澄み渡ったリズムとなって響いていた。

——少年は何を見たのか。海？　あるいは、彼はなにも見なかったのかもしれない。なぜなら、海は以前と少しも変わらなかったから。松の木は太陽の光の下静かに立っていて、岩は小さくなり、波は絶え間なく岸辺を打ちつけては白い泡沫を飛ばしていた。いったいどれほど穏やかで静かな海岸だったことか。すべてが変わらずにいたことが、少年には信じられなかった。神の笑いに似たものの意味について考えてみたが、彼には結局何もわからなかった。

平岡君は三郎を、あるいは遠くを見つめ続けていた。その瞬間、平岡君もまた自分がいったい何を探しているのか、そしてまたそれによって何が変わったのかをわからずにいるのだと感じた。ずいぶん後になってからも、三郎はその物語が持つ意味にふりまわされ続けた。あるいは、それはただの物語であって、そこには取り立てて考えるべきものはなかったのかもしれない。

この瞬間、彼は徐々に薄暗くなっていく空に浮かぶ宿舎の輪郭に加え、空気中に漂う木目にその裂け目、切り屑の湿った匂いを感じ、角木に打ちつけられた壁の支柱の一本一本の形を記憶した。頭上の窓は開いているのもあれば閉まっているのもあって、少年たちはかつてそのベランダに腰を下ろし、遠方に上がった炎や雲を眺めながら、お互いに交換した物語に耳をすませていた。一棟一棟同じような構造と大きさをした宿舎は平原の上に秩序だって建てられ、ときおり高く空に向かって突き出した煙突は三郎がここに来たときとほとんど変わっていなかった。

ただその夜は露が重く、宿舎の外に掛けられていた日の丸は水気を含んで垂れ下がり、風が吹いてもはためくことはなかった。

# 38

思い返せば、商場が取り壊される前日、兄さんと一緒に引っ越しの手伝いをしていたとき、つまり父さんと騎楼(チーロウ)の下に座ったあの黄昏時、おそらくあれが十五歳から現在にいたる人生において、一番長く父さんの話に耳を傾けた時間だったのかもしれない。

　数日前にうっかり転んでしまった母さんは、大きな怪我にこそならなかったが、一時的に歩行が困難になって、腰を曲げて歩くようなっていた。そこで、父さんは母さんにU市へ戻ってぼくたちが荷物を運び終わるまで待つように言ったが、母さんは朝から商場にやって来ると言って聞かず、二十年来のお隣さんたち一人一人に挨拶してまわっていた。母さんと姉さんが商場の家を離れるとき、その表情は家から離れるというよりも、まるで身内のもとから去っていくような感じだった。夕食の後、ぼくと父さんと兄さんだけでなく、商場に戻って荷物を整理していたお隣さんたちは皆、騎楼の下で腰を下ろしていた。彼らは電球を手繰り寄せ、残った荷物の叩き売りをしながら、馴染みの客たちと商場の過去の繁栄についておしゃべりをしていた。

　またたく間に、商場はロウソクの火が最期に激しく燃え上がるように活気を取り戻していた。靴屋の久足(ジョツゥ)と新合成(シンホーチェン)は売れ残りの靴を叩き売り、クチバシはスーツの生地を布巾(ふきん)の値段で売っていた。誰もがジーンズ王のジーパンを一枚買って、蚊は「スチール釘を一斤(こ)買うたらおまけに鉄の釘一斤、錠前(ソオタウ)を買うたらおまけに工具(ゲーシタウ)もつけたるぞ」と叫び、鉄釘は最後の一本まで売りつくしていた。誰もがみな何かを語り、その場にいない者まで物語を語っていた。急須はお喋りしているうちに、早くに商場を離れた車番の李(リー)じいさんについて話しはじめた。一見正直そうに見えていた義理の息子が、引っ越し用の補助金と退役軍人会から支給された金をすべて持ち逃げしてしまい、その義理の息子の実家がある台南まで追いかけていったのだとか。

「あななん、一目見たらどんな人間かくらいわかりそうなもんじゃけど」。急須はさもこうした結果をはなからわかっていたかのように言った。

父さんまでが珍しく、あの年季の入った、塵芥にまみれた喉を震わせながら、自分が商場にやって来た歴史について語っていた。しかしとりたてて新しい話などはなく、その内容はだいたい母さんが語ってくれたものと同じだった。当時どうやって箒を売りながら、商場の向かいにある竹と泥でできた竹仔厝（ディアツー）に腰を落ち着けたのか、どうやって徒弟になって独立したのか、政府が商場を建設した後、いかにしてそこに貸借入居できたのか。そして、どんなテクニックでこの電器修理の看板をピカピカに磨いてきたのかといった、どれも聞きなれた物語ばかりだった。父さんは箒の作り方からラジオの回路図にいたるまで、こと細かく通りいっぺん話をした。話し続けていた父さんがふと口をつぐんだ。八時四十分の自強号（ズチャンハオ）（台湾の特急電車）が通り過ぎる時間だったが、電車は来なかった。路線はとっくに地下化されていたのだ。まだ取り壊されていない線路はさながら遺跡のようなものであったが、地下を走る電車が本当にこの場所を通っているかどうかなど、そもそも誰にも知るよしがなかった。

真夜中に近づくころには捨てるものはあらかた捨てられ、捨てないものも誰にも買われずに残っていた。もともと死んでも立ち退きに反対すると言っていた人たちも、最後にはあきらめて商場を離れてゆき、商場は何とも言えない絶望的な雰囲気の下でその灯りを消していった。父さんはぼくに向かって、母さんと一緒に帰るように言いつけた。そして、兄さんには明日の仕事に影響しないように早く休むように促したが、自分は今晩商場に残ると言い出した。

「ここに残る？　でも明日の朝には取り壊されるんだろ？　整理するものだってもう何も残っちゃないよ。捨てるものは全部捨てたし、まとめた荷物は全部車に積んだじゃないか」。父さんの決意に、ぼくは一抹の不安を感じた。

「早起きするきん、なんちゃない（ボォブンデェ）。お前、わしの自転車を中山堂まで乗ってきてくれんか？　そこに停めといてくれたらええき」。父さんはそう言って、母さんに電話をかけた。これまで、母さんが父さんの意見に反対したことなどなかった。母さんも商場で一晩明かしたいようだったが、それはさすがに父さんに止められたようだった。ぼくはこっそりと兄さんと相談した。父さんの記憶力と健康状態は芳しくなく、そんな父さんを一人ここに残していくことは不安でしかなかったが、その意志は固いようだった。父さんの頑固さと忘れっぽさは同じように有名だったために、ぼくたちはなかなか結論を出せずにいた。

「それなら、急須に父さんの様子を見てもらって、お前が明日の朝見に来るってことでどうだ？」

兄さんが言った。疲れたその目袋は、垂れ下がれば垂れ下がるほど中年だったころの父さんに似てきていた。結局そうするしかなかった。父さんは裏でシャワーを浴びはじめた。その間、ぼくは三階と一階にかけてあった住所の表札を取り外すと、新聞紙にそれを包んで記念品としてとっておくことにした。数年前に新しく付け替えられたものだったせいで、表札はなんだか偽物みたいな気がした。それから、父さんの自転車を中山堂まで乗って行った。それは日本のＦＵＪＩブランドの自転車で、父さんの最初の財産といえた。父さんが毎年慎重に漆を塗り重ねて、普段からしきりにギアオイルを差していたので、三十年近くが経っているにもかかわらず、今でも乗り心地は悪くなかった。昔はいつも自転車の「前席」（横にした竿にかけた籐で編んだ小さな椅子）に座って、父さんが「橋のたもと」にいる医者のところまでのせて行ってくれた。ある日、自転車の前席に座っていたぼくは、最近描いた絵を先生に認められて、学校の代表としてコンテストに参加できると言われたことを話した。しかし、父さんは何の反応も示さず、ぼくは自分の声が往来する車の音にかき消されていくのを感じた。父さんは確かに難聴を患っていたけど、ぼくの声がちゃんと聴こえていたことはわかっていた。自転車の揺れとぼくの背中に張りついたその胸の熱さから、父さんはぼくの話が聞こえていたのだ。なのにぼくの声はどこか遠くへ消えてしまった。自転車を降りた父さんは相変わらずぼくの手を握りしめていたが、ぼくは自分が弱々しく思え、風邪が余計に悪化してしまったように感じた。あれから、もう十年以上が経っていた。

　自転車を止めて商場へ戻って来ると、父さんはまだ浴室に籠っていた（浴室と言っても一坪ほどの大きさで、そこは厨房も兼ねていた）。ずいぶんと長い間シャワーを浴びていたようで、いつもなら十分ほどで出てくるはずなのに、四十分経ってもまだ浴室のなかにいた。ぼくと兄さんが何度もガラスの扉を叩くとようやく顔を出したが、お前たちは先に帰ってろと言ってきた。その顔は汗だくで、はなからシャワーなど浴びていなかったようだった。顔色はひどく青白く、他人にはわからない憂いを抱えこんでいるようだった。

　翌朝、ぼくは大学でくだらないメディア史の講義に二時間ほど出席した。いったいなんでまたこんな人間が教授になれるんだろうかというほどつまらない授業で、お昼にはバイクにのって商場へ戻ってきた。それはまるで大地震にでもあったかのような光景だった。ぼくの視線は一瞬にして、昨夜目にした商場から、この「忠」と「平」の長い建物がすでに倒され、積み重ねられている光景へと切り替わった。取り壊しの現場には砂埃が戦場のように舞い上がり、大型ショベルカーが潰した建物をまるで勝利の歓喜の声を上げるように地面へばら撒いていた。歩道橋と建物の鉄筋は剝き出しになり、ある種の荒廃した詩情を醸し出していた。かつては目をつぶってもすべての商店の名前を言うことができたが、それぞれの店舗の看板はすっかり押しつぶされて、礫（つぶて）やホコリ、くず鉄にされてしまっていた。

大学に合格したばかりのころ、姉さんに買ってもらったニコンのＦＭ２を取り出すと、ぼくは自分の家があったであろう場所に焦点を合わせて写真を撮った。きっといい写真が撮れるはずだという期待からシャッターを押す心は踊り、思いのほか興奮していた。あるいは、この写真をどこかのコンテストに送れば入選するかもしれなかった。

ずいぶんしてから、ぼくはようやく父さんのことを思い出した。そう言えば、父さんはどこにいるんだ？　ぼくは出勤中の兄さんに電話をかけ、家で母さんの世話をしている姉さんに電話をかけてみたが、誰もその姿を見た者はいなかった。ぼくはカモ肉店で麺をすすっていた急須を見つけ出した。急須によれば、朝五時ごろにショベルカーが動き出す音が聞こえたのでぼくの家の扉を叩いたが、誰もいなかったので、てっきりぼくたちと一緒に家に帰ったのだと思ったらしかった。彼は性懲りもなく酔っぱらっていたが、酔っているときの話はいつもまともだった。取り壊しをしているショベルカーの運転手に尋ねてみたが、運転手は自分の仕事は取り壊しであって人捜しではないと答えた。そこで、今度は現場を指揮している責任者に尋ねてみた。彼は今回の取り壊し作業は合法的に行われるために、取り壊しの際には一軒一軒それぞれの家の戸を叩いてから扉を取り外していったので、現場に残った者は誰もいないはずだと答えた。

夜になって、兄さんと姉さんが母さんを連れて商場へやって来た。ぼくたちに身体を支えられていた母さんは、深刻そうな表情をしていた。商場はすでに廃墟となっていて、どのセメントと土くれがぼくたちの家のどの部分なのかまったく判別がつかなくなっていた。ぼくたちは、現場の指揮官の話も台北市役所の役人の話も信じなかった。彼らは取り壊しの際には誰一人として現場には残っていなかったと言ったが、警察と協力して父さんを探してくれることを約束してくれ、警察署まで行って調書を作るようにアドバイスしてくれた。

ぼくたちは、一家全員でパトカーに乗り込んだ。母さんは道端を歩く老人の後ろ姿を見る度に、何度も車を止めてくれと言った。そのどれもが父さんではなかったが、ぼくたちは父さんが一時的にどこかに行っているだけなのだと信じていた。きっと、別の場所で無事に生きていて、難聴のせいでぼくたちの声が聞こえないだけなんだと信じていた。

# 39

アリス。昨日大和を離れて、名古屋まで来たよ。大和で過ごす最後の日、部屋から出たぼくは初めて浅野夫婦と一緒に朝食を食べたんだ。メインはお粥で、おかずはぼくのきらいな納豆に小さな焼き魚、それから箸さえつけられない生卵だった。朝ごはんの分量はちょうどよくて、しかもとてもきれいに黒褐色の磁器の上に盛りつけられてあった。焼き魚は、浅野さんの奥さんが片手で焼き上げたものなんだ。そう言えば、浅野さんの奥さんの右手の肘から下が切断されていることをまだ君に話していなかったかな。戦時中、山菜採りに出かけた際、浅野さんの奥さんは空襲に遭って、機関銃の弾丸を二発腕に撃ち込まれたんだ。そして、そのまま燃え上がる森のなかで気を失ってしまった。お隣さんに見つけてもらって何とか一命は取り留めたわけだけど、片手を失くして、顔には火傷の跡まで残ったんだ。呼吸器官も傷ついてしまったらしくて、今でもしょっちゅう咳をしてるよ。忙しげに朝ごはんの準備をしていた浅野さんの奥さんは、自分が歳をとってから左手にだんだん力が入らなくなったこと、そのために簡単な料理しか作れないことをどうか許してほしいと謝ってきた。礼儀正しくて感傷的なその態度に、ぼくはいったいどんなリアクションを取ればいいのかすっかり困ってしまった。奥さんは独り言をつぶやくように、家の鍋と食器類はどれも新しいんですよ、食器を洗うときに自分は洗い場まで持って行くことしかできないから、腰掛けに座って両足で鍋を挟みながら片手でゴシゴシ擦るんです。だけどそれだときれいに洗えないから、うちの人にしょっちゅう新しいものを買ってきてもらうはめになるんですと言っていた。

これも怪我の功名って言えるかしら。浅野さんの奥さんは笑いながら言った。

ぼくはどう答えていいかわからず、ずいぶんとこの家は保存状態がいいですね、まったく大したものだと答えるしかなかった。すると彼らは、いやはやまったく神さまのおかげですよと答えた。でも、ぼくはどうして神さまがこの家だけを特別に守ったのかまではわからなかった。アリス。君はどう思う？

手持ちのお金も少なくなっていたから、名古屋に着いてからは日本のサラリーマンたちが出張の際によく使う「カプセルホテル」に泊まることにした。聞いたことあるだろ？　すごく小さな空間のホテルで、大型のトランクケースなんかはロッカーに預けておかないと眠れないんだ。だけど、設備は何でもそろっていて、エアコンに目覚まし時計、空気清浄機に小型のテレビまであった。ただし、通路から見れば上下二段になったマス目状の「部屋」が並んであって、まるで遺体を安置する冷凍庫みたいだった。

潜水艦の寝台とさして変わらない「カプセル」のなかに横になると、退屈で仕方なくなって、テレビのバラエティ番組を見た。ある番組の企画で、アフリカのザンビアの首都ルサカにある有名な観光スポット、「第三回非同盟諸国首脳会議の記念碑」にまで出向いていって、ロケをしている番組があった。ゲームのルールは十秒以内に涙を流せば、五〇万ザンビア・クワチャの賞金を手に入れられるといった内容だった。参加者は各業種から集まっていて、全員きちんと正装していた。彼らはスーツを身に着ていたけど、彼らの顔は数千万年に及ぶアフリカ大陸での生活が与えた特質をそのまま保っていた。丸顔に飛び出た頬骨、短く巻いた髪の毛にその瞳と同じように塗料を焼きつけたような黒い皮膚。ロケの司会者は、参加者たちに向かって何を思い出せば十秒以内に涙を流すことができるでしょうかと尋ねていた。参加者たちの答えはバラバラだった。ある者は自分の親友がお隣の子供に虐待されていたときのことを思い出すと言っていたが、その親友とは猫のことだった。またある者は、ライオンを倒したときの興奮した気持ちを思い出すと語っていた（たぶんこいつはほら吹きだ）。他にも自分の牛五〇頭が密猟者に殺されてしまった者、地雷で両足を失ってしまった者などもいた。男がズボンの裾をまくり上げると、ピンクのビニールに包まれたステンレス製の義足が剝き出しになった。彼は日本製の義足はよくできているよ、左右の長さがまったく同じなんだと言った。

彼らが哀しいと思っていることが、なぜかこの番組の制作者たちにとっては笑いのツボになっているみたいだった。彼らが話すいくつかの理由は、確かにぼくが聞いてもおかしかった。最初、十秒以内に上手く涙を流せる者はいなかった。イベントに参加したある女優は、インタビューの際には順調に涙を流してみせた（何を思い出していたのかまでは言わなかった）。ところが「涙のスタンバイ」と呼ばれるソファに座ってからは、時間内に上手く涙を流すことができず、そのまま失格とされてしまった。だが一五秒経ったころ、ソファに座っていた女優はワンワンと大声で泣きはじめたんだ。その女優が何かを思い出して泣いているのか、それともただ単に五〇万ザンビア・クワチャの賞金を手に入れられなかったから泣いているのかはわからなかったけど、彼女は他の参加者たちを無視して涙を流し続けた。いったいどれほど泣いていたのか、次の画面ではカットされてしまっていたからわからなかった。思いもよらなかったのは、最後に賞金を手に入れたのは十七歳の青年で、なんでもすこし前にガールフレンドから絶交の手紙が送られてきたそうで、それが彼の心をひどく傷つけたらしい。カウントダウンがはじまると、ソファに座っていた青年は手紙を取り出してそれを読みはじめた。そして、五・七秒が経ったとき（それは日本で行われた大会で記録された七・四秒をはるかに超える記録だった）、一滴の透明な涙が彼のその黒い顔から流れ落ちたんだ。

なぜこの若者は、彼よりも悲惨な経験をしてきた年長者たちに比べて容易に涙を流すことができたのか。彼の記憶に他の人たちが積み重ねてきた記憶よりも悲しい要素があったわけじゃないはずだ。なぜなら、この世界には数千万人もの人たちが恋人から別れの手紙を受け取っているはずで、まさか彼の悲しみが比較的新しかったからという理由だけでは説明がつかないだろう？　それにしても、人間とは実に様々な理由で傷つく生き物だと思ったよ。たとえ自分の皮膚がザンビア人のように黒くても、あるいはフランス人のように白くても、赤ん坊のように無知でも世間のすべてを見つくしてきた老人であろうとも、悲しみに打ち倒されてしまえば誰もがその瞬間に涙を流してしまう。悲しみとは皮膚の色や階級、年齢にかかわらず、人類という生き物に共通して現れる現象なのかもしれない。

　こんな狭い場所では眠れないと思って鎮静剤を用意しておいたけど、疲れていたからあっという間に眠りにつくことができた。どんな環境であれ、人間というものはすぐに環境に慣れることができる生き物なんだ。

　今朝、有名な大須観音（おおすかんのん）寺を参観してきた。中規模ほどの仏教寺院で、赤い漆が塗られた柱や軒がひどく人目を惹いた。そこは台湾の廟やお寺と同じで、お寺の周りに集落が広がって商店街が生まれ、神さまにすがって生きる人たちが肩を寄せ合う場所だった。ぼくはふとB級グルメが林立する基隆（キールン）の廟を思い出したけど、いくら思い出そうとしてみても、何の神さまが祀られていたのかまでは思い出せず、ただそこでバター味のカニさつま揚げらしきものを食べたことだけは覚えていた。アリス、君はあそこに何の神さまが祀られているか知ってる？　いや、いいんだ。そんなに重要なことじゃないから。ぼくは大須観音寺の紹介資料にもちゃんと目を通した。大須観音寺は一六一二年に徳川家康の命を受けて岐阜県羽島市からこの場所へ移転されてきた真福寺の後身で、正式名称は「北野山真福寺宝生院」だった。大須観音寺は名古屋市民の信仰の核となっていて、演劇や芝居、モノマネや武術など、当時一般庶民たちの間で享受された芸能はみんなこのお寺の周りから発展していった。真福寺はもともと真言宗智山派の大本山で、弘法大師空海の一派に属していた（正直に言うと、この弘法大師って人が何をした人物なのかは知らない）。名古屋は第二次世界大戦中にアメリカ軍の重要な攻撃拠点であったために、駅付近のいつくかの小さな通りを除いた全市が一面焼け野原にされてしまった。真福寺も大戦末期にアメリカ軍の空襲を受けて一度壊滅してしまい、お寺に所蔵してあった仏教典籍や文献は現在一階にある「大須文庫」へ置かれていた。何でもそこには、一万五千冊を超える古書が保管されているらしかった。

現在観音寺近くには様々な中古品を取り扱う商店街があって、中古の和服に手提げ袋、漆器に古いポストカードなど、なかには自分で作った野菜や果物を売っている者までいた。一番面白かったのは、古着を「Yen＝g」で売っている店だった。服を一枚二枚ではなく、グラム売りしているんだ。だから、大須には参拝目的じゃなく、買いものをするために訪れる人も多かった。路傍に腰を下ろすと、道行く人たちの顔つきから参拝者か観光客かを見分けることができた。参拝に来ている人たちは何かを考えこんでいるように集中して歩いていたけど、観光に来ている人たちはきょろきょろ周りを見回して注意散漫になっていた。もちろん、こうした観光客もお参りはしていたけど、きっとその場で思いついた願い事を口にしているだけだった。その日はちょうど十八日で、観音寺前には臨時の骨董市が開かれ、多くの人たちが家にある不要なものや骨董品の類を持ち出してきて、路上で売っていた。そこで、ぼくは古くて小さな玩具を売る露店に惹きつけられた。売り子は左耳に一〇個以上ピアスをあけた若者だったが、ぼくの注意を惹きつけたのは日本軍パイロットの防風ゴーグルだった。ゴムの部分が少しだけ緩んでいたけど、全体的に保存状態も悪くなかった。値段を尋ねると、一万八千円だという答えが返ってきた。ゴーグルの来歴を尋ねたが、彼はそれには答えられず、ただはっきりとした口調でこれは百パーセント本物だと言った。それが本物かどうかを判断することはできなかったけど、もし仮に本物だとすれば、それはあるパイロットの遺品になるはずだった。もちろん、坂井三郎のような有名なパイロットのものなんかじゃなく、黙々と出撃して戦死したパイロットのそれだったのかもしれない。彼はおそらくこのゴーグルをつけて一九四四年の空に飛び立ち、アメリカ軍の戦闘機を何機か撃ち落としたか、あるいは一機も撃ち落とすことなく逆に撃ち落とされたのだろう。それから、落下傘でどこか別の場所に逃れたのかもしれなかった。ゴーグルは遺品として送り返され、それを受け取った者も何らかの理由でそれを手放し、最後にこの若者の手にたどり着き、蚤（のみ）の市で売られる商品へと変わってしまったかもしれない。偽物なら空戦の記憶などまるでないただのゴーグルで、そこには何の物語もなく、骨董品を模倣して奇をてらった商品に過ぎなかった。もちろん、生き残ったパイロットが自分でそれを売り払った可能性もあった。

しかし、外観だけを見てもそのゴーグルからは歴史が感じられた。仮に偽物であったとしても、それはひどく細かく作りこまれていて、ガラスのレンズの部分はずいぶんとすり減った感があり、そこには涙を流したような痕まで残っていた。試着後、ぼくは昨日節約のためにカプセルホテルに泊まったことも忘れてそれを購入することにした。

午後には東山線にのって、覚王山日泰寺（かくおうざんにったいじ）へ向かった。日泰寺の山門前は典型的な住宅街で、観音寺の周りの道とはずいぶんと雰囲気が違っていた。この寺は大須観音寺と比べて新しく、明治三十七年に開山した仏教寺院だった。特別な点をあげるとすれば、この寺は一九〇〇年にタイ国王から送られた釈迦の遺骨と、真鍮の釈迦像を奉安するために建設されたことだった。

庭からは名古屋市を一望することができ、その庭園の景観にしても、枯山水の多い日本の仏教寺院とはずいぶんと趣を異にしていた。この場所で、ぼくは中国から来たある大学院生と出会った。彼は王剛（ワンガン）といって、歴史を研究していた。

王剛は自費で日本を旅行していた。専門は宗教建築で、旅行の目的は日本の寺院に残された中国仏教との交流を示す資料を蒐集することだった。大学院生と言ってもその顔はいかにも農民らしく、そこまで利口ではないが研究にかける情熱に溢れているといったタイプだった。面倒な点は、一見口が重そうに見えるが、一旦話し出すとなかなか話を止められないところだった。ぼくたちはしばらく世間話をした。それから、彼は中国が千手観音菩薩像を、日本が十一面観音像を交換した歴史について話しはじめた。

一九三七年十二月、日本軍が南京城内に攻め入って間もなくして、南京大虐殺が起こった。日本軍が南京を占領した最初の一か月間、市内では二万件もの強姦事件が発生し、古都南京の三分の一近くの建築物が燃やされてしまったらしい。当時アメリカの『ニューヨーク・タイムズ』やイギリスの『マンチェスター・ガーディアン』がこの件を大々的に報道したために、南京は国際的な注目を集め、日本の中支那方面軍司令松井石根（まついいわね）は日本に呼び戻されて予備役へ編入され、故郷の名古屋へと戻って来ることになった。南京市民を宣撫する目的から、日本政府は名古屋市から十一面観音像を一尊選び、それを南京へ送ったらしい。この観音像は高さ一一メートル、十一面の顔を持っていて、台湾の阿里山から切り出したヒノキを使って精密に彫刻された仏像らしかった。観音像は一九四一年に南京へ送られ、毘盧（びる）寺に安置されることになった。両国の友好関係を示すために、当時汪精衛（おうせいえい）政権下で南京市長を務めていた者（年代は覚えているけど、名前は忘れてしまった）が、毘盧寺にあった千手観音菩薩像を一尊、名古屋市に返礼として送ることにしたのだとか。千手観音菩薩像は南京港を出発して名古屋港まで運ばれ、東別院に一時安置されることになった。しばらくして再び名古屋市郊外へと送られてきたのだが、それがここ覚王山日泰寺だったわけだ。日本では千手観音菩薩像のために寺院を建立する計画があがっていたが、数か月後に太平洋戦争が勃発して寺院建立の計画は取り下げられ、千手観音菩薩像は日泰寺に「寄留」することになった。戦争が終わって二十年近くが経ってからようやく、名古屋市郊外にある墓地の近くの丘に平和堂が建設され、戦火をくぐり抜けてきた千手観音菩薩像は再びこの堂の二階へ安置されることになったのだ。ただしお堂は普段は固く閉ざされていて、毎年一日だけ公開されるようになっているらしかった。つまり、例の千手観音菩薩像は一年のうちたった一日だけ空を拝むことができ、残りの三六四日はお堂のなかに閉じ込められているんだ。観音像はこんな生活をもう四十年近く続けているんだよ。

平和堂まで足を運ぶつもりはなかったし、そんな時間の余裕もなかった。王剛の話によると、平和堂は高さ一〇メートルほどの二層の建築物で、周りは森林地帯になっていて、特に見るべきものもないということだった。ただし、観音像は今でもそのなかにいるそうで、ごく限られた人間だけがそれを拝むことができるらしかった。王剛はひどくもったいぶった感じで、自分は千手観音菩薩像の写真を持っているんだが見たくはないかと示唆してきた。ぼくは見てもいいし、見なくてもかまわないと答えた。ぼくの無関心な態度に気まずさを覚えた王剛は、それを払拭するように慌ててバッグから写真を取り出してきた。

写真を見る限り、観音像の台座はすでに壊れてしまっているようだった。木の棒一本で神通力を象徴するその「千手」を支えているようで、荒廃して物寂しい感じがした。南京に送られた例の阿里山のヒノキを使って彫られた十一面観音像はどうなったんだと尋ねると、そんなもん、文革のときにとっくに壊されちゃったよと彼は答えた。

大戦時、戦火に包まれて、都市全体がほぼ壊滅してしまった名古屋市を眺めながら、ぼくは形の異なるこの二尊の観音像について考えていた。一尊は十一面の顔で日本軍が中国で行った殺戮を眺めて、もう一尊は精巧に彫り込まれたその千手を広げながら、日泰寺のなかでなす術もなく名古屋市が火の海に呑み込まれていくのを眺めていたのだ。それを見つめる観音像たちの心には、いったい何が浮かんでいたんだろう?

王剛はぼくがその写真の出所について尋ねてくると思っているようだったが、それを聞こうとは思わなかったし、これ以上彼に喋り続けられるのもごめんだった。ぼくたちはお互いに連絡先を交換したが、きっとぼくから彼に連絡することはなく、彼から連絡が来るようなこともないはずだった。なぜなら、ぼくたち二人の間には第二次世界大戦に対する見解にある種の食い違いがあったからだ。王剛はぼくたちがときおり出くわす民族的優越感を抱いた中国人学生たちのように自信に満ちた人間で、彼がその民族意識をもってぼくの立場を攻撃してくることにはまだ理解を示せなくはなかったが、戦争に対する見解には同意しかねた。どんな理由があろうとも、ぼくは戦争には参加しないのだと言った。こんなふうに言ってしまえば極端に思われるかもしれないが、たとえ自分の国が侵略されたとしても、ぼくは戦争に参加するつもりはなかった。

アリス、言ってみれば、ぼくたちは皆戦争を経験したことがない人間で、戦争が何なのかまったく知らないでいるんだ。それでも、ぼくらは確かに戦争を生き抜いてきた彼らから生まれてきた。ぼくたちの両親におじいさんやおばあさん、誰もが戦争によって淘汰されずに生き残った人たちなんだ。他人を殺戮して生き残ったか、それとも泣いて屈従して殺戮から逃げ延びたか、あるいは沈黙し、隠れ、嘘をつくことで生を拾ったのか。どんな方法を選んだにしろ、それは彼らが生き残る上で必要な戦略だったんだ。そして、両親たちがそうした正しい生存戦略を選んだ結果として、ぼくたちはこの世界に生まれてきた。最近読んだ本にインクルーシブ・フィットネス・セオリー、いわゆる包括適応度理論について書かれているものがあったんだけど、こうした角度から物事を考えればぼくたちはみんな成功した遺伝子をもっていて、暴力者、あるいは暴力にさらされた際、巧妙にそこから生き残る「避難者の遺伝子」をもっていると言えるんだ。生存法則を知らない遺伝子はとっくの昔に土のなかに埋められてしまって、炭化してしまってるからね。こうした観点から見れば、中国がこれまでに起こした戦争だって決して少なくないはずだ。ぼくはこれまでいろんな地域の歴史について文章を書いてきた。オランダ人のあくどさや泉州(せんしゅう)出身者と漳州(しょうしゅう)出身者の武力衝突がもたらした凄惨さ、漢民族による台湾原住民族への抑圧、それに原住民族同士の戦い、どれも目を覆いたくなるようなものばかりだろ?

ぼくは王剛に、実は自分の父親も日本軍の一員だったとは言えなかった。それを口にすれば、彼はきっとぼくを憎しみのリストのなかに加えるはずだったから。

ああ、そうだ。ぼくの眠りは「正常」に戻ったよ。理由まではわからないけど、とにかく「正常」に戻ったんだ。白鳥先生はぼくのために色々と睡眠に関する科学的解釈を話してくれたけど、ぼくの意見を言えば、ある種の力(こうした言葉をあんまり使いたくないんだけど)が、睡眠のスイッチを不思議なリズムの上に置いたけど、ある日それを気まぐれでまた元の位置に置き直したって感じがしてるんだ。だけど、この「異常」な睡眠時間のなかで、ぼくは自分の年齢と視界を離れて何か別のものを見たような気がする。もしかしたら、それこそがこの旅で得た最も大切なものだったのかもしれない。

アリス、ぼくが一人でこの場所に来なくちゃいけなかったってことをわかってくれるかな? メールの返事をしてくれる? 君からの返信が来なくなってからずいぶんとやきもきしてるんだ。

ここまで書いたら、何だか眠くなってきた(こんな長ったらしいメールを読んでいれば、君も眠くなるかもしれないけど)。眠りにつく前に、あと一つだけ君に話しておきたいことがあるんだ。台湾に戻ったら、どこかいい場所を見つけて何か書いてみようと思ってる。報道関係じゃない。報道ってやつには飽き飽きしてるんだ。優しさに満ちた報道にしろ諧謔に満ちた報道にしろ、同情を求めてみたり、ひとりよがりなくせに客観的な口ぶりで世のなかのことをあれこれと書き立てることに、ぼくはもうほとほとうんざりしてるんだ。

## 40

父さんが失踪してから、ぼくたちはあちこちでその行方を捜していたが、それ以上に重要だったのは母さんを慰めることだった。U市にある家には、父さんが使っていたスリッパや湯飲み、箸などが残されていて、他にもカレンダーに残された筆跡に鼻毛を切るための小型のハサミ、改造したロッキングチェアが残されてあった……。ぼくたちは父さんが生きていると信じていたので、こうしたものはすべて残しておくことにしていた。

「数日したら、ひょっこり帰ってくるかもしれないだろ」。期待と疲労の入り混じった兄さんの言葉に、姉さんも頷いてみせた。ぼくたちはまるで呪文でも唱えるかのように、毎日父さんが帰ってきたらどこへ連れて行こうかと話し合うことで、母さんと向き合う絶望感を和らげようとしていた。しかし日が経つにつれて、父さんが残したそれらが母さんを苦しめていることに気づいたのだった。それを眺める母さんはまるで魂を吸い取られてゆくように、日一日と生気を失っていった。何度も母さんと話しあったが結果は出なかった。そこでぼくたち三人で協議した後、兄さんが母さんを病院に連れて行っている隙にそれらを木箱に仕舞いこんで、父さんの部屋に鍵をかけて隠すことにした。

家に戻った母さんは何も言わなかった。水を一杯を飲むと、ただ静かに夕食の席についた。夕食後、ぼくたちは母さんがテレビを見に出て行ったのかと思っていたが、当の母さんは金槌を取り出してきて、突然鍵のかかった扉をガンガンと叩き出しはじめた。おかげで扉はすっかりへこんでしまったが、金槌をふり下ろし上げる母さんは気力に満ちていて、すっかりぼくたちを驚かせた。扉の錠が壊れるまで金槌をふり下ろし続ける母さんを、誰も止めようとはしなかった。それから、母さんは部屋にあったものをすべて元の状態へと戻していった。丸い腰掛け、スリッパ、湯飲み、鼻毛を切るための小型のハサミ、改造したロッキングチェア……それらをすべて父さんが失踪する前の状態へと戻していった。ロッキングチェアに腰掛けた母さんは、先ほど絞り出した力はいったいどこに行ってしまったのか、ひどく疲れ切っているようだった。

父さんが失踪して以来、母さんは数十年来信じてきた三太子に開漳聖王、陳靖姑に濟公（南宋時代の僧、仏教を離れて民間信仰の対象となった）といった神さまたちの間を尋ね歩くようになっていた。ぼくたち一家は神さまを降ろしていないときのタンキーとはずいぶん仲良くつき合っていて、新年や年中行事がある度に、母さんはまるで親戚にするようにぼくたちにタンキーへ贈り物を届けるように言いつけていた。正直に言えば、タンキーは下手な親戚よりも親戚らしかったと言えるかもしれない。なぜなら、彼らはぼくたちの家で起こった出来事を一から十まで知っていて、母さんが何を考えているのかまですべて理解していたからだ。少なくとも、彼らはぼくが母さんのことを理解するよりもはるかに母さんのことを理解していた。それに、ぼくたちはこのタンキーがテレビに出ているような金に汚い嘘つきじゃないことだけは知っていた。彼らは父さんと母さんが商売や子育てで苦しい思いをしていたときに頼った四十年来の「友人」で、その料金もずいぶんと良心的だった（せいぜい百元程度だ）。薬やらなにやらを売りつけてくるようなこともついぞなかったので、ぼくたちも彼らが母さんのことを騙すことはないと思っていた。今となってはタンキーが予言の力を持っているなどとは信じなかったが、時折ケンカするときを除けば、母さんが彼らの下で占いをすることを止めはしなかったし、そうした行為を恥ずかしいとも思わなかった。なぜなら、母さんには本当に彼らが必要だったからだ。神さまが何を話しているのか知りたかったし、神さまと話し合いたかったのだ。

他の人たちが言うように、タンキーが神さまの代理人などではなく、ただお金を受け取ってお喋りの相手をする友人であることに気づいたのは、いったいいつごろだったのだろうか。きっと、高校三年生のときに交通事故を起こしてからだ。それまでのぼくは、タンキーに畏敬の念を抱き、彼らに礼を失するようなことをすれば、何かとんでもない禍いが降りかかると思っていた。だから、一人でうちにある土地公の祭壇と先祖の位牌の側でオナニーするときには（別にわざとそうしたわけじゃなく、商場の部屋は狭すぎてどの角度からでも神さまに見られてしまうからだった）、頭から毛布をかぶって神さまから見えないようにした。なぜって母さんが神さまに尋ねごとをしたとき、タンキーにぼくがオナニーをしていたってことを伝えられるかもしれないだろ？　だけどあの交通事故以来、ぼくはタンキーたちの口から発せられる神さまのお告げをまったく信じなくなってしまった。神さまの前で神さまを冒瀆するようなことをしても恐れなかったんだから、タンキーの予言に逆らって天罰を受けることなんて恐れるはずもなかった。

　その日、ぼくは親友の徐曜（シュヤオ）と一緒に学校をサボっていた。彼の父親のバイクを盗んで映画を観に行っていたのだが、まさか交通事故を起こすはめになるとは思いもしなかった。事故の瞬間、ぼくは自分に向かってくる小型トラックがスローモーションのように見え、次の瞬間スピードを取り戻した小型トラックにぶつかると、痛みを感じる前にそのまま意識を失ってしまった。ちょうど団体旅行で東南アジアを旅行していた両親と姉さんは、兄さんからの電話を受け取ると、日程を繰り上げて台湾に戻って来た。そのときには医者に頭の傷口を縫われ、脳に異常がないかどうかを検査されている状態だった。母さんは台湾に帰って来るなり、まっすぐに三太子のいる祭壇へと駆けつけ、符水（ふすい）（呪文が書かれたお札を燃やしてその燃えかすを水に入れたもので、治癒力があると信じられてきた）を染み込ませたハンカチをこっそり病室に持ち込み、ぼくの口元を拭っていた。意識と無意識の狭間で、ぼくは影のように黒く、背中に翼のようなものを背負った男の子が暗い洞窟のなかから出てくる夢を見た。ぼくに近づいた彼の身体からは、薄暗い闇の匂いがした。

彼はぼくの口を引っ張りあけると、そこから歯を三本だけ抜き取ってその場から立ち去っていった。そのあまりの痛みでぼくは目を覚まし、続けて耳元で話をする母さんの声が聞こえてきたのだった。

しかし、徐曜は死んでしまった。徐曜の棺の前で焼香したその日、ぼくは彼の父親の顔をまともに見ることができなかった。徐曜の父親は退役軍人で、子供は彼一人だった。母親はずいぶん前に父親のお金を持って家を出たそうで、どこに行ったかは行方知れずだった。焼香をすませて棺の前を離れる徐曜の父親が、一向にぼくの顔を見ようとしない気持ちをぼく自身も理解できた。

果たして母さんが符水をぼくの唇に塗った効果が現れたせいか、身体はみるみるうちに回復していった。あるいは、何らかの神さまがぼくを救ってくれたのかもしれなかったが、何にせよ二度と神さまを信じまいと思っていた。どうして神さまはぼくに命の符水を与えてくれたのか。反対にタンキーに安否を尋ねた徐曜の父親は、自分の息子を失うことになったのか。ぼくにはわからなかった。徐曜の父親は息子の息がまだある間、きっと神さまに祈っていたはずだ。いったい神さまはなんの権利があってその祈りを無視したのか。

何より、あの日バイクを運転していたのはぼくだった。なのに母さんには、バイクを運転していたのは徐曜だったと答えた。本当はぼくが徐曜をのせていたのに。だけど、そのことを指摘する「神さま」はどこにもいなかった。それどころか、神さまは母さんに向かって、今後は他人の運転する車には乗らない方がいいとアドバイスしたくらいだった。

それからというもの、母さんは何事につけても神さまにお伺いを立てるようになってしまい、多いときには日に一度は神さまを呼び出すほどだった。こうした神さま依存状態に、ぼくはそれと真逆のことをすることで反抗した。たとえば大学の進学先を決める際、神さまは法学部を選ぶように言ったが、それを聞いたぼくはわざとメディア学部を選び、大学院に進学した際には神さまが卒業後の運気をあげるためにも北部の大学院を選ぶべきだと言ったので、あえて南部の大学院に進学することにした。母さんが燃やした符水を飲ませようとすれば、一、二口だけ口にした後、母さんが見ていない隙にその符水で花に水をやった。もしも母さんがこれは身体を洗って運気をあげる符だと力説すれば、それをトイレのゴミ箱に捨てるわけにもいかなかったので、ぼくは迷うことなくそれをお尻を拭いたトイレットペーパーと一緒に捨てた。幸いなことに、今にいたるまでたいした悪運にも遭遇しておらず、かと言ってありえないような幸運にも出会わなかった。符水をやった花にしても、とりわけ元気に育ったというわけでもなかった。

だけど、父さんの失踪に関しては、ぼくは心からタンキーの存在に感謝していた。

父さんが失踪してぼくたちは警察に通報したが、警察に事件の届け出をした人たちの多くが感じるように、制服すらまともに着こなせない彼らをどうしても信じる気にはなれなかった。少なくとも、母さんにとって警察よりもタンキーの方がはるかに頼りになった。少し前に開漳聖王へお参りに行ったとき、母さんはすでに絶望のあまりやせ細って、ほとんど人の形を留めていなかった。人間の外観とはたった一晩でここまでその内心を表現できるものなのだ。普段ぼくたちは力の限りを尽くして、この世界に受け入れられるような外観を保とうとしているが、本当に絶望したときにはそうした努力はまったく意味を失い、ほんの少しタガが緩むだけで、本当の姿というやつが顔を出してしまうものなのだ。

祭壇は小さいころに見たものとだいぶ印象が変わっていた。通路と登記待合所はきれいに補修され、冷たい飲み物を売る冷蔵庫とパソコンまで置いてあったが、タンキー本人は同じ人物だった。我が家では彼のことを「聖王公（シュンオンゴン）」と呼び、彼の本当の名前は知らなかった。だがこの「聖王公」も、今ではずいぶんと衰えてしまっていた。頭は真っ白で首の皮膚は垂れ下がり、まともに立つことすらままならなかった。あるいは、神さまの意志をたくさん伝えすぎたせいなのかもしれない。口のなかは大きくへこんでいて、顔の上に深い穴ができていた。彼が神さまを自分の身体に憑依させたとき、ぼくはわざとその正面に立ち、母さんが救いを求めるのとは裏腹に、疑いに満ちた態度をとっていた。たぶん、身体全体を使って彼に疑問を呈し、それによって挑戦的な姿勢をとろうとしていたのだと思う。神さまを身体に降ろしたタンキーは決まって興奮状態（トランス）になるが、それは何か巨大な力に影響されているように見えた。母さんの話を聞き終えたタンキーの表情はすぐさま形容しがたいものへと変わっていき、ぐらぐらと頭を動かしはじめた。その表情は素直な上に卑猥で、うっとりとしているようにさえ見えた。その瞬間、ぼくは確かにタンキーの身体に降りてきた神さまが、父さんがどこにいるのかといったことだけでなく、すべての出来事を理解しているのだと思えた。

タンキーは河洛語（ホーロー）（閩南語、台湾語の別称）を使って、詩の韻文のようなものを読み上げた（これはぼくが知る唯一台湾語を詩のように話すことができるタンキーで、現在心霊番組がゲストで呼ぶようなタンキーの話す言葉は粗野で単純なことこの上なく、もしも神さまというやつが本当にいるとすれば、彼らはみんな神さまを憑依させていない偽物だった）。しかし、なぜか神さまの言葉はタンキーの口から完全に伝えられることなく、ある種夢の言葉でその神旨（しんし）が伝えられた。それはあまりに長く覚えにくいものだったが、最後の一言だけはしっかりと覚えることができた。

尋ね人見つけ難し、消息を待たれたし。

桌頭（ダタウ）（タンキーの近くにいて、タンキーの話した神さまの意思を伝える役割を担っている者）によれば、聖王公は父さんが死んだとは言っておらず（その言葉がどれだけ重要であったか、母さんは後にこの言葉を頼りに生きてゆくことができた）、ただ「しばらく離れた」か「道に迷った」だけで、最終的には何らかの便りがあるはずなので、まずは父さんが残したものから何か手がかりを探してみてはどうかとアドバイスしてくれた。また、桌頭は次の言葉も付け加えた。もしも仮に父さんが帰って来なかったとしても、母さんは強く生きていくべきだ。すると、ぼくが止めるのが間に合わないほどのスピードで母さんはその場に跪いて、目の前にいる桌頭を拝みだした。実際のところ、強く生きて行かなければいけないといった指示を母さんが必要としていないことは、ぼく自身一番よくわかっていた。

父さんが残したものから、いったいどうやって手がかりを探せばいいのかわからなかった。父さんが残したものはそれほど多くなく、そもそもあまりものを持たない人だった。昔、父の日などがあったときに、ぼくたちは父さんに按摩器やネクタイ、シャツなんかを送ったが、どれも箱にしまわれたままクローゼットの上へ積み重ねられていき、贈り物が入った箱は厚いホコリに覆われていった。プレゼントは送られた状態のままで放置され、箱が開かれることすらなかった。クローゼットには父さんがよく着ていた肌着や長ズボンが五、六着入っているだけで、それ以外には修理用に持ち込まれたが、商場が取り壊されてから顧客が取りに来なくなってしまったラジオやスピーカーが数台置いてあるだけだった。

しかし、ぼくは箱の縁がすっかりさびついてしまった掬水軒のお菓子箱から、父さんが保管していた大量の水道代や電気代、それに納税の明細書などを見つけた。最も古いものだと、二十五年前のものまであった。電気代の領収書の下にあったビニール袋には手紙がたくさん入っていた。その手紙の差出人はすべて留日高座同窓会というところから送られてきたもので、それは同窓会への参加を呼びかけるハガキだった。

## 41

眠りが必ずしも休息になるとは限らず、ときにはむしろ治療効果をもった儀式となってより深い記憶のなかへ沈んでいくこともある。それは本来夜に属するもので、昼間の世界に戻ろうとしない記憶でもある。夜が更けて人の意志が弱まってきたころ、それは夢へと形を変えてゆく。しかも、夢にはそれがどんなシーンであるかにかかわらず決まってそういう場所があって、そこには現実感を持ちながら明らかに夢だと思える土地があり、それは知らず知らずのうちにひび割れてゆき、一切はそこから風船の空気が漏れるようにして現実世界へと染み込んでいくものなのだ。その裂け目にはわずかばかりの悪意があって、常に無言の状態でそこに存在している。

自分の身体の上に載せられていたベッドの脚が動かされたことに気づいた石ころは、現実に漂う空気が重々しい力となって自分に押しかかってきているように感じた。突然苦痛から解放されたために、思わず泣き出してしまったほどだった。長い間ベッドの脚にされていた石ころは、二人分の体重とその夢を受け止めることにすっかり慣れてしまい、夢の解釈者になっていた彼は自分が一匹の亀であったことすら忘れてしまっていたのだ。毎晩遠い風景を眺めるように、石ころはベッドで眠る人間の夢に潜り込んだ。ある日、三郎のカーサンは森で柴を拾っている際に一匹の人面魚を拾ってしまう夢を見た。その夢に潜り込んでいた石ころは、それは歯に異常が起きることを暗示しているのだと伝えてやりたかったが、三郎のカーサンは夢（あるいは石ころ）の言葉を理解することができなかった。夢から目を覚ました石ころは、カーサンに替わって言葉にならないその重みを引き受けてやったが、もしかしたら夢の内容を伝えてやらなかったことは、カーサンにとってよかったのかもしれない。なぜなら、未来（さき）の見えない人生こそが、人生と呼ぶに値するものであるのだから。

間違えてベッドの脚にされていたこの二年間、石ころはできるだけ夢の世界でその身体を赤ん坊のように縮めてきた。ところが今になって、石ころは突然呼び覚まされてしまい、解放されたのだった。現実ではなく、夢の世界で歩くことにすっかり慣れてしまっていた石ころの四本の足は、自由に歩けることに慣れずにいた。

しかし、石ころの感じた痛みとは、歩き慣れようとすることによって生まれるものではなく、苦難から離れていくときに生まれる新たな痛みでもあった。

## 42

ゆっくりと年老いていた三郎は、もうずいぶんと長い間、目が覚めやすくなってしまっていた。それも本当に目が覚めているわけではなく、ただ頭がぼんやりとした時間のなかにいる感覚だった。

四十数年前に起こった大地震のただなかにいることもあって、傾き揺れる視界のなかで、どれだけ過去に偉大で堅固であると信じられたものでも一瞬で倒壊してしまうのだと気づいたりした。またあるときには空襲のあとの火災現場に立っていることもあったが、その記憶はぼんやりとしていて、部分部分が焼失してしまっていた。残されたのは、ぼやけた声や匂いだけだった……。

また、しばしば戦後のあの困惑に満ちた時間に舞い戻ることもあった。

アメリカ軍が日本進駐のために降り立った厚木飛行場は空C廠の近くにあったので、少年たちはそれまで見たことのない白人や黒人たちとしょっちゅう遭遇することになった。アメリカ軍の困惑したまなざしの下、少年たちは身分証明書を取り出し、稚拙な英語で自分たちは日本人でなくフォルモサ人であり、戦勝国民であって捕虜ではないのだと伝えた。この言葉を話すときに、少年たちはどうしてもびくびく怯えてしまっていたが、アメリカ兵たちは長い毛の生えたその大きな手で彼らの頭をポンっと叩くと、甘くて不思議な食感がするキャラメルを手渡してくれた。ほんの数か月前までは、防空壕のなかからB-29が撃墜される様子に歓喜の声を上げていた彼らが、今ではアメリカ軍に戦勝国民として認めてもらい、キャラメルやビーフの缶詰をもらえることに興奮を隠しきれずにいた。

しかし、自分たちは本当に戦勝国なのだろうか？　本当に捕虜でないと言えるのだろうか？　そのころ、三郎はいつも自分たちを検査する背の高いアメリカ兵が蔑んだ目つきで「自治会」と書かれた身分証明書を引きちぎる様子を想像していた。いったい誰がお前たちを日本人じゃないと証明できるんだ。

いったい誰がそれを証明できるのか？

故郷へ戻る船の出航日が手配される間、少年たちは居住地によって新たに宿舎の部屋が割り当てられ、三郎は同郷の少年たちとともに出航日を待つことになった。ある者は北京語や英語を学び、またある者は工廠にある部品を街まで運んでいって売っ払い、またある者は果物や水飴、スルメイカなどで商売をはじめていた。同じ宿舎にいた三郎より少しだけ年かさの呂という少年は、とても活発な性格をしていた。彼は故郷に引揚げるのを待つ間、手元にある金を集めて、色んな場所を遊覧してみないかと提案してきた。将来がいまだ見えずにいた三郎は、呂の提案にのることにした。当初まともに支払われてきた給与をこつこつと貯めていたお金は、このとき驚くほど役に立った。呂の引率の下、少年たちは再び江ノ島に足を運び、電車に乗って横浜に東京、さらには長い時間をかけて名古屋まで向かった。なかには北海道まで旅をした者もいたらしかった。旅を続けるなかで、自分たちが戦勝国の身分を持っていることを認識しはじめた少年たちは徐々に大胆になっていった。

当時の日本では、映画やレストランなどを含めて、あらゆる場面で「進駐軍」への特別待遇策が採られていた。あるとき、呂は少年たちを連れて山手線を走る「進駐軍専用車」の車両に乗り込んだことがあった。三十歳を超えた日本人従業員は少年たちに恭しく敬礼すると、彼らのために暖房までつけてくれた。車外では雪が止むことなく降り続けたが、車内の温度は徐々に上がっていった。呂は自分たちに与えられた特権にひどく満足しているようで、その表情には力がみなぎっていた。車窓の外で雪に埋もれた廃墟を眺めていた三郎は、ふと今朝公園でおにぎりを食べていたときに、向かいでまるで熟睡しているように横になっていた中年男性のことを思い出した。しばらくして、警察官が現場に駆けつけてきた。警察官は男性の脈と息を調べると一旦その場を去っていったが、十分ほどして再び帰って来ると、まるで彼が凍えてしまわないように蓆でその身体を覆ったのだった。

　その光景を見た三郎の頭に、なぜか『リンゴの唄』のメロディが響いた。この歌は並木路子によって歌われた映画の主題歌で、晴れ晴れとして軽快なメロディはすべてを失った日本社会で熱狂的に受け入れられた。どこへ行ってもラジオでは必ずこの『リンゴの唄』が流れていた。凍死、餓死、そして新たな世代が生まれてくるなかで、爆弾で両足を失った者、奇形児を身ごもっていた者、すべての財産を失った者たちの耳元で、同じようにあの軽快なメロディが流れていた。「赤いリンゴに　くちびる寄せて　だまって見ている　青い空」。人々は生きるために新たな仕事を探しはじめていた。

　世界が再び動き出そうとしていた。戦争が一時的に止むと、すでに死に絶えたように見えていた都市にもやがて復興の兆しが見えはじめていた。進駐軍専用の暖かな車両に座っている三郎もまた、浮世から離れた視線で世界を眺める方法を学んでいた。彼がかつて憧れながら、ある時点において突然移り変わってしまったアイデンティティの落差といったものもまた、この世界の表象の一つに過ぎないのだ。いつでも何かを得ることができるし、また同じように何かを失うこともある。彼は何やら仮面をはぎ取られた後のような憂鬱さを感じたが、そうした憂鬱さがいったいどこからやって来るものなのかまではわからなかった。

　ときに三郎は、他の少年たちとわいわいと騒ぎながら、名古屋の真福寺を参拝したことを思い出すことがあった。何でも真福寺にある観音像は霊験あらたかで、少年たちの帰郷を必ず見守ってくれるという話だった。だが、半日も電車に乗って、さらにずいぶん歩いて目的地にたどり着いたとき、少年たちは真福寺がほとんど倒壊して、神殿の一角をのこすだけの姿になっていることをようやく知ったのだった。行楽気分でやって来ていた少年たちはそのことで特別気落ちすることもなかったが、それでもこの廃墟のような寺院を参拝することにした。廃墟のような都市を見て回って、同じく廃墟のような安宿でひと眠りし、ようやく名古屋を立つことができた。

帰りの電車で、三郎はある日本人の少女と出会った。少年たちが自らの身分を誇示するように車内で騒いでいるとき、呂が彼を肘でつついて車両の前を見るように促してきた。最初その少女を目にした三郎は、自分の身体がぐらぐらと揺れるのを感じた。少女は白いセーラー服を着て、そこから伸びた異常なまでに真っ白な腕がその全身を輝かせていた。しかし、ずいぶん後になって三郎がどんなに思い出そうとしても、少女の顔をはっきり思い出すことはできなかった。きっと車窓から差し込んだ光で、その頬が金色に輝いていたせいだろう。三郎は少女が自分に痛ましいような笑顔を向けたことだけは覚えていた。その笑顔は彼に甘い痛みをもたらしたが、それがいったい何を意味するのかはわからなかった。そのころの三郎少年はあまりに幼く、彼はただ故郷の山々にいるめずらしい蝶々たちがそうするように、少女の立っている車両前方へ向かってゆっくりと身体を移動させていくことしかできなかった。T駅に着くと、少女は電車を降りていった。呂は大胆にも電車を飛び降りてそのあとを追いかけると、二、三言葉を交わした後、再び動き出した電車へ飛び乗って来た。

呂は少女に住所を聞いたわけではないと誓い、思いつくままにその美しさを褒め称えただけだと言ったが、三郎はひどく不快になった。帰路、三郎はわざと呂とは口をきかず、少女が返事をしたことすらうらめしく思えてきた。故郷に帰る前に、三郎は機会を見つけてもう一度名古屋まで足を運んだ。同じ電車にも乗ってみたが、再びあの少女に出会うことはできなかった。何十年も経ってから名古屋に家族旅行をしたときにも、わざわざ同じ路線を選んで乗車してみたが、電車は切符の形から何まですっかり変わってしまっていた。

台湾へ帰国して三年あまりが経ったころ、三郎は工廠で貯めた残りの金を使って結婚することを決めた。相手は台湾中部の小さな漁港で育った娘で、親戚が紹介してくれた相手だった。三郎はあまり多くを考えなかった。カーサンが亡くなってからおばさんは彼に辛くあたり、彼に裸足でタケノコを採りに山へ行くように命じたりした。結婚することでしか、自分がこの家を離れられないのだとわかっていた。一方、彼にとっての結婚とはご先祖さまを祀り、お互いに助け合って子どもを育て、家族を養う相手を見つけることでしかなかった。お見合いの席ではじめて珍子(ちんこ)を見たとき、三郎は珍子を理想的な相手だと思った。珍子はまさにそうした対象だった。

漁村で育った珍子は、女性が婚姻生活において果たすべき役割といったものをよく心得ていた。ひっそりとした貧しさのなかで、二人の結婚生活をできるだけ単調で地に足のついたものにしてきた。三郎にとって唯一不本意だったのは、珍子に対しては、あの日神社の境内で少女を見たときに感じたような深い驚きに満ちた興奮を一度として感じたことがないことだった。二人の間には、夢を見ているような感覚はどこにもなかった。

珍子が一人目の男の子を産んだ日、二人は入院費を払うことができず、その日のうちに家に戻って来た。三郎はお隣さんからお金を借りて手羽先と鶏脚を買い、鶏肉のスープを作って珍子に飲ませてやった。そして、珍子を扇風機のあたらない場所に寝かしてやると、自分はその傍で灯りをつけて、大同公司(ダートンゴンス)が新しく発売したラジオを修理することにした。彼は珍子の張った胸からあふれ出す乳がリズミカルに上下し、その胸によりかかって眠るまだ首もすわらない名前のない赤ん坊を見つめながら、頭を傾けて周波数変換器が電波をとらえる際の微細な音に耳をすませていた。扇風機がウンウンと頭をふり、辺りはひどく湿っぽかった。手元の仕事を放り出した三郎は、身をかがめて暗闇のなかで正確に珍子の唇を探しあてた。三郎に触れられた珍子の唇は一瞬驚いて目を覚ました小動物のように緊張した後、再びその警戒を解いていった。目を閉じた珍子は寝たふりを続けながら、昔防空壕の暗闇に入って知らない男性の身体に触れてしまったときに感じたあの緊張感を思い出していた。死んでしまっていたものが再び甦ったように、しばらくすると珍子の柔らかな腹部はリズミカルに起伏を繰り返し、何かを渇望するように猛烈に呼吸をはじめた。

そのときになって、三郎はようやく自分が珍子のことを愛しはじめているのだと確信した。何やら安心したような気持ちもしたが、同時にほんのわずかな失望も感じた。

過去の思い出から現在へと戻ってきた三郎は、ベッドに横になっているこの太って平凡な、ペチコートを着て深く眠る年老いた珍子が、異常なほどに美しく見えてしまうのだった。そうすると、何やらあの戦争を生き抜いてきたことが神さまの思し召しではなかったなどとは言えないような気がしてきた。

春がやって来るころになって、ようやく引揚げ時期が決定した。何でもアメリカの艦隊が護衛してくれるらしかった。少年たちのなかには日本にそのまま留まる者もいて、呂はそうした残留組の一人だった。当時の三郎はそれを聞いてひどく驚いたのを覚えている。なぜなら、故郷を思う気持ちは万人に共通した感情だと思っていたからだ。親父はとうに死んじまって、おふくろも別の家に嫁いでしまってるからな。故郷に帰っても意味ないさ。呂はそう言った。ずいぶん後になって、三郎は同窓会に参加するために大和市へと戻ってきたが、そのときに皆の世話役をしていたのがこの呂で、その羽振りのよさはかつての同級生たちを大変に驚かせた。当時呂は手持ちのお金を使って、東京都心近くの空襲で焼け野原になった土地を購入したらしい。戦後一度は死んでしまった東京が復活を果たしたことで呂は大金を稼ぎ、土地を売ったその金で日用品を取り扱う商社を起業し、今ではかなりの規模のチェーン店にまで発展していたのだった。その日、彼の日本人妻も和服を着て同伴していた。それが当時見たあの少女でないことを確認した三郎はなぜだかホッと一息ついた。

今思い返してみれば、三郎たちは当時台湾へ帰国した最後のグループだった。やがて春になろうというときに、三郎は故郷へ戻る少年たちと一緒に京浜急行線にのって、横須賀近くにある久里浜港までやって来た。黄昏時、少年たちは乗り継ぎ用のボートで六千トンある永禄丸の近くまで乗りつけると、そこに掛けられた縄はしごを登っていった。三郎が乗船した後、縄はしごの近くで何やら騒ぎが起こった。何でも少年が一人、海のなかへと落ちてしまったのだとか。少年を助けるために日本人の船員たちが海へと飛び込み、船上からも命綱が投げ込まれた。しばらくすると、船員が海に落ちた少年を引き上げてきた。遠目から見ると、その顔は寒さのせいでチアノーゼを起こして手足は硬直し、まるで船員から逃れようとするような奇妙な姿勢になっていた。三郎の傍にいた日本人の船員はその様子を一目見るなり、はっきりとした口調で一言、死んだなと言った。

甲板上から見た「浦賀水道」は銀色に煌めき、言葉にできない哀愁を深く漂わせていた。

今回の旅が日本に来たときと違っていたのは、当時は将来への期待に胸をふくらませていた少年たちが、今では貧しい食料と戦争に育てられ、喉仏と髭が生えてしまっていることだった。アメリカ軍の潜水艦に撃沈されるのではといった重々しい雰囲気はすでになく、その代わりに白々しいまでの気楽さが漂っていたが、それは帰郷する緊張感を隠すために演じられたものだった。少年たちは輪になってカードゲームをしたり、おしゃべりをしたり、あるいは二年前に見た海を眺めたりしていた。日本人の恋人を船に連れ込んでいる者までいて、甲板上から帰郷、あるいはかつて故郷を離れることになった海を見つめていた。もしかしたら、人々の生活とは戦争のただなかにあってもひどく傾いたものので、ただ特定の方向へ向かってひたすら突き進んでいくだけなのかもしれなかった。彼は再びあの日本人の女の子のことを思い出した。記憶がいまだ色あせていないために苦しくも感じたが、おかしかったのは、彼は一度としてその子と言葉を交わしたことがないのだった。

船がゆっくりと南へ進路を向けると、帰郷の緊張感も徐々に明らかになっていった。吹きつけてくる風は湿気を含んでいて、そこには嗅ぎなれた泥とススキと渓流の匂いが入り混じっていた。その匂いを嗅いだ三郎の心には、寂しさに似た気持ちが浮かんできた。たとえ慣れ親しんだ故郷に帰れたとしても、それは彼がこれまで体験したことのない世界であるはずで、海面に起こる風や波が二つとして同じものがないのと同様に、感情もまた然りだった。前に向かって吹いている風が再び自分の顔に吹きつけるようなことはありえなかった。

数日後、船はようやく港に着いた。気のせいか、三郎は港がひどく陰鬱な様子をしているように感じた。駅前で引き継ぎにやってきた中国の軍人は、革ではない軍靴を履いていて、上着もきちんとズボンに入れていなかった。ひどく年寄じみて疲れた様子の将校は、少年たちに集合をかけて名前を読み上げはじめたが、彼らはその言葉を聞き取ることができなかった。同乗していた日本の軍人は、少年たちに名簿を渡してサインをするように言った後、彼らを中国人の軍人へと引き渡した。その紙には次のようなことが書かれていた。「この者は確かに中華民国政府へと移譲された。二、この者は日本国籍を失い、中華民国籍を取得するものである」。中国人の将校は彼らに汽車の切符を一枚ずつ渡すと、これは線路が通っている場所ならどこまでも行くことができるが、使えるのは一度きりだと言った。

一枚の紙、一枚の切符、少年たちはこうして「返還」された。

駅の窓口を見つけると、三郎と仲間たちは規則で千円しか持ち帰れなかったお金を七百元へ換金し、端数となった日本円は記念に取っておくことにした。三郎は駅で餅皮（パイ）を売っていた行商人から、米一斤が十六元まで値上がりしていることを聞き、千円の価値が大きく値下がりしていることに気づいた。

乗車前、三郎は風呂敷包みを撫でると、そこにしっかりと包まれている秀男と阿海(アハイ)の爪に向かってささやいた。「ぼくらはもうすぐうちに帰る」

写真は冷たく、匂いもしなかった。銀塩の印画紙上に映し出された一切は音もなく、リアリティの欠けたリアルさがだけがあった。

その日、大学の同窓会に出席する予定だったぼくは、アリスに電話をかけた。アリスが甘い声で昨日はよく眠れたかと尋ねて、ぼくはぐっすり眠れたよと答えた。脳裏には肉色をしたアリスの唇と、カールしたまつ毛が浮かんでいた。

同窓会で使われたレストランは、ぼくらの世代の人間ならよく知っている光華商場近くにあった。一時間ほど早く着いたために、数年後には撤去されることになるらしいこの古びた商場をぶらぶらすることにした。およそ三十年前、この手の商場が大量に繁殖した時代があった。当時は高架橋下に商場や食品市場を開くことが流行っていたのだ。ここの商場も元はデジタル家電製品を扱う場所ではなく、ぼくらの世代の人間にとってはレコード屋や電器器具店、それから古本屋をしている印象が強かった。ほんの二、三坪ほどの大きさしかない店内には、読まれたことのある本に読まれることなく捨てられた様々な本が積み上げられていた。雑然とした本の無縁墓地のような場所で本を探し出していると、本だけが発するカビた匂いがしたが、かつてはこうした場所に特別な本を探しにやって来ることもあった。本屋のなかには、青春時代にどうしても必要となる、肉体的な渇きを専門的に提供してくれる店もあった。

高校時代、光華商場でエロ本を買い、それをクラスメートと交換することは、当時行われていた重要な儀式の一つだった。今でもぼくははじめてエロ本を買いに来たときのことを覚えていた。まず棚の上にある古本を眺めるふりをして、それからゆっくりとエロ本が詰められた段ボール箱へと近づいていった。ひどく手慣れた様子を装いながら、震える手でエロ本を物色するのだ。本はどれも生鮮食品のようにラップで包まれていたので、物色すること自体あまり意味はなかった。経験から言って、表紙と中身とは違っていることが多かった。当時、ぼくは二時間かけて地下の商場を行き来していた。知り合いに出くわさないか注意しながら、どの店で買えばより気まずくないのかを計算していたのだ。女性店員がいる店は避けるようにした。若い店員がいるような店は特に危なかった。女性店員相手にエロ本を買うなんてあまりにプレッシャーが大きすぎた。できれば、男性店員も避けたかった。特に避けたかったのは、お前が一日何回マスをかいてるのかちゃんと知っているんだぞ、というような目でこちらを見つめてくるようなやつだ。そのせいで、最初ぼくは一冊もエロ本を買うことなく、チェーホフの短篇集だけを買ってバスに乗ることになった。チェーホフの短篇集はちょうどエロ本が詰められた段ボール箱のそばに置いてあったもので、もともと気まずさを隠すためにめくっていたものだった。

今ではここもパソコンゲームが中心になっていて、エロ本を売っているような古本屋はどこにもなかった。皆アダルトDVDを見るようになっていたからだ。ついさっき、階段を降りていく際に卑猥な表情をした若者が、「AVいらない？　ねえいらない？」と、まるでドラッグでも売るように言い寄って来た。

「今はいらないよ」。心のなかでそう応えると、ぼくはさらに奥へと進んでゆき、目的なく古本屋のなかをぶらぶらしていた。すると、そこで誰かの視線を感じた。またAVの売り子に見られているのかと思ったが、その相手と目が合った瞬間に、ぼくはすぐにお互いの正体がわかった。それは商場で一緒に大きくなった近所のアミーだった。

「ずいぶん偶然だな」。ぼくは少し気まずい思いをしながら言った。ちょっとAVを買いに来たんだけど、お前もそうだろ？　ぼくはアミーがこんなふうに答えるんじゃないかと気が気でならなかった。「偶然もなにも、ここは俺の家だからな。俺ん家が古本屋だってこと忘れちまったのか？」アミーが言った。ああそうか。いや、そうだったか？　アミーはいったいいつからここに越してきて、古本を扱うようになったんだ？

彼の家はもともと商場で古本屋を開いていて、ぼくたち一家が暮らす同じ棟の二階で、雑誌に新聞、それに宝くじや飲み物を合わせて売っていた。アミーの話によれば、中華商場が取り壊されてから、彼の父親は光華商場にあった経営難の古本屋を借り受けたらしい。そこで兵役を終えたアミーは、店を手伝いながら、小説を書いているらしかった。大量の古本を読んできた賜物か、何度も書いているうちにいくつか文学賞を獲ったらしく、本も一、二冊出したらしかった。「でも正直に言えば、今の台湾で文学賞を獲ることと本を出版することは、風邪を引くのとたいして変わらないんだ」。アミーはそんなふうに言った。

そう言えば、以前新聞で彼の書いた作品を読んだことがあるのを思い出した。それは、台北に商場が建てられた際、地中から生きたヒキガエルが掘り出されたといった物語だった。ぼくはアミーが小学生のときから午後の休み時間に眠ったふりをしながら、顔を横に向けてこっそりと物語を語ってくれたことを思い出した。あのころの彼は教師に好かれるタイプの子供だったが、中学に上がるころになるとその性格はすっかり変わってしまっていた。具体的にどんな変化なのかを説明することは難しいが、あまり人と上手く話せないようになってしまったというか、ぼうっとすることが多くなってしまったのだ。きっと身近にいる人間は、しょっちゅう彼に同じ質問をしていたに違いない。「いったい何を考えてるんだ？　悩みでもあるのか」。だいたいこんな感じの質問だったはずだ。

ぼくを店の奥に通したアミーが言った。「ちょうどよかった。お前に渡したいものがあったんだけど、どこに引っ越したのかわからなかったからさ」。そう言って、彼は積み上げられた雑誌の裏から、掬水軒の箱を取り出してきた（ぼくの家にあるものとは違って、それは正方形だった）。

「商場が取り壊されたときのことはまだ覚えてるだろ？　あの数日前、お前の親父さんが箱いっぱいに詰まった古本を売りに来たんだ。いろんな本があったよ。うちの親父とも長いつき合いだからさ、一冊一冊チェックなんてせずに全部まとめて引き取ったんだ。それから商場が取り壊されて、俺たちはここに越して来た。それで古本を整理して棚に並べていたときに、本の間に挟まっていたこれを見つけたんだ。親父の話によれば、きっとこれはお前の親父さんのものだから、ちゃんと保管しておけって。いずれお前と会ったときに渡せばいいからって」

「親父さんは？」ぼくが言った。

「死んだよ」。なぜ死んだのかは聞かなかった。人が亡くなった後、その死因を聞くことにあまり意味はないと思っていたからだ。

「お前の方は？」彼の質問に、ぼくは何も答えなかった。嘘をつきたくなかったからだ。あれからもうずいぶんと経った。ぼくは兵役に就いて退役し、母さんもずいぶんと歳をとったが、いまだに自分の父親が失踪したことを他人にどう説明すればいいのかわからずにいた。

ぼくはしばらく黙っていた。確かアミーの母親は、彼がまだ小学生のときに亡くなっていたはずだ。覚えているのは、彼の母親が日一日と痩せ衰えていき、病院に入院してその後店に帰って静養することになったが、ある日の午後、椅子のように積み重ねられた古本の上に座ったまま、息を引き取っていたということだ。ということはつまり、この店は今アミー一人で切り盛りされているのだろうか。

「それにしても、今日こんな形でお前に会えるとは思ってなかったよ。偶然ってあるもんだな」。ぼくは話をそらすことにした。

「ああ……。ところで、俺が書いた『午後』って小説を読んだことあるか？」彼はぼくが口を開く前に話を続けた。「ないよな。あるなら、俺がこのことを小説のなかで書いてるってことも知ってるはずだから。古いお隣さんがうちに古本を売りに来るって話なんだけど、その本のなかに写真とノートが挟まってたって内容だよ。もしかしたらお前が偶然俺の小説を読んで、それが俺のところにあることに気づくかもしれないって思ったんだ。でもまったくバカげた方法だったわけだ。小説そのものが読まれちゃいないんだから」

ぼくは礼を言い、お互いに名刺交換すると、掬水軒の箱を提げて、同窓会が行われるレストランへと急いだ。そこは火鍋におかずや惣菜がついたバイキング形式の店だった。食材はどれも新鮮とは言えず、ハマグリはどんなに煮ても決して口を開かないかと思えば、煮てもいないのに突然パカリと口を開いたりしたが、そこには砂しか入っていなかったりした。昔親しかったクラスメートたちも皆どこか他人行儀で、ビールの力を借りて何とか話しをすることができた。なぜか話題が竹の話になったときに（確かレストランが塩漬けにしたタケノコの小皿をサービスしてくれたのだ）、植物についてやたら詳しい砂つぶが、ひどく熱心に竹の集団死について語りはじめたのだった。

砂つぶが語る竹の集団開花とその死についての話を聞きながら、ぼくは例の箱の中身について考え続けていた。

家に帰ると、ぼくはまるで小動物が箱から飛び出してくるのを恐れるように、細心の注意を払ってそのふたを開けた。

なかには写真が四七枚、一九六七年の農暦カレンダーに「留日高座同窓会」と書かれたアドレス帳、飛行機のスケッチ二枚と建物のスケッチが一枚、それから録音テープが一本入っていた。あとは間違いなく父さんが書いたであろう簡単な文字が、破かれたルーズリーフにメモとして残されていた。

　メモと写真の一部には文字が書き込まれていて、一目で父さんが書いたものだとわかった。写真はいくつかの種類に分類することができたが、「江ノ島」と書かれた写真はどれも粗末なスタジオで撮られた記念写真のようだった。ぶかぶかの軍服を身に着けた少年たちの顔には幼さが残っていたが、ひどく大人びた様子がうかがえた。彼らは休めの姿勢をとって、組んだ両手はあごのあたりまで上げていたが、そのがらんどうのような目は無謀で素直な自信に満ちていた。その背後にかけられたスクリーンは山か海で、ずいぶんお粗末なつくりだった。あとは木造の建物の窓辺か入り口あたりで撮られた写真で、そこには「宿舎」という文字が書かれてあった。どの写真にも軍服を着た子供、いや少年たちが映っていた。

　他にも少年たちが何種類かの飛行機の翼や機体の上で、立ったり座ったりしている写真が入っていた。レンズを見つめる少年たちの目は困惑してピントがあっていないように見え、なかにはあらぬ方向を見つめている者もいた。

　ぼくは写真を一枚一枚スキャンして保存し、録音テープについては音源を流せるカセットプレーヤーを持っていなかったので、路地にあるテープ屋まで持って行き、CDに焼き直してもらった。翌日録音テープはCDに焼き直されたが、がっかりしたのはテープに録音されていたのが父さんの声ではなく、ただの日本語の歌だったことだ。店長によると、もうずいぶん古いものだったので磁気テープがカビに侵食されてしまい、補修した後もテープに入っていた歌声は電力不足のメガホンを使って歌われているようにしかならなかったそうだ。ぼくはJのことを思い出した。Jは以前新聞社に勤めていたときの同僚で、日本通の彼女ならこれが何の歌なのかわかるかもしれないと思った。

　数枚のメモはまったく判読不能で、一見するとずいぶん奇妙な内容だった。なぜなら、そこで使われていた文字は、何か特別な言語で書かれたように見えたからだ。日本語もあれば中国語もあり、なかには注音符号に国際音声記号（ぼくたちの使ったケニヨン＝ノット式発音記号ではない）で書かれているものまであった。小さいころ、父さんが国際音声記号をぼくに教えてくれたことを思い出した（そのせいで、中学に上がったときにはずいぶんと割を食ってしまった）。よくよく見れば、注音符号（注音符号と呼ばれる中国語の発音記号）を使う際に、父さんはよく「ㄣ」（ｅｎ）と「ㄥ」（ｅｎｇ）、「ㄢ」（ａｎ）と「ㄤ」（ａｎｇ）を区別せずに使っていて、中国語を書いているときですら台湾語を混ぜていることもあって、日本の漢字を使っていることさえあった。メモに書かれたこの奇妙な文字を繰り返し読み返していると、何だか父さんのあの独特で馴染みの薄い声を学んでいるような気がしてきた。

箱のなかには、他にも父さんが描いたと思われる簡単な地図が入っていた。ネットからダウンロードした地図と照らし合わせてみると、父さんが地図上に赤い丸で囲んだ場所が新竹（シンチュ）、岡山（ガンシャン）、基隆（キールン）、東京、名古屋、江ノ島、それからいったいどこなのかはっきりとしない、大和と呼ばれる場所なのだということが判別できた。

# 44

帰って来たんだ。例の睡眠の問題も解決できたみたいで本当によかった。水槽のことなんだけど、心配しなくても大丈夫だよ。水槽内の生態系は君が言うみたいに「崩壊」したわけじゃなく、ただ変化しただけなんだ。ちゃんと掃除さえしてやれば、以前設定したような光線と水質を取り戻すこともできるし、新しい草だって生えてくるはずだよ。たぶん。

そうだ、知ってるかな？　タイワンミズニラが絶滅の危機にあるらしいんだ。タイワンミズニラの分布地域は、以前君が住んでいた場所からさらにもう少し上にある夢幻湖なんだ。数年前まで、タイワンミズニラが生えている場所は夢幻湖全体の五〇パーセントを占めてたんだけど、今年に入って夢幻湖にあるタイワンミズニラの数は「一桁」台まで減ったらしい。何も盗まれてなくなったってわけじゃなくて、ここ数年間に起こった地震のせいで、たくさんの砂や石が湖に落ちてきて、土砂が堆積するようになったんだよ。そのうえ、年始にあった日照りのせいで、湖の表面の土壌に亀裂が入っちゃったから、仮に雨が降ったとしても雨水はあっという間にそこの裂け目に流れ込んで消えてしまうんだ。夢幻湖はもう水を貯めておけるような環境じゃなくなったんだよ。つまり、湖の陸化がタイワンミズニラ消失の一番大きな原因って言えるかな。陸化のせいで、夢幻湖には陸上の植物がどんどん送り込まれて、湖面は徐々に植物たちに覆われていった。そうすると、葉が細くて、球根の高さがたった一、二センチしかないタイワンミズニラは全部、陸上植物の枝葉に押しつぶされちゃって成長できなくなってしまうんだ。数日前、ぼくはもう一度夢幻湖まで足を運んでみたんだけど、ハリイやオオウシクサ、それにカンガレイやシログワイ、チゴザサやオオミズゴケといった優勢植物ばかりが目立って、タイワンミズニラは一本も見つからなかったよ。

君はこれも生態系の崩壊だって思う？

　ぼくは思わない。局部的に生態系が変化したと言えばいいかな。生態系が変化したんだよ。生命の構成員、その表現方法が……すべては変わっていくものなんだ。

　夢幻湖で思い出したんだけど、以前一緒に竹を見に行ったけど、まだ覚えてるかな？　あのときぼくたちは竹の開花について議論して、ずいぶんと君にうんちくを披露したっけ。実際には、植物学の分野では説明できないことは無理に解釈する必要はないんだ。だからもしも君が今のぼくに答えを求めるなら、きっと昔とは違った答え方をするはずだよ。竹が開花するのはただ生き残るためであって、一時的に睡眠という形で次の機会を待っているんだ。以前は開花後に竹は死んでしまうって言ってたって？　それなら、こんなふうに言えばいいかな。植物の生存形態ってやつは、人間とはずいぶんと違っているんだよ。ある種の植物は棘を出して草食動物に食べられるのを避けるし、またある種の植物は毒を出して食べられるのを避けている。なかには火を起こす植物までいて、他の植物よりも強い種や地下に向かって伸びる茎に頼って生き残るんだ。竹が数十年に一度開花するのは自分が生き残るためだけど、この「自分」ってやつの定義が人間とは違ってるだけの話さ。

　宜蘭（イーラン）に越してきてから、時間をかけて竹の開花を観察するようになったよ。どこかで竹が開花すれば、必ずそこまで行って観察したんだ。そこで気づいたのは、開花する竹林の土壌が周囲の土壌と比べて、その肥沃度や水分に大きな違いがあることだった。竹林の根と茎は地下で縦横無尽につながっていて、お互いに栄養を与え合う一本の竹だけど、地面の上では関係のない個体のように見えてるだけだったんだ。だから一本の竹が開花すれば、他の竹もそれに合わせて開花するし、一本の竹が死んでしまえば、他の竹も皆死んでしまうってわけさ。いや、後になって気づいたんだけど、開花した後の竹が全部死んでしまうわけでもないんだ。必ず一、二本強靱な竹が生き残って、新たなタケノコを開花後、伸ばしていく。そして、死なずにまた新たに生えてくる竹がその土地を占領していくんだ。完全に死に尽くした竹こそが成功した竹だったんだよ。

# 45

頭を池のなかに突っ込んで目を開き、水底の世界を見つめているような気分だった。顔の両側から水が絶え間なく流れ続けているために、視覚的には遠近感が失われ、一つまた一つと六角形をした図形が目の前でひたすら伸び去っていくような感じだった。六角形の面の上には必ず棚のようなものがあって、棚の上にはそれぞれ箱が置かれてあったが、一般的な箱とは違ってそこには不思議な光が流れていた。Ｚは双頭の鋭い線を掴むと、その切っ先を光の窪みへと差し込んだ。ぼくははじめてＺの目を見つめた。その目は無数の小さな単位によって組み合わされていたが、それは規律ある蜂の巣のような複眼ではなく、たくさんの異なる生物たちの目を組み合わせて作ったような感じがした。ぼくは無礼も顧みず、深くその両目に惹きつけられた。オランダの田園で回る風車を眺めるように、自分の心の底にある風景に呼びかけられているようだった。一つ一つの小さな目が瞬きする様子はひどく見慣れたものであるように思えたが、同時に見たことのない情景のようにも思われた。

Ｚがもう一方の線の先をぼくの胸に突き刺した。線が胸に突き刺された瞬間、ぼくの耳元、いや目の前では様々な音が突如として現れた。憤怒に満ちた火炎が空に向かって吐き出す黒煙の音、真っ黒な刀の切っ先がピンク色の皮膚に突き刺さる瞬間の音、重い物に圧し潰されて息絶え絶えに呼吸する音、セメントの上に放り投げられた魚がぴちぴちと跳ねる音、炭になるまで燃やされた木が発するぴしぴしといった音、爆撃によって聴覚を奪われる耳が最期に聞いた音……それらの音は入り混じっていて、どれもひどく切迫していた。どの音もぼくに聞かれることを望んでいたが、ぼくはそのどの音も聞きたくはなかった。

電話の音に驚いて目が覚めた。ただ非通知でかけてきたその電話を取ることはできなかった。電話を切ったぼくは煙草を一本吸った。煙草を吸っていると、シャツが汗でぐっしょりと濡れていることに気づいた。しかも、無意識のうちに机の上にあったシマムラサキツユクサを燃やしてしまっていた。細いうぶ毛の生えたシマムラサキツユクサの葉の表面には、小さな洞穴のような焦げ跡ができてしまった。日本に行く前、ぼくは鉢を部屋の外にかけておいたが、枯れてしまうどころか以前にもまして生き生きとすることになるとは思いもしなかった。

ただし、水槽の方はそこまで幸運ではなかった。水槽の水はおよそ三分の二が蒸発してしまい、残りの水もぼんやりとした緑色に変わっていて、水草の上には悪意に満ちた黒髭コケが生え、ヒメヌマエビは影も形もなかった。神さまがいなくなってから、この小さな生態系は崩壊してしまったわけだ。だけど、神さまは今こうして戻って来た。きっともう一度やり直すことができるはずだ。少なくとも砂つぶはそう言っていたが、今のぼくには水槽を掃除するだけの気力が起こらなかった。部屋の賃貸期間は残り十二日間で、これから何をするか決める必要があった。水槽はそのままにしていてもかまわなかった。

メディア業界には戻りたくなかったし、かと言って砂つぶのように水草を植えるような才能もなかった。手元にあるお金もあと二か月もつかどうかといったところだった。さて、自分にはいったい何ができるのか?

この間に起こった出来事を小説にしてみようかと思ったこともあったが、書きはじめてすぐに、自分には才能がないのだと気づいた。小説を書くことは、記事を書くのとはわけが違った。才能がないというのはひどく残酷なことだ。ぼくたちが受けた教育では、こういった場合どうすればいいのかを教えてはくれなかったし、誰もが皆意味のある存在なんだと騙してきた。この間書き溜めてきた「睡眠記事」をパラパラとめくってみた。そこには一貫性のない文字と訳のわからない線が書き込まれていた。宗(ゾン)先生や白鳥先生なら興味を示してくれるに違いなかったが、一般の読者に読んでもらうならば別の言葉で描き直す必要があった。そう考えると、よけいに面倒に思えた。

何よりも、こんなものを誰が読んでくれるのだろうか？　最初に思いついた読者はアリスだったが、今ではそれも難しかった。日本に滞在していたとき、ぼくはてっきりアリスの電話が壊れたか、忙しすぎてメールを返すヒマすらないのだと思っていた。旅行中、アリスとの音信が途絶えた言い訳をいろいろ考え続けていたが、台湾に戻ってきて、部屋にある水槽がむちゃくちゃな状態になっている様子を見てからは、アリスがぼくのもとから離れていったのだと確信した。アリスは静かに、まったく自分の痕跡を残さないほどきれいさっぱりとぼくの下から去っていった。コンタクトレンズの保存液に化粧用コットン、口紅に髪どめ、それから浴室に置いてあった歯間ブラシにいたるまで、まるで草原に降った雨のように、一夜にしてすべてが消えてしまっていた。ぼくはかつてアリスが確かに自分の傍にいたのだという証拠の一切を失ってしまったわけだ。アリスが来る度に窓辺に顔を出していたヒトミですら、姿を見せなくなってしまっていた。電話をかけてみたが空き番号になっていて、日本にいたときに送ったメールは既読通知設定にしていたが、既読された連絡はまったく来なかった。記憶のなかで自分を見つめるアリスの目がときにほんのりとワインレッドの色合いを帯びていたことや、セックスの際にこめかみにかかる髪からゆっくり滲み出す汗が本当にあったことなのかどうか、自信がもてなくなってきた。

もしかして、新しい恋人ができて一緒に暮らしているのだろうか？　まさかそんなはずはない。アリスが他の男から得られる幸福が本物だなんて、ぼくには到底信じられなかった。

あるいはこれまでずっと、ぼくとアリスの間には一つの山が鎮座していたのかもしれない。今思い返してみればアリスに対するぼくの感情はずいぶんと希薄で、そうした感情の殻を破ったことがないように思えてきた。この数年間の交際は広い公園内をぶらぶらしているようなもので、アリスはその途中に誰かが自分を呼びとめる声を耳にし、レールから逸れるように修正が効かない方向へ歩みを速めていったのかもしれない。けれど、アリスがぼくから離れて行った理由とはいったい何だったのだろう？

ここまで考えると、疲れのために眠りに落ちた。そして、アリスの夢を見た。夢のなかのアリスの髪の毛はぼくの十倍近い長さがあって、毛先は薄い褐色で根元はえんじ色をし、滑らかな直毛をしていた。しかし、その陰毛は黒く複雑に曲がっていて、それぞれが違った曲線を描いていた。ぼくを見つめるその瞳はまるで小鳥のようだった。

「ぼくが眠ったら、その様子を見ていてくれる？」ぼくは興奮したときにわずかに鳥肌が立つアリスの胸に触れながら言った。日の光に照らされた胸の谷間は三角形に翳（かげ）っていて、他の肌よりもほんのわずかに暗くなっていた。

アリスは小鳥のようなその目を瞬かせていた。「たとえ夢を見ていなくても、眠っている人間は死んでいるみたいに見えるだろ？」アリスはもう一度ゆっくりと頷いた。その姿にぼくは思わず涙を流しそうになった。

深夜、寒さのために再び目を覚ました。ずいぶん経ってから、ようやくそれが夢であったことに気づいた。外は雨が降っていて、家のなかでは雨漏りがしていた。雨漏りの水は天井で一本の線の形に濡れた隙間から水滴となって落ちてきて、おかげで布団がびしょびしょになってしまっていた。

起き上がったぼくは窓辺に腰を下ろした。窓はひどくもやっていた。日本を離れる前の日、ぼくは白鳥先生に父さんの話をした。彼は静かにぼくの話に耳を澄ませていた。確か、あのときも外は雨が降っていた。

「夢の本質は記憶と関係があるのに、人間はそれを記憶することができないのです。なぜなら、もしも夢の内容を覚えて忘れることができなくなってしまえば、夢と現実の境がなくなって大変なことになってしまうからです。たとえばウサギが夜中、洞穴の入り口に一匹の狐がいる夢を見たとします。目が覚めた後、それが夢だったのか、はたまた現実だったのかを識別することができなければ、そのウサギは永遠に洞穴から出られずに、またエサをとりに行くこともできず、夢はその生死にまで影響することになるかもしれません」

「つまり、見た夢を忘れることは正常だと？」ぼくは先生に尋ねた。

「そうとも言えます。ただ問題はそれを覚えているにせよ忘れるにせよ、いわゆる生理機能でコントロールできるようなものではないということなのです。実際のところ、人間の睡眠に対する評価なんてものは大してあてにはならないどころか、ときにはとんでもない間違いを犯していることだってあるのです。たとえば、ほんの少し眠ったときでも何時間も眠ってしまったように感じることもあれば、逆に八時間も十時間も眠ったのに、居眠り程度にしか感じないこともあるでしょう。人によっては目覚めた後、自分は眠ってなどいないと言い張る者までいる。端から見ればどれだけぐっすり眠っていたとしてもね」。白鳥先生は続けて言った。「だから、どの文化にも似たような寓話があるのです。夢で一生を過ごしたと思ったのに、目が覚めてみれば、それは一夜の夢に過ぎなかった。これはおそらくただの物語などではなく、実際に起こり得ることなのです。もちろん本当に十数年間眠っていた人間が目を覚ましたときに、自分はほんの少し眠っていただけだと感じるケースもあります。しかし、それだけ長い時間夢のなかで生きている人間も、眠れる森の美女のように若さを保ち続けることはなく、夢のなかで同じように年老いていくものです」

「もしも夢を現実と考えたり、見た夢を忘れなかったりした場合はどうなるのでしょうか？」

「こうした仕事に従事している経験上、見た夢を忘れられない人や、夢を現実とみなして、夢の中での出来事を現実で実践しようとする人たちにはたくさん出会ってきました。昔出会ったある陸軍少尉の場合はこうでした。少尉はかつて火事で妻と二歳の息子を失い、本人もまたひどい火傷を負いました。怪我をした少尉の精神状態が不安定なことから、私は病院に依頼され、彼の精神カウンセラーを担当することになったのです。しかし、彼の怪我は一向に回復することなく、三年が経ったころ、彼は『おそらく』自分が放火魔だったと言い出したのです。なぜなら、彼はあの日の夜、自分が放火する夢を見たからです」

「少尉はかつて、沖縄戦に参加していました。アメリカ軍が上陸してきた後、少尉と兵士たちは『首里防衛線』を死守することになりました。それは墓穴を機関銃陣地に改装した場所でした。陣地を死守することになった彼らは、アメリカ軍がいったいどれほどの規模で攻撃してくるのかまったく知らずにいましたが、上層部から降りてくる命令は、全力でこの持久戦を長引かせ、一旦戦局が不利とみればすぐに『玉砕』せよというものだけでした。雨季がはじまる前、アメリカ軍は日本軍の防衛線に向けて立体攻撃を敢行してきました。それまで見たこともないような陸海空から繰り出される猛烈な砲撃の嵐に、兵士たちは徐々に聴覚による警戒能力を失っていきました。空気中に漂っていたのは硝煙の匂いではなく、死の匂いそのものだったのです。もともと戦いは長びくはずでしたが、アメリカ軍が攻めあぐねているのを見た牛島司令官は、それを反攻のチャンスだと誤認してしまいました。

少尉のいた部隊は、守備地から動かずにいるように命令を受けました。反攻の第一波の結果を待って、第二波の攻撃に参加する予定だったのです。しかし数時間後、山の洞穴に伝えられた情報は、全戦線における反攻作戦の失敗でした。沖縄守備隊の主力の大半が死傷してしまったのです。防衛戦線の連絡は崩壊し、それぞれの陣地にいる者たちは独立して戦うことを余儀なくされたのです。しばらくして雨季がはじまると、アメリカ軍は『溶接バーナーと栓抜き』戦術を採ってきました。『溶接バーナー』とは火炎放射器、『栓抜き』とは爆薬を指しています。防衛線に向かって進軍するアメリカ軍はこの二種類の武器を使って、日本軍の籠る洞窟とトーチカを一つ一つ『片付け』ていったのです」

「長時間に及ぶ猛烈な砲撃に晒された山上では、立っている木もほとんどなくなってしまい、雨季の雨も燃え上がる炎を消すことはできませんでした。ある日の早朝、少尉の守る陣地も『溶接バーナーと栓抜き』攻撃を受けました。正確な数もわからない数の敵が、機関銃陣地の火力を制圧しにかかってきたのです。しばらくすると、火炎放射器の炎が墓穴に向けて発射され、続けて手榴弾が投げ込まれてきました。炎は陣地内部の土壁に沿って、まるで生者を求める黒い死の影のように奥へ奥へとその舌を伸ばしていきました。これが少尉の覚えている最後の光景でした。少尉の戦友たちはこの攻撃でことごとく丸焦げになりましたが、彼自身は火傷を負って、排ガスを吸い込んで倒れていたところを捕虜にされてしまったのでした。戦後彼は日本へ引揚げてきましたが、玉砕できなかったこと、戦友たちと一緒に黒焦げになれなかったことを悔やみ続けてきました。彼はしばしば放火したい衝動に駆られていましたが、それを妻に口にする勇気はありませんでした。火災が起こったその夜、彼は夢のなかである声を聴きました。その声は彼にこう告げました。もしもすべてを灰燼（かいじん）に帰せば、死んだ者たちは再び復活するであろう。そこで彼は眠っていた妻と息子の身体を飛び越し、ガソリンを染み込ませた布団を彼らに被せ、きつく二人を抱きしめながらライターに火をつけたのでした」

「これは一つの例に過ぎません。戦争が終わった後に起こる睡眠の悩みは、風邪と同じように普遍的に存在する紛れもない事実なのです。それが台湾であれ、中国であれ、アメリカであれ、イギリスであれ、あるいはドイツであれ……戦争に参加したあらゆる国で起こり得るものなのです。ミッドウェー海戦にも参加した伊号第四十七潜水艦の折田艦長は、戦後このようなことを言っています。『ときに生きることは死ぬことよりも困難だ。我慢強く死を待たなければならないのだから』。人は睡眠と夢が暗示する魂の病を軽視し、むしろお金を払ってまで風邪を治療するものなのです」

「戦争を経験した人間は、実際に戦場に出たかどうかにかかわらず、通常二種類のタイプに分けることができます。第一のタイプは、戦争のない平和な生活に幸せを感じながら、そうした幸せが突然消えてしまうのではないかと怯える者です。そしてもう一つのタイプは、幸せや喜びに耐えられなくなってしまう者です。戦争が彼らを堅苦しく、息の抜けない人間に変えてしまったのです。本能的に生活を享受することを拒絶し、戦争中に受けた苦しい境遇に留まり続けるわけです。どちらにせよ、彼らの本当の感情は夢のなかにしか現れません。しかも、睡眠問題に深く悩んでいる者たちの多くは、戦時中に青春を送った世代なのです」

「こんなふうに考えることがあるのです。戦争中にもたくさんの子供たちが産まれてきますが、彼らには幼年時代というものがほとんどないのではないだろうかと。そこには少年も少女もおらず、だから青春時代もまた存在しない。しかも、青春を失った彼らは完全な大人になることもできないのかもしれません。戦後日本の著名な女性詩人茨木のり子はこんなことを書いています。――わたしが一番きれいだったとき／街々はがらがら崩れていって」

「どういう意味ですか?」

「わたしが一番きれいだったとき、街々はがらがら崩れていって」

ぼくはその詩を三回読み返した。「ぼくたちみたいに戦争を知らない世代の人間は、よく上の世代の人間からやれ我慢強さが足りないだとか、苦労を知らないと批判されます。しかし、なぜ彼らは下の世代が貧しさや飢餓、あるいは戦争を経験することを望むのでしょうか？」

「いやいや、そうではないのです。彼らはただ単純に、あなたたちに強くあってほしいだけなのです。より強くあれば、他人の遺伝子はあなたたちのそれによって淘汰されていくわけですから。しかも、万が一再び戦争が起こった場合――それがどんな形態の戦争であろうと、自分たちの子供が生き残れる可能性が高くなるでしょう」

「つまりあらゆる世代の両親たちは、子供が様々な形態の戦争においてある種の成功を得ることを期待しているのであって、戦争のない世代が誕生することは期待していないと？」

「私個人の考えを述べさせてもらえれば、戦争のない世界という考え方には悲観的です。原始的な狩猟採集の集落ですら、『温和な集落』といったものは存在しなかったのですから。エンバーという人類学者が一九七八年に提出した統計報告書によると、六四パーセントの集落が一、二年のうちに一度は戦いを行っていたそうです。比較的戦いが少なかった集落は二六パーセント、ほとんど戦わない、あるいは戦ったことのない集落はたった一〇パーセントしかありませんでした。その一〇パーセントにしても、おそらく観察期間が短かすぎたか、ちょうど戦争していた時期を観察できなかったのでしょう。こんなことを言うと悲観的すぎると思われるかもしれませんが、戦争はすでに人類それぞれの文化に内在化されていて、当該地域のリーダーや政治屋たちによって煽動され、あるいは彼らが愚かな決定をするだけで、我々は戦争へと巻き込まれていってしまうものなのです」

　ふと以前、ニューズウィークで読んだルワンダとブルンジで起こったフツ族とツチ族の戦争を思い出した。現代的な兵器が普及していないこの二つのエスニック・グループの間では、槍や彎刀（わんとう）、こん棒や手榴弾など、あらゆる時代の武器を組み合わせることによって百万人近い人間が虐殺された。記事の最後は次のように締めくくられていた。「積み上げられた死体はまるで破れた人形のように河に浮き沈みし、濁ったルスモ川に沿って、タンザニア国境へと流れていった。さらに一万近い死体がカゲラ川に沿ってルワンダ国境から流れ出し、美しいビクトリア湖へと流れつき、ウガンダの岸辺まで至った」。白鳥先生が入れてくれたコクのあるマンデリンコーヒーを飲みながら、ぼくは窓の外に広がる花壇が雨水に濡れてきらきらと光っている様子を見つめていた。

ぼくは子供が欲しくない。その夜、ぼくは大和からアリスに向けてメールを書いた。ああ、アリス……。

窓を開けると、空はすでに白みはじめていた。洞窟の睡眠状態から抜け出し、ようやく再び自分の弱い部分をさらけ出して気楽に眠りにつけるようになっていた。部屋から出て路地にある店に朝ごはんを食べに出かけようと扉を開けると、そこで思ってもいないものを目にした。掌ほどの大きさをした、頭の両側に黄色い斑のあるカメが一匹、頭を外に向けた状態で階段の上で死んでいたのだ。カメとはまったく不思議な生き物で、生きていて活気のある時分は頭をあの硬い甲羅のなかに引っ込めているくせに、死んだ後は力なく、まるで緩んだゴムみたいに頭を甲羅の外にだらりと垂らすのだ。カメを摘まみ上げたぼくは、死体を草むらのなかに放り投げた。その目は半開の状態で、まるで死んでなどおらず、しばらく眠っているだけのように見えた。

朝ごはんを食べ終わり、母さんに会うためにバスに乗ろうとしていたちょうどそのとき、Jから電話がかかってきた。Jは例の曲名がわかったと言った。あれは並木路子という歌手の『リンゴの唄』という歌で、戦後日本のヒット曲なのだそうだ。Jは歌詞を読んで聞かせようかと聞いてきたが、ぼくはバスを待っているからメールにしてくれないか、今度コーヒーでもおごるよと言った。するとJは、歌詞には別にたいしたことは書かれておらず、歌の最後に必ず「リンゴ可愛いや　可愛いやリンゴ」といったフレーズが繰り返されているだけなのだと言った。

　早朝の山上を走るバスは、いつも運動するために麓からやってきたおじさんやおばさんたちをのせていた。活力にあふれた彼らは、寿命をあと一、二年だけ延ばすために一生懸命運動に励んでいた。しかし、ぼくたちはいったい何のために一、二年の寿命を延ばす必要があるのだろうか？　アリスが消え、父さんも消えた。ヒトミすら消えてしまった。これまでの生活が枯れてゆき、抱きしめるべきものはすべて消えてしまった。ある種の人間はどのようにあがいてみても、結局自分が望まない結果を手に入れてしまう運命にあるのかもしれなかった。

## 46

一九九一年、私は高座の同期だった邱金声(きゅうきんせい)と簡国立(かんこくりつ)とともに大和へと戻った。私たちは東京、名古屋、江ノ島へ行き、工廠の近くにも足を運んだ。当たり前の話だが、すべては変わってしまっていた。これらの場所は私たちの記憶の一部を呼び起こし、車上では五十年ほど前に起こったあれこれについて語り合っていたが、わざと触れないようにしている過去もいくつかあった。

今ではすっかり戦火の影も形もない新しい街並みを見ていると、戦争が終わった後、クラスメートたちとあちこち旅行したことをふと思い出した。ある者は旅行をしながら商売をはじめ、青森ではリンゴ、北海道ではスルメイカ、成田山では水飴を買い、それを宿舎に持ち帰って売ることで、その差額を儲けていた。そのために、私たちは日本中を走り回っていた。あのころ、空襲のせいで一つとしてまともに立っている建物がない大通りや路地には、必ずラジオから並木路子さんの『リンゴの唄』が流れていた。並木さんは厚く、生き生きとしたその歌声で、戦禍を生き延び貧しさや病のなかでもがき苦しみながら生きる人々を奮い立たせていた。当時、リンゴは非常に高価な果物だったので、なかには「リンゴ高いや、高いやリンゴ」と歌詞を読み変える者もいたが、軽快な曲調でそれを歌えば、どこかやるせない希望にも似た感情が浮かび上がって来た。なぜかわからなかったが、竹仔厝(ディアツー)に住んで、商場が徐々にできあがっていくのを見ていたころ、耳元では並木さんの歌声が響いていた。それは目的のない純粋に愉快な声で、すべての苦痛がもう二度と語られることはないのだと思わせるような奇妙な歌声だった。ラジオを修理している際、それがどのチャンネルであっても、ラジオが息を吹き返して電波をキャッチすると、決まって雑音のなかにこの歌が浮かび上がってきた。

旅行の最終日、私たちは広島へと向かった。工廠で上官だった小野技師の手配の下、私たちは原爆病院を訪れることにした。私は彼が工廠で教えてくれた一切に感謝している。彼は私が生きていく上で、貴重な技術を教えてくれたのだ。私たちを迎えてくれた森先生は非常に情熱的で、礼儀正しい人であったが、車上で小野技師から、彼が原爆病院で勤務する理由を聞いた。何でも森先生の父親は当時ある公立病院で実習医として働いていたが、生きることも死ぬことも適わない病人たちを目にしながらその痛みを取り除いてやれないことを苦にし、首を吊って死んでしまったらしい。まだ子供だった森先生はそこで医学部進学を決めて、卒業後は原爆病院を勤務先として選んだらしい。ひどく簡単な物語に聞こえるかもしれないが、きっと実際には複雑な紆余曲折があったはずだ。原爆病院で働く森先生には、傍目には見えない苦闘があったに違いない。

　ちょうど現在の原爆病院の規模とその特殊な病状について語っていた森先生の顔を見ながら、自分自身は病も痛みも抱えていない医者が、それに苦しむ病人たちが生きるためにもがき苦しむ様に向き合っている様子を想像した。医者のそうした苦しい胸のうちを知る者はなく、それゆえに彼の父親は最終的に死を求めてしまったのかもしれない。生を求めることと死を求めることの境界線はいったいどこにあるのか。正直に言えば、この歳になってもはっきりとした答えはなかった。

　その夜、広島ではちょうど反原爆デモが行われていた。デモが終わると、原爆犠牲者の親族たちが河辺に集まって死者を追悼し、灯籠を流した。それは基隆（キールン）で中元節（旧暦七月十五日にあの世からやってきた無縁仏の霊を祭る儀式）に行う灯籠流しに近かったが、違っていたのはそれぞれの親族が死者の名前を灯籠に書き込んで、川へと流していることだった。灯籠を二つ買った私も、筆を借りてそこに秀男と阿海（アハイ）の名前を書き込んだ。たくさんの名前が水上を漂い、ゆっくりと岸辺に立つ人々の視線から離れていった。最終的には自分の灯籠がどこにいったのかわからなくなってしまったが、そのことはそれほど重要ではなかった。灯籠の火は岸辺にいる人たちには見えない、どこか冷たい水の上で消えてゆくはずだったからだ。

私はこれまでずっと、戦争が自分たちの魂を傷つけてはいなかったのだと己に言い聞かせてきた。しかし、六十歳を過ぎた今になって、ランドセルを背負って単語帳を片手に学校へ行く準備をしている子供たちを見る度、私は真剣に自分にこうした少年時代があったのだろうかと考えるようになってしまった。もしかしたら、私たち八千人の子供たち……いや、戦争を経験したすべての子供たちは、ああした時間だけを奪われてしまっていたのかもしれない。

喜ぶべきことに、私の子供たちはすでに戦争の時代から遠く離れて大きくなった。しかし、彼らが私と同じ歳になったころ、何らかの原因で自分たちには少年時代がなかったと感じるようなことになるのだろうか？　あるいは彼らが私と同じ歳になったころ、また別の戦争を経験することになるのだろうか？

ここ数年、私は常に戦争の記憶に囚われ続けてきた。まさか、自分の身体の一部が戦争を望んでいるとでも言うのだろうか？

あのころ、私たちは工廠にいて、単純な作業をしているだけの少年だった。前線で戦う兵士や原爆の被害を受けた広島市民と比べて、自分たちには身を隠せる防空壕があったし、観音さまの加護の下で怪我一つすることなく故郷に帰りつけた。死傷者が五千万人を超えたあの戦争で目にした殺戮はほんのわずかだったが、実際には私たちもまた殺戮に参加していたのかもしれない。熟練した技術と強い意志、それから日本人になるために必要な証明書を欲していたために、あらゆる手段を尽くして戦争を継続させようとする国家へと協力し、殺戮に参加していたのだ。私たちはラジオの前に座って、自分たちがリベットを打ち込んだ飛行機が嘘か誠かアメリカの飛行機を撃墜し、遥か彼方まで飛んで行って爆弾を落とすニュースを聞いていた。私たちは少年らしい無邪気な態度で人類が存在することの残酷さを学び、そこに参入していたのだ。

私の仲間たちは、また別の場所にいた者たちが努力して爆弾と飛行機を生産していたので、永遠にあの森から出られなくなってしまったのではないだろうか？

必ずしも自分に罪があるとは思わないが、それがないとも思わなかった。いわゆる有罪か無罪かといった議論は、戦争において最も判断の難しいものだ。戦争が引き起こす不正義や残酷さ、不思議な死者数など、ときにそれは非現実的な色彩を帯びていて、たとえ直接その死を目撃したとしても、それは絵画のなかに現れる死とさほど変わりはしないものだ。その時期に唯一理解できたのは、人生における憎悪の本質と、憎悪の硬い殻に包み込まれた、善悪の判断を持たない生きる意志だった。畢竟人は生きていかねばならず、運命と意志こそがすべてを決めた。

私はよく平岡君のことを思い出した。彼がもともと所属するはずだった部隊は、フィリピンに派遣された後、そのほとんどが玉砕してしまったらしい。それが平岡君にとって幸運だったのかはたまた不幸であったのか、それは神のみぞ知ることだった。

帰路、簫と邱は冗談交じりに、あのころ宿舎から工廠へ向かう道すがらに歌っていた歌を歌った。歌詞はこのような内容だった。

大日本は神の国
天皇陛下は現人神で
我々日本臣民は
天皇陛下のために働いて
天皇陛下のために死んでいく

私は一緒に歌わなかった。なぜなら、私の声はもうすでに少年のそれではなかったからだ。川辺を離れる際、街灯がなかったために誤ってひどく湿った、落ち葉の多い小道に入り込んでしまった。地面は柔らかくて、何か別の生き物の皮膚の上を歩いているようだった。なぜかわからないが、その暗がりを歩く際、我々はみな口を閉ざしていた。簫や邱も歌うことを止めた。二人の後を追う私は、五十年近く前に歩いた宿舎へ帰るあの暗い小道に戻って来たような気がしていた。

# 47

雲の端の端に座っているその刹那、観世音は自分をひどく不幸だと思った。観世音にはかつて双子の兄弟がいた。はっきりと兄か弟か言えないのは、どちらが先に生まれたのかわからなかったからだ。最初、二人は「アシュヴィン」（Asvin 双神）と呼ばれ、若くて美しく、聡明で器用で、敏捷で蜜色の肌をしていて、頭には精巧この上ない蓮の冠が被せられていた。馬かカラスの引く金色の車にのっていて、その車は思考よりも速く、夢よりも穏やかだった。彼らは毎日黎明に現れては車を空に向けて走らせ、肩を並べて走る仔馬へと変化することもあれば、その頭がキラキラ輝く二つの星となることもあった。二人が手を取り合えば、奇跡は次々と起こった。盲人は光を得、障害は消え、牝牛は乳を出し、婦女は子を産み、老女は夫を得、沈む船は一生を得た。『梨倶吠陀（リグ・ヴェーダ）』と呼ばれる経典には、そんな彼らへの賛歌が五〇首以上も収められてあった。

　しかし、彼らの事績が記された経典『仏説文殊師利般若涅槃経（ぶっせつもんじゅしりはつねはんきょう）』が中国に伝えられて以降、すべては変わってしまった。修行僧竺法護（じくほうご）の優秀な経典翻訳者であった聶承遠（じょうしょうえん）とその子聶道真（じょうどうしん）は、竺法護の死後に「観世音」という新たな翻訳語を作り出した。彼らはアヴァローキテーシュヴァラ（Avaloki-teśvara）の「アヴァローキタ」（avalokita）を「見」、「スヴァラ」（svara）を「音」と訳し、さらにローキタ（lokita）を「世」と訳した竺法護の間違いを踏襲することで、「観世音」という名前を作り出したのだった。幸か不幸か、この間違った訳はかの高名な鳩摩羅什（くまらじゅう）や法顕（ほっけん）にも採用され、世の人々はこれをもって観世音菩薩と呼ぶようになった。アシュヴィン（Asvin）の名は人々の知らぬものとなり、双子は「観世音」と呼ばれた後、一つのものとされた。衆生の心の声を聴けるからには、その声に耳を傾ける必要があった。

菩薩は衆生の期待と彼らによって書かれた文字のなかで、自分が徐々に神がかった存在になっていったことを知っていた。そこで、菩薩は大切に人々の祈りを集めると、祈りを収めたファイルが壊れてしまわないように、できるだけそのままの状態を保つようにしていた。菩薩の存在理由とは衆生から寄せられる望みであって、植物が水なしでは生きられないように、菩薩もまた衆生の祈りを失うわけにはいかなかった。

菩薩の法力は無限だったが、唯一変えられないのが衆生の輪廻だった。しかし、輪廻の輪のなかで助けを求める様々な祈りは、夜となく昼となく現れていた。ただ、ときには人々の来世への祈りを耳にすることもあったが、そもそも来世などは存在しなかった。来世が存在しない以上、人々の来世への祈りはそれがどのような内容であれ、その予言は遠からずあたっているとも言えた。

無限に広がる神通力の他に菩薩を苦しめていたのが不眠だった。どんな小さな苦痛も漏らさぬように、菩薩は日夜心眼を開いていなければならなかったからだ。一睡もしない菩薩ただ一人が、戦争の背後にはまた別の戦争があって、災害の背後にもまた別の災害があることを知っていた。人間たちがひと世代、そしてまたひと世代と生きていくことは、こうした苦難が生死の不変性を維持していくことに他ならなかった。だからもしも注意深く見つめれば、世のなかにある観世音菩薩の慈悲深い表情のなかに、言葉にならない苦痛があることに気がつくはずだった。

眠ることのできない菩薩は夢を見ることもできなかったが、夢は実体的か非実体的かを問わず、あらゆる存在の意義を補修する役割を担っていた。だから一旦夢を見る能力を失ってしまうと、仮にその法力が菩薩のように広大無辺であったとしても、ときにその心の底にほんの微細な記憶の先端さえも貫けないほどの亀裂を生み出すことがあった。もしも亀裂の入ったその場所がちょうど心の核心近くにある億万本もの配線が接続された場所であったなら、髪の毛のように細く、しかし永遠に切れないほど強靱なその配線もおそらくは断ち切られ、収集されていたある祈りがそこから漏れ落ちてしまうかもしれなかった。こうした祈りは観世音の心の底から現れたものだったので、一旦それが放出されれば、収集された無数の祈りの心の底に比類なき木霊（こだま）を生み出し、その木霊がまた菩薩の広大無辺で寛大な慈悲の心を打つことになったのだった。菩薩は自分が涙を流せないことをすっかり忘れてしまっていた。

蓮の花の上に座る菩薩は、こうしてついに一滴の涙を流したのであった。

## 48

やがて、村は暴風雨に晒された。突然やって来た大雨は一向に降りやむことがなかった。雨脚が一時的に弱まることもあったが、「もうすぐ止みそうだ」と期待をかければ、すぐさま激しい暴雨に変わっていった。最初、少年は冷静に雨が止むのを待っていたが、しばらくするとこれは過去にない未曾有の大雨なのだということに気づいた。何にせよ、とにかく雨が止むのを待たなければいけなかった。窪地に住んでいる人たちは一階での生活をあきらめて二階へ移動し、ゴムボートを使って家から出入りした。両足は常に水に浸かっているために白く青ざめ、皮膚には亀裂が入っていった。家具は徐々にふやけて腐り、路上のアスファルトは脱皮したように剝がれ、山もどんどん崩れていった。ハゲ頭の少年たちが増え、川と川はびくびくとその距離を縮めながらやがて一つになり、満ち足りた様子で土砂や木、浮腫み上がった動物の死体、家屋、それに生きているあらゆる者や生きる期待を運び去ってゆき、静かに流れ去っていった。水浸しになった周囲がきらきらと輝き、その光はまるで地下に隠されていた底の見えない深い暗闇のようにまぶしかった。

糖尿病を併発した母さんは、病院で療養していた。家に帰れば騒ぎ出して情緒不安定になるために、ぼくと兄さんと姉さんが交代でつき添って、母さんをなだめるようにしていた。なかでも兄さんが一番長く病院に通っていた。小さいころから、兄さんはいつもそうだった。口数こそ少ないが、一番自分を犠牲にしてきた。

とりわけ宗教色の強い病院というわけでもなかったが、クリスマスが終わったばかりで、病院内の飾りつけは楽しげな雰囲気だった。こうした雰囲気は、薄暗い病院内で病衣を着た重病患者たちの顔色にもわずかながら変化をもたらしていった。昔はキリストを信じる者がそれほどいないこの島で、なぜ人々がそこまで熱狂的になれるのか理解できなかったが、記者の仕事をはじめてから、その理由が少しだけわかったような気がした。こうしたイベントがもつ雰囲気は、それが宗教的であるかどうかにかかわらず、すべては資本家たちによるある種のトリックに過ぎないのだ。資本家たちはこの都市における一切の実像と虚像のニーズを生み出す存在であって、その役割は神のそれに近かった。

病室の外で、ぼくは兄さんと母さんの病状について話し合った。病室へ入ったときに母さんは眠っていたが、ぼくが椅子を引いた音で目を覚ましてしまったようだった。もがくように身体を起こした母さんが口を開いた。「いっちょも寝られん」。しかし、母さんは深く眠っていた。少なくともぼくが見た限りではぐっすりと眠っていた。

目を覚ました母さんは、まるで決められたノルマをこなすように自分の幼いころの物語を語りはじめた。一つまた一つと、話し終わればまた同じ話を繰り返すのだった。隣にいた女の子（喘息で運び込まれてきたらしい）は、最初こそテレビのボリュームを下げていたが、母さんが物語を語りはじめると、徐々にボリュームを上げていった。女の子はひどく退屈そうにバラエティ番組とトレンディドラマの間を行き来していた。その瞬間、女の子に飛ばされたニュース番組が何か重要な事件を報道していることに気づいたぼくは、数分だけニュース番組を見せてくれないかと頼んだ。女の子はしぶしぶリモコンをぼくに渡してくれた。

昨日、インド洋で深刻な規模の津波が発生しました。

テレビ画面では、いかにも自分は悲しんでいるのだといったまなざしを浮かべた女性アナウンサーが話していた。インド洋で発生した大地震は、バンコク時間で七時五十八分五十五秒に巨大な津波を引き起こし、すでに十か国で六万人近い犠牲者を出しています。インド政府関係者によると、アンダマン諸島では現在までに三万人が行方不明となっていて、被害者の数は今後上方修正する可能性がありそうです（上方修正？　なんでまたこんな言葉を使うんだ。原稿を選んだやつの頭はいったいどうなってるんだろう）

二十六日に発生した地震が引き起こした津波は、インドネシア、スリランカ、インド、タイ、マレーシア、ミャンマー、バングラデシュ、モルディブなど、アジア各地に大きな被害をもたらしました。その余波は遠くアフリカのソマリアやセーシェル諸島にまで及び、数百人から数万人の犠牲者が出ています。現在のところ、スリランカの犠牲者は一万八千人を超え、インドでも一万千人を超える犠牲者が出ると予測されています。また、タイでは千五百人、ソマリアでは百人以上の犠牲者が出ています。インドネシアのレスキュー隊員によれば、同国の犠牲者は二万人を超える見込みです。国連の緊急援助調整官ヤン・エグランドは、今回の災害は個別の国家や地域を越えて発生したもので、各国がこれまでにない規模での救済活動を展開する必要があると述べています。今回の災害がもたらした損失は数十億ドルにも上るとされ、その数倍に上る可能性もあるとされています。我が国も現在、人道支援と救援部隊の派遣準備を進めています。

（ぼくは別のニュース番組にチャンネルを合わせた）

インドネシアなど、被災した主要国では、津波の被害を受けた海岸地帯の空気中に死臭が蔓延し、レスキュー隊員たちが建物の残骸などから次々と死体を掘り起こしている様子が見られます。水源が腐臭した死体によって汚染されているために、現在のところ、こうした汚染水から、コレラや腸チフスなどの病気が発生する可能性があり、専門家によると、このような状況が生き残った数百万人の人間にとって、新たな脅威となるとされています。今回の災禍で最も大きな被害を受けたのは子供たちで、犠牲者のおよそ三分の一が子供であったとされています。国連児童基金のスポークスマンによると、被災地では多くの子供たちが亡くなった一方で、同じように多くの震災孤児も生まれたとのことです。幸運にも生き残った子供たちですが、抵抗力の弱い者は今後病気や食料の欠乏など衛生面での脅威にさらされることになり、各界からの急速な支援が必要とされています。

インドネシアのアチェ州の州都バンダアチェでは、四〇万の人口のうち、少なくとも三千人が今回の地震で命を落としました。さらに、アチェ州沿岸の村々に暮らす百万の人々の家が津波のために流されてしまいました。アチェ州ナガンラヤ県の行政首長によると、沿海地域の一七の村々が津波で流されてしまったとのことです。インド政府関係者によれば、これまで休暇の楽園と呼ばれてきたアンダマン諸島では、少なくとも現在までに三万人が行方不明となっているということです。タイのリゾート地であるピピ島の建物も、ほとんどが倒壊状態です。

（ぼくは再び別のニュース番組にチャンネルを合わせた。ニュースを読み上げていたその顔は、ぼくが最もよく知っている顔だった。アリス！　ずいぶんと濃いメイクをしていたが、それはアリスに間違いなかった）

救援活動が進められるにつれて、様々な衝撃的な事実も伝えられるようになってきました。あるオーストラリア人の父親は、生後六か月になる娘を連れてプーケット島の浜辺を散歩していたところ、津波に襲われたそうです。父親はすぐに娘を抱きしめましたが、気づけば手のなかには娘の服しか残っていなかったということです。少女の叔父にあたる方がオーストラリアのテレビで当時の様子を語っていましたが、涙があふれて止まらない様子でした。インドネシアなどでは政府が衛生面を考慮し、簡単な儀式だけですませて、犠牲者の遺体を集団埋葬するとのことです。

今回の津波を引き起こすことになった大地震について、香港や中国、そしてアメリカの地震センターはマグニチュード八・五から八・七と計測し、我が国の地震センターでは八・七と記録しています。

これは、一九六四年のアラスカ大地震以来起こった最も巨大な地震で、一部地域では津波の高さは十数メートルにも及んだとのことです。

テレビでは観光客が撮った津波の映像が繰り返し流されていた。最初観光客たちは驚きの声を上げるだけで撮影を続けていたが、津波がまるで生き物のように遠くから襲ってきて、一瞬で陸地を海へと変えていく様子を見て、撮影していた観光客はようやく慌てて逃げ出したのだった。画面は続けざまに揺れ動き、何やら識別できない一本の線へと変わっていった。津波は日傘に野外レストラン、観光ホテル、浜辺など、資本家たちが作り上げた南国の楽園と同時に貧しい村々をも巻き上げてゆき、浜辺で肌を焼き、サーフィンを楽しむ観光客、それに魚を獲って牡蠣を剝き、引き潮のときに貝殻を拾って観光客たちに売っていた子供たちの命までも奪い去っていった。ぼくはコントローラーを握りしめた。テレビからは蜂が羽をばたつかせるような音が聞こえていたが、あるいはそれはぼくの頭のなかだけで鳴っていたのかもしれない。

アリスは美しく、悲しみに満ちたその声でレポートを続けていた（もしもアリスがぼくのもとに戻ってきてくれれば、お互いに半分ずつ似た子供を作れるかもしれなかった）

母さんは老いのために衰弱した声で、物語を語り続けていた。そして、台湾語の歌を歌っているアハを知っているかと尋ねてきた。「あの子は同じ村の出身じゃやった。あの子のお父ちゃんが日本人の警察官の手伝いしよったもんやきん、台湾が光復した後、あの子のお父(ジャン)ちゃんは村中の人間に引きずり出されて、ぶん殴(ゴン)られそうになったんじゃ。お前のおじいちゃんがかばわんかったら、とうの昔にぶちのめされとったじゃろ」

母さんは話を続けた。お前、おじいちゃんの家の隣におったあのギムホエおばちゃんを知っとるか？「十六のとき、アガちゅう子供(ギンナ)を産んだんじゃ。どこでこさえてきたんか知らんけど。ほんでもうちらはアガとは仲が良かった（ベバイ）。ある日、空襲があっての、アガの左手に爆弾の破片が刺さってしもた。ほんやけど金がないきに、センセイに見せるわけにもいかんじゃろ。ほんだきん、ギムホエおばちゃんが適当にアガの手を包帯でグルグルに巻いたんじゃ。何日かして、アガはうちらに布をほどいて見せてくれた。どないになっとった（リッファイヤンファンッファン）思う？　手の肉がこう腐ってもうての、白い虫が湧いとったんじゃ。二日後、アガものうなってしもた。ほんでその三日後に、日本人が降参して戦争が終わったんじゃ」

死んだ？

のうなった。

で、戦争が終わった？

終わったの。

ぼくはおじいさんが、あれからどうやって米を処分したのか尋ねてみた。母さんは食っちまったと答えた。「米もって来たあん友達（ビンユー）は、あれからも米隠し続けて、最後は日本の警察官に捕まったんじゃ。ほんで、監獄でのうなった。たった何袋かの米のために死ぬんや、仕様（ボーゲダッ）もないこっちゃ。今んなったら、白米やなんぼでも食えるが」。母さんはか細く、遠い声で話していたが、しばらくすると再び眠りに落ちていった。深い眠りについた母さんの首は折れてしまったように大きく傾き、ぼくは慌てて母さんがまだ息をしているのかどうかを確認した。胸はわずかながら起伏を繰り返していた。ぼくはその寝顔を見ながら、いったいどんな夢を見ているのかと想像した。

女の子は再びチャンネルをトレンディドラマへと戻した。砂つぶによると、そのドラマの脚本は大学のクラスメートだった絶壁が書いたものらしかった。ＣＭの時間になると、女の子は再び苛立たしげにチャンネルをザッピングしはじめた。ほんの一瞬、テレビはアリスの映るチャンネルを映し出した。津波とアリスの顔がテレビに十分の一秒間だけ映った。津波が数十万に上る人々の故郷と生命を奪い去ろうとするなか、テレビでは相変わらず、何事もなかったかのようにスポーツ飲料品や補正下着のブラジャー、それにデパートの創業祭セールの広告を流し続けていた。

　母さんが再び目を覚ました。睡眠時間が浅くなっているようだった。何でも兄さんが今朝、父さん宛てに高座同窓会による食事会開催のハガキが届いたと言ってきたらしい。母さんは何度もぼくに、もしも夜に父さんが家に帰ってきたら、必ずハガキを渡すよう兄さんに伝えてほしいと言った。そして、外は雨が降っているようだが、父さんはちゃんと傘をもって出かけたのかと心配していた。その口ぶりがあまりにも自然だったので、ぼくは一瞬自分が遠い場所にいるような気持ちになってしまい、どう返事をすればいいかわからなくなってしまった。我に返ったぼくは、台湾語でニュースの内容を母さんに伝えた。東南アジアで巨大な津波が発生して（津波の台湾語がわからなかったので、大きな波が来たと説明した）、たくさんの人が死んでしまったらしいよ。すると、母さんは戦争のときにもたくさんの人が死んだと答えた。

　母さんはジッとぼくを見つめていた。その目はまるで夢でも見ているかのように無邪気で、また若々しかった。そんな目でぼくを見つめていた母さんが、ふとこんなことを尋ねてきた。

あん人たちは、どこに行ってしもたんじゃろかの？（ンツァイヤンイクアランブェアシキドゥーウィロウ）

# 著者あとがき

もともとこの小説には何を書いてもすべて蛇足になると思っていた。本が印刷される数日前になって、私はようやくこの短い文章を書くことを決めた。

この小説について、私は五、六年前からその内容を構想し、関係資料を読み込んでは、日本へも二度ほど渡った。その間、大学で教鞭を執っている関係から断続的に執筆を続け、草稿に何度も手を入れてはこの作品を最後まで完成させる気持ちになれずにいた。昨年、台北の映画祭で郭亮吟（グオリャンイン）監督の撮った『緑の海平線――台湾少年工の物語』を鑑賞した。それは丁寧に作られたドキュメンタリーで、またドキュメンタリーであったからこそ、私は自分の書いているものが「ドキュメンタリー」とは本質的に違ったものであるということに気づいたのだった（後に郭監督からも連絡をいただいた。撮影の際、郭監督も私がちょうど台湾人少年工に関する小説を書いていることを知ったようだった）。この小説は歴史を描いているわけではなく、そうではない何かを描いているのだ。小説が完成したその瞬間、私はぼんやりとではあるが、それが何であるのかがわかったような気がした。

他の人たちがしているように、私は本書に『父に捧げる』とか『一世代前の人々に捧げる』といった言葉を書き加えたいと思ったが、一方で自分にはそういった言葉を書く資格がないように感じ、また自分がただ長篇小説を一冊書き終えただけであるということもわかっていた。何よりも、世界は依然として存在し続けていくのだ。

以下に、創作の際参考にした書籍の一部を列挙する。こうした本と作者たちの考えがなければ、私はきっとこの本を完成させることはできなかったはずだ。数年前、ペドロ・アルモドバル監督の映画『トーク・トゥ・ハー』を鑑賞した後、私は映画のオリジナル・サウンドトラックを購入したが、そこにはアルモドバル監督が撮影の際に聴いていた曲を集めたアルバムが収録されていた（台湾では『悲しみ万歳』の翻訳がついていた）。そこで私も、『眠りの航路』とエッセイ集『家から水辺はあんなに近い（家離水邊那麼近）』の原稿を完成させる最後の一年間は、彼の真似をして末尾に付した十冊の小説を何度も読み返してきた（『家から水辺はあんなに近い』で列挙した小説とはまた別のものだ。もちろん、このうちの何冊かはずいぶん昔に読んでいたし、この一年にしてもこの十冊だけを読んでいたわけでもなく、繰り返し読んでいたのは、私が好きな翻訳小説だった）。ここに挙げた小説のほとんどはオーソドックスな作品ばかりだが、まだ読んだことのない読者もいるはずだ。いずれにせよ、読者は私が彼らから多くのことを学んだということに気づくことだろう。

参考資料
川端康成・三島由紀夫『川端康成・三島由紀夫往復書簡』（陳宝蓮訳、台北：麥田出版社、二〇〇〇年）
台湾高座会編集委員会編『難忘高座情』（台北：台湾高座会編集委員会、一九九九年）
早川金次編『流星――高座工廠と台湾少年の思い出』（そうぶん社、一九八七年）
坂井三郎『零戦の運命』（『零戦之命運』廖為智訳、台北：麥田出版社、一九九七年）
坂井三郎『大空のサムライ』（『荒鷲武士』黄文範訳、台北：九歌出版社、一九九九年）
保坂治男『台湾少年工　望郷のハンマー――子ども・市民と学ぶこの町の「戦争」と「平和」』（ゆい書房、一九九三年）
林淑媛『慈航普渡――観音感応故事叙事模式析論』（台北：大安出版社、二〇〇四年）

周婉窈『海行兮的年代』（台北：允晨文化、二〇〇三年）
彭炳耀著、謝水森訳『造飛機の日子——台湾少年工回顧録』（新竹：新竹市政府編印、二〇〇三年）
かつおきんや『緑の島はるかに——台湾少年工物語』（勝尾金彌『半個太陽——台湾少年工物語』開今文化、一九九三年）
Beger, Carl, *B29: the superfortress*, 1970（『轟炸日本的B-29』聞煒訳、台北：星光出版社、一九九五年）
Frank, Benis M, *OKkinawa: touchstone to victory*, 1969（『沖縄登陸戦』胡開杰訳、台北：星光出版社、二〇〇三年）
Hobson, J. Allan, *The Chemistry of Conscioous States: Toward A Unified Model of the Brain and the Mind*, 1994（『夢与瘋狂』朱芳琳訳、台北：天下文化、一九九九年）
Lavie, Preretz, *The Enchanted World of Sleep*, 1996（『睡眠的迷人世界』潘震澤訳、台北：遠流出版公司、二〇〇二年）
Nathan, John, *Mishima: A Biography*, 1974（『夢幻武士——三島由紀夫』梁翠凌訳、台北：北辰出版社、一九八八年）
Stevens, Anthony, *Private Myths: Dreams and Dreaming*, 1995（『大夢両千天』薛絢訳、台北：立緒文化、二〇〇六年）
郭亮吟監督、藤田修平、蔡晏珊製作、劉吉雄撮影『緑的海平線』（電影院観看、二〇〇六年）

小説

三島由紀夫『三島由紀夫短編傑作集』（黄玉燕・余阿勳訳、台北：志文出版社、一九八五年）
韓少功『馬橋詞典』（台北：時報出版社、一九九七年）
マーガレット・アトウッド『昏き目の暗殺者』（梁永安訳『盲眼刺客』台北：天培文化、二〇〇二年）
ホルヘ・ルイス・ボルヘス『伝奇集』（王永年訳『虚構集』台北：台湾商務印書館、二〇〇二年）
レイモンド・カーヴァー『ショート・カッツ』（張定綺訳『浮世男女』台北：時報文化、一九九四年）
アントン・チェーホフ『チェーホフ短編集』（康国維訳『契訶夫短編小説選』台北：志文出版社、一九八五年）
J・M・クッツェー『鉄の時代』（汪芸訳『鉄器時代』台北：天下遠見出版社、二〇〇一年）
グレアム・グリーン『ブライトン・ロック』（劉紀蕙訳『布莱登棒棒糖』台北：時報文化、一九八七年）
ベン・オクリ『満たされぬ道』（王維東訳『飢餓之路』台北：大塊文化、二〇〇四年）
サルマン・ラシュディ『真夜中の子供たち』（張定綺訳『午夜之子』台北：台湾商務書館、二〇〇四年）

# 訳者あとがき

## 呉明益文学の起点

本書は、二〇〇七年に台湾の二魚文化から刊行された呉明益の最初の長篇小説『睡眠的航線』の邦訳である。歴史と環境意識、そして幻想世界を融合させた呉明益の作品は、英国の国際ブッカー賞にノミネートされるなど国際的にも高く評価され、日本でもすでに『歩道橋の魔術師』や『自転車泥棒』、『複眼人』が邦訳されている。

呉明益の作品は、十か国以上の言語に翻訳され、世界中に多くの読者を得ている。著者の来歴については、すでに邦訳された作品で何度も触れられているので詳細は省略したい。一九九〇年代から創作活動をスタートさせた呉明益の長篇小説の発表は比較的遅く、二〇〇七年に発表された本作がその嚆矢となっている。以降は『複眼人』（二〇一一年）、『歩道橋の魔術師』（二〇一一年）、『自転車泥棒』（二〇一五年）、『苦雨之地』（二〇一九年）など、立て続けに話題作を発表してきた。これら二〇一〇年代に発表された呉明益の一連の作品において、消えゆく台北の中華商場と失踪する父親、環境意識と結びついた戦争の記憶などが複合的に描かれた『眠りの航路』は、後に続く呉明益文学のエッセンスが随所にちりばめられた作品となっている。熱心な読者であれば、おそらく本書のなかに後に続く物語の原型を見て取ることができるはずだ。

呉明益文学の起点ともなった本作は、台湾国内では主に戦争表象、環境意識、そして叙述スタイルの三点から論じられてきたが、それらはテクスト内において有機的に結びつきながら展開されている。睡眠と自然環境を軸に、それまであまり語られることがなかった台湾の歴史へと介入した呉明益は、人類と動植物、さらには観音菩薩まで加えた多様な視点から「あの戦争」を描いている。戦争を描いた従来の台湾文学が、時代によって様変わりする統治者に動員された台湾人の苦難を描くことでそのアイデンティティを再構築してこようとしてきたのに対して、『眠りの航路』では自然界の植物たちが厳しい環境の下でも生き残っていくように、人類がいかにして災難の記憶を共有すべきかといった点を描いていることにその特徴がある。台湾文学研究者の陳芳明（チェンファンミン）も、戦争を描いてきた多くの台湾人作家たちが、植民主義／反植民主義といった二項対立の思考に陥りがちであったなかで、呉明益がそういった悲劇をことさら強調することなく、直接夢と記憶の世界へ分け入ることで台湾の歴史を描いたとしてその作風の斬新さに言及している。

こうしてみると、本作は環境意識と戦争の記憶を結び付けることによってそれまで埋もれていた台湾の歴史の一面を掘り返しながら、同時に特定の歴史記憶とそこから派生するアイデンティティを否定した作品として読まれてきたことがわかる。また内容こそ異なるが、著者が『自転車泥棒』の主人公「ぼく」として登場し、前作では描かなかった父親の自転車の行方をその執筆動機として語るなど、両作品はメタフィクションの形を採って繋がっている。そのため、台湾では『眠りの航路』を『自転車泥棒』が展開する助走作品として読まれる傾向もあった。

しかしそれに留まらず、二〇一〇年代に展開された呉明益文学のエッセンスが凝縮された本書は、台湾における歴史の断絶や戦後における再植民地／国民化の試みなど、様々な問題が包括されている。とりわけ、神奈川県の海軍工廠で日本軍戦闘機の製造に関わった台湾人少年工問題について描かれた本書は、日本においては当然台湾とは違った読み方がされることが期待される。

## 睡眠が呼び起こす忘れられた過去

『眠りの航路』は、台湾人少年工の三郎とその息子である「ぼく」を軸に、第二次世界大戦から台北の中華商場が取り壊されるまでの断片的な記憶を、現代に暮らす「ぼく」の視点から語った作品である。台北で暮らすフリーライターの「ぼく」は、陽明山(ヤンミンシャン)のホウタクヤダケが開花を迎えるのと時期を同じくして、自身の睡眠状態に異常が起きていることに気づく。その意識はやがて日本軍の戦闘機製造に携わっていた父親の人生と交差してゆき、「ぼく」はコントロールできなくなった睡眠の原因を探るために日本まで足を運び、そこで生涯寡黙だった父親が語ることがなかった過去を追体験することになる。そこには歴史によって生み出された瑣末な記憶、あるいは傷跡の欠片が夢となって、異なる価値観のなかで断ち切られてきた父子関係を結びつけていく様子が描かれているが、夢に浮かび上がる三郎の記憶とは戦後台湾では長らく語ることがためらわれてきた歴史の裏側、あるいは正史のなかで居場所を失ってしまった人々の記憶が照射する過去の断片でもある。こうした断片が新たな国民史に回収されていかないように、物語では日本軍の捕虜になったB29の搭乗員など、日本や台湾とは異なる立場にある人間たちの視点だけでなく、カメや観音菩薩など、人ならざる者たちの視点まで挿入されている。

語り手でもある「ぼく」は、たぶんに作者である呉明益の経歴と重なる部分が多く、彼の父親もまたかつて台湾人少年工の一員として日本に渡った経歴をもつ。エッセイ「金魚に命を乞う戦争」(『我的日本――台湾作家が旅した日本』所収)において、呉明益は自身の父親がかつて高座海軍工廠で働いていた過去を述べ、ちょうど同時期に勤労動員されて同工廠で勤務していた平岡公威こと三島由紀夫が、台湾人少年工たちの暮らす寄宿舎近くに住んでいたことを指摘している。

若き日の三島由紀夫が暮らし、呉明益の父親も暮らしていた高座海軍工廠とは、神奈川県高座郡大和町

（現大和市）にあった旧海軍施設で、B29を迎撃する局地戦闘機を生産するために建設された日本最大級の戦闘機生産工場だった。年産六千機の目標を掲げた高座海軍工廠だったが、国内の深刻な労働力不足から作業員確保が見込めず、結果的に植民地台湾の小中学校から募集をかけることになった。一九四三年十月、海軍当局は台湾総督府を通じて、同工廠で働けば小学校卒業者には甲種工業学校卒業の証明書、また中学卒業者には高等工業学校卒業の証明書を保証し、将来は航空技師への道が開かれると喧伝した。その結果、台湾各地の学校からは八四一九名にのぼる平均十四、十五歳の少年たちが次々と高座海軍工廠を目指して日本へと渡っていったのだった。本書の執筆にあたって、呉明益は旧高座海軍工廠と厚木飛行場を二度訪れているが、各章に挿入された著者提供の写真からは当時日本にやって来た少年工たちの様子を垣間見ることができる。

三郎の中学に勤める日本人教師は、工廠への志願は天皇陛下に替わって邪悪な米国を倒すことで「天皇のご恩」に報いてその「赤子となる最もいい機会」だと説いているが、逆を言えば、戦闘機製造といった非常時の論理を利用することによってしか、彼らは「天皇の本当の赤子」に近づくことはできなかった。しかも、天皇から与えられるはずだったご恩はそのわずか一年足らずの間に反故にされ、八千余名の台湾少年工らは「一枚の紙、一枚の切符」によって中華民国に「返還」されることになる。

戦後も相変わらず日本語を使用し続けることで家族を困惑させてきた三郎だったが、こうした態度がやがて新しい「国語」（中国語）教育を受けた「ぼく」との間に埋めがたい溝を生み出していく。日本植民地史を研究する周婉窈（ジョウワンヤオ）は、日本の敗戦を跨いである日突然「文盲」になってしまった日本語世代の人々を「失われた世代」と述べたが、「臭耳郎（ツァオヒラン）」と家族から陰口を叩かれる三郎にとって、「国語」を読み書きすることはそのまま自身の生き死ににもつながる問題であった。もちろん、こうした「文盲」たちによる言語を通じた再国民化は世代によって大きな隔たりがある。敗戦時すでに成人していた鍾肇政（ジョンジャオジェン）（一九二五年－二〇二〇年）や葉石濤（イエシィタオ）（一九二五年－二〇〇八年）といった本省人作家たちは比較的「国語」の転換に苦労しているが、三郎と同年代に生まれた鄭清文（ジェンチンウェン）（一九三二年‐二〇一七年）などは、中国語への言語転換を「ぼんやりと学校が教える事をならっていればよかった」と述べるにとどめている。その点、日本で敗戦を迎えた三郎は、日本語への執着がとりわけ強く描かれている。

少年工時代の過重労働が原因で難聴を患った三郎は、中年になってからはしばしば「憂鬱な夏の午後に降る豪雨」のような耳鳴りを発症するが、それは中華商場で生計を立てる「日本紳士（リップンシンスゥ）」三郎の孤立を象徴し、また戦後社会のなかで期せずして言葉を失ってしまった「失われた世代」の孤独を暗示している。父親を拒絶し続けてきた「ぼく」は、そんな「失われた世代」の経験を共有する方法として、時空間を超えられる夢の世界へ足を踏み入れたのだった。

## 三郎と「平岡君」――分裂する二つの恩恵

日本の敗戦によって、「天皇の本当の赤子」になるといった恩恵を受けそこなってしまった三郎であったが、作中にはもう一人、天皇からの恩恵を敗戦によって受けそこなった人物が登場している。「平岡君」としてたびたび作中に登場する三島由紀夫だ。

前述したエッセイで、呉明益は当時少年工だった父親が若き日の三島由紀夫に出会っていたとすれば、それは「ロウソクに火を灯されたように『運命』の神秘性を感じる」と述べているが、本書を執筆するにあたって、呉明益は大量の歴史資料だけでなく、三島の作品群を自身のテクストに組み込むことでその「神秘性」を上手く活用している。『仮面の告白』、「岬にての物語」、「蘭陵王」、『春の雪』に加え、『討論　三島由紀夫vs.東大全共闘――美と共同体と東大闘争』など、多くの三島作品が入れ子構造となって組み込まれた本書は、テクスト間の対話を促すと同時に、台湾人少年工たちと平岡君の間にある鏡像関係を生み出す効果をもたらしている。

たとえば、自分たちに様々な物語を聞かせてくれる平岡君を兄のように敬慕する三郎は、知らず知らずのうちに物思いに耽っている際に爪を噛む彼の癖まで真似しはじめる。平岡君を見つめる三郎は、彼を新しい知識を吸収する媒介であると同時に理想的な同化対象として見ているのだ。しかし、テクストのもう一人の主人公でもある「ぼく」は、三郎とは対照的に戦後の三島を冷静に観察し、自殺についてもただの「甘い感傷」であったと切って捨てる。「ぼく」が三島に向ける冷たい態度からは、「当時すでに時代遅れになっていた」日本式の生活スタイルを戦後も続けてきた父への反感が隠されている。戒厳時代の中華商場で幼少時代を過ごした「ぼく」と、植民地時代に日本で少年期を過ごした三郎の間にあるのは、まさにこうした日本経験を通じた断絶であって、その意味で三郎と平岡君の間に広がる親密な関係性と「ぼく」が三島に向ける冷めた視線との対比はコインの裏表であると同時に、二重写しとなった日台両国の「戦後」をも象徴している。

また、敗戦によって天皇からの恩恵を手に入れられなかった点では、三郎と平岡君はある種の同床異夢の関係にもある。日本人であることを拒絶されながら、それでも「日本紳士（リップンシンスゥ）」を装うことで戦後台湾を生きてきた三郎の矛盾した態度は、同時に天皇の人間宣言後も天皇への信仰を堅持し、戦後日本を懸命に否定（あるいは肯定）してきた三島の戦後と重なる部分もある。悲劇的な死を夢想し続けた三島にとって、戦争がもたらす美しい夭折とはある種の恩恵であって、そうした恩恵を担保していたのが、神聖不可侵な天皇という絶対的存在だった。しかし、戦後いち早く不倶戴天の敵であったはずの米軍と手を結んで人間宣言した天皇によって、彼が抱いていた恩恵は露と消えてしまった。晩年、政治運動に傾倒していった三島が天皇に対する愛憎を二・二六事件の蹶起将校と特攻隊員らの声を借りて「などてすめろぎは人となり給いし」（「英霊の声」）と語らせたことはつとに知られているが、戦後を「余生」と感じた三島の創作の多くには、天皇から本来与えられるはずであった恩恵の喪失が見え隠れしている。

一方で、植民地出身の三郎にとって天皇から与えられる恩恵とは「（海軍工廠に入れば）お腹を満たしてくれる」といった生理的欲求であって、それは一視同仁という帝国の建前を利用した行動でもあった。玉音放送から数日後、三郎は寄宿舎に荷物を取りに帰って来た平岡君と偶然再会するが、そこで平岡君が「悲しげな口調」で米軍に対する最後の玉砕作戦が行われなかった口惜しさを語るのを聞く。『仮面の告白』と同様、平岡君は入営検査の際に自身が仮病を使って兵隊になることを逃れたことを告白し、三郎はそんな平岡君になぜ現人神(あらひとがみ)である天皇が統治する日本が敗れて、日本人になるという恩恵が否定されたのかといった疑問を口にする。

それは本来、大日本帝国によって果たされるべきだった約束の履行を同じように天皇の恩恵を信じていた平岡君に向かって発せられた問いであったが、平岡君はその問いかけに正面から答えることはできず、短篇小説「岬にての物語」について語ることによって、自身もまた本来与えられるべきだった恩恵が敗戦によって奪われてしまったことを示唆するしかない。ここでは絶対的な天皇の下で美しい夭折を遂げることを期待していた平岡君と、一視同仁の大御心をもった天皇の下で日本人になる期待を抱いていた三郎たち双方の同床異夢が、敗戦を経てはじめて矛盾をきたして分裂する様子が描かれているのだ。

植民地を忘却することで戦後再出発を果たした日本社会は、果たして三郎の発したこうした問いかけにどれほど誠実に向き合ってきたのだろうか?

## 与えられた「仮面」とどこにもない「素顔」

戦争とそれがもたらす死に恩恵を期待していた三島にとって、戦後社会で作家として新しい仮面を作り上げることは喫緊の課題だった。戦後くすぶっていた三島を文壇へ押し上げた『仮面の告白』は、冷静な筆致で自己分析を行うことによって内面の変容を期待したものであったが、それは自己の内面を抉り出すことでその精神にふさわしい仮面を戦略的に築き上げていく作業でもあった。しかし、敗戦によって「ぼくたち」

日本人から放逐された三郎らにとって、日本語を使ってその内面を抉り出すこと＝仮面を作り出すことは不可能に近く、何よりも彼らの場合は、三島が「同性愛者」といった仮面を自ら選び取ったのとは違い、常に他者から一方的に与えられるものでしかなかった。戦後、厚木飛行場に進駐してきたアメリカ兵に向かって、三郎たちは「自分たちは日本人ではなくフォルモサ人だ」と片言の英語で新たな地位を確立しようとするが、そうしたアイデンティティも戦後台湾においては危険な思想として口にすることが憚られるようになる。故郷に戻って来た三郎たちは、彼らを護送してきた日本の軍人から中国の軍人の手に引き渡されるが、こうした光景からも仮面の付け替えがあくまで他者の手によって進められてきたことが示唆されている。

　仮面の存在はまた素顔の存在を連想させるが、呉明益は仮面に対応する素顔にも厳しい目を向けている。物語において、平岡君は少年たちに北斉の蘭陵王がその優しい面を隠すために獰猛な仮面を被って周軍を撃破した故事を語るなかで、仮面を被ることの重要性について述べている。銃後という名の戦場において、三郎たちは「獰猛で、醜い」日本人の仮面を被らされてきたが、日本が敗戦すると今度は中国人という新たな仮面を被る必要に迫られる。しかし、人生の大半を戦時体制下で過ごしてきた三郎が老齢に達した際、そこには平岡君が語ったような「優美な顔」は残されていなかった。軍国日本で被った仮面はそのまま戒厳台湾で被る仮面へつながってゆくが、その「獰猛で、醜い」仮面の下には、平岡君が「大切にすべき」だと言った素顔はどこにもなく、三郎の意識は反発する二つの時代の狭間で徐々に混濁していていき、やがて「ぼく」の見る夢のなかで混じり合っていく。

　『仮面の告白』が自己の内面を抉り出すことによって、その精神にふさわしい仮面を築き上げていく過程であったとすれば、あらかじめ他者から与えられた仮面を被り続けることでその内面が規定され続けてきた三郎の人生とは、まさに「消しゴムで擦られて破れてしまった一枚の汚れた紙きれ」でしかなかった。日本人という仮面の下にあった本来の素顔が、中国人という新たな仮面をつけかえるなかでいつしか「日本紳士（リップンシンスウ）」

といった別の表情に変わっていってしまったように、三郎たちが半生にわたって被らされた仮面はその下にある「優美な顔」を守ることなく、むしろその素顔の存在に疑問符を投げかけるものであった。

その作品世界において、特定の歴史とそこから派生するアイデンティティを否定してきた呉明益は、日本人や中国人（あるいは台湾人）といった異なる仮面が内包する暴力性を描くと同時に、本来「優美」であるはずの素顔をあえて醜く描くことによって、永続・不変的アイデンティティの在り方といったものに疑義を提出してみせているのだ。

## おわりに

この長いあとがきを終えるにあたって、本作の翻訳について簡単に述べておきたい。呉明益の描く作品は、東アジアの歴史や文化は言うに及ばず、古今東西の文学作品から博物学にいたるまで幅広い知識が網羅されているだけなく、台湾語（閩南語（ミンナン））など多数の「方言」が使用されることで知られている。本書においても、呉明益は中華商場が建設される前に台北市内に広がっていた「竹仔厝（ディアツー）」を、日本語、台湾語、福建語、山東語、アミ語を話す者たちが共生する場所であったと述べ、その複雑な言葉を広東人が売っていたチャプスイ麵にたとえて「ちゃんぽん」な言語状況であったと語っている。他の作品を見てもわかるように、こうしたハイブリッドな言語状況は呉明益の言語観を上手く表しているが、翻訳するにあたっては、こうした「ちゃんぽん」な言語状況はどうしても見えにくくなってしまう欠点がある。

そこで、本作ではまず中国語で書かれた部分はすべて標準語で翻訳し、台湾語及び台湾語交じりの中国語は、訳者の出身地である瀬戸内地方の方言をベースに翻訳した。瀬戸内地方の方言を使ったのは、まず訳者にとって表現範囲の広い「母語」であることに加えて、関西弁などステレオタイプが浸透しているメジャーな方言ではないものの、多くの標準語読者が「翻訳」なしで読み取れる方言であると判断したからだ。その上で、台湾国内で一般的に使われる台湾語や重要なキーワードなどには台湾語のルビをふることで、複数の言語がグラデーション状に広がる複雑な言語世界を表現することを試みた。方言記述にルビの音を組み合わせることによって、台湾語が中国語とはまったく異なる言語でありながら、台湾社会で広く共有可能な私的言語として流通している現状を表してみたが、あるいは読者にとってこうした措置は複雑に感じたかもしれない。しかし、チャプスイ麵の例でもわかるように、同じ人物であっても、中国語で話していることもあれば日本語や台湾語で話すこともあるし、あるいはそれらを組み合わせて話すなど、台湾の言語世界は元来非常に複雑なものなのだ。

また、人名・地名のルビに関しても、場合に応じて日本語読みと中国語読み、台湾語読みを使い分けた。そのために、同じ地名や人物であっても、場合によって異なるルビがふられていることがある。こうした煩雑さは、度重なる植民地支配を経た歴史から生まれた悲劇であると同時に、現在においても言語的多様性を維持しようとする台湾社会の豊かさでもある。呉明益作品だけでなく、多くの台湾文学のもつ魅力には常にこうした複雑さが内包されている。

最後になったが、本書を翻訳するにあたって、中日翻訳者でもある黄耀進氏には、中国語からの翻訳ミスの指摘や台湾語の発音チェックなどをしていただいた。根気強く、その丁寧な仕事ぶりには同じ翻訳者として尊敬の念を抱いている。また、白水社の杉本貴美代氏からも懇切丁寧な校正をしていただいた。杉本氏との仕事はこれで三度目となるが、決してメジャーな海外文学とはいえない台湾文学の出版に多大な関心と便宜をはかっていただき、一翻訳者として心から感謝している。

二〇二一年七月

倉本知明

訳者略歴

一九八二年、香川県生まれ。立命館大学大学院先端総合学術研究科修了、学術博士。台湾文藻外語大学准教授。専門は比較文学。二〇一〇年から台湾・高雄在住。
共著『戦後史再考――「歴史の裂け目」をとらえる』（平凡社）、訳書に伊格言『グラウンド・ゼロ――台湾第四原発事故』、王聡威『ここにいる』（ともに白水社）、張渝歌『ブラックノイズ　荒聞』（文藝春秋）、中国語訳に高村光太郎『智恵子抄』（麥田出版社）がある。

〈エクス・リブリス〉
# 眠りの航路

二〇二一年九月一〇日　第一刷発行
二〇二一年一〇月二〇日　第二刷発行

著者　呉（ご）明（めい）益（えき）
訳者 ©　倉（くら）本（もと）知（とも）明（あき）
発行者　及川直志
印刷所　株式会社三陽社
発行所　株式会社白水社

東京都千代田区神田小川町三の二四
電話　営業部〇三（三二九一）七八一一
　　　編集部〇三（三二九一）七八二一
振替　〇〇一九〇-五-三三二二八
郵便番号　一〇一-〇〇五二
www.hakusuisha.co.jp
乱丁・落丁本は、送料小社負担にてお取り替えいたします。

誠製本株式会社

ISBN978-4-560-09069-5

Printed in Japan